Bienvenue
À LAFAYETTE

Photo de couverture : © Alexander Spatari / Getty Images
Couverture : Camille Decoster

Pour la présente édition,
Collection dirigée par Arthur de Saint Vincent

34-36 rue La Pérouse
75116 Paris
www.hugopublishing.fr

Collection New Romance® créée par Hugues de Saint Vincent,
dirigée par Arthur de Saint Vincent
Ouvrage dirigé par Sylvie Gand

ISBN : 9782755664492
Dépôt légal : juillet 2023
Imprimé en Espagne par Liberdúplex

Bienvenue À LAFAYETTE

L'OCÉAN N'A PAS DE LIMITES. LUI NON PLUS...

OCÉANE GHANEM

Hugo Poche

NEW ROMANCE®

Face à l'océan,
De l'eau jusqu'aux mollets,
Taquinée par la caresse du vent,
Je contemple son immensité...
Et en moi s'est ouvert un vide,
Et en lui s'est déchaînée une tempête,
De liberté, il est avide,
Mais je ne suis pas prête...
Face à l'océan,
Les yeux émerveillés,
Attirée par la force de son courant,
Je renonce à la sécurité.
Et en moi s'est ancrée une certitude,
Et en lui a fleuri le doute,
Pour l'amour, prison de solitude,
Je suis tout ce qu'il redoute.
Face à l'océan,
Le cœur complètement fracassé,
Poussée vers l'avant,
Je sais que je finirai par me noyer...
Aussi libre que la pensée,
Aussi insaisissable que l'air,
Dans toute son infinité,
Mon amour, je te perds.
L'océan n'a pas de limites,
Et lui non plus...
Je suis perdue,
Il m'a vaincue,
Avec ses baisers salés,
qui ont toujours porté en eux,
le goût de mes larmes et de mes rêves brisés...

« Noie-moi jusqu'à remplacer l'air par l'eau dans mes poumons. Oh, Ocean... Noie-moi jusqu'à me remplir de toi. »

PROLOGUE

ORNELLA

« Bienvenue à Lafayette, en Louisiane ! Au pays des bayous et de la joie de vivre ! », proclame le panneau rouillé près duquel je suis garée, en cette fin de week-end bien trop ensoleillée pour mon humeur noire.

Sur le tableau de bord de mon pick-up, mon iPhone se met à sonner à côté de mon mug isotherme, calé en équilibre précaire contre un livre de vulgarisation scientifique et une vieille canette de Red Bull éventée. Les premiers accords de *Stop Crying Your Heart Out* d'Oasis, l'incontournable groupe de rock qui a bercé mon adolescence, retentissent dans l'air parfumé au jasmin, à la mousse verte et à la résine des cyprès. Depuis près de six semaines, cette musique s'est transformée en instrument de torture que je m'acharne à retourner contre moi-même pour mieux me faire saigner. Si ma déchéance devait avoir sa propre mélodie pour accentuer l'effet dramatique de ma descente aux enfers, ce serait celle-là, et pas une autre.

And stop crying your heart out[1].

Un message s'affiche en travers de l'écran fissuré. Mon cœur loupe un battement. L'inconfort est infime, mais l'émotion qui l'accompagne est atrocement douloureuse, toujours plus dévastatrice.

Crève, espèce de salope !
J'espère que tu souffres !

Je ne reconnais pas le numéro, mais le texte haineux qui s'inscrit sur mes rétines, lui, m'est devenu aussi familier que mon prénom ou les traits de mon visage. C'est comme s'il faisait partie de moi, désormais. Une extension tangible de toute la colère, de toute la rancœur et de tout le dégoût que j'éprouve envers moi-même…

Oui, je souffre, Romy. Tous les jours. Toutes les heures. Toutes les minutes. À chacun des messages atroces que tu m'envoies et qui me font te haïr un peu plus que la veille, même si j'ai parfaitement conscience de les mériter.

Le nœud dans mon estomac se resserre jusqu'à me donner l'impression d'avoir un poignard enfoncé dans le bide. La peur, la honte, l'impuissance et le découragement me submergent sous une vague de regrets qui va jusqu'à me priver de mon souffle. Des larmes brûlantes s'accumulent sous mes paupières et me

1. Et arrête de pleurer à chaudes larmes.

rougissent les yeux, mais je les chasse d'un revers agacé de la main et m'efforce de rester concentrée sur les annonces immobilières que je compulse avec une frénésie frisant le désespoir.

Je n'en peux plus de faire la navette entre ma voiture, garée à l'arrache à deux pas des marécages brumeux, infestés de serpents et d'alligators, et les chambres d'hôtels miteux, hantés par les putes et les dealers, que je loue avec l'argent récolté par la vente sur eBay de mes fringues et accessoires de luxe.

Il me faut un appartement. Il me faut un travail. Il me faut… un putain de bouton Reset pour redémarrer ma vie à ma dernière sauvegarde !

Six semaines plus tôt, j'avais tout ce dont une jeune fille de vingt ans pourrie gâtée, héritière d'un véritable empire pétrolier et étudiante en sciences politiques, puisse rêver d'avoir dans la vie. Amour, gloire et beauté…

Et je me suis vautrée.

J'ai perdu ma meilleure amie. J'ai été virée de l'université – ou plutôt, « transférée » en cours d'année et vivement « incitée » à changer de matière principale. J'ai récolté un cœur brisé, un œil au beurre noir et une *sextape* horriblement révélatrice d'une partie de mon intimité, qui n'aurait jamais dû échouer sur Internet. Et pire que tout, j'ai déçu mon grand-père…

Le chant éraillé d'un héron en pleine nidification me sort de mon état d'auto-apitoiement. Assise sur le siège passager de ma voiture, à l'ombre d'un tupélo à feuilles rousses, je laisse ma tête retomber contre la vitre boueuse de mon pick-up Chevrolet, une monstruosité de 445 chevaux qui sirote tellement d'essence qu'elle pourrait assécher à elle seule les gisements privés de ma famille. C'est un blasphème écologique, un énorme cancer des poumons sur roues, mais c'est aussi mon dernier bien de valeur avant la banqueroute, et je n'ai pas encore trouvé la force de m'en séparer.

Cette voiture est mon ultime lien avec ma vie « d'avant » et le seul toit que j'arrive à conserver au-dessus de ma tête. Elle est devenue à la fois ma chambre, mon salon et mon dressing, et toute ma vie « d'après » tient dans son coffre.

C'est triste et pathétique.

Putain…

C'est la nouvelle version d'Ornella Sinclair, plus du tout héritière et étudiante fauchée.

Arrête de pleurer sur ton sort, jeune fille ! me morigéné-je, comme un écho des derniers mots que m'ont adressés mes grands-parents avant de me jeter à la rue. *Les pleurnichards ne méritent pas de porter le nom des Sinclair…*

Par automatisme, et malgré la connexion défaillante, je rafraîchis ma boîte e-mail dans l'espoir d'y découvrir une réponse positive à l'une de mes – *très, très* – nombreuses demandes de logement et autres candidatures. Job ou appartement, peu m'importe, à ce stade. Toute avancée loin des eaux saumâtres de ces marais serait la bienvenue ! Hélas, il n'y a toujours que des refus, plus ou moins cinglants, qui s'étalent sur plusieurs pages de messages déprimants. La déception est grande, mais pas étonnante. Je suis maudite – et encore une fois, je l'ai bien cherché.

Stop Crying Your Heart Out retentit à nouveau dans l'habitacle surchauffé.

Le mois d'avril dans les bayous, c'est plus de vingt degrés avec une humidité de soixante-dix pour cent et des nuées d'insectes affamés. Je meurs de chaud, la sueur colle l'arrière de mes cuisses contre le cuir brûlant de mon siège, et je ne peux même pas ouvrir la fenêtre sous peine d'être dévorée par les moustiques.

« Bienvenue en enfer, Ornella ! »

Voilà ce qu'aurait dû afficher le panneau de bienvenue, en lieu et place de ce boniment vide de sens qui est très loin de refléter la réalité.

Avec cette pensée en tête, et pour mieux me faire souffrir, j'ouvre le message :

Tu es tellement moche et grasse,
salope ! Te regarder en train de baiser
me file la gerbe ! C'est le nouveau défi
à la mode, sur les réseaux : tenir plus
de dix secondes devant ton énorme
cul flasque sans avoir envie de vomir
son petit-déj' !

Je lève les yeux au ciel en essayant de me convaincre que ces mots ne m'atteignent pas… mais c'est évidemment une bataille perdue d'avance. Je suis mortifiée, horrifiée, anéantie à la pensée que c'est probablement la vérité. Les gens sont tellement méchants et pervers de nos jours, sous le couvert de l'anonymat offert par Internet, qu'ils outrepassent toutes les limites de la décence et du respect d'autrui.

Plus rien ne m'étonne, bien que tout me fasse du mal…

Quelques jours après avoir fui Bâton-Rouge et le scandale qui a éclaboussé ma famille, j'ai supprimé tous mes comptes sur les réseaux sociaux, parce que j'avais beau rouler le plus vite et le plus loin possible, Instagram et Twitter s'obstinaient à me rattacher à mon passé, à grand renfort de tweets assassins et d'insultes en stories. Dans un monde hyper-connecté, il est difficile de disparaître, de recommencer à zéro… et de respirer sans avoir l'impression d'étouffer sous cette énorme masse de négativité.

L'humanité a-t-elle toujours été aussi triste ?

J'efface le message et bloque le numéro sans répondre – je sais d'expérience que le silence est la meilleure des défenses.

Soudain, un sanglot inattendu s'étrangle dans ma gorge et oppresse ma cage thoracique. Surprise, je manque de renverser mon café sur le clavier de mon ordinateur. La peur altère brièvement le rythme de ma respiration – *Si je le perds, je suis foutue !* Internet est peut-être le repaire des trolls et des *haters*, mais il n'en demeure pas moins le pilier de notre société. À l'ère du numérique, tout est dématérialisé – à commencer par notre amour-propre, directement relié à notre nombre d'abonnés. Pour éviter de me laisser aller à une humiliante crise de larmes, je rafraîchis une seconde fois la page de ma boîte e-mail et adresse une rapide prière en direction du ciel d'un bleu crémeux, aussi vaste et changeant que l'océan qui me sépare de la dernière personne qu'il me reste.

J'ai besoin d'un coup de main, là... au moins un signe, quelque chose, je ne sais pas...

Au même instant, je croise les yeux jaunes et reptiliens d'un énorme alligator noir d'au moins trois mètres, au museau aussi large que mes deux mains réunies et aux écailles égratignées par une multitude de cicatrices. Il lui manque la patte avant gauche, mais l'étincelle dans son regard est celle d'un prédateur qui ne doute absolument pas de sa puissance létale. Étendu le long de la berge, la queue immergée dans les eaux sombres et menaçantes, il m'observe. Et lorsqu'il ouvre sa gueule hérissée de dents pointues, comme s'il voulait me transmettre un message, j'envisage un bref instant de m'y jeter, tête la première, et d'en finir une bonne fois pour toutes... Autant partir en offrant sa pitance à un animal handicapé. Ce serait bien la seule chose noble et altruiste que j'aurais faite de toute mon existence !

– Ornella Sinclair... où est passée ta joie de vivre ?! marmonné-je dans ma barbe, tout en défiant du regard l'alligator à trois pattes.

Sur une impulsion inexplicable, j'entrouvre la fenêtre pour lui balancer d'une voix rageuse :

– Avant, j'avais des sacs à main qui te ressemblaient, mon pote !

L'alligator, indifférent à mes menaces, ne bouge pas d'un pouce. Peut-être a-t-il senti que je bluffais. Contrairement à ma grand-mère, je n'ai jamais été friande de fourrures et de cuir exotique à base de peau de python, d'autruche ou de crocodile. Je suis loin d'être irréprochable, je ne trie pas forcément mes déchets, je roule en pick-up et je ne vérifie pas toujours la provenance de mes aliments ni la composition de mon maquillage, mais j'essaie au moins de ne pas m'habiller avec les carcasses d'animaux injustement sacrifiés sur l'autel de la bêtise humaine.

– Si tu as faim, il y a un vendeur de hot-dogs qui ne respecte aucune mesure d'hygiène à l'angle de Fouet Road. Mais fais gaffe, il pourrait te refiler la chiasse, à toi aussi…

Aucune réaction. Ça me fait sourire et, aussi bizarre que cela puisse paraître, l'impassibilité de cette créature antédiluvienne parvient à me mettre du baume au cœur. Elle est laide, mal-aimée et il lui manque une patte. Pourtant, elle s'en fiche et continue de faire sa petite vie dans son marais.

– Tu sais qu'en Australie, il y a un crocodile marin de plus de cinq mètres à qui il manque aussi la patte avant ? Un cousin à toi, peut-être ?

L'air chaud me fouette le visage tandis que la puanteur des marécages me titille les narines.

– Il s'appelle Brutus, et si tu y mets du tien, je suis sûre que, comme lui, tu pourrais percer sur Nat Geo Wild. Alors, OK ! Ce n'est pas aussi populaire que Netflix, mais il pourrait y avoir du fric à se faire. J'en ai marre de revendre mes fringues, et il ne me reste plus que des soutifs et des culottes à troquer avec des vieux détraqués. On pourrait peut-être s'y mettre ensemble, former un duo et…

Lassé par l'ébauche peu crédible de mon nouveau *business plan*, Fake Brutus retourne s'immerger jusqu'aux oreilles dans la flotte puante du Mississippi. En deux temps trois mouvements, il disparaît derrière la souche à moitié pourrie d'un cyprès recouvert de mousse et d'algues spongieuses.

Peut-être que Fake Brutus est tombé sur ma *sextape*, lui aussi, et qu'à l'instar de tous mes anciens camarades de classe, il ne tient surtout pas à être aperçu en ma compagnie…

– De toute façon, ton cousin australien est beaucoup plus sexy et viril que toi ! m'écrié-je en direction de l'endroit où il s'est volatilisé. Étouffe-toi avec une crevette !

Lorsque je me rends compte de ce que je suis en train de faire, un rire un peu hystérique me secoue les épaules. D'une main tremblante, je referme la fenêtre, repousse mes cheveux noirs derrière mes oreilles, puis j'essuie les larmes qui perlent à mes cils et reprends mon ordinateur.

C'est officiel : j'ai touché le fond.

Ce serait presque drôle si je n'étais pas aussi ridicule !

Sans grand espoir, je rafraîchis une énième fois ma boîte e-mail, et sans surprise, il n'y a pas de…

Oh, mais si ! Il y en a un ! Et il vient du propriétaire de l'appartement pour lequel j'ai eu un véritable coup de cœur la semaine dernière, situé à dix minutes de mon nouveau campus et assez grand pour m'éviter d'avoir à croiser trop souvent les trois filles qui y sont déjà installées. C'est un loft de type industriel de cent dix mètres carrés dont le loyer est légèrement au-dessus de mes moyens actuels, mais qui ressemble étrangement à celui que ma mère louait à Montmartre lorsqu'elle avait envie de vagabonder dans les rues de Paris pour apaiser son âme bohème.

Fébrile, je m'empresse de l'ouvrir et de lire à haute voix les quelques lignes qui s'étirent sous mes yeux :

Objet : « Hello, Holla, Kon'nichiwa ! »
À toi, notre potentiel futur colocataire !
Trois questions importantes :
– Aimes-tu les animaux ? Si oui, quel est ton animal totem ? (Signé Ocean)
– Entre John Lennon, Lenny Kravitz et Billie Joe Armstrong, qui tu baises/épouses/tues ? (Signé Camille)
– Le silence te fait-il peur ? (Signé Andrea)
Si tu obtiens un 3/3, félicitations ! Tu peux emménager la semaine prochaine ! Mais attention, il y a un piège…
Bye, Adíos, Sayōnara !

Perplexe, je cligne des yeux, me frotte les paupières et relis plus lentement le courriel insolite qui n'a de blague que l'absence de sérieux. Ça n'a aucun sens, et c'est très probablement une connerie pour se payer la tronche d'inconnus trop crédules, mais je n'ai plus rien à perdre et je suis vraiment furieuse d'avoir cru que la chance me souriait à nouveau – ne serait-ce que l'espace d'une seconde…

Agacée contre moi-même, exaspérée par ces trois idiotes, je rédige une réponse ironique à la hauteur de leurs questions ridicules.

Objet : Bonjour !

À vous, mes potentielles futures colocataires !

J'aime beaucoup les animaux. Parfois, j'en mange, mais promis, après, je culpabilise. Sauf pour les poulets, je déteste les poulets, ils sont stupides et j'adore leur chair blanche trempée dans le ketchup ! Miam miam… Mon animal totem, c'est l'alligator. D'ailleurs, il y en a un qui veille sur moi. Bon, il n'a que trois pattes et il est plutôt antipathique, mais il a survécu aux dinosaures, et c'est plutôt badass.

Pour ce qui est de la baise, la réponse est évidente : Lenny Kravitz. Il paraît qu'il a un énorme paquet entre les jambes, et quand on le voit jouer de la guitare, on sent d'instinct qu'il est très doué de ses dix doigts ! Du coup, j'épouse Billie Joe Armstrong, une âme sensible qui, je l'espère, n'a rien d'un Américain idiot et me chantera la sérénade pour notre lune de miel. Enfin, pour éviter de finir mes jours en prison (je suis beaucoup trop moche en orange et Billie ne s'en remettrait jamais !), je (re)tue John Lennon. Comme il est déjà mort, j'imagine qu'il ne m'en tiendra pas rigueur.

Et pour finir, non, le silence ne m'effraie pas. Et toi ? L'aimes-tu vraiment autant que tu sembles le croire ?

Pour info, mon alligator s'appelle Fake Brutus. FB pour les intimes.

À bientôt ou à jamais !

Peace, love and chicken fried !

J'appuie rageusement sur la touche Envoi sans perdre de temps à me relire. C'était trop beau pour être vrai, de toute façon. Un appartement aussi grand, à un prix plutôt abordable et proche du campus ? Quelle idiote d'être tombée dans leur piège !

Je pousse un soupir à fendre l'âme et referme mon ordinateur portable, que je dépose précautionneusement sur le siège conducteur, où mes fesses ont déjà commencé à creuser un trou d'usure.

Désespérée, esseulée et cachée au fin fond d'un marais putride pour avoir la paix et éviter les flics, je compte les jours qui me séparent de ma rentrée à l'université de Louisiane – treize et demi, à la fin des vacances de printemps – et la somme qu'il me manque pour louer une chambre dans mon hôtel préféré, le Hilton – huit cent quatre-vingt-quatre dollars. Les yeux fixés sur le panneau « Bienvenue à Lafayette », j'incline mon siège, entrouvre la fenêtre et, parce que je n'ai rien de mieux à faire, je me mets à pleurer.

Stop Crying Your Heart Out et Oasis peuvent aller se faire foutre. Aujourd'hui, j'ai un océan de larmes à déverser pour éviter d'avoir le cœur noyé sous des trombes d'eau salée.

Cause all of the stars
Are fading away
Just try not to worry
You'll see them some day[2]

---

2. Car toutes les étoiles / Sont en train de perdre de leur éclat / Essaie simplement de ne pas t'inquiéter / Tu les reverras un jour.

CHAPITRE 1

Elles ont toutes des pénis !

ORNELLA

Avec une avance de presque quarante-cinq minutes sur l'heure du rendez-vous fixé par mes potentielles colocataires, j'immobilise mon énorme pick-up couvert de boue en face de l'ancienne usine désaffectée reconvertie en immeuble d'habitation qui va m'accueillir pour les six prochains mois – au moins…

Avant de devenir une résidence branchée, plébiscitée par les étudiants excentriques et les jeunes artistes, une moitié du bâtiment servait à vendre les chapeaux et les ombrelles qui étaient fabriqués dans l'atelier situé à l'arrière par des tisserands français réputés dans toute la ville. C'est du moins ce qu'a prétendu Andrea dans son long e-mail explicatif sur l'histoire du loft – même si je ne lui ai rien demandé et que je n'ai jamais été très sensible à la genèse des bâtiments historiques.

Moi, la seule chose qui m'intéresse, c'est d'avoir un toit au-dessus de la tête – autre que celui de ma voiture que je commence à avoir en horreur… – et un accès à une douche à n'importe quel moment de la journée.

Tout en coupant le moteur et la climatisation, je renifle discrètement mes aisselles. Hum, oui… Prendre une douche commence à devenir une nécessité absolue. Les toilettes de chat que j'effectue par-ci par-là dans les stations essence ou les fast-foods n'arrivent plus à cacher l'odeur de plus en plus prononcée de mon désespoir – et de ma transpiration. Le débardeur blanc et le short rouge qui m'arrive à mi-cuisses sont les derniers vêtements propres qu'il reste dans ma garde-robe. Tous les autres sont sales, déchirés ou en vente sur eBay. J'ai aussi dû laisser tomber le soutien-gorge, parce que j'ai tellement maigri qu'il me gêne plus qu'autre chose. Grâce à Dieu, et au gombo de l'adorable cuisinière cajun de mes grands-parents, j'avais de belles réserves avant d'être jetée à la rue, et les sept kilos dont je me suis délestée entre Bâton-Rouge et Lafayette étaient essentiellement localisés dans mes fesses et mes nichons.

Qui veut une planche pour surfer ? Ah ah !

Je suis passée de « belle brune plantureuse et arrogante » à « petite brune maigrichonne, mal fagotée et fatiguée ». La transition est rude, mon reflet dans le miroir m'est insupportable, mais tout en fixant le dernier étage où se situe mon futur chez-moi, je ressens une flambée d'espoir qui me redonne assez de force pour sourire.

Un vrai sourire qui illumine mes yeux noirs et apaise mon cœur déchiré.

J'ai tenu le coup, je ne suis pas retournée me traîner à plat ventre aux pieds de mes grands-parents, et je ne suis pas non plus allée implorer l'aide de celui à cause de qui toute ma vie s'est effondrée.

Y'a pas de petites victoires, hein...

Aujourd'hui, et après sept longues et interminables semaines à me haïr et à me souhaiter à moi-même les pires horreurs pour expier mon sentiment de culpabilité, je suis enfin fière de moi.

Alors, et tout en me fixant dans le miroir de mon rétroviseur, je m'encourage d'un modeste :

– Tu es la meilleure, baby ! Personne ne t'arrive à la cheville. Une digne héritière de l'incroyable Scarlett O'Hara !

Un autre sourire retrousse la commissure de mes lèvres et, l'espace d'une brève seconde, je m'autorise à savourer la sensation de plénitude qui soulage mon âme usée. Bien sûr, c'est à ce moment-là que *Stop Crying Your Heart Out* se met à retentir dans l'habitacle, comme pour me rappeler que le bonheur, ce n'est plus pour moi – au cas où je l'aurais oublié...

Une subite envie de retrouver Fake Brutus pour lui faire bouffer mon téléphone me traverse l'esprit.

Promis, ça croustille sous la dent, FB !

Ah, si seulement je pouvais m'en passer ou, au moins, changer de numéro !

Mais j'attends son appel... Tous les jours. Toutes les nuits. J'attends qu'il revienne...

La mort dans l'âme, mon sourire envolé, je tends la main vers mon iPhone pour lire mon troisième message d'insultes de la journée lorsque mon attention est détournée par le rire puissant, profond et rauque d'un homme sublime qui sort de l'immeuble.

Mazal tov ! C'est une bombe ! Fake Brutus peut aller se rhabiller !

À sa vue, une étrange décharge d'adrénaline me traverse le corps et une sensation d'apesanteur me soulève l'estomac. J'ai des papillons dans le ventre – à moins que ce ne soit le hot-dog périmé de la semaine dernière qui revienne me jouer de vilains tours…

Clouée à mon siège et incapable de le quitter des yeux, je reste bouche bée devant la beauté de l'homme qui avance en direction de ma voiture en compagnie d'une rousse tout aussi sublime que lui, et avec laquelle il rit comme si la vie n'était qu'un merveilleux et interminable conte de fées.

J'étouffe un soupir mélancolique lorsqu'un brasier incandescent s'allume dans le creux de mes reins. *Le désir*. C'est une sensation que je n'avais plus éprouvée depuis la débâcle de ma *sextape* et les commentaires, vulgaires et cruels, postés sous l'immonde vidéo qui a fait le tour de Bâton-Rouge.

Mais cet homme-là est bien trop attirant pour qu'on puisse rester insensible à son charme. Même s'il ne semble pas beau à proprement parler, il dégage quelque chose d'incroyablement séduisant qui transcende les traits un peu trop bruts et asymétriques de son visage. Ses cheveux châtains, frisés et hérissés dans tous les sens, et sa peau d'une chaude nuance de miel captent les regards de tous les passants, sans distinction d'âge ou de sexe. Ses mâchoires carrées, recouvertes d'une courte barbe aux poils d'un joli brun doré, encadrent une bouche rouge scandaleusement pulpeuse qui enflamme mon imagination de morsures coquines et d'autres perversions. D'ailleurs, ses lèvres généreuses dessinent une courbe joviale – quoiqu'un tantinet narquoise… – sous son nez aux narines larges et légèrement épatées. Avec son front haut et bombé, ses pommettes rondes et ciselées, il a la beauté du diable et le style bohème d'un adepte de la fumette. Une carrure massive se devine à ses épaules musclées, son ventre plat et ses cuisses robustes. Il pourrait être un joueur de football américain ou un boxeur amateur, mais j'ai beaucoup de mal à imaginer un sportif avec un joint à la main, une chemise *oversize* en lin, un jean usé jusqu'à la corde et des *slip-on* façon espadrilles. L'anneau noir à son oreille et le tatouage en forme de vague sur son pectoral gauche accentuent encore un peu l'aura de « dangereux rebelle » que le nuage de drogue douce qui l'entoure met déjà en évidence…

Tentation. Irrésistible.

Problème. Irréversible.

À éviter ! conclut la partie rationnelle de mon cerveau lorsqu'il passe à côté de ma voiture avec son amie qui, je l'espère de toutes mes forces, n'est pas l'une de mes futures colocataires.

Si Dieu se décide enfin à être clément avec moi, ce mec n'est que le coup d'un soir d'une voisine à la cuisse légère. Une conquête éphémère qu'elle s'empressera d'oublier dès que les effets post-orgasmiques seront retombés et cesseront d'embrumer son cerveau. Parce que s'il y a bien une chose que j'ai retenue de ma récente débâcle, c'est que les beaux garçons sont le fléau de l'humanité et que je suis tout bonnement incapable de leur résister.

Autant rester le plus loin possible de tout ce qui ressemble à un demi-Dieu et possède un pénis…

– Putain ! l'entends-je soudain jurer tandis qu'il s'arrête près de mon pare-chocs pour observer mon pick-up avec une grimace dégoûtée. Ces merdes sur roues qui fonctionnent au carburant fossile devraient être interdites ! Son propriétaire n'a jamais entendu parler du réchauffement climatique ou quoi ?!

Oh, bordel… un connard d'écolo !

– Ah, non ! Ne commence pas, bébé ! s'impatiente la rouquine, avec une pointe d'affection dans la voix qui tempère son agacement. On n'a plus qu'une demi-heure à passer ensemble, et je préférerais occuper cette divine bouche à autre chose qu'à râler, si tu vois ce que je veux dire !

Tout le monde voit, bébé…

J'essaie de me convaincre que je suis trop mature pour m'abaisser à espionner leur conversation, mais c'est plus fort que moi, je suis une fouineuse, et surtout, je n'ai rien de plus intéressant à faire.

Dissimulée derrière mon appuie-tête, je remercie brièvement mon grand-père d'avoir installé des vitres teintées à l'arrière de ma voiture et observe l'expression ombrageuse du baba cool se muer en un véritable appel à la luxure. Les traits de son visage s'aiguisent, comme ceux d'un prédateur, exalté par la frénésie de la chasse et l'imminence de la mise à mort. Ses pommettes rougissent, ses lèvres s'étirent, et même si je ne distingue pas très bien la couleur de ses yeux de là où je me trouve, j'ai l'impression qu'ils s'enflamment d'un feu intensément… *sexuel.*

Soudain, je meurs de chaud, et pour une fois, ça n'a rien à voir avec le climat subtropical de cet enfer moite et humide.

Et en parlant de moite et d'humide…

Sa copine fond contre lui comme une motte de beurre sur une poêle chaude. Il en profite pour l'encercler de ses bras, presque menaçant tant il semble grand et large comparé à elle, et la plaquer contre ma « merde sur roues » pour lui rouler une pelle tout en langue et en échanges de salive qui me refile des aigreurs gastriques. Deux hypothèses : ils sont d'une étonnante obscénité ou ils ne m'ont pas encore remarquée. Dans tous les cas, c'est tellement gênant d'assister à ce spectacle trop intime que je rougis jusqu'à la racine des cheveux, à l'instar d'une collégienne virginale à un concert de son *boys band* préféré. Ce qui est plutôt ironique si l'on considère le fait qu'un mini-film pornographique me mettant en scène dans ma plus lamentable représentation circule librement sur la Toile…

– J'ai encore envie de toi ! gronde-t-il, la voix rauque de désir. Dommage que tu ne puisses pas rester encore un peu avec moi…

C'est probablement un coureur de jupons et un sale type infidèle, mais sa voix éraillée, pleine de sensualité, me chatouille à des endroits interdits.

La fille gémit contre sa bouche :

– Peut-être que tu m'appelleras plus souvent, maintenant que tu réalises à quel point c'est bon, tous les deux !

Mes pires soupçons se confirment lorsque je l'entends répondre :

– Mes parents m'ont toujours dit qu'il ne fallait pas abuser des bonnes choses, mon cœur !

Je lève les yeux au ciel face à cette réplique digne d'un bon gros connard. Beau, écolo et gigolo ! Ce mec coche toutes les cases de la grille de mon bingo intitulé : « PLUS JAMAIS, PUTAIN ! » Il est peut-être sexy à en mouiller toutes ses petites culottes, mais il n'est pas différent de… *lui*. Et j'ai tiré un trait définitif sur cette engeance maléfique venue sur Terre dans le seul et unique but de briser le cœur des femmes.

De toute façon, et si je le juge à la perfection ultime du corps de sa rouquine, il ne s'intéresserait sûrement pas à moi. Même au meilleur de ma forme et dans ma plus jolie robe d'été, je suis très loin d'égaler les standards de beauté actuellement en vigueur dans notre société. Et puis, si la chance se décide à être enfin de mon côté, je ne le reverrai plus jamais et j'oublierai jusqu'à son existence dans moins de trois secondes…

D'un œil distrait, je les observe tandis qu'ils s'éloignent, main dans la main, en flirtant comme des amants *vraiment* amoureux.

Un souvenir de moi et de… *lui* s'impose dans mon esprit à cause de cette vision idyllique qui me rappelle que les rêves ne durent pas, que l'amour n'est qu'un mythe et qu'en réalité, les beaux garçons sont des êtres dénués de sentiments et de scrupules.

Plutôt me taper Fake Brutus que cet Apollon !

Y'a moins de risques que ça finisse mal…

Arrivé devant la petite mobylette orange que j'ai failli accrocher en me garant, le bel Adonis s'installe derrière le guidon et fait signe à la rouquine de grimper à l'arrière, ce qu'elle s'empresse de faire avec un plaisir qui me laisse un brin perplexe. Ce machin a l'air antique, et la selle, ou peu importe comment s'appelle ce truc en mousse maronnasse, semble aussi osseuse que le cul d'un mannequin avant la *fashion week.*

Pas confortable du tout…

Sans casques et les cheveux au vent, au mépris de toutes les consignes de sécurité routière, ils démarrent et s'insèrent dans une circulation plutôt dense pour un jeudi après-midi. Le bruit pétaradant de son moteur m'arrache un sursaut tant il ressemble au cri d'un animal en détresse.

Mon pick-up est peut-être un fléau environnemental et un destructeur olympique de couche d'ozone, mais il est aussi silencieux qu'un mec infidèle pris en flagrant délit avec la nounou dans le lit conjugal, le pantalon sur les chevilles et la capote déroulée sur une demi-molle qui tire la tronche !

Si je me réfère aux idéaux écologiques de ce type, sa pétrolette doit fonctionner à l'huile de colza, à la poudre de perlimpinpin ou à la pisse de licorne. Bref, il ne la nourrit sûrement pas de ces « carburants fossiles » qui contribuent à étendre l'énorme richesse de ma famille !

Bon, OK. Je l'avoue, je suis un peu trop vindicative avec lui, mais il m'a vexée avec son « merde sur roues ».

Un rapide coup d'œil à ma montre – une Cartier en vente sur eBay que je désespère de troquer rapidement pour mettre un peu de beurre dans les épinards – m'apprend qu'il me reste plus d'une demi-heure à tuer avant de pouvoir obtenir les clés de l'appartement.

Mes trois futures colocataires m'ont donné rendez-vous en bas de l'immeuble et, entre deux questions bizarres sur mes habitudes alimentaires et l'impact de mon signe astrologique sur ma vie amoureuse, la dénommée Ocean m'a aimablement proposé de m'aider à monter mes valises jusqu'au dernier étage, où se situe le loft. Une petite attention sympathique qui efface notre faux départ et me permet d'envisager une colocation agréable. Elles ont l'air déjantées et intrusives, mais je pense qu'elles sont suffisamment gentilles pour respecter mon besoin de calme et de solitude. Et même si elles ne le sont pas, ce sera toujours mieux que la banquette arrière de ma voiture...

Lassée d'attendre comme une plante verte et les jambes engourdies par l'inactivité, je referme les fenêtres, attrape ma besace et sors de mon pick-up dans l'objectif de trouver un petit bistrot où boire un Coca-Cola light et me rafraîchir les aisselles. C'est important de ne pas sentir le cadavre en décomposition pour faire bonne impression – déjà que j'ai l'air au bout du rouleau...

La demi-heure qui suit me coûte six dollars, mais c'est de l'argent bien investi. Je ressors parfaitement réhydratée du bistrot, la vessie vidée et, miracle, j'ai réussi à me débarrasser des relents de transpiration qui me collaient à la peau. Maintenant, je sens le *Rose Kabuki* de chez Dior. En effet, si j'ai facilement pu me débarrasser de mes vêtements, de mes chaussures, de mes bijoux et de mes sacs à main, j'ai dû me résigner à garder ma collection extravagante de cosmétiques, parce qu'aucune fille n'a envie d'acheter des produits déjà utilisés.

Aujourd'hui, j'en éprouve toutefois une vive satisfaction. J'ai pu redonner un peu d'éclat à mon teint grâce au stylo illuminateur d'Yves Saint Laurent, mon indispensable beauté. J'ai aussi noirci mes cils au mascara et « glossé » mes lèvres d'un baume brillant à la framboise. Pour les cheveux, j'ai limité la casse en optant pour un chignon souple avec quelques mèches libres qui adoucissent la forme un peu trop stricte et anguleuse de mon visage. Je ne suis peut-être pas aussi belle que la rouquine de tout à l'heure, mais je n'ai plus l'air d'une aspirante actrice déguisée en zombie pour jouer dans un épisode de *The Walking Dead*.

L'esprit serein, le téléphone en mode avion, je remonte la rue en marchant d'un pas que l'on pourrait presque qualifier de guilleret.

Malheureusement, mon enthousiasme me quitte dès que j'aperçois l'entrée de l'immeuble où sont censées m'attendre mes futures colocataires. Parce qu'elles ne sont pas encore là, et qu'à leur place, l'Apollon écolo/gigolo est adossé contre le mur et discute avec deux de ses amis.

Deux créatures exotiques aussi sublimes que lui – bien que dans un style complètement différent…

Le plus proche de moi est blond, avec les cheveux coupés au carré sous la mâchoire et divisés en un *half-bun* qui met en valeur son visage aux traits particulièrement virils. Ses yeux sont d'un gris pâle fascinant et frangé d'épais cils noirs qui jettent des ombres mystérieuses sur ses joues imberbes. Il est moins grand qu'Apollon, et moins musclé aussi, mais il dégage une vitalité impressionnante qui me donnerait presque envie de sautiller dans tous les sens avec lui. Dans son dos, je distingue l'étui d'une guitare vintage qui a l'air de coûter une petite fortune – un musicien, visiblement. D'un geste indolent, il fait rouler une planche de skateboard de son pied gauche à son pied droit et secoue la tête au rythme d'une musique qu'il est le seul à entendre.

À côté de lui, l'homme le plus beau que j'aie pu voir de toute ma vie sourit d'un air paisible, un peu détaché, en sirotant une canette d'eau de coco. Presque aussi petit que moi – je mesure un peu moins d'un mètre soixante-cinq –, il est doté d'une silhouette élancée, d'une épaisse crinière fauve qui s'illumine d'un millier d'éclats mordorés et d'une paire d'yeux noisette dans lesquels n'importe quelle fille rêverait de se perdre lors d'un tendre et langoureux missionnaire.

– Ornella ?

Mon prénom, prononcé par la voix scandaleusement érotique d'Apollon, m'arrache à ma contemplation muette – et impolie, disons-le – de ses amis. Telle une héroïne de film d'horreur, je me tourne vers lui, les yeux écarquillés, et prends en pleine face la rafale brûlante de son *sex-appeal*. Dans un état de semi-délire lié à la panique, je constate qu'il possède les yeux les plus bleus de tout l'univers. C'est comme si l'océan Pacifique se déversait en vagues tumultueuses de ses prunelles rivées sur… moi ?

Hein ? Attends, quoi ?!

– Où est ton alligator ? me taquine-t-il, parfaitement à l'aise. J'aurais trop aimé faire la rencontre de Fake Brutus !

Apollon me sourit. Et ses jumeaux maléfiques aussi.

Comme s'ils me connaissaient.

Comme s'ils m'attendaient.

Oh, mon Dieu ! Non…

CHAPITRE 2

Où est la caméra cachée ?

ORNELLA

– Tu n'as pas pris tes valises ? reprend-il, visiblement indifférent à mon agonie cérébrale. Oh, tu voulais sûrement nous rencontrer avant d'emménager, c'est ça ?

Encore un sourire. Je crois que je commence à faire un début d'AVC.

– Tu as raison, c'est beaucoup plus prudent.

Il hoche la tête et se pointe du doigt.

– Moi, c'est Ocean, je suis le chef de la bande et le propriétaire du loft. Lui, ajoute-t-il en désignant le blond hyperactif, c'est Camille, le musicien le plus énergique de toute l'histoire de la musique. Et enfin, voilà Andrea, notre mascotte. Ne te vexe pas s'il ne te répond pas, il est muet et sourd d'une oreille, mais tu verras, ça ne l'empêche pas d'être une véritable pipelette par texto !

Andrea agite la main dans le signe universel de « Salut, enchanté » tandis que Camille me reluque de la tête aux pieds d'un air vaguement appréciateur.

– Euh… soufflé-je, au bord de la rupture d'anévrisme. Vous n'êtes pas des filles !

Mon impressionnante perspicacité les laisse bouche bée durant une poignée de secondes qui me fait l'effet de durer une petite éternité. Puis ils éclatent de rire dans une synchronisation si parfaite qu'elle réactive temporairement mes capacités cérébrales.

– Non, me confirme Ocean, dont le sourire carnassier allume un sentiment interdit tout au fond de mes entrailles nouées par l'appréhension. Nous ne sommes pas des filles, Ornella.

Oh, mon Dieu !

Je crois que ce sont mes colocataires…

Et comble de l'horreur, elles ont toutes des pénis !

– Mais je ne peux pas habiter avec trois mecs ! commencé-je à paniquer, alarmée par leur attitude indifférente, presque joyeuse. J'avais rendez-vous avec trois filles : Ocean, Andrea et Camille. Pas avec vous ! Elles n'ont pas de pénis ! Rendez-les-moi !

Camille s'esclaffe en portant une main à la braguette de son pantalon.

– J'ai peut-être un prénom unisexe, mais l'incroyable matos qui pendouille sous ma ceinture est indubitablement masculin !

Quelle classe… Retenez-moi, ou je risque de me pâmer !

Du coin de l'œil, je vois Andrea bouger les mains à toute vitesse en direction d'un Ocean très attentif, qui hoche la tête à intervalles réguliers. Je ne sais pas ce qu'ils se disent, mais ça a l'air moins stupide que toutes les choses abracadabrantes qui sortent de la bouche du dénommé Camille.

– Le plus important, continue-t-il à déblatérer, ce n'est pas ma sublime queue de vingt-cinq centimètres, mais…

– À peine quinze, rectifie distraitement Ocean, tout en signant avec ses grandes mains brunes pour échanger avec Andrea. Et elle penche sur la droite, mec. C'est synonyme de mauvais coup.

Camille renifle d'un petit air dédaigneux qui menace de me faire partir en courant dans la direction opposée. Je ne veux rien savoir de sa queue. D'ailleurs, il ne devrait même pas en avoir une ! C'était censé être une fille !

– La bave du crapaud n'atteint pas la blanche colombe. Bref ! reprend-il en m'attrapant par le bras, empiétant avec une telle audace sur mon espace vital que je fais une mini-crise d'apoplexie. Crois-moi, Gator… Ma queue de trente-cinq centimètres, c'est le cadet de tes soucis ! Revenons-en plutôt à ton signe astrologique, s'il te plaît. C'est super important. Dans ton e-mail, tu m'as dit que tu étais Balance, et manque de bol, je suis Bélier. On a des signes complètement opposés, et si tu n'avais pas choisi de baiser Lenny qui, avouons-le, est notre fantasme à tous, je n'aurais jamais accepté de te louer une chambre, mais j'ai fait une exception pour toi et j'espère ne pas avoir à le regretter.

Moi, je le regrette déjà... songé-je, sous le choc, en essayant de me débarrasser de l'étreinte de ce type sublime, mais complètement dérangé, qui me plaque contre son torse musclé comme si on était amis depuis le bac à sable.

– Ah… parviens-je tout de même à grogner.

Je suis en sueur et aussi rouge qu'une écrevisse prête à être trempée dans un bol de sauce au beurre.

– Est-ce que tu peux me lâcher, s'il te plaît ? Genre, tout de suite ?

Camille m'ignore et ajoute son deuxième bras autour de ma taille. On dirait qu'il essaie d'incruster les traits de mon visage dans sa poitrine imberbe dans un remake pourri de *The Human Centipede*. J'ai beau me débattre et lancer des œillades désespérées à ses amis, ces derniers sont trop occupés à se disputer en langue des signes pour venir à mon secours.

– Donc, on va plutôt essayer de synchroniser nos ascendants, OK ? Tu es née sous quelle lune, toi ?

Je lui décoche un coup de coude dans les côtes et un coup de pied dans le tibia, mais il ne tressaille même pas, complètement insensible à ma répulsion extrême de sa personne. Dans ma tête, la colère succède à la panique, brûlante et vicieuse. S'il ne me lâche pas très vite, il va comprendre pourquoi Fake Brutus est mon animal totem.

Moi aussi, je sais mordre jusqu'au sang !

– Est-ce que c'est une vraie question ? m'agacé-je, en tentant de trouver un petit bourrelet autour de sa taille pour lui pincer le ventre.

Hélas, ses abdominaux sont des carrés fabriqués à base d'acier trempé plutôt que de chocolat…

– Vous ne préférez pas savoir si j'ai un garant pour payer le loyer en cas de pépin, ou quoi ?!

J'ignore pourquoi je pose cette question dont la réponse – « Oups, non ! Je suis fauchée et à la rue… » – pourrait m'éliminer de la partie avec un aller simple vers la case Prison – mon putain de pick-up dont les sièges commencent à empester l'oignon frit, la transpiration et le Red Bull.

Ne passez pas par la case départ, ne recevez pas deux cents dollars et allez vous faire foutre ! Cordialement, le Karma.

– Non, on s'en fout ! s'amuse Camille, qui consent enfin à me relâcher. C'est ta personnalité qui nous intéresse, Gator. Pas ton fric !

Savourant le retour de ma liberté, je mets plusieurs mètres d'écart entre ce blond complètement siphonné et moi. Les câlins, ça n'a jamais été mon truc, et encore moins avec des inconnus hyperactifs et hyper-tactiles qui sentent aussi bon qu'un dessert à la framboise nappé de crème à la vanille de Madagascar.

Mince, j'ai une de ces faims, maintenant…

Quel genre de mec sent la framboise et la vanille, d'ailleurs ?! Ai-je pris un vilain coup de soleil sur le crâne et atterri dans une dimension parallèle où les beaux garçons pullulent comme des champignons sur une souche pourrie ?

– Ce qui compte, m'explique Ocean, et sa voix retentit si près de mon oreille que je fais un bond de dix mètres en dehors de mon short, c'est d'avoir la meilleure harmonie possible dans l'appartement…

Son souffle brûlant, légèrement mentholé, me chatouille le cou, puis l'épaule, et un frisson de volupté dévale mon échine dès que je perçois le son de sa belle voix grave.

De plus en plus perturbée, je me décale prudemment sur la gauche pour appuyer mon dos contre le mur de l'immeuble et m'éloigner de ces trois énergumènes aux prénoms trompeurs qui possèdent la seule et unique chambre encore disponible sans caution dans cette ville de malheur.

Bienvenue à Lafayette… Tu parles ! C'est l'enfer sur Terre ! Un repaire de démons et d'âmes perdus ! Bâton-Rouge me manque.

Et il me manque, lui aussi, même si je le déteste de toutes les fibres de mon âme…

– Est-ce que vous êtes sérieux ? finis-je par demander, avec l'espoir naïf et enfantin de les voir se transformer en filles après une exposition à l'eau froide, comme dans le manga *Ranma 1/2* que je regardais avec mon papi le mercredi après-midi. C'est une blague, c'est ça ? Une caméra cachée ? J'avoue que je commence à en avoir marre d'être filmée à mon insu ! J'exige de parler à la direction !

Les trois amis échangent un regard perplexe, comme s'ils étaient perdus ou qu'ils ne comprenaient rien à mon charabia. C'est vrai que la colère a tendance à me faire passer du coq à l'âne, mais je viens de vivre deux mois très difficiles, aussi ai-je tout à fait le droit de me comporter d'une façon *légèrement* hystérique.

Ocean est le premier à se reprendre et à répliquer :

– Ce n'est pas une caméra cachée. Promis.

C'est dommage.

Mes derniers espoirs s'écroulent à ses pieds. J'ai envie de pleurer, mais j'ai vidé l'intégralité de mon stock de larmes la semaine dernière, lorsque le distributeur du planning familial a mangé mon dernier billet d'un dollar en refusant de me donner ma barre de chocolat *Milky Way*.

C'était la goutte de trop.

– D'ailleurs, j'ai enlevé celle que j'avais installée dans la cabine de douche, précise Camille, avec un naturel stupéfiant. Je l'ai remise dans ma chambre. Mes abonnés ne supportent pas la vue des nénés. Ça les fait débander !

Une espèce de bruit blanc, sûrement lié à mon état de sidération émotionnelle, bourdonne dans mes oreilles.

– Pardon ? soufflé-je, livide. Tu es sérieux ? Il est sérieux ? Vous êtes sérieux ? Non, mais… SÉRIEUSEMENT ?!

Camille hoche la tête avec une fébrilité qui achève de me mettre les nerfs en pelote. Je suis à deux doigts de me lancer dans la plus grande crise d'hystérie de Lafayette – *aux chiottes, Scarlett O'Hara !* – lorsqu'Ocean éructe un chapelet d'insultes véhémentes en direction du propriétaire de l'énorme cylindrée qui remonte la rue à toute berzingue, laissant dans son sillage un épais nuage de fumée noire et meurtrière pour la couche d'ozone.

En désespoir de cause, je me tourne vers Andrea, le plus sage de la bande. Ce dernier m'observe avec cet étrange sourire paisible qui me déstabilise encore plus que les mains baladeuses de Camille. Plus sensible que ses amis à ma détresse, ou moins à la ramasse, il extirpe son téléphone de sa poche et tape à toute vitesse un message qu'il finit par me dévoiler :

Moi, je suis Sagittaire, donc je pense qu'on s'entendra bien, tous les deux. Quant à Camille, il a un petit ami, relax. Toutes ses webcams ont été virées des pièces communes il y a des mois, il cherche juste à t'embêter. Et puis, tu n'es pas du tout le genre d'Ocean. N'aie pas peur de nous.

Quelle ironie ! Andrea le muet est le seul qui devrait être doté de la parole. En quelques mots, il a réussi à apaiser une partie de mes craintes – même si je suis toujours incapable de m'imaginer vivre en compagnie de trois hommes séduisants qui me rappellent toutes les erreurs que j'ai commises et qui m'ont valu d'être ostracisée. Toutefois, j'admets que ça me rassure de savoir que l'un des trois est plus attiré par les chiens que par les chattes… Et de toute façon, je me fiche de ne pas être au goût d'Ocean. Lui non plus n'est pas au mien. Du tout. Absolument pas. Je déteste les hommes sensuels à la peau mate et au regard bleu azur qui sont tatoués et engagés pour défendre notre planète.

J'étouffe un soupir en frottant mes tempes douloureuses.

– C'est la première fois que mon hypothalamus me fait aussi mal, gémis-je.

Andrea me tend son téléphone.

LOL !

Oh, putain…

J'ignore si je dois me mettre à rire ou à pleurer, mais une chose est certaine ; ce sont eux et leur appartement, ou ma solitude et la banquette arrière de ma voiture. Il n'existe pas d'autre option, pas de compromis ou de solution miracle. Si je veux obtenir un accès permanent à un lit, à une cuisine et à une cabine de douche, je vais devoir m'accommoder de leur présence.

Au moins le temps de trouver autre chose.

Soudain, cette pensée tout à fait intelligente me donne un second souffle et enlève le poids qui pesait sur mon estomac à moitié vide. C'est vrai, quoi… Je peux vivre avec eux quelques semaines, ou pire, quelques mois, tout en continuant à chercher un autre appartement. Peut-être même que, d'ici là, j'aurai trouvé un job qui paie suffisamment pour que je puisse me permettre de vivre seule ! Poser mes valises ici me donnerait l'opportunité de concentrer tous mes efforts sur mes cours et mes entretiens d'embauche. Ce serait juste une étape, pas la destination, une petite pause pour me remettre sur pied et retrouver mes forces !

– Quel connard ! s'énerve Ocean, toujours coincé sur la cylindrée. J'hallucine ! Tout le monde se fiche des pingouins et des ours polaires, ou quoi ?!

Oui.

Bien sûr, je ne m'exprime pas à haute voix, et non, je ne m'en fiche pas. C'est juste qu'il est très difficile de se soucier de toutes les injustices de notre monde. Ou peut-être n'est-ce qu'une excuse à ma flemmardise intellectuelle. Bref, dans tous les cas, je garde mon opinion pour moi et esquisse mon plus beau sourire d'hypocrite.

– Bon, je pense qu'on a commencé sur de mauvaises bases.

– C'est vrai, confirme Camille, et c'est entièrement ta faute. C'est ton côté *drama queen* lié à ta nature de Balance. Vous êtes les relous de l'astrologie !

Mon sourire vacille sur mes lèvres étirées par la seule force de ma volonté. Une envie presque irrésistible de l'envoyer se faire récurer la face par Fake Brutus me démange la langue. J'inspire à pleins poumons et compte jusqu'à cinq avant de reprendre :

– Serait-il possible de visiter l'appartement ?

Ocean acquiesce, toujours contrarié par le pauvre et innocent motard. Puis il ouvre la porte de l'immeuble à l'aide d'un énorme trousseau de clés accroché à sa ceinture que je n'avais même pas remarqué jusqu'à ce qu'il s'en saisisse. Il doit bien y avoir une trentaine de clés plus ou moins vieilles sur ce machin en corde tressée et en natte de bambou.

– Tu possèdes tout l'immeuble ou quoi ? m'étonné-je, en pénétrant à sa suite dans le vaste hall d'une propreté éclatante. Oh, mon Dieu ! C'est magnifique !

Immobile au milieu de la pièce, je reste littéralement bouche bée face à ce spectacle d'une beauté inattendue, submergée par une sensation d'émerveillement que je n'avais plus connue depuis… eh bien, toujours.

– Waouh !

C'est le seul mot qui me vienne encore à l'esprit.

Le hall est constitué d'une immense verrière qui inonde de lumière un mur entièrement composé de plantes vertes s'élevant jusqu'au plafond, à l'instar d'une mini-jungle tropicale réduite à un espace confiné. Les boîtes aux lettres sont encastrées dans un simulacre de rochers au-dessus desquelles coule une fontaine d'intérieur à l'eau douce et cristalline. L'ensemble est bluffant, complètement invraisemblable, et pourtant, je n'imagine déjà plus ce hall sans toute cette luxuriante végétation d'un naturel stupéfiant.

– Ça compense les pénis ? s'amuse à me taquiner Ocean – bien trop proche de moi, encore une fois.

Je hausse une épaule tout en me maudissant intérieurement de rougir.

– Ce n'est que le hall, après tout… Je te dirai ça après avoir vu le reste de l'appartement.

Une étincelle malicieuse se met à pétiller dans ses yeux diaboliques. Je m'écarte prudemment de lui pour me rapprocher d'Andrea.

– Avec mes quarante-cinq centimètres, moi, je n'ai rien besoin de compenser ! intervient Camille. Hélas, Ocean ne peut pas en dire autant...

Je renifle, à la fois amusée et agacée par ce clown qui a visiblement oublié son nez rouge au vestiaire. Ocean réplique du tac au tac :

– Si elle continue de grandir aussi vite, tu vas finir par t'emmêler les jambes, trébucher, tomber et te rompre le cou !

– Qui te dit que ce n'est pas déjà le cas ? Je vis dans la crainte permanente que mon énorme sexe finisse par me tuer !

Je lève les yeux au ciel si haut que je suis presque certaine d'entrapercevoir mon cerveau. Avec un rire silencieux, profondément adorable, Andrea me montre l'écran de son téléphone.

Ils adorent comparer la taille
de leur sexe, mais c'est moi
qui possède la plus grosse.
Ce que la nature t'arrache d'un côté,
elle te le redonne de l'autre !
8======>

Je cligne des yeux, perplexe. Inutile de dire que je ne m'attendais pas à ça.

Andrea tape un nouveau message.

LOL !

Oh, Seigneur… Ces mecs vont me faire tourner en bourrique, je le sens ! Ma tête est déjà sur le point d'exploser.

– Au fait… marmonne Ocean en s'interposant entre Andrea et moi. Ton amour pour les alligators s'étend-il aussi aux gros lézards de plus d'un mètre ?

Je soupire, excédée.

Le verrai-je seulement un jour, cet appartement ?

– Si c'est encore une astuce pour parler de vos bites, ça suffit ! J'ai compris que vous étiez tous extraordinairement bien membrés !

Ma tirade pleine de colère leur arrache de grands éclats de rire qui résonnent en milliers d'échos symphoniques dans le hall. Je pose mes poings sur mes hanches, à bout de patience et prête à les houspiller comme des gamins, lorsque je sens quelque chose d'humide et… de gluant… effleurer la peau nue de ma cheville.

– Gator, déclare Camille, essoufflé par son hilarité, je te présente Bonzaï, ton quatrième colocataire !

Le teint blême et le cœur battant à toute vitesse, je baisse un regard épouvanté sur le lézard – un tégu noir et blanc absolument énorme – qui se faufile entre mes jambes pour rejoindre les bras tendus d'Ocean.

– Manque de bol, se marre ce dernier en portant le tégu comme un bébé, lui aussi, il a un pénis ! C'est à croire que tu les attires…

Il me décoche un nouveau sourire carnassier, et je n'aime pas du tout la lueur qui pétille dans ses yeux clairs.

Que quelqu'un m'achève, par pitié !

Moi qui n'aspirais qu'à un peu de calme et de tranquillité, je crois qu'avec ces trois-là, je peux définitivement rayer ces deux mots de mon vocabulaire.

CHAPITRE 3

Premières frictions

ORNELLA

L'appartement est somptueux. Si beau que c'en est presque ridicule. Le hall n'est qu'un échantillon du trésor d'architecture qui se cache derrière ces murs d'un brun terne et poussiéreux.

Situé au dernier étage de l'immeuble, il s'élève sur deux niveaux, aussi grand qu'il est lumineux, avec une hauteur sous plafond d'au moins six mètres et une superficie supérieure à celle mentionnée dans l'annonce. Dès l'entrée, je suis hypnotisée par la gigantesque baie vitrée qui occupe tout un pan de mur et qui mène à une terrasse suffisamment grande pour y installer une table, six chaises et un barbecue – un autre détail qui ne figurait pas sur Internet et qui décuple mon envie de vivre ici.

Ocean et Andrea me font découvrir le premier niveau tandis que Camille se prépare un petit « remontant » à base de whisky dans la cuisine et que Bonzaï, le tégu, s'allonge dans un panier pour chien installé près de la porte d'entrée.

– Une Balance dans l'appart'... se lamente Camille, la bouteille à la main. J'ai encore du mal à m'y faire. Heureusement qu'elle a de jolis mollets !

Nous l'ignorons et poursuivons la visite.

Il n'y a presque pas de cloisons, aussi ai-je une vue dégagée sur l'ensemble de l'appartement. Tout est ouvert, les pièces sont vastes et, à l'exception de quelques poteaux d'aspect brut et industriel, la décoration verdoyante et d'origine essentiellement naturelle insuffle une chaleur bienvenue, agréable et réconfortante, à l'instar d'un petit nid douillet dans lequel on se sentirait tout de suite chez soi.

– On se croirait dans un catalogue de déco ! m'enthousiasmé-je, en extase devant un sublime rosier d'intérieur d'au moins un mètre vingt. L'un de vous est fleuriste ?

Les prunelles d'Andrea se mettent à flamboyer de fierté. Ocean m'explique :

– Andrea est passionné par l'étude des fleurs et des arbres fruitiers. Il aimerait devenir horticulteur, aussi rapporte-t-il ses devoirs à la maison. Tu t'habitueras vite à l'impression de vivre au beau milieu d'un jardin botanique !

Andrea gonfle les joues, l'air agacé, et tape un message qu'une voix robotique de femme prononce à sa place :

– Ingénieur horticole. C'est différent. Merde. Enflure. Personne ne m'écoute jamais !

Ocean décoche un clin d'œil à son ami.

– Toutes mes excuses, Sa Majesté des Fleurs !

Andrea le gratifie d'un vilain geste du doigt qui parvient à m'arracher un petit sourire. Leur complicité est belle à voir, aussi évidente et sincère que leur intérêt commun pour la préservation de notre planète. Je ne me sens absolument pas à ma place ici, entourée de ces deux militants visiblement prêts à changer le monde une fleur après l'autre, mais cet appartement est une aubaine providentielle que je n'ai pas le droit de louper. De toute façon, je ne suis plus l'héritière trop gâtée des forages pétroliers Sinclair&Fikerman…

– Allez, viens ! On te montre la suite !

Ocean me prend par la main, un geste amical et dénué de la moindre arrière-pensée. Sa paume chaude et sèche se plaque contre la mienne, moite de sueur. Tout mon corps se rigidifie à son contact, mon souffle s'accélère et le début d'une crise de panique trouble la cohérence de mes pensées, mais il n'a pas l'intention de me lâcher. Au contraire. Il m'entraîne dans son univers.

Et pendant un instant, j'oublie tout ce qui ne concerne pas ce sublime havre de paix qui m'apparaît comme une oasis en plein désert.

C'est la deuxième chance que j'attendais, le signe du destin que je réclamais.

L'entrée mène dans un salon aux murs de briques rouges, où trois énormes canapés de cuir vieilli encadrent une table basse en rondins de bois, une télévision d'au moins soixante-dix pouces et un terrarium de trois mètres dans lequel j'évite prudemment de jeter un coup d'œil. Du salon, on passe directement à la cuisine, plutôt étroite, mais incroyablement conviviale, dotée d'un large îlot central et d'un bar à cocktails – le refuge de Camille, qui s'envoie du whisky comme si c'était du lait. Une variété impressionnante de légumes frais, et sûrement bio, traîne sur le plan de travail, à côté d'une planche à découper et d'un wok. J'en ai instantanément la bave aux lèvres, enivrée à l'idée de manger autre chose qu'un burger tiède et des frites molles en provenance d'un fast-food.

– Tu as faim ? s'enquiert poliment Ocean tout en me jaugeant de son regard trop bleu. J'allais préparer une ratatouille. Si tu veux, on s'y met après avoir monté tes valises.

Sa gentillesse complètement inattendue menace de me faire fondre en larmes. J'ai beau savoir que c'est un gigolo-écolo à la colère facile, je me surprends à baisser la garde et à le trouver sympathique.

– Je ne sais pas cuisiner, avoué-je, trop proche de lui pour réussir à lui dissimuler mon émotion. Je ne te serais d'aucune utilité dans une cuisine.

Il sourit – et Dieu du ciel, il devrait vraiment arrêter de faire ça… ou je risque de me pâmer pour de bon, en vrai cliché de fille du Sud ! D'autant plus qu'il n'a toujours pas lâché ma main, et que son pouce rugueux trace des arabesques sur mon poignet, une zone oubliée de mon corps que je redécouvre sous un jour complètement nouveau, et bien trop sensuel.

– Je t'apprendrai… chuchote-t-il, tentateur.

Sa voix basse, grondante, résonne dans ma cage thoracique. Je frissonne comme une idiote, subjuguée par son aura brûlante qui respire le sexe, parle le sexe, *chante* le sexe.

– Ocean ! rouspète Camille, d'un ton ronchon. Règle numéro un : pas de relation sexuelle entre colocataires !

Pris en faute, Ocean lève les yeux au ciel, plus amusé qu'agacé par l'intervention de son ami. La tension électrique qui crépitait entre lui et moi s'évanouit presque aussitôt tandis qu'il me lâche la main et recule d'un pas. J'ignore pourquoi j'ai aussi froid, tout à coup, mais je n'aime pas la sensation de perte qui me submerge…

J'ai déjà trop perdu.

Je ne céderai plus rien à personne.

– J'ai instauré cette règle pour que TU arrêtes de baiser avec tous ceux qui occupent la quatrième chambre. Je te signale que c'est à cause de TES aventures qu'on change de coloc' comme de slip et qu'on est obligés de louer à une fille !

Je fais la moue, légèrement vexée, et marmonne dans ma barbe :

– Que c'est flatteur pour moi, tout ça…

Andrea écrit sur son téléphone.

LOL !

Je me mords l'intérieur de la joue pour éviter de rigoler – ce n'est même pas drôle, mais je suis à bout de nerfs et ma paume porte encore la brûlure intense de la peau trop chaude d'Ocean. Cette situation est rocambolesque et mon cerveau commence à fondre par mes oreilles. D'ailleurs, un début de migraine semble bien décidé à s'installer dans mon lobe frontal. Je suis tellement déboussolée que je ne saurais même plus distinguer ma droite de ma gauche, ou mon cul de mon coude !

– Est-ce ma faute si je suis irrésistible ? Non ! s'emporte Camille, faussement outragé. Ma beauté et mon sexe énorme me mènent la vie dure ! Je suis victime de mon propre charme. Il faudrait plutôt me plaindre…

Ocean se frappe le front du poing, et j'ai presque envie de l'imiter – mais en cognant Camille plutôt.

– Il est insupportable, ce mec ! Et dire que j'habite avec lui depuis cinq ans ! Je suis un saint. Qu'on m'apporte ma putain d'auréole !

– Moi, insupportable ? Comment oses-tu ?! Je te signale que c'est moi qui repasse toutes tes chemises en lin !

Le visage d'Ocean s'empourpre, ses yeux s'enflamment et une petite veine se met à pulser sur son front.

– Je vais te le répéter pour la centième fois : le lin, ça ne se repasse pas !

Une dispute aux dimensions bibliques est sur le point d'éclater lorsqu'Andrea me tire par le bras pour m'obliger à lire l'écran de son téléphone.

On continue la visite tous les deux ?
Ils vont s'écharper pendant
des heures, là ! Ces gamins ne vivent
que pour ça… C'est une relation
d'amour/haine absolument pénible.
Depuis que je les connais, je remercie
le ciel d'être né à moitié sourd !

Cette fois, je ne parviens pas à retenir mon sourire, attendrie par son autodérision, et, tout en lui faisant un petit signe enthousiaste de la tête, je m'autorise à jeter un dernier coup d'œil en direction d'Ocean.

Pas de relation sexuelle entre colocataires.

C'est une excellente règle. Vraiment. La meilleure de toutes les règles du monde. Parce qu'Ocean est aussi dangereux pour moi qu'un alligator affamé de trois mètres – avec ou sans quatrième patte.

Le dernier homme à m'avoir fait un effet similaire m'a séduite avec des mensonges, bernée avec de fausses promesses, puis il m'a baisée devant une caméra pour obtenir un moyen de pression contre moi et acheter mon silence tout en menaçant de publier la vidéo sur Internet si je disais la vérité à sa femme enceinte – qui a tout de même fini par l'apprendre. Au bout du compte, il a tellement brisé mon cœur que je ne suis même plus certaine qu'il batte encore.

Et malgré tout ce que j'ai pu dire et faire à son encontre pour essayer de me défendre, je suis toujours la gourde assez sotte pour croire que tout ce qu'il me disait dans l'obscurité de ma chambre recelait une petite part de vérité… et pour continuer à l'aimer – *un peu, encore et toujours, de tout ce qu'il reste de mon pauvre cœur meurtri.*

– Allons-y !

Andrea me conduit dans la seule pièce fermée du rez-de-chaussée, une salle de bains minuscule en comparaison des dimensions gargantuesques du reste de l'appartement. Elle se compose d'une cabine de douche très simple, de toilettes relativement propres et d'un lavabo encastré dans le mur ; c'est le strict minimum, un peu décevant, je dois bien l'admettre, mais elle a au moins le mérite d'être fonctionnelle…

Après la visite de la salle de bains, il me conduit à l'étage, auquel on accède grâce à un escalier en colimaçon dont la rampe en bois est recouverte de lichens – sûrement un autre des trésors d'Andrea.

Le second niveau se compose de cinq pièces de taille identique, reliées par un large corridor lumineux et dénué de meubles. La première porte mène à une deuxième salle de bains, beaucoup plus vaste que la précédente et dépourvue de toilettes, avec une baignoire à pattes de lion, une douche à l'italienne, une machine à laver et un meuble double vasques sur lequel sont éparpillés une multitude de produits pour hommes – parfums, crèmes, rasoirs et, bizarrement, des tonnes et des tonnes de préservatifs.

Un sourire satisfait ourle mes lèvres.

Dès l'instant où je poserai mes valises dans ma chambre, je me débarrasserai de ces capotes, qui font un peu trop « bains turcs à Sodome et Gomorrhe », et je me vautrerai dans l'eau chaude de cette sublime baignoire pour nettoyer toute la crasse accumulée sous mes ongles au cours de ces deux derniers mois !

Andrea me tend son téléphone.

Le tiroir du haut est à toi. N'ouvre pas
celui du milieu. Il est à Camille,
et tu n'as pas envie de savoir
ce qu'il y a dedans.

Je grimace, tout à fait d'accord avec lui, et hoche vivement la tête. Je ne m'approcherai jamais de ce tiroir – pas même sous la torture !

Andrea m'emmène ensuite dans sa chambre, un véritable temple dédié aux fleurs et à la sculpture. Un atelier de poterie dévore la moitié de l'espace tandis que le reste croule sous les pots en terre cuite, les mosaïques inachevées et, au milieu de tout ce joyeux capharnaüm, un lit aux draps défaits, une armoire branlante et une bibliothèque pleine d'ouvrages sur l'horticulture.

Tu as déjà fait de la poterie ?

Il me pose cette question, tout en me présentant sa dernière création, un vase si parfaitement exécuté qu'il pourrait être vendu à des gens aussi snobs que mes grands-parents.

– Jamais, lui réponds-je, gênée de mes lacunes de plus en plus évidentes. Jusqu'à présent, mes deux principales activités consistaient à faire du shopping et à en parler sur les réseaux sociaux.

Et avec le recul, je n'en suis vraiment pas fière. Le monde a tellement plus à offrir qu'une tripotée de magasins et de boutiques ! J'étais si aveuglée par mon argent et la facilité avec laquelle j'obtenais tout ce que je voulais que j'en ai complètement oublié ce que la mode ne me mettait pas sous les yeux.

Ornella Sinclair, faire de la poterie ? Alors qu'elle pourrait s'acheter tous les vases et autres pots et assiettes qu'elle désire ? Pfff, c'est une idée risible... qui soudain me semble irrésistible !

Tu voudrais que je t'apprenne ?

Dès cet instant, et alors que je croise son doux regard marron-vert, je sais que lui et moi, nous allons devenir les meilleurs amis du monde.

Il me rappelle toi, Romy... Un artiste excentrique avec de l'humour et le cœur sur la main.

Et j'espère sincèrement qu'aucune Ornella Sinclair ne débarquera dans sa vie pour l'écrabouiller et en faire une bouillie de haine et de méchanceté.

– Oui, s'il te plaît.

C'est à son tour de hocher la tête, aussi enthousiaste qu'un chiot, puis il me conduit à la chambre de Camille, située en face de la sienne et dans laquelle je refuse catégoriquement d'entrer – j'ai déjà eu mon heure de gloire sur les sites pornographiques. Étrangement, c'est l'endroit le plus simple et « normal » de l'appartement, avec un lit double, une armoire, un bureau, un ordinateur portable et un clavier électronique relié à une enceinte Marshall.

– Je suis un peu déçue. Je m'attendais à un donjon SM doté d'une balançoire sexuelle et d'une croix de Saint-André !

Andrea rit en silence.

Le succès de Cinquante nuances
de Grey l'a profondément outré.
Il avait postulé pour interpréter
le rôle d'Anastasia, mais il n'a
malheureusement pas été retenu.
Depuis, il a en horreur
jusqu'à la moindre fessée !

J'éclate de rire et le suis dans la chambre accolée à celle de Camille. Avant même qu'il n'ouvre la porte, je sais qu'elle appartient à Ocean. Rien à voir avec un quelconque talent de prescience ou de médium. Son odeur boisée, profondément masculine avec un léger accent de musc et d'humus, flotte dans la pièce. Je bloque ma respiration, trop affectée par cette fragrance unique, et jette un rapide coup d'œil à l'intérieur. Ce que j'y découvre me désarçonne durant quelques secondes. C'est… indescriptible. Un pêle-mêle de tout et n'importe quoi, très loin de ressembler à ce que l'on trouve ordinairement dans une chambre. En guise de lit, il y a un hamac sous lequel il a étalé trois couvertures en laine et deux oreillers, comme s'il ne pouvait dormir qu'à même le sol ou suspendu dans les airs. Pas de bureau ni de télévision, mais une pile de livres, des caisses de produits non périssables, un banjo, une planche de surf et une table d'architecte en bois recouverte de divers plans en cours d'élaboration.

– Il dort dans un hamac ? m'étonné-je, alors qu'une autre question me vient à l'esprit.

Où est-ce qu'il s'envoie en l'air avec ses conquêtes ? Sur le sol ? Dans le hamac ? Oh... sur la table d'architecte, peut-être ?!

Zut, il faut à tout prix que j'arrête de l'imaginer en pleins ébats amoureux avec la rousse !

– Oui, me répond Ocean, que je n'avais pas entendu arriver derrière moi. Ça me permet de garder un certain sentiment de liberté. Je déteste être prisonnier d'un lit avec des draps, des couvertures, des oreillers... Beurk !

Il fait semblant de frissonner, mais je sens qu'il est sincère. Ocean n'aime pas les lits, joue du banjo, surfe de temps en temps et étudie l'architecture. Quel cliché ! Et j'ai envie de m'étrangler pour avoir relevé et noté dans un coin de ma tête tous ces détails sur lui – ce que je fais à chaque fois que j'ai un coup de cœur pour un garçon.

Je mériterais qu'on me colle une grande baffe dans la tronche pour ne pas avoir retenu la terrible leçon *qu'il* m'a inculquée.

– Mais où est-ce que tu… commencé-je à dire, dévorée par la curiosité, avant de m'interrompre. Non, rien. Montrez-moi la quatrième chambre, s'il vous plaît.

– Après toi, Gator… dit Ocean en s'effaçant du seuil pour me laisser accéder à la dernière pièce, située en face de la sienne.

Mais Andrea et son téléphone me bloquent une nouvelle fois le passage.

Je vais chercher le contrat de location.
Tu es toujours intéressée ?

Je n'hésite qu'une demi-seconde avant de répondre :

– Oui, toujours.

Pas besoin de voir la chambre pour savoir que je vais vivre ici, avec eux, jusqu'à ce que je trouve mieux (ce qui me semble improbable) ou que je ne les supporte plus (ce qui finira très certainement par arriver).

Andrea s'en va à la recherche du contrat. Par conséquent, je me retrouve seule avec Ocean, qui ouvre la porte de ma chambre tout en me chuchotant à l'oreille :

– Pas besoin d'un lit pour baiser, Gator…

Troublée, je sens mes entrailles se liquéfier dans mon abdomen tout en essayant d'ignorer les papillons dans mon ventre. Et je me déteste profondément pour ça… L'amour, ce n'est pas pour moi, et ça tombe bien, *Stop Crying Your Heart Out* est là pour me le rappeler.

Il sera toujours là, à me hanter, à me menacer et à me torturer l'esprit autant que le cœur. Parce qu'il m'a pris bien plus que ma virginité, ma dignité, et plus globalement, mon identité.

Il m'a aussi volé mon plus vilain secret.

Des murs blancs, un lit recouvert de draps en coton d'une qualité supérieure et d'une multitude d'oreillers de la couleur de la lavande séchée, un bureau judicieusement placé sous la fenêtre voilée d'un rideau en lin beige, une armoire bien trop grande pour le peu d'affaires qu'il me reste, un ventilateur au plafond et un long miroir sur pied calé dans l'angle de la pièce… Il n'y a pas à dire, c'est infiniment mieux que la banquette arrière de mon pick-up !

– Bon, c'est un peu impersonnel, s'excuse Ocean, embarrassé, mais tu peux en faire ce que tu veux. Repeindre les murs, ajouter des meubles, virer le lit et mettre un hamac, ou…

– La transformer en labo de fabrication de méthadone ? le coupé-je, taquine.

La vue de ce lit moelleux m'insuffle instantanément un regain de bonne humeur. Savoir qu'il va bientôt accueillir mon corps douloureux enlève un poids énorme de mes épaules et délasse les muscles courbaturés de mon dos. Je n'ai plus qu'une envie : m'y jeter, tête la première, et dormir jusqu'à la fin de la semaine prochaine.

Ocean rit de mon impertinence.

– Tout, sauf ça ! s'exclame-t-il, en me suivant à l'intérieur de la pièce. Le processus de fabrication, en plus d'être extrêmement nocif pour les voies respiratoires, est très polluant. Et autant te le dire tout de suite, je suis très à cheval sur le tri sélectif, la lutte contre le gaspillage et, bien sûr, la cause animale.

Sans blague, songé-je, amusée, en m'asseyant sur le lit aussi confortable qu'un morceau de nuage tombé du ciel.

Il esquisse une moue adorable, comme s'il était à la fois gêné et fier de lui.

– Parfois, ça me rend un peu con, alors je m'excuse à l'avance si tu as l'impression que je te fais la morale ou que je suis constamment sur ton dos. Ce ne sera pas contre toi.

Tout en appréciant la douceur légèrement satinée du drap, je lui décoche un petit sourire en coin que ma grand-mère désignait souvent comme mon « air de Sphinx » à la Fikerman, hérité de son côté de la famille. L'art de sembler soumise et de bonne volonté tout en pensant : *Ne me fais pas trop chier, mon coco, si tu ne veux pas te retrouver avec les boules remontées d'un coup de pied dans le fond de la gorge !*

– Et si… je ne veux pas trier mes déchets ? m'enquiers-je, sans plus résister à la tentation de m'allonger sur le dos, bras tendus et jambes écartées, comme si j'allais dessiner un ange dans la neige. Ou que je continue à manger de la viande ? Est-ce que ça va poser un problème ?

Le matelas est exactement tel que je l'aime : assez ferme pour soutenir mes lombaires, mais suffisamment souple pour ne pas me donner l'impression de dormir sur une planche de bois. Je m'étire de tout mon long et mon tee-shirt remonte sur mon ventre, mais je m'en fiche comme de ma première culotte. Au contraire, je ferme les yeux et pousse un profond gémissement de bien-être qui résonne dans la chambre comme la plus divine des capitulations.

OK, mes colocataires sont des mecs insupportables, mais ce lit… Seigneur ! Il compense très largement leurs pénis !

– C'est le paradis sur Terre !

Un lit, une douche et une cuisine : ce sont les choses qui m'ont le plus manqué ces dernières semaines, alors qu'avant d'être traînée dans la boue, j'étais persuadée de ne pas réussir à survivre sans mon fourre-tout Louis Vuitton, mes escarpins à brides Louboutin et mes AirPod.

Ocean s'éclaircit bruyamment la gorge avant de répondre :

– Pour la viande, non. C'est un choix personnel sur lequel je n'ai rien à dire. Je te donnerai simplement l'adresse d'un boucher qui se procure sa marchandise dans un élevage écoresponsable et, le plus important, dépourvu de la moindre cruauté animale. Camille est un carnivore, lui aussi !

Et ce sera probablement mon seul point commun avec le blond hyperactif – enfin, mis à part notre penchant mutuel pour les beaux garçons…

– Toutefois, reprend Ocean d'une voix feutrée, en s'inclinant au-dessus de moi, ce qui me force à rouvrir les yeux. Pour le tri sélectif, je suis intransigeant. C'est une réelle problématique environnementale, et j'ai équipé l'appartement de façon à rendre le tri aussi simple et rapide que possible. À un moment, on changeait si souvent de colocataire que j'ai créé un petit guide pratique avec toutes les informations à connaître : où trouver le compost et à quoi il sert, où jeter le carton et les emballages, etc. Je te l'enverrai par e-mail, et si jamais tu as des questions ou un problème, l'un de nous se fera un plaisir de t'aider.

Devant mon air inquiet, il tempère :

– C'est juste une habitude à prendre, ne t'en fais pas ! En plus, je suis toujours de corvée de courses, donc tu n'auras pas à t'inquiéter de me voir péter un câble si jamais je tombe sur un pot de Nutella ou une bouteille d'eau en plastique !

Oh, mon Dieu ! S'il me surprend avec un Red Bull et un burger du premier fast-food venu, les deux éléments de base de mon alimentation, sa tête explosera sûrement sous l'effet de la colère et de l'indignation ! Et pire, s'il apprend que je suis la seule héritière de l'empire pétrolier Sinclair, dont les forages intensifs sont l'un des plus grands fléaux écologiques de ce côté-ci du globe, il me fichera à la porte en me crachant à la figure !

– Ce n'est pas tout à fait ça qui me fait peur… lui révélé-je, réticente à l'idée de lui en dire plus à mon sujet. Mais je me dois d'être franche envers toi : je suis nulle dans tous ces machins d'écologie et de conscience collective. J'aime bien les animaux, mais je les préfère le plus loin possible de moi, et en toute transparence, je n'ai jamais fait attention à ce que je mets dans ma bouche.

Ocean s'assied à côté de moi sur le lit, comme s'il ne pouvait pas s'empêcher d'empiéter sur mon espace vital. Ses yeux bleus et pétillants de malice m'obligent à me redresser pour remettre un peu de distance entre nous. Je déteste sa façon d'être aussi… *naturellement* charmant et séduisant, d'une arrogance folle et tentatrice.

– Promis, je veillerai à ne mettre que de bonnes choses dans ta bouche…

Le sous-entendu ouvertement sexuel me fait rougir de la tête aux pieds, et c'est complètement ma faute. J'ai tendu le bâton pour me faire battre.

– Arrête de m'asticoter, s'il te plaît, bougonné-je, à court de patience. Ça me met très mal à l'aise.

Il affiche une expression étonnée qui m'a l'air à peu près sincère.

– Désolée, mais c'est trop facile de te faire rougir et, je l'avoue, ça m'amuse déjà beaucoup !

Je croise les bras en travers de ma poitrine, piquée au vif.

Hors de question qu'il s'amuse à mes dépens ! Trop de gens le font déjà sur Instagram et Twitter…

– J'ai tiré une croix sur le sexe et les hommes, déclaré-je d'un ton péremptoire, donc j'apprécierais fortement que tu cesses de flirter avec moi. C'est une voie sans issue, mon pote. Un cul-de-sac !

Il sourit tout en répliquant avec concupiscence :

– Ne sois pas aussi dure envers toi-même. Tu as un très joli petit derrière.

Je vois rouge – bien qu'une part excessivement idiote de moi-même s'en trouve flattée.

– Ocean !

Il se moque gentiment de mon visage indigné pendant quelques secondes avant de retrouver un semblant de sérieux.

– Je ne flirte pas avec toi, Gator. Je te taquine parce que ta réserve glaciale et ton expression distante n'ont pas l'air naturel, et qu'avant de te donner accès à l'une des chambres de ma maison, j'ai vraiment envie de savoir à qui j'ai affaire.

Il a tout à fait raison, et ça m'embête de l'admettre. Je n'étais pas psychorigide et sur la défensive avant d'être trahie et méprisée par des gens que je considérais comme des membres de ma famille – et accessoirement, par l'amour de ma vie. En réalité, j'ai toujours été d'une nature sociable et ouverte, un peu condescendante, parfois, mais à l'écoute des bons conseils. J'avais des dizaines d'amis, de tous les horizons et de toutes les classes sociales, j'étais populaire et entourée, admirée et sollicitée en permanence pour tout un tas d'activités stimulantes. En fait, j'étais persuadée d'avoir le monde à mes pieds… jusqu'à ce qu'il me mette à genoux et qu'il profite de ma position de faiblesse pour me faire comprendre que je n'étais rien de plus qu'un nom de famille.

Et une fois que ce nom m'a été arraché, je n'étais plus rien.

Du tout.

Ocean me pousse du coude, m'arrachant à mes sinistres pensées.

– Qui es-tu, Ornella Sinclair ?

Personne.

Une vérité triste et amère, très difficile à avaler, qui m'a poursuivie jusque dans mes pires cauchemars pour les transformer en sinistre réalité.

Je ne suis personne, je suis toute seule et je me sens tellement paumée que j'ai envie de me rouler en boule et de pleurer jusqu'à finir par complètement me dessécher, tomber en poussière et disparaître...

– Je suis une fille qui a besoin d'un appartement et qui a les moyens de payer le loyer, lui réponds-je à la place.

Ocean secoue la tête d'un air légèrement impatient.

– Je te l'ai déjà dit : l'argent, je m'en fiche. Ce qui m'importe, c'est d'avoir un, ou plutôt, une nouvelle amie avec laquelle vivre en parfaite harmonie.

C'est tellement niais que j'en ai un haut-le-cœur.

– Je veux juste un endroit calme et paisible où prendre un peu de repos, OK ?

Ses sourcils se haussent à la verticale sur son front.

– Rupture difficile ? devine-t-il.

Je ricane d'un air morose. Tout à coup, je suis tellement fatiguée que j'ai les yeux secs, la bouche pâteuse et les jambes engourdies.

Est-ce toujours aussi compliqué de louer un appartement ?

– Tu n'as même pas idée…

Il penche la tête sur le côté pour m'observer derrière le voile mélancolique de ses paupières mi-closes.

– Envie d'en parler ?

J'ai un brusque mouvement de recul.

– Tu rigoles ? On ne se connaît même pas !

Et plutôt mourir que d'avouer à qui que ce soit l'ignominie de ce qu'il m'est arrivé à Bâton-Rouge !

– Je m'appelle Ocean Sandberg, j'ai vingt-deux ans, j'étudie l'architecture et les transitions écoconstructives et je suis un chouïa obsédé par la cause environnementale, mais c'est la faute de mes parents. Mon père est un membre actif de Greenpeace et un ingénieur écologue de talent. Quant à ma mère, c'est une avocate en droit environnemental de renommée internationale, spécialisée dans la préservation des espèces en voie de disparition, bien qu'elle se soit récemment lancée dans la lutte contre la déforestation amazonienne. J'ai grandi en ayant bien conscience que l'on dispose d'une seule planète, et qu'il faut en prendre soin – quitte à se faire des ennemis puissants et à se fâcher avec ses amis. À part ça, je suis un excellent surfeur depuis l'âge de treize ans, une passion qui me vient de l'époque où je vivais à Hawaï avec ma grand-mère, et j'ai nagé avec un énorme requin-tigre l'année dernière, sauf que je n'en savais rien et qu'il a failli me bouffer comme une belle andouillette. J'en ai gardé une mignonne et toute petite cicatrice, d'ailleurs…

Il soulève sa chemise de lin blanc, m'exposant ainsi la vision de rêve de ses tablettes de chocolat et, dans un même temps, la trace cauchemardesque d'une énorme morsure laissée par une mâchoire aussi large que mon avant-bras.

– Et enfin, dans un registre un peu plus factuel, je dois t'avouer que je n'ai jamais eu de petites copines.

Cette dernière confession me semble encore plus incroyable que le fait qu'il ait été croqué par un requin-tigre – et qu'il ait survécu, en plus !

– Jamais ? m'écrié-je. Tu déconnes ?!

Ocean hausse les épaules, nonchalant, et redescend sa chemise sur son ventre à la perfection brisée qui, loin de l'enlaidir, le sublime au-delà des mots. Cet homme ne respire pas seulement le danger. Il l'incarne de toutes les fibres de son être et le revendique jusque dans la chair abîmée qui habille son âme sauvage.

C'est bien ma veine…

– La seule chose que j'aime plus que notre planète, c'est ma liberté.

Et voilà ! D'une seule phrase, il vient de me rappeler pourquoi ma première impression de lui a été aussi mauvaise ; c'est un coureur de jupons qui se tracasse plus pour la cause des orangs-outans que pour le cœur des femmes qu'il blesse.

– Quoi ? s'agace-t-il, mal à l'aise. Pourquoi tu me regardes comme si je venais de pisser sur tes chaussures préférées ?

– Je ne sais pas, mens-je, prise de court par sa perspicacité. Je… euh… Je crois que je trouve ça un peu triste, c'est tout.

Surtout pour la pauvre rouquine qui se consume d'amour pour lui. Un amour à sens unique qu'il entretient dans le seul but de se servir d'elle pour assouvir ses besoins égoïstes, tout en se fichant comme d'une guigne du mal qu'il lui fait.

Tu as perdu tous les points que tu venais de gagner, connard.

– Dit celle qui a renoncé aux hommes ! riposte-t-il, un brin caustique.

Je prends la mouche.

– Peut-être que je ne suis pas la mieux placée pour en parler, c'est vrai. Mais au moins, je sais exactement sur quoi je tire un trait. L'amour, c'est horrible quand ça se termine mal, mais les rares moments où tout se passe bien sont indescriptibles et…

– Et pourtant, tu y renonces de ton plein gré ! insiste-t-il, en me coupant la parole. C'est encore plus triste, à mes yeux, d'abandonner quelque chose que l'on aime tout simplement parce qu'on craint trop de souffrir.

Je me redresse d'un bond, furieuse d'être d'accord avec lui, et me dirige vers le grand miroir dans lequel je m'examine sous toutes les coutures. Physiquement, c'est toujours moi, mais j'ai la désagréable impression d'être en face d'une étrangère.

– Quelle drôle de fille… murmure Ocean, dont le regard perçant me brûle la nuque.

Mon reflet fronce les sourcils – oui, c'est bien moi, même si je ne me reconnais plus…

– Et quel drôle de mec, répliqué-je, dans le seul but d'avoir le dernier mot.

Il ignore ma provocation et demande à la place :

– Tu veux toujours de la chambre ?

De la chambre, oui. Des colocataires, non.

– Tu veux bien me la louer, à moi ? La fille qui ne t'en dira jamais autant sur elle qu'elle en sait sur toi ? La fille qui n'est pas tous les jours de bonne humeur, qui aime ses steaks saignants, qui n'a pas toujours le réflexe de jeter la brique de lait vide dans la poubelle adéquate et, *mea culpa*, la fille qui ne s'occupera certainement pas de ton Bonzaï ?

Malgré nos premières frictions, il saute sur l'occasion d'apaiser la situation en blaguant :

– Tu parles de mon lézard, là, ou de mon énorme…

– Ocean ! l'interromps-je, en faisant volte-face pour le foudroyer du regard.

Il éclate de rire, à moitié écroulé sur mon lit, et toute ma colère disparaît d'un seul coup. Pouf !

Envolée ! Je n'ai plus qu'une envie : le rejoindre et mêler mon rire au sien pour oublier, l'espace d'un instant, à quel point ma vie est compliquée.

– Tu n'aimes pas les tégus ? parvient-il à me demander, une fois qu'il a retrouvé son calme.

Je choisis de jouer la carte de l'honnêteté :

– Je n'ai rien contre eux, mais j'aurais préféré que tu sois l'heureux papa d'un adorable chaton ou, à la rigueur, d'un crétin de poisson rouge.

Un lent sourire s'épanouit sur ses lèvres pulpeuses.

– Est-ce que tu as jeté un coup d'œil à l'intérieur du terrarium ?

– Non.

Mes entrailles se liquéfient de trouille rien qu'à la pensée de ce qui risque de s'en échapper.

Pas de serpent, pas de serpent, pas de serpent !

– Alors, il vaut peut-être mieux que tu signes le bail avant de le découvrir…

Malheureusement, je ne peux pas l'inviter à terminer sa phrase, parce que c'est à ce moment-là qu'Andrea revient avec une liasse de papiers et un stylo.

Le contrat de location. La fin de mon errance.

– Pile à l'heure, Sa Majesté des Fleurs !

Ocean tape des mains, l'air content de lui – ou plutôt, de moi.

– Je crois qu'on a enfin trouvé la quatrième roue de notre carrosse.

Moi, je crois qu'on fonce droit dans le mur… et pourtant, ça ne m'empêche pas de signer le bail qui m'engage pour les six prochains mois à vivre ici, avec ces trois garçons bizarres, leur tégu aux ambitions canines et un dernier occupant d'une espèce encore indéterminée.

– Alors, c'est bon ? Elle a signé ? s'écrie Camille.

Il entre et se jette sur mon lit, uniquement vêtu d'un caleçon blanc et d'une écharpe en laine rose.

– Elle est à nous, maintenant ?

Andrea fait signe que, oui, je suis bel et bien la nouvelle Boucle d'or de ces trois ours.

– Génial !

Camille me gratifie d'un large sourire alcoolisé, se glisse sous mes draps, comme s'il était chez lui, et s'endort avant même d'avoir posé la tête sur mon oreiller.

Tout compte fait, ce n'est peut-être pas moi, Boucle d'or...

Mais je vais très vite leur apprendre à respecter mon intimité.

CHAPITRE 4

Gator ? Pas mon style !

OCEAN

– Elle s'est endormie.

Camille pointe du doigt une évidence, comme à son habitude. C'est le roi du « parler pour ne rien dire » et, là encore, il mérite amplement de coiffer la couronne de pure débilité qui auréole fictivement sa tignasse blonde. J'aime ce type, mais nom de Dieu, qu'il peut être débile, parfois !

– J'ai vu, répliqué-je, les yeux braqués sur mon canapé, là où notre nouvelle colocataire s'est assoupie juste après avoir dévoré la ratatouille que j'ai cuisinée pour célébrer son arrivée. Elle dort si profondément qu'elle n'a même pas senti que Bonzaï s'était installé contre ses jambes !

Mon lézard adore les jolies filles. Ce jeune tombeur de trois ans revient de loin, il a grandi dans des conditions atroces qui lui ont laissé des cicatrices, et pourtant, il est d'une gentillesse inhabituelle pour son espèce. En fait, je crois qu'il se prend pour un chien, parce qu'il se comporte exactement comme s'il en était un. Il réclame des promenades, des chatouilles et des câlins. Il joue aussi à rapporter la balle, mais ce qu'il préfère par-dessus tout, c'est faire la sieste sous les couvertures avec un humain bien douillet pour le réchauffer et lui tenir compagnie. Il déteste les cages et la solitude, aussi, j'évite à tout prix de restreindre ses mouvements. J'espère qu'Ornella est prête à l'avoir dans les pattes, parce que je ne rigolais pas en appelant Bonzaï notre quatrième colocataire. Il fait partie de la famille, au même titre que Pythie, dont elle n'a pas encore fait la connaissance.

Et j'ai tellement hâte de voir sa tête quand elle va la rencontrer…

– Verdict ? Sommes-nous satisfaits de notre choix ? enchaîne Camille, toujours à moitié dévêtu. Elle m'a l'air un peu farouche, mais personne ne résiste bien longtemps à mon charme !

Je grogne et repousse le bras qu'il a glissé autour de ma taille.

– Tu l'as dit toi-même : pas de sexe ! Tu n'as pas le droit de coucher avec elle, le préviens-je, en pointant un doigt accusateur sous son nez. Ça suffit, les conneries !

Camille est un véritable *Serial Fucker*[3]. Dès qu'une jolie frimousse passe dans son champ de vision, il se fait un devoir de l'attirer dans son lit – ou sur toutes les

3. Livre de la même auteure.

surfaces suffisamment planes qui peuvent accueillir ses glorieux ébats de vingt-cinq secondes. Homme ou femme, petit ou grand, maigre ou rond, qu'importe l'origine ou la religion, il ne fait pas de discrimination. C'est un amoureux de l'amour, un hédoniste romantique, un cœur trop sensible, aussi, à la recherche désespérée de son *alter ego*. Malheureusement, il a une personnalité trop exubérante, un feu juvénile qui dévore au lieu de réchauffer, et c'est directement lié à son hyperactivité, qui a tendance à faire partir dans la direction opposée toutes ses conquêtes effarouchées.

– Je suis bien avec Djibril pour l'instant, argue-t-il avec ses yeux de merlan frit. On va bientôt fêter notre premier mois ! Et il est toujours là ! C'est fou !

Andrea répond en signant d'un air ironique :

– Oui, c'est dingue !

Je dissimule un petit rictus derrière mon poing. Djibril est presque aussi taré que Camille – dans un genre *complètement* différent et *totalement* flippant.

– Gator croit que tu es seulement à voile, et pas aussi à vapeur, continue-t-il à signer, et il vaut mieux qu'elle continue à le penser un petit moment. Tu la terrifies.

Camille s'indigne :

– Moi ? Je suis un ange ! Un être de pureté ! C'est plutôt de vous deux qu'elle devrait se méfier !

Il plisse les paupières dans une expression inquisitrice digne d'un éminent chef de guerre japonais. Ce n'est pas le plus intelligent des hommes. Son trouble l'empêche de rester suffisamment concentré pour assimiler ce que le commun des mortels considère comme indispensable à une bonne éducation. En revanche, il possède un très, *très* bon instinct…

– Toi, tu as déjà prévu d'en faire ton dessert !

J'attendais qu'il me regarde, *moi*, mais c'est à un Andrea rougissant qu'il s'adresse. J'ignore si j'en suis soulagé ou agacé. Un peu des deux, peut-être…

– Elle est sympa. Mignonne. Et quand elle me parle, elle ne hurle pas et ne s'exprime pas comme si j'étais une espèce de gogol incapable de la comprendre.

Andrea n'a pas de chance avec les filles. Sa silhouette fluette, son air doux, son amour pour les fleurs et, bien sûr, ses handicaps sont autant d'éléments qui le font directement passer d'« amant potentiel » à « petite chose fragile et délicate dont il faut prendre soin ». C'est toujours le meilleur ami, le confident, le soutien émotionnel qui n'a jamais droit à sa propre histoire d'amour – ou, plus sommairement, de cul. C'est le président de la *friendzone* et le Premier ministre des amours à sens unique.

– Nous n'avons qu'une règle, et vous avez intérêt à la respecter, tous les deux ! grincé-je avec un sentiment d'agacement de plus en plus accentué, sur lequel j'évite de m'appesantir. Je la trouve tout à fait sympathique. Elle a l'air…

Distante ? Froide ? Triste ? Brisée ? Un peu à la ramasse ? Complètement désespérée ? Si jolie quand elle se lâche et sourit pour de vrai ?

– Sympa, répété-je, à court de vocabulaire.

Camille me gratifie d'un regard ironique qui aiguillonne quelque chose de mesquin en moi. De l'avis général, et si l'on omet mes actions un tantinet extrêmes sur le plan de l'écologie, je suis un gars plutôt cool, aimable et bienveillant. Une bonne nature, toujours d'humeur joyeuse et à l'écoute de mes proches. Le mec que toutes les filles veulent dans leur lit – et dans leur vie. Pas tout à fait le gendre idéal, mais *presque*...

En vérité, ce n'est que la facette « politiquement correcte » de ma personnalité. C'est moi, oui. À moitié. Parce qu'il y a autre chose derrière mon masque de surfeur/hippie complètement cliché qui m'a sauvé la mise plus d'une fois.

Ce qu'il s'y cache ? Tellement de mensonges, tellement de vérités. Ce n'est pas beau. Ce n'est pas du tout « écolo-friendly ». Putain, c'est un mélange de brisures, de cassures et de fêlures qui n'arrivent plus à retenir toute la colère et la souffrance que je refoule depuis que mes parents m'ont abandonné pour aller sauver le monde – toujours plus loin de moi.

À l'instar de Bonzaï, je n'ai pas eu la chance d'avoir une belle jeunesse, et tout comme lui, j'ai des cicatrices sur le corps pour le prouver. Mais les plus terribles sont celles qui demeurent invisibles à l'œil nu, bien cachées sous les coutures de ma peau abîmée et la duplicité de mon sourire insouciant.

– Je vois qu'Ocean s'est trouvé un nouveau chat errant à sauver des griffes de notre vilaine société.

Ça aussi, c'est moi. L'homme incapable de laisser une créature sans défense souffrir de l'indifférence et de la négligence cruelle de l'espèce humaine. C'est peut-être aussi pour cette raison que j'ai recueilli Andrea et Camille. Deux écorchés, tout aussi blessés par la vie que moi – à la différence qu'ils l'assument, eux. Et qu'ils se moquent du jugement des autres tandis que je crève du besoin d'être au moins respecté, au mieux aimé, et idéalement vénéré pour l'hypocrisie de mes combats.

Monsieur Popularité, c'est moi !

Et je me demande souvent : *Oui, mais jusqu'à quand ?!*

– Elle a le même air que toi lorsque je t'ai trouvé, attaqué-je, les bras croisés dans une posture défensive qui ne me ressemble pas. Paumé, désespéré et prêt à tout pour un peu de pain et un lit chaud. Si je t'avais laissé faire, je suis sûr que tu aurais proposé de me sucer…

Camille rougit à ce rappel nauséabond d'un passé qu'il s'efforce d'oublier. Il avait quinze ans, j'en avais seize, presque dix-sept, et cet appartement n'était pas encore le refuge qu'il incarne aujourd'hui, pour lui comme pour moi. Dans son dos, Andrea m'écorche d'un regard aussi aiguisé qu'une pointe filetée de métal. Elle se plante en moi, profondément, et se faufile dans la partie « bonne et consciencieuse » de mon âme.

J'aimerais être un homme complètement bienveillant *ou* un enfoiré totalement insensible. Mais je suis les deux, parfois en même temps, et la dualité constante de ma propre nature m'épuise…

Oh, mon bel Ocean qui peut être aussi placide et paisible que l'immensité salée dont il porte le nom… et encore plus destructeur que lui, aussi, lorsque la tempête de sa colère se met à gronder et à soulever les vagues de sa fureur.

Ma Tutu[4] était la seule personne à me connaître – pour de vrai – et la seule à me comprendre – tout entier. Ce qui n'a rien d'étonnant puisque c'est elle qui m'a élevé et qu'elle-même portait le nom d'un fléau de la nature ; Mauna, comme le volcan endormi qui domine le versant est de l'archipel sur lequel j'ai passé mon enfance et le début de mon adolescence.

– Pardon, m'excusé-je immédiatement, en posant la main sur l'épaule de Camille. Je n'aurais jamais dû dire une telle bêtise. Je sais bien que tu me sucerais encore aujourd'hui si je te laissais l'opportunité de t'approcher ne serait-ce que d'un mètre de ma superbe bite !

Ce qui est bien, avec Camille, c'est qu'il n'est pas rancunier pour un sou. Et qu'il possède un sens de l'humour inépuisable.

– Un jour, riposte-t-il en riant, toute tristesse évaporée, je t'aurai, Ocean !

Je ris avec lui, même si je sais que ce n'est pas tout à fait une bravade de sa part. À une époque

4. *Tutu* signifie « grand-mère » en hawaïen.

pas si lointaine, Camille a éprouvé pour moi des sentiments qu'il n'a pas réussi à me cacher, mélange d'amour et de désir, et j'ai bien cru que notre amitié ne s'en remettrait pas. Mais ils s'en sont allés comme ils sont venus, discrètement, sans faire de bruit, après une belle journée ensoleillée. Il m'aimait, puis il en a aimé un autre, puis *une* autre, et ainsi de suite, jusqu'à ce qu'on finisse par devenir les meilleurs amis du monde, à la vie à la mort.

– Vous allez finir ensemble, tous les deux ! se moque Andrea par le biais de la voix métallique de l'application Talk dont il se sert pour communiquer avec nous lorsque l'on n'est pas attentif à ses signes. Mariez-vous et fichez-moi la paix !

On chahute quelques minutes, et aucune de nos blagues ne vole très haut, mais ce moment agréable parvient à apaiser la colère que Camille a allumée en moi en parlant du béguin d'Andrea pour notre nouvelle colocataire.

S'il craque pour elle, tant mieux pour lui ! me répété-je, en les suivant dans la cuisine pour un deuxième round de ratatouille. Gator n'est pas du tout mon style de filles. Dans ses yeux noirs brille la promesse d'une histoire sérieuse, d'un amour intense et passionné. Ce n'est pas le genre à se contenter de parties de jambes en l'air occasionnelles ou d'un arrangement de *sex friends*, comme Rachel. Ça se voit comme le nez au milieu de la figure : avec elle, c'est tout ou rien. Et ça se sent aussi dans son odeur de fille à la dérive. Elle porte le parfum du chagrin, du cœur brisé et, de façon plus subtile, celui d'une furieuse envie d'être réparée…

Moi, je sauve peut-être tous les chats errants qui croisent ma route, mais seulement pour leur dénicher un foyer capable de leur offrir ce qu'ils méritent. Je ne les garde pas. *Jamais.* À l'exception de Bonzaï, dont personne n'a jamais voulu, et de Pithy, trop méchante pour trouver une nouvelle famille.

– Elle est encore plus jolie que sur sa photo de profil, fait remarquer Camille, en suivant la direction de mon regard qui, pour une raison inexplicable, s'est de nouveau égaré sur Gator. Tu crois qu'on lui dira un jour qu'on l'a choisie parce qu'elle était la plus canon des postulantes ?

Je lui envoie une serviette roulée en boule à la figure.

– Je l'ai choisie parce qu'elle a un alligator pour animal totem ! lui rappelé-je.

Et parce qu'à la seconde où j'ai lu son e-mail complètement déjanté, j'ai su qu'elle était suffisamment caractérielle pour affronter nos conneries. Puis j'ai cliqué sur l'icône de sa photo de profil, et peut-être, oui… peut-être que je me suis mis à bander en imaginant sa bouche immense se refermer sur moi et ses lèvres pulpeuses s'enrouler autour de ma queue. Pour ma défense, Gator a une bouche faite pour les baisers, et même si elle semble avoir dix kilos de moins qu'à l'époque où elle a pris la photo, elle a toujours un corps de folie !

Le souvenir du petit show qu'elle m'a offert sur son lit me revient à l'esprit, et comme durant ce spectacle de toute beauté, je sens ma température corporelle augmenter de façon considérable. Bras levés et jambes écartées, le nombril à l'air et la bouche gémissante, elle s'est tortillée sous mes yeux écarquillés en oubliant le fait que… eh bien, je suis un jeune homme vigoureux et en pleine santé, dévoré par les hormones et des envies lubriques.

Et pour le coup, mon idiot de pénis a bien failli nous mettre encore plus dans l'embarras qu'au moment où elle a compris que ses futurs colocataires n'étaient pas de gentilles filles de bonne famille.

– Oui, mais elle est Balance !

Andrea cogne sa tête contre la table. Quant à moi, je lève les yeux au plafond en implorant le Seigneur de me donner un peu plus de patience qu'à l'accoutumée. Camille et l'horoscope, c'est une histoire d'amour/haine qui me file des migraines.

– Djibril est Scorpion, et pourtant, votre histoire fonctionne plutôt bien.

Camille renifle d'un air dédaigneux en faisant tournoyer ses couverts dans tous les sens. Je me suis habitué à ce qu'il bouge tout le temps, mais parfois, comme ce soir, ça me donne le tournis. Il n'y a que lorsqu'il joue de la musique qu'il parvient à se tenir un tant soit peu tranquille.

– Tu me sembles un peu ronchon, Ocean. Rachel n'a pas réussi à te satisfaire, ou quoi ?!

Au contraire ! Elle s'est donné énormément de mal pour me faire jouir, encore et encore, comme si me procurer du plaisir était la seule et unique raison pour laquelle elle était sur Terre.

J'esquive la question en relançant la conversation sur Djibril. Je n'avoue pas à mes amis que le sexe avec Rachel m'a à la fois comblé pour au moins une petite décennie (parce que c'était vraiment super) et mis très mal à l'aise (parce qu'elle avait l'air d'en attendre beaucoup plus que moi). Rachel commence à tomber amoureuse… et ça veut dire que ça sent la fin, pour nous.

C'est dommage, je l'aime bien.

Mais pas comme elle veut.

Jamais comme elles le veulent…

– Et Djibril a dit à sa mère que j'étais son petit ami et qu'elle allait devoir s'y faire, parce qu'il prend davantage son pied à être sucé par un mec que par les dizaines de meufs qu'elle n'arrête pas de lui présenter pour le « purger » de son homosexualité. C'est mon héros, putain ! Il s'assume à cent pour cent. Je n'ai jamais rien vu de plus sexy !

Je suis content pour mon ami et je le félicite, même si je ne suis pas certain que Djibril soit un homme fait pour lui.

Là où Gator sent le sexe monogame et le cœur brisé, Djibril, lui, exhale un parfum d'infidélité et de violence à peine refoulée qui n'augure rien de bon.

– Tiens ! m'étonné-je en passant près de la fenêtre, le connard à l'immonde pick-up est toujours là ! Quel culot de se garer juste sous ma fenêtre !

Tout le quartier sait pourtant que je suis contre ces engins de destruction massive qu'on nous revend à des sommes folles, hallucinantes. C'est la mort sur roues, ce machin-là. Une offense à toutes les causes que je défends et à celles pour lesquelles mes parents m'ont lâchement refourgué à ma Tutu.

– C'est peut-être un nouveau qui ne sait pas à quel point c'est risqué pour lui de traîner dans le même périmètre que toi, signe Andrea, alors que j'enfile une veste et attrape un couteau. Qu'est-ce que tu fais ? ajoute-t-il, sourcils froncés.

Je tapote la lame brillante contre ma joue, un sourire diabolique sur les lèvres.

– Je vais aller souhaiter la bienvenue au nouveau… à ma façon !

Andrea n'essaie pas de m'arrêter, et Camille s'en fiche pas mal. Ce ne seront pas les premières roues que je crève, et ce ne seront sûrement pas les dernières…

Après un dernier regard en direction de Gator, je sors de l'appartement, mon couteau à la main, en l'entendant murmurer de sa voix étonnamment rauque pour une femme :

Je crois que je trouve ça un peu triste, c'est tout.

Peut-être qu'elle a raison. Peut-être que ça l'est un peu, malgré tout ce que je me dis pour essayer de me convaincre du contraire. Mais comme je le lui ai expliqué, j'ai grandi en ayant conscience que l'on a qu'une planète et qu'il faut la protéger.

Quitte à se faire des ennemis.

Quitte à se fâcher avec ses amis.

Quitte à abandonner son enfant.

Et c'est exactement pour cette raison que je n'éprouve pas une once de culpabilité en crevant les roues de cet immonde pick-up qui a contribué à trouer la couche d'ozone… et à me priver de l'amour de mes parents.

Ma Tutu a raison, je suis comme l'océan dont je porte le nom : *sans aucune limite.*

CHAPITRE 5
Le calumet de la paix

ORNELLA

Je me réveille en sursaut, tirée de mon sommeil par le contact d'une langue à la fois râpeuse et gluante, qui me lèche la joue, puis l'oreille et le cou avant de descendre plus bas… J'ignore par quel miracle je parviens à retenir le cri effroyable qui enfle dans ma gorge, mais je suis plutôt fière de moi – il est trois heures du matin, nous sommes dimanche, jour du Seigneur, et mes colocataires doivent sûrement dormir à poings fermés. Un sentiment de répulsion fait tout de même se dresser les poils sur mon corps tandis que je roule sur le dos en entraînant Bonzaï. Le lézard s'étend de tout son long sur mon ventre, dépose sa tête sur mes seins, et même si je n'y connais rien en herpétologie, je pourrais jurer qu'il me sourit d'un air content de lui.

Honnêtement, Bonzaï est moche. Une gueule énorme, des bajoues qui ressemblent à des goitres et deux yeux jaunes. Noir et blanc, avec des écailles grises et des bandes tachetées sur les flancs, il possède de très grandes dents, des griffes acérées et une mâchoire puissante qui lui sert probablement à dévorer tous les rongeurs qui se baladent dans le quartier.

Point positif de notre cohabitation : il n'y aura jamais de rats chez moi. Point négatif : il y aura Bonzaï.

– Écoute, commencé-je en le repoussant pour m'asseoir, toi et moi, on va y aller en douceur, une étape après l'autre. OK ? Tu étais là avant moi, et je respecte ça. Vraiment. Mais j'ai pour principe de ne jamais permettre à un lézard de me lécher le premier soir. Ce n'est pas contre toi. Tu m'as l'air charmant, un peu collant, peut-être, et ça faisait un moment qu'un mec ne m'avait pas pelotée, mais quoi qu'en disent les réseaux sociaux, je ne suis pas une fille facile.

Un rire étouffé rompt le silence.

– C'est bon à savoir, Gator !

Merde !

Les joues écarlates, je me fige dans la semi-pénombre et maudis ma mauvaise vision de m'avoir fait croire que j'étais seule. J'ai cassé mes lunettes Prada dès le premier jour de mon bannissement, et je n'ai pas encore pu les remplacer. Je ne suis pas myope, mais je n'ai certainement pas un œil de lynx, ce qui explique pourquoi je n'ai pas discerné le grand corps bronzé d'Ocean, assis sur le balcon, juste en face de moi, un joint coincé dans la bouche et un carnet à dessin étalé sur les genoux.

Le visage tourné vers la lune, il contemple les milliers d'étoiles incandescentes qui parsèment la voûte céleste, les pieds croisés sur la balustrade.

Beau. Triste. Lointain. *Vrai.*

Un léger courant d'air aux senteurs typiques d'un printemps dans le bayou m'arrache un autre frisson – à moins que ce ne soit la beauté à couper le souffle d'Ocean. J'ai toujours été frileuse, et les journées ont beau être étouffantes dans les marais, les nuits peuvent se révéler traîtresses et inhospitalières. Il ne fait pas tout à fait froid, mais à l'instar du tégu qui se prélasse sur mon oreiller, j'aime la chaleur et l'humidité. Deux mots qui peuvent parfaitement décrire l'état dans lequel je me trouve dès lors que je pose les yeux sur son propriétaire – et le mien aussi, désormais.

Ocean et sa peau hâlée, ses yeux bleutés, ses cheveux bruns et frisés, ses lèvres pleines, ses muscles déliés et ses nombreuses – très nombreuses – cicatrices sont autant d'éléments perturbateurs qui ne devraient plus m'importer ou m'importuner. Après tout, j'ai tiré une croix écarlate sur les hommes. Les beaux, les laids, les gentils et les mauvais. Mais il y a quelque chose chez lui qui… *m'attire*. Inexplicablement. Envers et contre le fait que je sais qu'il est taillé dans la même étoffe que *lui*. Celle dont on fait les plus terribles chagrins d'amour.

– Tu ne dors pas ?

Ma question est stupide. Je me sens idiote. Et lorsqu'il rit encore de moi, j'ai envie de me gifler, ou de le gifler, lui, pour me faire ressentir ce trouble ridicule qui me donne des nausées à force de faire s'envoler des papillons dans mon estomac.

– Insomnie.

Une réponse laconique, presque mécanique.

– D'où le joint, je présume.

Je n'ai jamais été une grande consommatrice d'alcools forts, de somnifères ou de drogues, mais j'en connais aussi bien les vertus que les inconvénients, et je sais que pour lutter contre une insomnie, il n'y a rien de mieux que l'étreinte suave de Marie-Jeanne. C'est un remède naturel, facile à se procurer, à un prix abordable. Ma mère l'adorait au point que j'associe encore aujourd'hui son souvenir fané à l'odeur prégnante du chanvre. Comme un parfum oublié, la fumée d'un joint me rappelle systématiquement celle qui, un beau matin, m'a abandonnée en échange d'un bon gros paquet de billets. Un choix plus judicieux et moins cruel qu'il n'y paraît de prime abord… Juliette De Vigne n'était pas faite pour être mère. Son âme d'artiste torturée, perpétuellement tourmentée, l'accablait d'humeurs versatiles qui ne cadraient pas avec l'éducation d'une fillette. Elle pouvait traverser le monde sur un coup de tête, partir randonner au Pérou, faire une retraite spirituelle en Inde et flâner dans un dédale de boutiques de luxe à Milan – et tout ça, dans la même semaine. M'abandonner à mes grands-parents a sûrement été le choix le plus responsable et le moins égoïste de toute sa vie de maman.

Eh oui, c'est triste, mais au moins, je lui ai survécu. Plus ou moins…

Tu es comme ta mère. Une déception.

Les mots de mon grand-père flottent dans mon esprit, mais je les refoule dans le coffre scellé à double tour qui abrite les souvenirs de ma vie brisée d'héritière fortunée à Bâton-Rouge.

– Tu veux une taffe ?

J'ignore si Ocean est sérieux, mais l'autre vertu du cannabis, c'est sa capacité à te faire oublier à quel point ta vie est merdique. Il n'efface pas tes problèmes – oh non, ce n'est pas de l'herbe magique ! – mais il les camoufle aussi longtemps que tu t'enfumes le cerveau. Un dérivatif dangereux, parce qu'incroyablement séduisant…

Tout comme l'homme qui me propose de goûter à son doux poison.

– Non, merci.

Je suis plus forte que ça… et je ne goûterai ni à l'herbe, ni à celui qui la fume.

Même si j'en ai foutrement envie.

– Pas d'insomnie pour une force de la nature telle que toi, hein ?

Je ne le connais pas très bien – ou plutôt, pas du tout – mais je le sens différent de l'homme enjoué et séducteur qui m'a accueillie à bras ouverts, tout à l'heure. C'est comme si la lune avait révélé sa véritable nature.

Beau. Triste. Lointain. *Vrai*.

C'est drôle, *il* disait toujours que les prédateurs sont de belles créatures le jour et d'horribles monstres la nuit. Là encore, *il* avait raison ; c'est à minuit qu'*il* m'a brisée, dans le noir qu'*il* m'a plongée, et finalement, dans les ténèbres qu'*il* m'a forcée à révéler celle que je suis vraiment à l'intérieur, sans mon masque de faux-semblants saupoudrés d'immondes paillettes colorées.

– Si tu le dis…

– Tu as de la chance.

Je ricane dans ma barbe, amusée par son erreur. Puis je me lève pour le rejoindre sur le balcon, incapable de résister à cette pulsion irrationnelle qui m'oblige à rechercher sa compagnie. Sans lui accorder plus qu'un rapide coup d'œil, je m'installe sur la chaise à côté de la sienne, dans la même position que lui – jambes étendues devant moi, pieds posés sur la rambarde et visage offert aux rayons opalescents de l'astre lunaire.

De la chance ? Non. Je suis brisée, et il ne le saura jamais.

– C'est étrangement paisible pour une rue du centre-ville.

À part le bruit étouffé de la circulation en contrebas et le chant cadencé des insectes nocturnes, je n'entends que les battements sourds de mon cœur et la respiration profonde d'Ocean tandis qu'il fume son calumet de la paix, que j'ai refusé par crainte de déposer les armes trop vite, trop tôt, pour rien.

Il n'y a pas que les hommes qui sont décevants. Il y a aussi tous ces gens que vous considérez comme des amis et qui, en réalité, n'attendent que votre chute pour avoir un ragot croustillant à se mettre sous la dent.

– Lafayette est une ville festive, mais c'est toujours plus calme après la période du carnaval et de Mardi gras, m'explique-t-il d'une voix feutrée, tout en jouant avec le cordon de son jogging, ce qui attire mon regard à la fois vers son torse nu et… plus *bas*. Ne t'y habitue pas. Les hostilités vont redémarrer avec le festival international de Louisiane.

– J'ai toujours rêvé d'y assister, confessé-je dans un moment de faiblesse.

Il m'avait d'ailleurs promis de m'y emmener, cette année. Pour *notre* anniversaire. Et dire que j'y ai vraiment cru, cette fois.

– Il commence dans un mois. Tu ne pourras bientôt plus lui échapper, même si tu le voulais. Cinq jours de folie t'attendent : jazz, blues, gospel, animateurs de rue, street-art, ateliers culturels et, surtout, de la bonne bouffe à gogo !

Le rêve… oui, le rêve d'une autre vie.

– Je ne compte pas y participer, chuchoté-je en direction du ciel étoilé.

Ocean tourne mollement la tête vers moi et ses boucles folles retombent devant ses yeux bleus. J'essaie de ne pas fixer trop longtemps son visage aux traits félins, mais c'est difficile. Il dégage quelque chose de magnétique, de sauvage, comme un tigre né en captivité, mais pas tout à fait apprivoisé.

– Pourquoi ?

Parce que ce n'est plus moi. Parce que je n'ai plus le droit de m'amuser et de profiter de la vie. Parce que ce serait vraiment trop pathétique si je *l'y* croisais avec sa femme et sa fille.

– Il n'y a rien de plus triste que se perdre, seul et accablé, dans une foule de gens heureux, dis-je à la place. Sans amis, c'est impossible de profiter d'un festival, ajouté-je pour adoucir mon amertume.

J'aurais pu le faire quand j'étais encore la grande et vaillante Ornella Sinclair, si populaire qu'elle n'avait qu'à sourire ou à claquer des doigts pour obtenir ce qu'elle désirait. Mais je ne suis plus cette fille qui paradait comme si le monde lui appartenait, et parfois, je me dis que c'est tout aussi bien.

Elle était tellement égoïste, cette petite peste.

– J'irai avec toi, si tu veux.

Les mots d'Ocean flottent comme une promesse un peu mièvre dans la nuit silencieuse. Je me rebiffe :

– Je n'ai pas besoin de ta pitié !

Il rit comme si je venais de faire une blague.

– Ce n'est pas ce que je t'offre, Gator. Tu vois, j'avais plutôt en tête une amitié, disons… chaste et pure.

Frissons le long de la colonne vertébrale. Tressaillement dans le bas-ventre. Papillons dans le ventre. Tétons qui pointent sous mon tee-shirt.

Quel connard !

Je suis sûre qu'il sait très exactement quel effet sa voix rauque et indécente provoque sur mon corps.

– Bizarrement, marmonné-je, ces deux mots sonnent de façon obscène dans ta bouche.

Ses yeux bleus se mettent à briller dans la pénombre, presque aussi lumineux et attirants que la lune dont ils prennent les reflets.

– Ah ! Ça, c'est parce que tu te demandes quel goût peut bien avoir ma langue !

Sa réponse est tellement inattendue que je manque de m'étrangler avec ma salive. Le pire, c'est qu'il a tout à fait raison. Je me le demande depuis que je l'ai vu embrasser la rouquine comme si c'était un sport olympique, et lui, un médaillé d'or habitué à être juché sur la première place du podium.

– Oh, mon Dieu ! persiflé-je pour masquer mon embarras. Je suis démasquée ! C'est *exactement* ce qui vient de me traverser l'esprit ! Quel incroyable talent de clairvoyance, M. Sandberg…

Un large sourire aux lèvres, il rallume son joint et se tourne complètement vers moi.

– Je n'ai aucun talent de la sorte, Gator, réfute-t-il, taquin. Toutefois, je possède un excellent sens de l'odorat, et derrière ton parfum de cœur brisé, tu le sens…

Il se penche vers moi, à mi-hauteur de ma poitrine, et inspire à pleins poumons pour me humer comme on le ferait d'un beau bouquet de fleurs.

– Hum, oui… insiste-t-il. Tu le sens très fort…

Je suis sûre qu'il a remarqué la pointe turgescente de mes seins dressés sous mon tee-shirt, prêts à lui éborgner un œil, et le rouge indécent qui colore mes joues. Il sourit trop pour être honnête. C'est *vraiment* un gigolo. Il connaît et s'amuse de son pouvoir de séduction, et à l'instar de tous les beaux mecs, il s'octroie le droit de draguer une parfaite inconnue même pas vingt-quatre heures après avoir couché avec une fille très jolie – et sûrement folle de lui.

– Quoi ?! m'étranglé-je, brûlante de colère.

Eh oui, je l'avoue, de désir aussi.

– Je sens quoi, bordel ?!

Il me respire une dernière fois, l'air enivré, un peu soûl, aussi, et excité. Pour ma santé mentale, je préfère me dire que c'est le joint qui lui inspire cette expression béate, presque subjuguée.

– La fille qui meurt d'envie de coucher avec moi… souffle-t-il contre mon cou, dans un murmure chaud et moite, humide d'une langueur qui mouille le coton de ma culotte.

Sale. Connard. Arrogant. Et. Magnifique.

Il a raison. Mais il se trompe, aussi. Lourdement. J'ai beau être stupide et réceptive à son charme, j'ai tiré énormément de leçons de mes erreurs passées, et Ocean, plus que n'importe quel autre mec canon et sûr de lui, ressemble trop à l'homme qui m'a brisé le cœur pour que je lui laisse le bénéfice du doute.

Une fois, pas deux.

– Ne prends pas tes rêves pour des réalités, espèce de gigolo !

Il pointe son joint vers moi en jouant des sourcils.

– La dame fait trop de protestations, ce me semble[5] !

Sur un coup de tête, j'arrache le joint de sa bouche, le casse en deux et balance les morceaux par-dessus la rambarde du balcon.

– Reste éloigné de moi, Ocean, ou je te brise les rotules. Toi et moi, on ne sera jamais amis, et crois-le ou non, on ne couchera jamais ensemble !

Je bondis hors de mon siège, propulsée sur mes jambes tremblantes par une colère ancienne, farouche, qui n'a strictement rien à voir avec lui. Non, la fureur noire et intense qui bouillonne dans mes tripes est le fruit de six années passées à vénérer un amour affreux qui a souillé mon cœur et perverti mon corps.

Loin de se douter des sombres pensées qui s'entrechoquent dans mon crâne, Ocean me rattrape par la main et mêle ses doigts aux miens avant que je ne puisse retourner à l'intérieur de l'appartement.

Un appartement que l'on va partager pendant six mois – ou plus.

Putain, c'est long ! Une éternité ! Des guerres ont été gagnées plus vite que ça…

– Petit rappel d'un ami à un autre ami, Gator. Il ne faut jamais dire : « Fontaine, je ne boirai pas de ton eau ! »

---

5. Phrase extraite de *Hamlet* de Shakespeare.

Je tire sur mon bras, certaine qu'il va me relâcher, mais au contraire, il resserre sa prise jusqu'à me faire comprendre qu'il est bien plus fort que moi.

– Plutôt mourir de soif que de boire à l'eau qui coule de ta fontaine !

Encore ce sourire arrogant, provocateur, trop large et amusé.

– Ah, putain… Tu es géniale. Vraiment parfaite ! me complimente-t-il, l'air sincère. J'ai su qu'on s'entendrait à la seconde où j'ai lu ton e-mail. Un alligator pour animal totem, de l'humour, une bonne dose de sarcasme et assez de sensibilité pour t'interroger sur l'amour du silence d'Andrea… Tu as une sacrée carapace, mais crois-moi, je ne te laisserai jamais mourir de soif, *Ohana*.

J'ignore si c'est la drogue qui parle ou s'il pense vraiment ce qu'il dit. Dans un cas comme dans l'autre, c'est à la fois dangereux et bizarre. Inapproprié, aussi. Parce qu'il ne me connaît pas. Je ne suis pas « géniale », ni « parfaite ». En fait, je suis même plutôt du genre médiocre ou passable. Un bel échec, une grande déception. Abandonnée par tous, sauf par moi-même, car je suis trop têtue pour renoncer et cesser de me battre.

– Déjà, c'est Ornella, crétin. Et ensuite, le prochain truc de forme phallique que tu pointes dans ma direction subira le même sort que ton joint, le menacé-je, les joues gonflées par un mélange de colère et de culpabilité. Considère-toi comme prévenu !

Son sourire s'épanouit comme une orchidée de minuit – *sombre, mais délicate et irrésistible...*

– Tu ne veux pas de mes compliments, tu détruis mes affaires et tu me menaces à la moindre occasion. Dis-moi, Ohana... Tu ne te sens pas un peu vilaine de flirter aussi fort avec moi ?

Je lève les yeux au ciel.

Quel crétin !

Et dire qu'il ne m'a toujours pas lâchée... C'est bien le premier à essayer de me retenir, d'ailleurs.

– Le jour où je flirterai avec toi, Ocean, je serai tellement vilaine que tu n'auras même plus besoin de te poser la question !

C'est du bluff, mais je suis une excellente joueuse de poker, aussi ne le remarque-t-il pas.

– Oh, comme j'ai hâte... susurre-t-il paresseusement, tout en me caressant le bras avant de laisser retomber sa main en travers de ses abdominaux couturés de cicatrices. Le jeudi, je suis déjà pris, mais je peux te réserver tous les autres jours de ma semaine.

Je soulève la lèvre supérieure dans un simulacre de rictus pour lui montrer les dents, tel un animal sauvage prêt à passer à l'attaque. J'ai envie de le mordre jusqu'à le faire gémir et se tordre de douleur.

Oh, oui ! Partout ! ajoute la petite voix débile qui survit dans mon crâne. *Et gémir de plaisir !*

– Ne retiens pas ton souffle... le nargué-je, avant de me corriger. Ou plutôt, si. Retiens-le. Ça me fera des vacances.

Encore une fois, loin de le vexer, mes piques glissent sur lui comme des flèches enflammées sur un bouclier recouvert de métal. Il a une sacrée carapace, lui aussi. Elle est peut-être même plus épaisse et rigide que la mienne.

– Règle numéro un, Ohana. Pas de sexe. De toute façon, tu n'es pas mon style de fille. Alors, tu peux dormir sur tes deux oreilles. Pour toi, je suis aussi inoffensif que l'agneau qui vient de naître.

Je marche à reculons jusqu'au milieu du salon, les yeux braqués sur lui, tout en essayant de me persuader que, *non*, je ne suis pas blessée qu'il ose me le dire en face après avoir fait un tel étalage de ses charmes.

– Tu as plutôt l'air d'un requin que d'un agneau, le gigolo. Et c'est Ornella, merde ! O.R.N.E.L.L.A. !

Ocean hausse une épaule et ferme les yeux, comme s'il s'apprêtait à dormir. Là, dehors. Sous les étoiles

– Bonne nuit, Ohana.

Excédée par son entêtement, j'abandonne et rejoins ma chambre sur la pointe des pieds. À partir de maintenant, c'est décidé : je l'ignore !

Il faudrait vraiment un miracle ou, au contraire, une catastrophe pour me forcer à lui parler de nouveau…

CHAPITRE 6

Les Balances sont des drama queens

ORNELLA

Je me réveille à dix heures, emmitouflée jusqu'aux oreilles dans les draps qui, malheureusement, portent encore le parfum de framboise sucrée de Camille. Comme je le soupçonnais, ce lit est mon nouvel endroit préféré sur Terre – et de loin. On dirait un gros morceau de nuage, ou de barbe à papa, sur lequel je flotte comme une plume. Bien au chaud, reposée et apaisée pour la toute première fois en sept semaines, j'hésite à y rester jusqu'au lundi matin, mais l'odeur de sueur moite sous mes aisselles et les cheveux gras collés à mon front m'incommodent trop… Et de toute façon, les Sinclair ne font pas la grasse matinée. Ou peut-être est-ce la perspective d'un long bain chaud qui me motive à sortir du lit. Dans tous les cas, je finis par m'extirper de la couette avec un grand sourire aux lèvres, une humeur au beau fixe et l'espoir que tout commence enfin à rentrer dans l'ordre.

Comme je n'ai pas encore pris le temps de remonter mes valises, je remets mes vêtements sales, brosse mes cheveux emmêlés avec mes doigts et fais un passage éclair dans la salle de bains. Je rafraîchis mon haleine avec un peu d'eau tiède et une gorgée de bain de bouche à la menthe, volé à l'un de mes colocataires. Mon reflet dans la glace n'est pas très engageant. Je ne suis toujours qu'une pâle copie amaigrie de la femme que j'étais avant d'arriver à Lafayette, mais je suis soulagée de constater que mes cernes se sont effacés et que l'expression hagarde s'est volatilisée de mon visage. J'ai de nouveau vingt ans et la vie devant moi. C'est fou comme le fait d'avoir réussi à mettre un toit au-dessus de ma tête sans l'aide de papi et mamie me donne l'impression d'avoir gravi le mont Everest seulement équipée d'une vieille paire de baskets.

– Tu as passé une bonne nuit ?

La voix robotique me tire une grimace qu'Andrea me retourne à travers le reflet du miroir. Il va falloir que je m'habitue à l'entendre si je veux continuer de communiquer avec lui.

À moins que j'apprenne le langage des signes…

Je repose le flacon de bain de bouche sur le bord du lavabo et me tourne vers le plus gentil de mes colocataires, pour qu'il puisse lire sur mes lèvres. Toutefois, avant de répondre à sa question, je lui offre mon premier véritable sourire de la matinée en avisant son allure excentrique et les fleurs multicolores piquées à la hâte dans ses cheveux ébouriffés.

– Oui, merci. Et désolée de m'être endormie sur le canapé. J'ai dû gâcher votre samedi soir.

Vêtu d'un mini-short violet et d'une chemise blanche en flanelle largement ouverte sur un torse sculpté à la perfection, Andrea offre un spectacle d'une beauté saisissante, à la fois fascinante et, c'est étrange, asexuée. Le regarder, c'est comme admirer un tableau original ou une sculpture alambiquée. Superbe, mais bizarre et lointaine. Hors de portée, dépourvue de logique. Son charme discret est très éloigné de la virilité brute et sensuelle d'Ocean. Ou de la vigueur enfantine et pleine d'enthousiasme de Camille. En fait, Andrea est *trop* beau, trop proche de la perfection pour être considéré comme un homme *charnel*. Il a ce petit côté pur et éthéré des statues d'éphèbes grecs qui donne plus envie de le protéger ou de l'admirer de loin que de l'embrasser sous la ceinture.

– Tu l'as rendu encore meilleur, au contraire.

C'est difficile de juger s'il est ironique ou s'il le pense sincèrement puisque ce n'est pas lui qui parle, mais l'expression ouverte et sereine qui sublime les traits de son visage m'invite à me détendre.

– Tu es gentil.

Et ce n'est pas forcément un compliment. Les gens trop gentils ont tendance à se faire bouffer par les autres.

N'est-ce pas, Romy ?

– Et tu es jolie.

Je cligne des yeux, surprise par le compliment inattendu, quoique mignon et adorable. Mes joues rosissent de plaisir.

– Menteur, murmuré-je, en passant devant lui pour sortir de la salle de bains, mais c'est sympa de ta part d'essayer de me faire oublier ma tronche de zombie.

Il fronce les sourcils en me suivant dans le couloir, et je me demande s'il a bien entendu ce que je viens de lui dire, sans oser lui poser directement la question. Je ne veux pas le mettre mal à l'aise, et j'ai l'impression que ça risquerait de lui déplaire, aussi pivoté-je complètement vers lui avant de reprendre :

– Je voulais prendre un bain, sauf que toutes mes affaires sont encore dans le coffre de ma voiture. Ça te dérangerait de m'aider à les remonter ?

Andrea me suit en tapant à la vitesse de l'éclair sur son téléphone, qui réplique à sa place :

– Bien sûr que non. Avec plaisir. Et je ne suis pas un menteur. Tu es belle. C'est tout.

Je le remercie en occultant la seconde partie de sa phrase. Tout le monde ment au moins une fois dans sa vie, et parfois, il arrive qu'on le fasse sans même s'en rendre compte ou le vouloir. Le mensonge est inné, chez l'homme. Comme un réglage par défaut, un programme de pilotage automatique. Et peut-être suis-je un peu cynique et désillusionnée, mais je sais que c'est ainsi que fonctionne l'être humain et le nier serait, à mon sens, de la pure folie.

C'est bien l'une des rares choses qu'*il* m'ait apprise d'une façon complètement désintéressée.

N'est-ce pas, monsieur le professeur ?

– Au fait, tu n'en as pas parlé hier après-midi, et je n'ai pas pensé à te poser la question, mais tu étudies quoi ?

Je descends l'escalier, consciente du regard inquisiteur d'Andrea. J'attends d'être en bas et face à lui pour répondre d'une voix distraite :

– Les sciences politiques. Rien de passionnant.

C'est avec un certain soulagement que je constate que le salon est vide, tout comme la cuisine et la terrasse. Nous ne sommes que tous les deux, et c'est tout aussi bien. Camille a trop d'énergie et Ocean…

Un grognement rauque m'échappe à la pensée de mon insupportable propriétaire.

Ah ! Ça, c'est parce que tu te demandes quel goût peut bien avoir ma langue…

Oui, Ocean est agaçant d'une façon complètement différente, et je suis toujours bien décidée à l'ignorer jusqu'à ce qu'il comprenne que flirter avec moi n'est pas un jeu amusant. Oh ! Et que je m'appelle Ornella – ou Gator, à la limite. Pas « Ohana » je ne sais pas quoi…

– Qu'est-ce que tu veux faire de ta vie ? Après la fac ?

La question tout à fait banale d'Andrea me surprend tellement que je m'immobilise au beau milieu du salon, près de l'énorme terrarium dans lequel je refuse toujours de jeter un coup d'œil.

– Comment ça ?

La voix robotique précise :

– Pourquoi étudies-tu les sciences politiques ? Quel métier as-tu envie d'exercer après l'obtention de ton diplôme ?

Une vague de nausée soulève mon estomac. La bonne humeur que j'avais réussi à retrouver après une longue nuit de sommeil s'évapore sous le feu ravageur de la honte brûlante qui calcine tout en moi.

– Diplomate, m'entends-je confesser d'une voix lointaine à mes propres oreilles. Comme mon père.

Mais c'est un autre de mes rêves que j'ai dû jeter à la poubelle à cause de *lui*. Plus aucun gouvernement ne m'offrira la chance de devenir ambassadrice ou d'occuper un poste à responsabilités au sein du ministère des Affaires étrangères. Pas après le scandale scabreux de Bâton-Rouge, et encore moins après la diffusion de la *sextape* qui me met en scène en pleine partie de jambes en l'air dans le bureau du doyen de LSU. J'ai grillé toutes mes cartouches dans cet État, et peut-être même dans le pays, et si j'arrive encore à trouver un job de secrétaire après l'obtention de mon diplôme, ce sera le bout du monde. La seule raison pour laquelle je n'arrête pas tout de suite mes études pour enfiler un tablier de serveuse dans un fast-food, c'est que mon grand-père a déboursé une somme absolument ahurissante pour que l'université de Lafayette m'accepte dans ses rangs. Et même si c'est naïf, j'avoue que je garde l'espoir qu'il me rouvrira sa porte, une fois que le scandale se sera émoussé de lui-même.

Ils finiront bien par me pardonner un jour ou l'autre... *Non ?*

Soudain, je sens le doigt d'Andrea effleurer timidement ma joue humide – je pleure, ou du moins, j'ai les larmes aux yeux et ça déborde un peu. Mon colocataire est si près de moi que je sens l'odeur suave des jacinthes qui parsèment sa chevelure aux reflets roux, et celle, plus prégnante et terreuse, de sa peau hâlée où se mêlent aussi le parfum de son savon et le musc de sa transpiration.

Andrea ne parle pas.

Il ne le peut pas puisqu'il n'a pas son téléphone dans la main et qu'il est muet. Mais ses yeux... Seigneur ! Ses yeux aux chaudes nuances d'automne sont très bavards, et ils me disent qu'il sent à quel point je souffre, là. Tout de suite. Ils me confient aussi qu'il compatit à ma douleur, bien qu'il n'en connaisse pas tous les détails, et qu'il est désolé d'avoir rouvert une plaie qui n'a visiblement pas tout à fait cicatrisé.

– J'ai passé des semaines difficiles, expliqué-je avec un rire nerveux, alors qu'il recueille une autre de mes larmes du bout de son pouce calleux. Je suis désolée de faire ma chochotte. Je ne suis pas aussi sensible, d'habitude. Ne t'inquiète pas, je ne t'infligerai pas des crises de larmes à tout bout de champ !

J'en dis trop, et trop vite, pour combler son silence à lui. Ce n'est pas qu'il me dérange ou qu'il me mette mal à l'aise. C'est juste que… j'ai tellement honte de moi que c'en devient parfois irrespirable d'être dans ma peau, et surtout, dans ma tête.

– Ma vie a été radicalement bouleversée du jour au lendemain. J'ai encore besoin de retrouver mes marques. Et il y a le fait de changer d'université, d'arriver dans une nouvelle ville et un nouvel appartement, et puis, vous n'êtes pas des filles, finalement. Vos pénis m'ont beaucoup perturbée, je ne te le cache pas. Mais ça va… vraiment, ça va… ça va aller. Oui, ça ira mieux demain. Ou le jour d'après.

Je finis par me taire, à bout de souffle.

Andrea hoche la tête, l'air doux et compréhensif. Puis il recule d'un pas, s'empare de ma main gauche et dépose quelque chose de très léger au creux de ma paume où des petits croissants de sang, creusés par mes ongles, commencent à éclore sous ma peau.

– C'est quoi ? m'étonné-je, en haussant les sourcils.

Quatre petites boules ornées d'une tige blanche et duveteuse s'entrechoquent dans ma paume blessée. Andrea martèle l'écran de son téléphone :

– Ce sont des graines de fleurs de frangipanier.

J'essaie d'invoquer l'image de cette fleur dans mon esprit, mais je n'ai pas la moindre idée de ce à quoi elle peut bien ressembler. Je n'ai jamais été très intéressée par les fleurs – ou la nature, en règle générale. Je suis une fille de la ville, plongée depuis l'enfance dans l'or noir du pétrole et le vert des billets qu'il produit.

– Elles symbolisent un renouveau, le commencement, la perfection et, plus ou moins, l'immortalité, m'explique la voix désincarnée de la « Femme Google » tandis que les yeux d'Andrea me disent : Ça va aller, ne sois pas triste, s'il te plaît.

Ses mots et, plus que tout, son regard d'une tendresse à fendre un cœur de pierre trouvent un écho douloureux à l'intérieur de moi. *Ami*, me souffle une petite voix dans ma tête. *Ce garçon-là va devenir un très bon ami.*

– Tu veux les planter avec moi ? me demande-t-il.

Il n'a même pas besoin de finir sa phrase que j'accepte en hochant vigoureusement la tête.

– Très bien, je te les confie pour l'instant. Il y a une graine pour chacun de nous. On les plantera dimanche prochain. Ce sera notre nouveau départ à tous les quatre.

Je serre la main autour des graines et les presse bêtement contre mon cœur. Le symbolisme est un peu… cucul la praline, comme dirait mon grand-père, mais j'adore l'idée de planter un arbre pour célébrer le commencement de notre amitié. Parce qu'on sera amis, lui et moi. C'est une certitude.

– D'accord ! m'écrié-je avec un peu trop d'enthousiasme, les graines dans la poche. J'irai acheter un pot rose bonbon pour le mien !

Ma réaction le fait rire silencieusement et, sans même se concerter, on se remet à marcher en direction de la sortie d'une façon parfaitement synchronisée.

Malheureusement, mon sourire disparaît dès que j'aperçois l'homme qui entre dans l'appartement, légèrement essoufflé et absolument magnifique, vêtu d'un short de sport aussi moulant qu'une seconde peau et le front ruisselant de sueur après une séance de footing très matinale pour un soi-disant insomniaque. Ocean ôte ses écouteurs, d'où s'échappe un air rythmique de jazz. En nous voyant, il sourit de toutes ses dents et s'exclame :

– Ah ! Vous êtes enfin réveillés ! Camille est parti à l'épicerie. On va se faire une orgie de croissants devant le nouveau documentaire sur les requins de Netflix. Ça vous tente ?

Andrea lève les deux pouces tandis que je secoue négativement la tête. Le sourire d'Ocean se fane lorsqu'il remarque l'expression fermée de mon visage.

– Tu n'aimes pas les croissants ? Mince ! On aurait dû t'attendre avant de…

– J'ai d'autres projets pour la matinée, le coupé-je. C'est tout.

Andrea sera mon ami. Et Camille, aussi. Enfin, peut-être… Mais pas Ocean. Moins je passe de temps avec lui, et mieux je me porte !

– Tu ne peux pas les décaler ?

Il a l'air sincèrement déçu, et j'avoue que ça m'étonne. Le gars du balcon d'hier soir n'aurait même pas sourcillé à ma rebuffade. En fait, il s'en serait plutôt servi pour me faire tourner en bourrique et prétendre que si je le fuis, c'est parce qu'il m'attire – ou une autre connerie dans le genre.

– Non.

Andrea et Camille ont peut-être des pénis, mais ils ne sont pas dangereux pour moi. Ocean, en revanche…

– Tu n'aimes pas les requins ?

Mes yeux s'égarent sur son torse. Ses cicatrices rosâtres forment les contours d'une morsure allant de son téton d'un beige sable jusqu'à son nombril cerclé de poils noirs. Je déglutis en détournant le regard, la gorge sèche.

– Non. Pas toi ?

Il suit mon regard et un petit rictus soulève la commissure de ses lèvres gourmandes.

– Ce n'est pas parce que ma rencontre avec l'un des membres les moins sympathiques de cette espèce m'a un peu secoué que je vais me mettre à tous les détester.

Le double sens de sa phrase ne m'échappe pas. Pire, il me pique en plein cœur, et peut-être, oui… peut-être qu'il n'est pas complètement immérité.

– Quelle sagesse ! grincé-je, à défaut d'avoir une repartie plus brillante à lui offrir. Ça sera tout de même sans moi.

Je tire sur la manche d'Andrea pour attirer ses yeux sur mes lèvres, mais ce n'est pas utile puisqu'il les regarde déjà.

– Tu viens ?

Andrea me fait signe de passer devant lui, sauf que le corps à moitié nu d'Ocean me bloque délibérément le passage.

– Vous allez où, tous les deux ? C'est avec lui que tu as des projets ?

Comme s'il venait de se rendre compte de l'indiscrétion de sa question, il ajoute sur le ton de l'humour :

– Ça ne va pas plaire à Camille… Il est déterminé à faire de toi sa nouvelle meilleure copine !

Génial.

J'ouvre la bouche pour l'envoyer sur les roses, mais Andrea me prend de vitesse en signant quelque chose que je ne comprends pas. Ocean le dévisage, les sourcils haussés presque à la verticale, avant de plisser les yeux dans une expression que je qualifierais de suspicieuse. Puis il lui répond de la même façon en m'excluant complètement de leur conversation – un choix que je soupçonne d'être délibéré. S'ensuit un échange auquel je ne comprends rien, mais qui a l'air plutôt mouvementé, en particulier du côté d'Ocean, et qui se termine par une déclaration sans équivoque :

– Je vais vous aider à les monter, ces valises ! À trois, on ira plus vite, et après, on pourra manger des croissants !

J'ouvre une nouvelle fois la bouche pour refuser sa proposition, mais là encore, je n'ai pas le temps d'en placer une qu'il est déjà sorti de l'appartement.

Il dévale l'escalier deux par deux, en snobant l'ascenseur qui m'appelle de tous ses vœux. Pendant une fraction de seconde, je prie pour qu'Ocean loupe une marche et se brise la nuque, mais cette pensée est tellement méchante qu'elle me fait immédiatement culpabiliser. Pour expier mon péché – ou plutôt, mes péchés au pluriel –, je prends sur moi d'accepter son offre et le suis jusqu'à l'extérieur en traînant des pieds, un Andrea taciturne sur les talons. Écrasée par la chaleur moite de Lafayette, je me fige sur le trottoir et porte une main à ma tempe déjà ruisselante de sueur. Mon corps se couvre presque instantanément d'une fine pellicule de transpiration.

– Alors, dit Ocean en glissant un bras autour de mes épaules, elle est où, ta caisse ?

J'essaie de me dépatouiller de son étreinte, mais c'est difficile, parce que je me refuse catégoriquement à poser mes mains sur son torse – nu et musclé qu'il agite sous mon nez comme une cape rouge sous le mufle d'un taureau !

– Beurk ! grommelé-je, en respirant par la bouche pour éviter de renifler son odeur envoûtante. Tu es plein de sueur ! Bouge de là !

Ocean rit en passant une main sur ses pectoraux. Quant à moi, je braque mon regard sur Andrea, qui n'a pas l'air plus amusé que moi, et ordonne à mon cœur stupide de retrouver un rythme normal.

– Dès qu'on remonte, je file prendre une douche. Promis ! s'amuse Ocean, avec une lueur diabolique dans le regard.

Son bras retombe dans le bas de mon dos tandis que sa main se plaque sur mes reins.

– Alors, Ohana, c'est laquelle, la tienne ?

Ah, ah… L'écolo va tomber de haut quand il va me voir au volant de mon destructeur de couche d'ozone !

Avec un plaisir un tantinet pervers, j'extirpe mes clés de ma poche et désigne l'énorme pick-up noir garé en face de l'immeuble. J'en ouvre les portes grâce au déverrouillage automatique. La main d'Ocean se crispe dans mon dos – une réaction à laquelle je m'attendais. Andrea fait deux pas en arrière, l'air ébahi et coupable – ça, en revanche, non…

– Bordel de merde ! jure Ocean, la mâchoire béante. Tu déconnes ?!

Andrea agrippe Ocean par le bras, les yeux écarquillés, avant de se mettre à signer dans tous les sens. Et cette fois, j'en suis certaine, c'est bel et bien une dispute. Ou plutôt, un sermon dans les règles de l'art, parce qu'Andrea semble furieux. Peut-être lui fait-il la morale pour l'empêcher de m'insulter comme le conducteur de la moto d'hier après-midi. Ou peut-être que…

– Oh, putain !

Le souffle court, je titube jusqu'à ma voiture, ma dernière carte joker avant la banqueroute, et manque de vomir mon repas de la veille en constatant l'étendue des dégâts. Les roues sont crevées et de profondes lacérations souillent la carrosserie noire. Des rayures irrégulières courent le long des portières pour s'abîmer jusqu'à l'arrière du coffre, formant une succession de vagues furieuses qui me rappellent instantanément les mouvements d'un océan en pleine tempête.

Ocean !

Soudain, la réaction paniquée d'Andrea prend un tout nouveau sens dans mon esprit, et sans même avoir besoin de me retourner, je sais qui s'en est pris à ma voiture – et du même coup, a ruiné toutes mes chances de la revendre à prix coûtant.

Merde, merde, merde.

Il doit y en avoir pour au moins six ou sept mille dollars de réparations. Une somme colossale que je ne possède pas. Et je ne peux même plus aller chercher du travail, sans ma voiture !

Personne ne serait assez fou pour la racheter dans cet état, n'est-ce pas ?!

C'est alors qu'une vérité me frappe de plein fouet, comme un coup de poing dans le ventre ou une balle dans la tête : sans la voiture ou le fric qu'elle m'aurait rapporté, je n'ai plus les moyens d'habiter dans l'appartement d'Ocean !

– Non, non, non… scandé-je, pétrifiée au milieu de la chaussée. Non, non, non !

Je suis dans la merde !

Et jusqu'au cou.

Les choses ne s'arrangeront pas, finalement. Non, elles viennent même d'empirer d'une façon catastrophique !

– Ornella…

La voix d'Ocean me sort de ma léthargie. Une onde brûlante de colère balaie mon corps, de la racine des cheveux jusqu'à la pointe des pieds. Je ne suis plus que fureur sauvage et soif de vengeance.

– Toi ! hurlé-je en faisant volte-face, complètement hors de moi. C'est ta faute, j'en suis sûre ! Je vais te faire la peau !

Mes nerfs me lâchent, mon sang-froid s'évapore d'un seul coup, et je m'élance vers lui pour le rouer de coups lorsqu'Andrea m'arrête dans mon élan en me ceinturant par la taille une seconde avant que mon poing ne s'écrase sur la mâchoire parfaite d'Ocean.

– Je ne savais pas que c'était ta voiture ! se défend-il piteusement, en levant les mains devant lui. Et puis, ce n'est pas une grande perte. Ce truc est vraiment très mauvais pour…

Oh, mon Dieu ! Je. Vais. Le. Buter !

– Pas une grande perte ?! éructé-je.

Je me débats de toutes mes forces pour échapper à Andrea, mais il est beaucoup plus fort qu'il n'en a l'air et je ne réussis qu'à me frotter contre lui de façon indécente. Ses fleurs tombent de ses cheveux et finissent en charpie sous les semelles de mes chaussures.

Triste fin pour de si belles choses.

– Espèce de connard ! Cette voiture, c'est toute ma vie ! Sans elle, je suis foutue ! Tu m'entends ? Foutue !

Ocean croise les bras et affiche une moue arrogante qui menace de me faire éclater la boîte crânienne.

– Tu ne crois pas que tu en fais un peu trop, là ? Relax, ce n'est qu'une voiture et je te…

– Qu'une voiture ?! explosé-je. C'était ma dernière chance de retrouver le droit chemin ! Sans elle, je suis aussi ruinée que Nicolas Cage après son redressement fiscal ! Je n'ai plus un centime en poche ! Je ne peux même plus trouver de boulot et je… euh…

Ma voix se met à dérailler.

– Je ne peux pas la revendre, maintenant. Je n'ai plus rien. Je suis fauchée. Je… je ne… je ne peux même plus te payer le loyer…

J'arrête de me débattre, épuisée. Aussi bien physiquement que mentalement. Vaincue. L'étreinte d'Andrea s'adoucit, mais je n'en profite pas. Ça me demanderait de dépenser une énergie que je ne possède plus…

De toute façon, je ne possède plus rien, pensé-je, morose.

– Tu as gâché ma vie, Ocean ! lancé-je tout de même, des larmes dans la voix. Tu n'es qu'une sale ordure ! J'aurais préféré que le requin te bouffe, tiens…

Un gloussement retentit à notre gauche et interrompt brièvement ma crise d'auto-apitoiement. Camille, les bras chargés de pâtisseries et de viennoiseries, s'arrête près de nous, un grand sourire aux lèvres.

– Ah ! Qu'est-ce que je vous disais ?! se marre-t-il. Les Balances sont de vraies *drama queens* !

J'aimerais lui donner tort, mais c'en est trop pour moi. Je fonds en larmes et me réfugie dans les bras puissants d'Andrea. Son soutien est la seule chose qui m'empêche de m'écrouler… Ça, et la perspective plus qu'alléchante de me venger d'Ocean.

Que Fake Brutus m'en soit témoin, je vais montrer à ce connard d'écolo pourquoi j'ai choisi un putain d'alligator pour animal totem !

CHAPITRE 7

Désir et haine, un cocktail explosif !

OCEAN

Ornella sanglote sur le canapé, les bras d'Andrea l'entourant comme si elle était une espèce de poupée en porcelaine qui menacerait de se briser d'un instant à l'autre. Il la berce contre lui, trop heureux de pouvoir jouer à son jeu préféré, celui du chevalier servant – et asexué.

Posté le plus loin possible de toute cette effusion d'eau salée que j'ai moi-même provoquée, j'écoute les sifflements et murmures de Camille qui gratte les cordes de sa guitare, assis à côté de moi et complètement hermétique à la tension ambiante.

– Qu'est-ce que tu fous, mec ? finis-je par m'agacer, étouffé par un sentiment de culpabilité qui ne m'est absolument pas familier. Eh, oh !

Camille soulève sa tête blonde pour me gratifier d'un bref regard impatient.

– Bah, ça se voit, non ?

Il se désigne d'un doigt. Je le fixe sans ciller, dans l'expectative.

– Ça m'inspire, toute cette dramaturgie ! Alors j'écris une musique sur le sujet. Je vais l'appeler « Pneus crevés, vie ruinée » ! Un mélange de country, de rap urbain et de soul jazz. Un melting-pot très en vogue dans les milieux underground !

Il reprend sa guitare, aussi classique qu'il est déluré, et entonne d'une voix claire, limpide, d'une beauté tout à fait saisissante :

Je n'avais plus que ça, plus que toi. Et tu as tout gâché. Tu m'as ruiné, noyé sous l'océan de ta colère, en détruisant toutes mes affaires...

J'hésite entre exploser de rire à cause des pitreries de Camille et me traîner à genoux jusqu'aux pieds d'Ornella pour la supplier de me pardonner et lui présenter mes excuses.

Bordel de merde ! Je déteste faire pleurer les filles !

Il fallait bien que ce monstrueux pick-up GMC soit à elle, tiens...

Comme si elle n'avait pas déjà assez de préjugés sur moi !

Soudain, la télécommande de la télévision frôle la tête de Camille et s'écrase contre mon bocal de graines de quinoa, qui résiste *in extremis* au choc et vacille sur le plan de travail comme s'il venait d'y avoir un tremblement de terre. Je sursaute tandis que Camille se planque sous le comptoir, sa guitare brandie devant lui en guise de bouclier de fortune.

Tout en suivant la direction de son regard écarquillé, je croise celui, aussi sombre que la nuit, d'Ornella Sinclair. Plus Gator que jamais, avec des têtes de mort dans les yeux. Les traits déformés par la haine, les joues détrempées et souillées de traînées noires, elle avance vers nous d'un pas martial, une lueur assassine éclairant ses prunelles aiguisées comme des poignards.

Putain ! Même le requin-tigre qui m'a croqué n'avait pas l'air aussi féroce !

– Toi ! hurle-t-elle en pointant un doigt accusateur sur Camille, qui se recroqueville sur lui-même. Est-ce que tu te moques de moi par pure cruauté ? Ou est-ce que tu es tellement centré sur toi-même que tu n'as pas remarqué que ma vie est *vraiment* fichue ?!

Pris au dépourvu, Camille bredouille une réponse incohérente qui achève de mettre le feu aux poudres. Folle de rage, Ornella attrape sa guitare, une Gibson Hummingbird à cinq mille dollars, et la balance à l'autre bout de la pièce comme si c'était un jouet pour enfant – ou une télécommande. Heureusement, Andrea est assez rapide pour la rattraper une seconde avant qu'elle ne pulvérise le terrarium de ma pauvre Pithy.

Il ne manquerait plus qu'elle libère la bête, tiens...

– Désolé, désolé, désolé ! s'affole Camille, en se cachant derrière moi. C'est à lui que tu devrais t'en prendre, pas à moi ! C'est lui qui a gâché ta vie en détruisant ta bagnole !

Sympa, l'ami.

– Oh, mais je ne l'ai pas oublié ! siffle-t-elle comme le serpent qui l'observe depuis son terrarium. On se donne rendez-vous au commissariat, mon pote ! Parce que je vais tout de suite aller porter plainte contre toi ! Hors de question que tu t'en tires avec un simple sourire !

Mes amis se figent – et moi aussi. En fait, mon cœur se décroche de ma poitrine, comme une feuille morte, et s'écrase à mes pieds avant de tomber en miettes. Des images de cages étriquées, de barreaux sinistres, de douches collectives et d'uniformes d'un orange fané me traversent l'esprit comme autant de coups de couteau enfoncés dans le bide.

– Non, attends ! s'écrie Camille, en se jetant sur sa jambe pour l'empêcher d'avancer. Stop ! Arrête-toi !

Andrea bloque le passage d'Ornella, une expression suppliante sur le visage et les mains levées devant lui. Insensible à sa détresse silencieuse, elle lui ordonne de « dégager de son chemin, putain ! » et secoue la jambe pour se débarrasser de la prise de Camille, qui s'y accroche de toutes ses forces. Des hurlements fusent de tous les côtés, mais je n'entends rien d'autre que le bourdonnement paniqué du sang qui vrombit dans mes oreilles.

– Mais vous êtes tous cinglés, ou quoi ?! Lâchez-moi ou je hurle ! dit-elle, alors qu'elle hurle déjà. C'est insensé, putain !

Mes deux meilleurs amis ne cèdent pas à ses menaces. Ce qu'Ornella ignore, c'est que je suis en liberté surveillée depuis six mois, et pour une durée d'un an et demi encore… Si elle porte plainte contre moi, j'écoperai d'un aller simple pour la prison du comté, où je passerai les cinq à huit prochaines années de ma vie. Et même ma mère, brillante avocate, ne pourrait rien y faire.

– Ornella, s'il te plaît ! implore Camille à ses pieds. Calme-toi. Laisse-moi t'expliquer…

Mais ce n'est pas à lui de le faire. C'est à moi.

– Gator, commencé-je, en avançant jusqu'à elle pour l'attraper par le bras et la forcer à se tourner vers moi. Je suis vraiment désolé pour…

La gifle, sèche et brutale, me coupe au beau milieu de mes excuses – pas tout à fait sincères, je l'admets. Sous la force de l'impact, ma tête bascule sur le côté, des étoiles lumineuses éclatent sous mes paupières mi-closes et des larmes de douleur inondent mes yeux. Ma joue me brûle comme si je l'avais collée à un fer à repasser et un goût de rouille se distille sur le bout de ma langue que j'ai mordu pour étouffer un gémissement fort peu viril.

Aïe, aïe, aïe.

C'est qu'elle a une sacrée droite, Gator !

– C'était censé être une bonne journée… chuchote-t-elle, abattue. Et c'était la dernière chose qu'il me restait. La dernière !

Elle renifle et s'immobilise, les épaules et le dos voûtés. J'ai beau souffrir le martyre et avoir la trouille qu'elle aille me dénoncer aux flics, lorsqu'elle lève ses grands yeux noyés de chagrin vers moi, je ne pense plus qu'à une chose : la prendre dans mes bras, l'embrasser sur le front et lui promettre que tout va s'arranger.

– Ohana…

Je me sens plus con que jamais en l'appelant par le petit surnom que je lui ai donné pour me rappeler de ne surtout pas succomber à mon envie de la baiser. *Ohana* veut dire « famille » dans ma langue natale. Et c'est tout à fait ce qu'Ornella réclamera au prochain mec qu'elle laissera entrer dans sa vie – ou plutôt, dans son cœur pour l'aimer dans un lit ou ailleurs.

– Je suis en liberté surveillée, lui confié-je à brûle-pourpoint. Si tu portes plainte contre moi, c'est ma vie qui sera fichue. Et je sais que je le mérite, ajouté-je, parce qu'elle ne semble pas très réceptive à mes aveux, mais je t'en supplie, laisse-moi une chance de me rattraper !

Un long moment de silence ponctue ma confession à cœur ouvert – ou presque. Elle va sûrement s'imaginer que mon sursis est dû à une autre affaire similaire, que je suis un *serial killer* de pick-up qui consomment de l'essence, et elle n'aurait pas tout à fait tort. Mais mon engagement envers notre planète m'a poussé à faire des choses beaucoup plus… *dangereuses* et stupides. Juste avant mon départ pour Hawaï et ma rencontre avec le requin, je me suis infiltré dans un laboratoire gouvernemental pour libérer des singes sur lesquels des scientifiques dépourvus de morale pratiquaient des expériences que l'on pourrait assimiler à de la torture moderne. Je pensais m'en être tiré à bon compte jusqu'à ce qu'un agent du FBI débarque dans ma chambre d'hôpital et me qualifie d'« écoterroriste » avant de m'inscrire sur la liste noire du gouvernement américain. Il a fallu toute la force de persuasion de ma mère et son immense carnet d'adresses pour m'éviter un long séjour à l'ombre. Maintenant, j'ai une épée de Damoclès au-dessus de la tête. Et hier soir, j'ai fait la connerie de l'oublier et de relâcher ma vigilance.

Les mauvaises habitudes ont la vie dure… et les miennes, plus encore.

– D'accord, lâche-t-elle tout à coup. OK !

Je suis tellement soulagé que je manque m'évanouir. Dieu soit loué, mon *ego* surdimensionné me sert de béquille et j'évite ainsi de me ridiculiser en tombant dans les pommes. La seule chose que j'aime plus que notre planète, c'est ma liberté. Et plutôt mourir qu'y renoncer et être enfermé dans une cage comme un animal de cirque.

– Mais tu paieras de ta poche toutes les réparations !

Je m'empresse d'accepter en hochant la tête, sans lui dire que j'avais déjà décidé de lui racheter sa voiture au prix du marché pour la mettre une bonne fois pour toutes à la casse. D'ailleurs, je compte aussi l'aider à dénicher un modèle plus écologique. Une hybride, peut-être ? Histoire de faire une transition en douceur…

– Et tu m'emmèneras à tous les entretiens d'embauche que j'arriverai à décrocher ! Oh, et à mes cours, aussi… Je déteste marcher dans cette moiteur étouffante !

J'hésite, mais Andrea et Camille me foudroient d'un même regard noir qui hurle : « Ferme ta gueule et accepte tout ce qu'elle te demande, on s'arrangera plus tard pour la logistique ! » Le problème, c'est que, comme je l'ai déjà dit à Ornella, je suis pris tous les jeudis après-midi, et mon contrôleur judiciaire n'est pas un type très accommodant.

– Ça marche, consens-je à répondre, les poings serrés. D'ailleurs, ne t'inquiète pas pour le loyer. Tu commenceras à me payer dès que tu auras trouvé un boulot…

Elle éructe, blême de rage :

– Je t'ai déjà dit que je ne voulais pas de ta pitié !

Au temps pour ma mansuétude…

– Je te paierai, reprend-elle, peut-être pas la somme exacte, mais je te donnerai toujours quelque chose, et dès que j'aurai trouvé un travail, je te rembourserai la différence.

L'argent n'est pas un problème, pour moi. Je suis très à l'aise financièrement grâce à toutes les compétitions de surf que j'ai gagnées de mes treize à mes vingt ans – et à mon héritage familial, aussi. Toutefois, je sens qu'insister risque de me faire rencontrer une nouvelle fois le revers de sa main, et j'ai encore trop mal à la joue pour essayer de jouer au héros.

– D’accord.

Elle croise les bras sur sa poitrine, attirant mon regard sur ses seins qui débordent de son débardeur. Soudain, je dois mobiliser toute ma volonté pour me rappeler qu’elle n’est pas du tout mon style de fille. Trop prise de tête, à peine remise de sa rupture, et puis, merde ! Elle roule en pick-up, quoi !

Je déglutis mon excès de salive et relève la tête pour croiser ses yeux d’un noir d’obsidienne où brûle une lueur sournoise – et même perverse. Un frisson libidineux dévale mon échine et descend jusqu’à mes testicules qui se contractent d’une envie brutale, affamée, *sauvage*. Mon sexe se gorge d’un sang aussi incandescent que de la lave en fusion, ma respiration s’étiole, puis s’accélère, et j’ai beau penser à toutes ces pauvres créatures marines piégées dans de gigantesques marées noires, véritables fléaux de l’humanité, je me mets à bander comme un putain de malade.

Pour une fille qui conduit un pick-up.

Pour une fille qui a le cœur brisé.

Pour une fille qui a renoncé aux mecs.

Pour une fille qui dort dans la chambre située en face de la mienne.

Pour une fille qui, et je le vois dans son regard, me déteste autant qu’elle me désire.

– As-tu d’autres exigences à faire valoir, Ohana ? la provoqué-je, dans le seul but de dissimuler mon début d’érection.

Elle sourit à travers ses larmes. Et j'en frissonne derechef, le corps en feu et l'âme à l'agonie.

Ornella est peut-être jolie, mais elle n'a rien de ce que j'aime chez une femme, d'habitude. À l'exception d'une bouche sournoise faite pour les pipes. Pourtant, j'ai tellement envie d'elle que j'en ai mal au ventre…

Désir et haine, un cocktail explosif.

– Oh, j'en ai des tonnes, susurre-t-elle, narquoise. Alors, un conseil : évite de faire ton malin.

Puis elle ajoute à voix basse, pour que je sois le seul à l'entendre :

– Tu vas me le payer, Ocean. Au centuple. Prépare-toi à devenir mon esclave.

Mon souffle se raréfie et je serre les dents pour m'empêcher de lui balancer une vacherie… ou plutôt, une proposition indécente. Je m'imagine déjà attaché à son lit, réduit à l'état d'esclave sexuel, obligé de la lécher et de la baiser jusqu'à plus soif.

Ouais, ce n'est certainement pas le genre de choses qu'elle a en tête...

– Maintenant, ajoute-t-elle plus fort, en me tendant ses clés de voiture. Va chercher mes valises. Moi, je vais aller prendre un bain pour me détendre.

Sans me laisser le temps de lui répondre, elle me colle son porte-clés dans la figure et se dirige d'une démarche chaloupée vers l'escalier qui mène à nos chambres. Mes yeux restent rivés à ses fesses tandis que les spasmes dans mon sexe s'intensifient à mesure que j'assimile dans quelle merde monumentale je viens de fourrer la main – et peut-être même le reste de ma personne…

– Waouh ! roucoule Camille d'une voix émoustillée. Je crois que je viens de changer de bord ! Cette meuf est trop bonne !

Je ricane, incapable d'admettre que je suis d'accord avec lui.

– Tu as toujours été bisexuel, mon pote, lui rappelé-je.

Il hausse une épaule et dégage ses cheveux blonds de son visage.

– J'ai toujours préféré les mecs, mais cette nana… elle a une sacrée paire de couilles ! Et pas de bol, elle t'a dans le collimateur !

Un sourire chafouin s'invite sur ses lèvres tandis qu'il récupère sa guitare, qu'Andrea lui remet avec une expression fermée.

– Elle veut faire de toi son serviteur, et si j'en juge à la trique énorme qui déforme l'avant de ton caleçon, tu as finalement trouvé un maître avec une poigne assez solide pour te passer la bride autour du cou !

Je baisse les yeux sur le chapiteau qui s'érige sous ma ceinture. Ma bite est dressée devant moi, rigide comme une poutre de béton. Désir et haine s'entremêlent à l'intérieur de mon bas-ventre. Un cocktail aussi explosif qu'un Molotov.

J'en suis presque à désirer suffisamment Ornella pour la baiser sans me préoccuper des conséquences – alors que ça ne fait que deux jours qu'elle est là…

Mais je la déteste aussi pour ce qu'elle me fait ressentir et pour le pouvoir considérable qu'elle vient de prendre sur moi.

Je suis tombé sous son emprise – dans tous les sens du terme.

C'est un peu comme si elle venait de s'acheter ma liberté avec sa menace d'aller me balancer aux flics.

Et il en est hors de question, putain !

– Ne dis pas de la merde. Le jour où j'obéirai au doigt et l'œil à quelqu'un d'autre qu'à moi-même n'est pas encore arrivé !

Et il n'arrivera pas…

Parce que je suis un esprit libre, l'esclave de mes seuls désirs, et pas le larbin d'une fille qui a oublié qu'avoir de l'emprise sur quelqu'un revient à lui en donner sur vous en retour…

Un rictus pervers m'étire les lèvres.

Ah, Ohana ! Je crois qu'on va bien s'amuser, finalement.

CHAPITRE 8

Le temps d'un rêve, d'une nuit, d'une étreinte...

OCEAN

Deux sacs de sport et une valise à roulettes.

C'est tout.

Ornella n'a rien de plus dans son coffre assez grand pour y caler une vache et son veau, ni sur la banquette arrière de son pick-up, où s'entasse un nombre impressionnant de canettes éventées de Red Bull – la boisson du diable ! – et de sachets vides de fast-food.

J'avoue que ça me laisse perplexe.

Avec son air hautain et sa beauté glacée, elle ressemble trait pour trait à une princesse des banlieues chics habituée à changer de vêtements trois à quatre fois par jour. D'autant plus qu'elle se promène avec une montre Cartier, incrustée de minuscules diamants et enchâssée dans un bracelet en platine, qui doit bien valoir cinq à six mois de loyer. Malgré ses avertissements colériques et ses sanglots à briser le cœur, je m'attendais à trouver une ribambelle de valises pleines à craquer de robes à paillettes et de chaussures à talons, mais il semblerait qu'elle possède encore moins de fringues que moi…

Je n'ai plus rien ! C'était la dernière chose qu'il me restait !

Sa voix larmoyante flotte dans ma tête, et pour la seconde fois en moins d'une heure, je suis submergé par un sentiment oppressant de culpabilité. Je pensais qu'elle exagérait, qu'elle se la jouait *drama queen*, comme s'amuse à la surnommer Camille pour l'embêter, mais peut-être n'a-t-elle pas menti… Et si tel est le cas, ça craint. Vraiment. Parce que je vais avoir encore plus de mal à lui résister !

J'ai toujours eu un faible pour les petites créatures paumées, blessées et hargneuses.

– Fais chier, putain ! juré-je dans ma barbe, agacé d'être à ce point obnubilé par une inconnue qui me méprise de toute son âme. Quelle poisse !

Tout en ramenant les affaires d'Ornella à l'appartement, tel un bon petit chien-chien à sa maman, je profite d'être seul dans le hall de l'immeuble pour passer un rapide coup de téléphone à Gary, un ami garagiste rencontré lors d'une manifestation contre la déforestation de l'Amazonie organisée par ma mère. C'est à lui que je confie toutes les réparations de ma superbe mobylette à moteur hybride – un trésor d'ingénierie inventé et créé par mon père, et spécialement conçu pour moi. Il n'en existe pas une deuxième dans le monde, elle est unique, différente, comme moi, et c'est le plus beau des cadeaux que mon père m'ait jamais faits pour mon anniversaire.

En fait, c'est aussi le seul...

Je chasse cette pensée déprimante et concentre mon attention sur l'écran de mon téléphone. Gary n'est pas un fervent défenseur de la cause écologique, contrairement à sa femme, Kirsten, mais il fait de gros efforts pour laisser un monde meilleur à ses gosses, et surtout, il est d'une honnêteté scrupuleuse pour un mécanicien. Une profession bien trop souvent gangrenée par les escrocs et les incompétents.

– Gary ? lancé-je dès que je l'entends marmonner de sa voix rauque le slogan un peu débile de son garage. C'est Ocean. Dis voir, à combien estimerais-tu un pick-up GMC relativement neuf, équipé d'un moteur à essence et de cinq portes ?

– Qu'est-ce que tu as encore fait, petiot ? soupire-t-il.

Gary me connaît bien. Et pour une fois, je ne suis vraiment pas fier de lui raconter mes exploits.

– Hum... Il se pourrait que j'aie détruit par mégarde la voiture de ma nouvelle colocataire. Une fille qui, au demeurant, possède une sacrée droite.

Nouveau soupir à l'autre bout du fil. Je rougis. Gary serait assez vieux pour être mon père, et il lui arrive bien trop souvent de se comporter comme s'il l'était pour de vrai, aussi sa désapprobation muette me laisse-t-elle un arrière-goût amer sur la langue.

– Il faut vraiment que tu arrêtes de faire ce genre de connerie, ou tu risques de finir le restant de tes jours en taule. Et ce serait un sacré gâchis, petiot.

Gary sait que j'ai une épée de Damoclès au-dessus de la tête, mais il ignore à quel point sa lame me frôle la gorge. À chacune de mes inspirations, je la sens qui m'égratigne la peau, prête à me faire saigner, à me décapiter sans autre forme de procès. Si Ornella change d'avis et se décide à aller porter plainte contre moi, je suis foutu – bye-bye, ma liberté, et bonjour, la combinaison orange et les menottes aux poignets. Je serai bon à enfermer, jeté dans une cage dont on perdra la clé, et pour être honnête, je ne l'aurai peut-être pas volé…

Je ne m'impose aucune limite, ce qui, parfois, m'amène à empiéter sur la liberté des autres.

– Mais pour en revenir à ta question, je dirais que ça peut se chiffrer entre trente et cinquante mille dollars, reprend-il, toujours aussi professionnel. Tout dépend de son année de mise en circulation, de sa puissance et, évidemment, de son état général. La moindre rayure pourrait diminuer son prix d'une bonne dizaine de milliers de dollars. Ce genre de carrosserie coûte une blinde à réparer, c'est l'enfer de tous les garagistes. Le mieux, ce serait encore que tu l'amènes au garage pour que je puisse l'examiner de plus près et te donner sa cote.

Je laisse mon regard vagabonder sur le pick-up qui a subi le courroux d'un enfant injustement privé de ses parents et d'un adulte qui ne s'en est toujours pas remis.

La peinture noire est abîmée, les portières, rayées d'une aile à l'autre, et les roues, crevées à grands coups de couteau. C'est peut-être injuste pour Ornella, mais la petite voix mesquine qui loge dans ma tête me répète que c'est à cause de gens comme elle que j'ai été mis à l'écart, abandonné sur une île qui n'avait rien de paradisiaque et, fatalement, oublié jusqu'à ce qu'il soit trop tard pour arranger les choses.

Ma Tutu doit se retourner dans sa tombe en m'entendant penser de telles horreurs sur mes parents et mon enfance passée avec elle. Elle me dirait aussi qu'à force de vouloir trop bien faire, on se risque à faire le mal, et qu'il n'y a aucune gloire à se venger de notre chagrin sur une âme innocente…

Bon, OK ! Mea culpa, *Tutu ! J'y suis peut-être allé un peu fort, sur ce coup-là !*

– Euh… Est-ce que tu ne pourrais pas venir à l'appartement, plutôt ? Il est fort possible que le véhicule ne soit pas en état de rouler dans l'immédiat. Ni dans les jours qui viennent, si tu vois ce que je veux dire.

Gary grogne une insulte étouffée par sa barbe hirsute, aussi longue et blanche que celle du Père Noël. Je crois qu'il vient de me traiter de « connard d'abruti à la cervelle d'oiseau », mais je ne suis pas tout à fait certain d'avoir bien entendu, il aurait aussi pu dire « cervelle de moineau ». Comme je le mérite dans les deux cas, je ne relève pas l'insulte et passe à la suite. De toute façon, il serait très mal avisé d'engager une dispute avec le seul mec de Lafayette capable de réparer ma précieuse mobylette.

– Jeudi prochain, à midi. Ça irait ?

Je pousse un soupir de soulagement et le remercie pour sa rapidité. Il n'est pas obligé de tout mettre de côté pour moi, mais il le fait à chaque fois que je l'appelle à la rescousse. C'est quelqu'un de bien, un homme d'honneur sur lequel on peut toujours compter, à n'importe quelle heure du jour ou de la nuit. Ses enfants ont une chance incroyable d'avoir un père tel que lui, et j'espère sincèrement qu'ils s'en rendent compte. De plus, Ornella va être ravie d'apprendre que je ne prends pas à la légère ses menaces et son ultimatum. Et peut-être arrêtera-t-elle de sangloter dans les bras d'Andrea tout en me mitraillant du regard.

Les cris, les insultes et les gifles ; je peux gérer, les doigts dans le nez ! *Mais pas les larmes. Tout, sauf les larmes.*

– Ouais, ouais… grogne-t-il. Et tu m'invites à bouffer, au fait. Alors, prépare-moi tes lasagnes végétariennes et vire-moi Camille de là.

Il marque une pause qui ne me dit rien qui vaille. Mon estomac se ratatine sur lui-même.

– Je viendrai avec Côme.

Eh, merde ! Putain !

Je grimace et me frotte le front où bourdonnent les prémices d'une migraine.

– Tu devrais peut-être emmener quelqu'un d'autre, non ? Paco, Tiago ou, encore mieux, Johnson l'Unijambiste ?! On ne sait jamais si…

Gary me coupe d'un ton glacial qui n'admet pas la moindre contrariété :

– Je viens avec Côme ou je ne viens pas. À toi de voir ce que tu préfères. Putain, c'est la deuxième fois en moins de trois semaines que tu te mets dans ce genre de situation, mec !

Un rappel tout à fait inutile, mais je ne perds pas de temps à lui préciser que le connard au 4 × 4 de la semaine dernière a failli me tuer en me coupant la route et qu'il méritait de se prendre un coup de pied-de-biche dans le pare-brise.

Il se pourrait que je rencontre quelques difficultés à gérer ma colère, mon stress… et mon envie de démolir le portrait de tous ces gens égoïstes qui se fichent comme d'une guigne du mal qu'ils font autour d'eux.

– Tu sais très bien que Camille et Côme sont…

– Pas mon problème, m'interrompt-il une seconde fois. Si ta caisse ne roule pas, c'est sûrement parce que tu as crevé les pneus, et si c'est bien le cas, j'aurai besoin de lui pour la remorquer.

Échec et mat, Ocean. Tu ne peux t'en prendre qu'à toi-même. Tu as encore foutu la merde !

– Bon, OK ! abdiqué-je. À jeudi, mon pote. Et encore merci !

Je raccroche avant de changer d'avis et me prépare mentalement à la future crise de nerfs de

Camille lorsqu'il apprendra que Côme doit venir à la maison. Cela m'épuise rien que d'y penser, aussi remonté-je les valises d'Ornella à l'appartement tout en me promettant de ne plus jamais défoncer une autre bagnole.

Du moins, pas avant deux ou trois mois, quoi.

J'arrive avec un mal de crâne carabiné dans le salon où je croise les regards éberlués de mes meilleurs amis, installés sur le canapé devant le documentaire sur les requins que j'attends depuis six mois et dans lequel j'apparais dans une courte interview intitulée : « Attaqué par un requin-tigre, il a survécu de justesse et nous raconte l'histoire déchirante d'une rencontre qui a bouleversé à tout jamais son existence ! »

Quel ramassis de conneries, putain.

Ma « rencontre » avec ce requin n'a rien changé à ma vie, mais la journaliste qui m'a interviewé sur mon lit d'hôpital avait besoin d'un récit croustillant pour faire avancer sa carrière, et moi, j'avais envie de me la taper après le JT.

– Y'a que ça ? m'interroge Camille lorsque je les dépasse et entame la montée de l'escalier en colimaçon – l'une de mes rares erreurs architecturales.

C'est peut-être un gain d'espace, mais Dieu seul sait à quel point c'est la galère d'y monter des meubles ou des cartons !

– Elle ne déconnait pas en disant qu'elle n'avait plus rien.

Andrea affiche un petit air chagrin qui me fout les tripes en vrac – c'est sa tête d'amoureux transi. Une sale gueule, *vraiment*. En toute objectivité. Dans moins d'une semaine, il va se lamenter tout en égrenant les pétales d'une pauvre marguerite : *Elle m'aime, un peu, beaucoup, passionnément... pas du tout.*

Dans ces moments-là, et même si c'est horrible de ma part, je suis soulagé qu'il soit muet.

– Ouais. Il n'y avait que ça dans le coffre.

L'espace d'une brève et fugace seconde, la culpabilité m'étouffe. Puis je me dis que c'est un mal pour un bien. C'est peut-être une amoureuse des monstrueux pick-up américains, mais elle se rattrape en n'étant pas l'une de ces adeptes frénétiques de la *fast fashion* – un fédérateur de drames, tant écologiques qu'humains, dont on n'entend pas assez parler dans les médias.

– Putain, tu as vraiment merdé, sur ce coup-là !

Sans blague ! ai-je envie de grogner, mal à l'aise.

Andrea signe avec raideur :

– Tu as intérêt à régler la situation au plus vite. Elle a besoin d'argent, c'est évident, et tu viens de lui faire perdre une somme colossale !

Et dire qu'il ne sait même pas à quel point elle risque de me coûter cher, cette affaire...

– Si vous me disiez plutôt quelque chose que j'ignore, les gars ?! grincé-je, la mâchoire serrée. J'ai téléphoné à Gary, il passe jeudi pour essayer de m'aider à régler le problème.

Je passe sous silence la venue de Côme – une seule crise d'hystérie par jour dans cet appartement, merci bien.

– Génial ! se réjouit naïvement Camille. Dépêche-toi de lui monter ses valises. J'ai envie de voir ta tête de con à la télé, moi !

J'obéis et grimpe les marches deux par deux, les sacs calés en travers des épaules, et la valise, d'une légèreté déprimante, plaquée contre mon ventre. Non pas que je sois particulièrement pressé de me voir à la télévision, mais j'ai hâte de me débarrasser de cette corvée qui n'est que la première d'une longue liste.

Sans réfléchir, je me dirige vers la salle de bains et ouvre la porte dépourvue de verrou depuis qu'un des ex-copains de Camille, furieux d'avoir été largué du jour au lendemain, l'a fait sauter d'un coup de pied.

Oh, damn shit !

La vision inattendue du corps nu et enveloppé de vapeur d'Ornella me coupe dans mon élan et me fauche les jambes.

Debout au milieu de la pièce, les écouteurs vissés dans les oreilles et prête à entrer dans la baignoire remplie à ras bord d'une eau si chaude qu'elle m'envoie un nuage moite dans la figure, Ornella offre un spectacle d'une beauté qui transcende à la fois mon corps et mon esprit.

Je n'ai jamais été très attiré par les filles minces, ayant toujours préféré les formes voluptueuses et les courbes douces aux silhouettes sèches et déliées des mannequins, mais elle parvient à allier la féminité d'une paire de hanches épanouies et la délicatesse d'un dos svelte à la colonne fine et droite. Quant à sa nuque gracile, tatouée d'un minuscule papillon noir et rouge, elle aiguise mon appétit sexuel jusqu'à m'en donner mal aux tripes.

J'ai une brutale envie d'y planter les dents et de la mordre, mordre, *mordre*... jusqu'à imprimer sur sa peau d'or rosé, l'empreinte sanglante de ma voracité.

Ses cheveux bouclés sont remontés en chignon bancal sur le sommet de son crâne, et lorsqu'elle se penche pour plonger l'une de ses jambes fuselées dans l'eau, j'entraperçois la pointe de son petit nez retroussé, la perle rosée de son téton cerclé d'une aréole plus foncée et l'ombre mystérieuse dans laquelle se niche l'écrin de sa féminité.

Un flot de salive inonde ma bouche. Mon rythme cardiaque s'accélère. Mes muscles se bandent et s'étirent sous ma peau trop étroite pour contenir toute la fougue brutale qui m'éperonne à la vue de ses fesses charnues.

Sans se douter une seule seconde de ma présence dans la pièce, elle pénètre dans l'eau brûlante qui rougit instantanément son épiderme sensible. Elle immerge ses mollets, d'abord, puis ses cuisses et ses fesses, absolument délicieuses, qui se couvrent de frissons avant de disparaître derrière la faïence blanche – à mon plus grand regret...

Le gémissement qu'elle pousse lorsque sa poitrine entre en contact avec le liquide trop chaud m'oblige à geindre avec elle. Enfin, je n'en suis pas tout à fait sûr, car je n'entends plus que le vacarme assourdissant de mon sang qui fuse à travers mes veines pour irriguer une érection tout à fait déplacée.

Le désir n'est rien d'autre qu'une explosion de chaleur qui se fracasse sur l'impatience fébrile d'une jouissance anticipée. Et ce vacarme sensoriel s'accompagne d'un bruit saccadé qui ressemble à s'y méprendre à celui que fait un cœur amoureux à la vue de l'objet de son émoi. Bien que la passion ne soit en rien similaire à l'amour, elle entame une mélodie envoûtante qui s'en rapproche tellement qu'on s'y trompe presque à tous les coups…

Battements de cœur.

Boum. Boum.

Rugissement du sang.

Boum. Boum.

Respiration haletante.

Boum. Boum.

Tendres complaintes.

Hum, oui… dis-moi que t'en as envie, toi aussi !

Le chant de la passion se mêle à celui, plus profond et lancinant, de la naissance de l'amour, et c'est pour cela qu'il y a autant de cœurs brisés dans le sillage des jeunes adolescents inexpérimentés. Ils sont si excités qu'ils ne prennent pas le temps de différencier la voix suave d'un corps charmé de la lamentation éplorée d'une âme n'aspirant qu'à retrouver son unité.

Moi, je suis sous le charme, c'est une évidence. Mais comme toujours, mon cœur reste silencieux tandis que mon corps s'exclame : *je la veux.*

Mes reins flambent, ma température corporelle augmente, et je me délecte de cette apparition saisissante qui émerge des flots telle une sirène déterminée à me noyer en elle…

Mais je ne tombe pas amoureux.

J'en suis incapable.

Je me coulerais en elle, si je le pouvais, bien que je sache que c'est un fantasme de l'ordre de l'impossible. Elle ne me laisserait pas l'approcher à moins de dix mètres avec l'érection massive qui s'érige entre mes jambes. Et je sais aussi que si elle me surprenait en train de l'épier dans son bain comme un pervers, elle s'empresserait de révoquer notre accord et irait me dénoncer aux flics.

Je lui ai pris trop de choses en trop peu de temps. Sa voiture, sa bonne humeur, son espoir fragile en des jours meilleurs, et lui voler le secret de sa nudité serait une trahison supplémentaire qu'elle ne tolérerait pas.

En temps normal, l'intimité et la pudeur d'une femme sont deux choses que je me refuse à bafouer, l'une comme l'autre étant des trésors qu'un homme se doit de gagner à la loyale et de respecter toute sa vie – même et surtout après la victoire. Aussi, et bien que tout mon corps se raidisse de déplaisir à la pensée d'abandonner une telle promesse de luxure, je sors de la salle de bains, referme tout doucement la porte derrière moi et tente d'effacer de ma rétine l'image enflammée qui s'y est imposée comme une évidence.

Je veux Ornella Sinclair.

La jolie brune mélancolique, colérique, capricieuse, à fleur de peau et pas du tout intéressée par ce que j'ai habituellement à offrir aux femmes.

Soudain, je la désire de toutes les fibres de mon être, de toutes les cellules de mon corps, et je me dis : au diable les conséquences, les règles à respecter, nos différences inconciliables et la colère qui brille dans ses yeux noirs dès qu'elle les pose sur moi.

Je la veux si fort…

Un jour ou l'autre, ce cocktail de désir et de haine finira par nous éclater à la figure, et j'en savourerai tous les morceaux qui retomberont sur nos corps nus et entrelacés.

Ornella s'ouvrira à moi.

Le temps d'une nuit, d'un rêve, d'une étreinte.

Mais seulement si elle commet l'erreur de baisser sa garde…

Alors, j'anéantirai toutes ses barrières, braverai toutes ses limites et l'emporterai dans les flots sauvages de la passion pour lui faire découvrir un océan de plaisir dans lequel on se noiera ensemble, respirant l'un à travers l'autre pendant des heures et des heures, avant de regagner la surface – là où une fille comme elle n'a rien à faire avec un gars comme moi.

Le temps d'une nuit, d'un rêve, d'une étreinte…

CHAPITRE 9
Du porno et des Froot Loops

ORNELLA

– Putain, je déteste être en retard… grommelé-je, furieuse contre moi-même, en sautant dans le premier short qui me passe sous la main. Ocean ! Bordel, lève-toi !

Aujourd'hui, c'est mon premier jour de cours à la faculté des sciences politiques de Lafayette – enfin, si j'arrive à y mettre les pieds ! L'univers semble s'être ligué contre moi. Mon réveil n'a pas sonné, j'ai traîné trop longtemps sous la douche, Ocean ronfle comme un soûlard polonais dans son hamac et, pour couronner le tout, j'ai tellement le trac de retourner sur les bancs de la fac que j'ai envie de vomir le petit-déjeuner que je n'ai pas encore eu le temps de manger.

– Ocean ?

Pour toute réponse, mon insupportable colocataire, que j'ai ignoré toute la semaine après avoir découvert l'état lamentable dans lequel il a laissé mon pick-up, émet un ronflement sonore. Il est peut-être beau comme un ange des ténèbres, avec ses boucles lustrées et ses yeux d'un bleu intense, mais il fait un bruit de moissonneuse-batteuse qui tenterait de récolter du gravier. Dieu soit loué, c'est loin d'être sexy ! Cela fait redescendre un peu de la pression érotique qui s'accumule dans mon bas-ventre depuis que j'ai fait sa connaissance, en bas de l'immeuble – une rencontre qui date de seulement sept jours, alors que j'ai l'impression de tous les connaître depuis une éternité…

Avec un soupir exaspéré, j'enfile un débardeur vert en faisant l'impasse sur le soutien-gorge, une paire de Vans à carreaux noirs et blancs, que je ne revendrais pour rien au monde, et une surchemise militaire Christian Dior trouée à la manche et au col. Ma besace calée sur la hanche, je tresse mes cheveux humides, accroche des créoles argentées à mes oreilles et inspire un grand coup en comptant jusqu'à dix.

Tu peux le faire, Ornella. Personne n'est au courant de ce qu'il s'est passé à Bâton-Rouge.

L'appréhension me noue une corde rêche autour de la gorge, mais j'ai pris l'habitude d'avoir du mal à respirer depuis que ma vie est partie à vau-l'eau.

Avant de partir, je m'adresse un petit clin d'œil d'encouragement à travers le miroir et murmure pour moi-même :

– Tu es une Sinclair. Même s'ils t'ont reniée, papi a raison : bon sang ne saurait mentir.

Mais, non. Rien n'y fait. Une boule d'angoisse reste logée dans le fond de ma gorge, aussi foncé-je dans la chambre d'Ocean en laissant de côté tous mes doutes, toutes mes craintes et tous les souvenirs pénibles qui m'empêchent d'aller de l'avant. Se lamenter sur son sort ne sert à rien, si ce n'est à se conforter dans sa propre misère. Il faut continuer à se battre pour s'en sortir. La passivité et les regrets n'ont jamais aidé personne à arranger les choses.

Lutter de toutes ses forces. Mettre un pied devant l'autre. Ne jamais courber l'échine ou ployer le genou. Tenir le coup.

Coûte que coûte.

Voilà la clé de la réussite, le secret de la rédemption et, je l'espère, le remède contre le chagrin qui n'a de cesse de me faire suffoquer dans mes larmes coupables.

– Ocean ! Putain, tu me soûles !

Comme je m'en doutais, il dort à poings fermés – et à moitié nu, avec seulement un drap blanc roulé en boule pour couvrir son entrejambe. Un endroit sur lequel j'essaie d'éviter de laisser vagabonder mon regard, même si c'est une tâche plutôt ardue ; soit il bande, soit il a une énorme…

Je secoue la tête, mortifiée par la tournure indécente que prennent mes pensées.

Eh non, je n'ai pas du tout envie de vérifier par moi-même !

Allongé tel un dieu païen dans son hamac en toile de jute, la peau dorée et réchauffée par le soleil qui inonde la pièce, il est à la fois magnifique… et complètement ridicule.

– Est-ce seulement possible de faire un tel vacarme en dormant ?! pesté-je, en refusant de me laisser attendrir par ce défaut étonnamment mignon.

Excédée, je secoue le hamac en hurlant :

– OCEAN ! Debout !

Le salaud ne bouge pas d'un pouce. Pendant un instant, je suis convaincue qu'il se moque de moi et qu'il prend son pied à jouer avec mes nerfs pour assouvir quelque sombre vengeance, mais sa poitrine se soulève, ses paupières tressaillent et il se remet à ronfler.

Fort. Très fort.

Soudain, je vois rouge – la couleur du sang, de la colère enflammée qui nimbe mes prunelles d'un voile écarlate. J'attrape l'étoffe rugueuse, pas du tout agréable, et tire d'un grand coup sec en m'aidant de mes coudes pour effectuer un mouvement de balancier. Le geste est un peu plus violent que je ne l'escomptais au départ, si bien que le hamac tourne sur lui-même et qu'Ocean virevolte dans les airs, à l'instar d'une marionnette en chiffon dont on viendrait de couper les ficelles.

Partagée entre un sentiment d'horreur et de jubilation perverse, je le regarde s'étaler sur le sol comme de la pâte à crêpes sur une poêle chaude. Un rire incongru s'étrangle dans ma gorge, que je retiens en plaquant une main sur ma bouche. Fort heureusement pour lui, le nid de couvertures moelleuses qu'il a entassé sur le sol pour combler ses conquêtes d'une nuit amortit sa chute spectaculaire – et c'est peut-être pour cette raison qu'il les a mises là, d'ailleurs…

Sonné par son réveil en fanfare, Ocean cligne des paupières et regarde tout autour de lui avec une réelle inquiétude qui m'interpelle. C'est comme s'il s'attendait à être victime d'une attaque à main armée ou à se retrouver pris au piège d'une catastrophe naturelle.

Mais non, ce n'est que moi, la fille qui n'a plus d'autres aspirations dans la vie qu'arriver à l'heure à ses cours pour éviter de se faire remarquer…

Même si la musique d'Oasis *Stop Crying Your Heart Out* prétend le contraire dans la poche arrière de mon short.

J'avais des rêves de gloire et de prestige, autrefois. De paillettes et d'or rose. De marbre lumachelle et de champagne millésimé. Une vie de luxe obscène et de plaisirs obscurs. Mais j'ai bien appris ma leçon et je ne m'y risquerai plus.

Rêver de grandeur, c'est chuter de trop haut au réveil.

– Ornella ? Tout va bien ? m'interroge Ocean, la voix rauque et enrouée. C'était quoi, ça ? Un tremblement de terre ?

J'ouvre la bouche pour lui répondre qu'effectivement, ses ronflements suffiraient à faire trembler tout le quartier… mais les mots se meurent sur ma langue lorsqu'il se relève, entièrement nu, l'air désorienté, pour m'attraper par le bras et répéter avec insistance :

– Tout va bien ? Tu vas bien ?

La bouche sèche et le cœur battant la chamade, je m'efforce de le fixer droit dans les yeux…

Hélas, j'ai une excellente vision périphérique.

– Tu es tout nu… Je vois ton pénis… m'entends-je lui répondre, sous le choc. Je vois ton PÉNIS et tes BOULES !

La confusion s'efface de son visage pour révéler un sourire narquois qui fait instantanément bouillir mon sang à l'intérieur de mes veines. Je vois bien qu'il se moque de ma réaction puérile, mais je n'y suis pour rien ; sa nudité me perturbe à tel point que j'ai l'impression de redevenir la gamine vierge et inexpérimentée qui a tapé dans l'œil de son professeur.

Excitée, mais incapable de le gérer. Attirée, mais terrifiée à l'idée de faire quelque chose de malsain. Sous le charme d'une apparence trompeuse et prête à me jeter dans la gueule du loup.

Mais j'ai déjà été dévorée jusqu'à la dernière miette, et je n'ai plus rien à donner à ce type détestable qui se croit tout permis sous prétexte qu'il a de l'argent et des relations.

– Arrête de dire le mot pénis, s'il te plaît. Ça me fait bander ! Et je ne te parle même pas de l'effet que tu as sur mes boules.

Ocean me gratifie d'un large sourire espiègle qui, loin de m'amuser, achève de me mettre en colère.

– Tu bandais déjà ! lui signalé-je sans réfléchir. Espèce de porc !

Il éclate d'un rire surpris, trop joyeux pour une heure aussi matinale. Quant à moi, je n'ai plus qu'une envie : disparaître sous terre et me mettre une droite dans la figure pour me punir d'avoir réagi à sa provocation !

– Tu me matais dans mon sommeil, Ohana ?

Évidemment, c'est tout ce qu'il retient. Et cette manie qu'il a de m'appeler Ohana commence à me taper sur le système. Je sens que c'est une *private joke* qui se fait à mes dépens, et je déteste être le dindon d'une farce qu'on me fourre dans la gorge contre mon gré.

– Tu ronfles comme un sonneur, mec. C'est anti-sexy au possible !

Je cherche une repartie plus cinglante et spirituelle, mais c'est la seule chose qui me vient à l'esprit. L'adolescente de quinze ans que j'ai été en aurait été très fière. Mais la femme adulte, elle, s'en trouve mortifiée. Il s'avère que c'est très difficile de se quereller avec un homme nu, sublime et en érection. Mon œil gauche n'a de cesse d'être attiré par le petit grain de beauté qui couronne son pubis rasé.

– Je sais, admet-il, légèrement penaud. Je me suis cassé le nez en surfant, et depuis, j'ai une déviation de la cloison nasale. Tu finiras par t'habituer.

Je le poignarde d'un regard noir pour réprimer mon envie d'examiner une partie de son anatomie bien trop encombrante visuellement.

– Tu as deux minutes pour t'habiller et me rejoindre en bas de l'immeuble. Hors de question que j'arrive en retard pour mon premier jour de cours à cause de ton sommeil de marmotte !

Ocean m'observe bêtement pendant plusieurs secondes avant de lâcher :

– Mais il n'est que sept heures du matin, Gator. Sept. Heures. Du. Matin. Tu as encore plus d'une heure devant toi !

Je lève les yeux au ciel tout en attrapant le drap blanc laissé à l'abandon dans le hamac. Il faut vraiment qu'il arrête d'agiter son pénis sous mes yeux comme si c'était une carotte destinée à un âne affamé.

– Tiens ! Un peu de pudeur, s'il te plaît, et magne-toi les fesses ! J'ai rendez-vous avec le doyen à sept heures quarante-cinq pour…

Je me tais et me mords les lèvres avant d'en révéler plus qu'il n'a besoin d'en savoir à mon sujet. Le doyen Peterson m'a déjà dans le collimateur à cause de mes exploits à Bâton-Rouge et il est hors de question que je lui fournisse davantage de munitions contre moi en arrivant en retard. Je sais qu'il n'attend qu'une erreur de ma part pour se débarrasser de moi – avec perte et fracas. Et je ne peux même pas lui en vouloir… La doyenne Erika est l'une de ses amis et je ne dois ma place qu'à l'argent de mon grand-père.

L'image qu'il a de moi est pitoyable, et le pire, c'est qu'elle n'est même pas totalement fausse.

– Je ne suis pas pudique, me lance-t-il, indifférent, en laissant retomber le drap à mes pieds. Sens-toi libre de me regarder autant que tu le désires, ça ne me dérange pas.

Une petite veine se met à pulser sur mon front.

– Tu as détruit mon pick-up, lui rappelé-je, et de toi à moi, je te trouve profondément antipathique. La seule raison pour laquelle je t'adresse la parole, c'est que je suis bloquée ici, avec toi, jusqu'à ce que j'aie trouvé un autre appartement et que tu m'aies remboursé les frais de réparation de ma voiture !

Loin d'être vexé par mon petit laïus, Ocean se contente d'esquisser un sourire entendu qui me hérisse tous les poils du corps.

– Tu serais plus crédible si tu arrêtais de loucher sur mon…

Je le repousse en étouffant un cri de rage et tourne les talons, le feu aux joues à cause de l'image de son sexe massif imprimée à jamais sur mes pauvres rétines innocentes.

Bon, peut-être pas tout à fait innocentes, je l'avoue…

– Habille-toi, espèce de crétin ! Je t'attends en bas de l'immeuble !

De plus en plus agitée, je remonte le couloir à toute vitesse, ma besace frappant ma hanche au rythme saccadé de mes pas, et dévale l'escalier trop étroit pour une telle fougue. Arrivée à la dernière marche, je trébuche et manque de me tordre la cheville en butant contre le corps écailleux de

Bonzaï. Incapable de l'éviter, j'écrase sa queue sous le talon de ma chaussure et le cogne avec mon autre pied. Le lézard pousse un feulement bizarre, douloureux à entendre, avant de se carapater sous le canapé, abandonnant derrière lui un fruit à moitié dévoré… et un petit morceau de ladite queue.

Prise de remords, je m'empare de la mangue dégoulinante de jus sucré et de salive malodorante, ainsi que du reste de cartilage abandonné. C'est plus dur que je m'y attendais et la sensation rugueuse de la peau me laisse une impression désagréable. C'est comme si je tenais un doigt coupé et congelé – enfin j'imagine. Je grimace de dégoût, mais je parviens tout de même à refouler la vague de nausée qui menace de submerger mon estomac, puis je rampe jusqu'au tégu enroulé sur lui-même qui me dévisage d'un œil triste.

– Désolée, mon pote. Ce n'était pas contre toi. J'avais l'esprit ailleurs à cause de ma trouille de retourner à la fac et je ne t'avais pas vu, lui expliqué-je, en déposant le fruit devant son museau. Et puis, ce n'est qu'un tout petit morceau de queue. Je suis sûre que ça va repousser !

Est-ce que les lézards ont un museau, d'ailleurs ? Ou est-ce que cette partie de leur anatomie porte un autre nom ? Et leur queue est bien préhensile, n'est-ce pas ?

– J'ai été tellement humiliée dans ma dernière école… Bref, je ne voulais pas te raccourcir l'appendice, mais j'étais perdue dans mes pensées et je ne m'attendais pas à te trouver là. En même temps, ajouté-je, en approchant la main pour lui caresser la tête, manger en bas d'un escalier est plutôt stupide. Je te pensais un peu plus intelligent que ça, mon pote. Mais il faut croire que tu es comme ton maître : grande queue, petit cerveau.

Bonzaï sort sa langue, me lèche les doigts et attrape la mangue qu'il engouffre avec un petit rictus dérangeant. J'ignorais que les lézards étaient capables de sourire, et c'est un spectacle effrayant, mais je me sens ridiculement soulagée par cette démonstration de paix. Il me pardonne, j'en suis heureuse. Pour tout dire, je ne peux mener qu'une guerre à la fois, et c'est son insupportable maître que j'ai envie de mitrailler sur le champ d'honneur. Pas lui. En fait, pour une créature aussi hideuse, Bonzaï s'avère plutôt sympa…

– Contente d'avoir réglé ce problème en adulte, marmonné-je. Tu es beaucoup plus mature que notre vilain propriétaire !

J'ai à peine le temps de finir ma phrase qu'un souffle brûlant balaye l'arrière de mes cuisses. Je sursaute et pousse un couinement de surprise horrifiée en sentant une main m'effleurer les fesses – un geste chaste, mais délibéré. Je bondis tout en faisant volte-face, les bras levés devant moi dans une position bagarreuse qui atténue un peu le ridicule de ma réaction.

Enfin, elle l'aurait atténué si je n'avais pas brandi le mini-morceau de la queue écaillée de

Bonzaï comme s'il s'agissait d'une épée en acier de cinquante centimètres.

Un homme gigantesque, aussi noir que le plus noir de tous les chocolats, me dévisage avec un air interrogateur qui me laisse un brin perplexe.

– T'es qui, toi ? demandons-nous en chœur.

Moment de gêne intense – enfin, surtout de mon côté.

– Non, toi, t'es qui ?! ajoutons-nous derechef, parfaitement synchronisés.

Je souffle, il soupire. Bonzaï me lèche le bras. Rien n'est logique, dans ce putain d'appartement ! Où sont donc passés les gens normaux et les traditionnels chiens et chats ?!

– Je m'appelle Djibril, je suis le mec de Camille. C'est toi, le nouveau petit cul de la chambre 4 ?

Je fais la moue sans oser l'envoyer au diable. Ce mec transpire la violence et la noirceur par tous les pores de sa peau d'ébène. Ses yeux sont deux puits de ténèbres sans fin où virevolte la promesse d'un sexe crade et vulgaire, aussi salace que le sourire tranchant qu'il aiguise du bout des lèvres. Pas de tatouage ou de piercing, pas de vêtements troués ou de bijoux clinquants. Il n'a visiblement pas besoin d'en faire des tonnes pour prouver à tout le monde que c'est un véritable dur à cuire qu'il faut prendre au sérieux – et avec des pincettes. Mon petit côté « princesse rebelle » crève d'envie de lui décocher une repartie cinglante, mais je ne bénéficie plus de la protection de mon nom, désormais, ou de la fortune de ma famille.

Sinclair est à terre.

Cette phrase puérile gravée sur la porte des toilettes de l'université de Bâton-Rouge n'a jamais été aussi vraie qu'aujourd'hui.

C'est fou comme l'on se sent vulnérable lorsque l'on est complètement seul et livré à soi-même !

Qui prendra soin de moi si je m'attire (encore) des ennuis ? *Personne.* Qui séchera mes larmes si je me blesse au cœur ? *Personne.* Qui me tendra la main si je tombe ? *Personne.*

Et c'est tellement triste, putain…

– Euh… C'est la queue de Bonzaï que t'agite devant moi ou je rêve ?

Je m'empourpre tandis qu'un lent rictus sadique soulève la commissure de ses lèvres fines.

– Tiens, tiens, tiens. Tu sais qu'Ocean aime plus cet animal que n'importe quel autre être humain de cette planète ? S'il apprend que tu lui as fait du mal, il va péter un câble. Et crois-moi, il vaut mieux éviter de contrarier ce fils de bourge qui se croit supérieur à tout le monde sous prétexte qu'il bouffe des graines et qu'il recycle ses étrons pour nourrir les plantes de son connard de petit copain muet.

La violence de ces paroles me coupe la chique.

– Alors, dis-moi : avec quoi comptes-tu acheter mon silence, Gator ? Ocean serait très mécontent d'apprendre que tu as raccourci sa limace. Il pourrait te virer de l'appart'. En fait, il a déjà viré plein d'autres mecs pour moins que ça

Je me retiens de rectifier son erreur – volontaire, j'en suis certaine. Bonzaï mérite mieux que d'être traité de limace par un homme qui a le même sourire que le Joker du *Dark Knight*, mais je tiens trop à la vie pour le défendre.

– Qu'est-ce que tu veux ? sifflé-je à la place.

Il penche la tête sur le côté dans une attitude prédatrice. Je n'arrive pas à croire que ce taré soit le mec de Camille. Quoiqu'il faille être un peu cinglé pour supporter le musicien hyperactif…

– Tes boucles d'oreilles.

Je le fixe sans comprendre.

– Chérie, donne-moi tes boucles d'oreilles et je fermerai ma gueule !

– Mais ce sont des Miu Miu !

Et elles m'ont coûté la modique somme de six cents dollars !

– Miu Miu, piou-piou, minou-minou, se marre-t-il, je m'en fous ! Donne-moi tes boucles d'oreilles ou je te balance à Ocean. Ce type est complètement siphonné avec ses bestioles.

C'est l'hôpital qui se fout de la charité. Tout le monde est complètement à la masse dans cette baraque !

– Tiens, connard !

Je mets le bout de queue de Bonzaï dans ma poche et, tout en râlant à haute voix, décroche les superbes créoles que je me suis achetées pour le

Nouvel An. La fête qui a signé ma perte, la soirée qui a marqué la fin de mon règne. Ça me semble si loin, désormais. Comme dans une autre vie. J'étais tellement heureuse, cet après-midi-là, si pleine d'espoir et tellement naïve lorsque je suis allée faire les boutiques avec Romy et Enola pour trouver *la* tenue parfaite. Dans les allées du centre commercial, accompagnée de celles que je prenais encore pour mes meilleures amies, je ne me doutais pas un instant que l'entrée dans la nouvelle année allait initier la première chute de ma descente aux enfers…

Au moment où je fourre mes boucles d'oreilles dans la grande main calleuse de Djibril, Camille déboule comme une tornade dans la pièce, les bras encombrés par deux énormes sacs en papier brun, et se met à chantonner :

– Salut, bébé ! Bonjour, mon amour ! *Holà, señorita !* Joyeux anniversaire de notre premier mois ! Regarde ce que je t'ai acheté…

Il s'interrompt en plein milieu de sa phrase, interloqué par le spectacle qu'on lui offre, Djibril et moi. Je suis prostrée contre le canapé, la mine furibonde, tandis que son petit ami me domine de toute sa taille avec un rictus moqueur en travers du visage.

– Djibril ? demande-t-il, un peu perdu.

Son copain déplie son mètre quatre-vingt-dix, et par je ne sais quel miracle, son attitude de psychopathe à la gâchette facile se transforme en comportement de *mec à peu près* normal d'une vingtaine d'années.

– Moi aussi, j'ai un cadeau pour toi.

Djibril tend *mes* boucles d'oreilles à Camille.

– Oh, mon Dieu ! s'écrie-t-il, ravi. Elles sont magnifiques ! Je suis choqué ! C'est le premier cadeau que tu me fais, et il est parfait !

Trop éberluée par la tournure qu'a prise la situation, je reste bouchée bée, à les dévisager comme une abrutie. Puis je percute que Camille n'a même pas de trous dans les oreilles et manque de gâcher son petit moment de joie avec une réplique cinglante. Mais je me retiens, sans trop savoir pourquoi je marche dans cette combine.

– De rien.

Le blond volubile colle un énorme baiser sur la bouche de son copain pas loquace pour un sou.

– Et dire que moi, je n'ai prévu que du porno et des Froot Loops…

Je grimace en essayant de ne pas imaginer le résultat d'une telle association de mauvais goût dans une seule et unique chambre à coucher.

– Ne t'inquiète pas. Tu marqueras le coup la prochaine fois.

Camille ronronne – oui, littéralement.

– On fêtera nos deux mois avec de superbes cadeaux ! s'enthousiasme-t-il en sautillant pour faire bruire les breloques de mes créoles. J'adore ces boucles ! Je vais directement les ajouter à ma collection !

Dès que Camille a le dos tourné, Djibril me décoche un regard rieur, un brin provocateur.

– Ouais, je suis sûr que je trouverai un autre truc vraiment chouette là où j'ai déniché ces petites merveilles.

OK. Les mecs de cet appartement vont finir par me mettre à poil – dans tous les sens du terme.

Il faut que je me tire d'ici, et vite !

J'attends Ocean dans le magnifique hall de l'immeuble en survolant d'un œil distrait les derniers messages que j'ai reçus. J'ignore pourquoi je m'inflige un tel supplice, et je suis la première à reconnaître que ça tient plus du masochisme que de la curiosité, mais je ne peux pas m'en empêcher. C'est plus fort que moi, un peu comme si j'étais possédée par le besoin de me faire du mal, de me punir moi-même pour l'ignominie de mon ancienne vie, passée à me complaire dans mon égoïsme. Comme d'habitude, les insultes foisonnent, toutes plus vulgaires les unes que les autres, et quelques menaces de mort apparaissent, çà et là, me rappelant les terribles conséquences qui ont découlé de mes actes irréfléchis.

Putain, si seulement je pouvais oublier ce qu'il s'est passé à Bâton-Rouge ! Tout oublier et tout recommencer.

Ce serait mon rêve le plus cher : obtenir une seconde chance.

Des gens que je ne connais pas, ou à peine, me souhaitent de mourir dans d'atroces souffrances. Ils me poussent au suicide et me dénigrent aussi bien physiquement que moralement, comme s'ils participaient à une sorte de concours malsain pour savoir qui est le plus méchant. Ou du moins, le plus stupide. Parce qu'il n'y a rien d'intelligent à déverser sa haine sur les réseaux sociaux et à harceler des inconnus. C'est symptomatique d'un mal-être bien plus profond – et bien plus triste, aussi. Les gens ne s'aiment plus eux-mêmes… alors pourquoi feraient-ils l'effort d'apprécier les autres ?

Je supprime huit messages avant de passer à mes e-mails, où, là encore, je croule sous les commentaires désobligeants, les intimidations nauséabondes et les provocations puériles.

Au fil de ma lecture, une boule d'angoisse se forme dans mon estomac. J'ai chaud, puis j'ai froid, et finalement, j'ai juste envie de me mettre à chialer comme un bébé.

Pourquoi le monde est-il aussi pourri ? Pourquoi sommes-nous constamment obligés d'être cruels les uns envers les autres ? De propager la haine ? De nourrir la colère, de causer de la souffrance, de sombrer dans la solitude ?

La vie me fait mal.

Mal au cœur. Mal à l'âme. Mal à mort, putain…

Oui, j'ai commis une erreur. Je suis tombée pour le mauvais homme, pour les mauvaises raisons, au plus mauvais moment de ma vie. Oui, j'ai trahi des gens qui m'adoraient dans l'espoir un peu fou de me faire aimer de lui. Et oui, je l'avoue : c'était mal. Très mal. Mais... Et lui, alors ? Pourquoi ne paye-t-il pas les pots cassés, comme moi ? Pourquoi suis-je la seule à avoir été punie ? Bannie ? Ruinée ? Rejetée et moquée ? Pourquoi est-ce toujours à la femme d'être blâmée dans les affaires de cœur ?

Jarod est aussi coupable que moi.

Et peut-être même l'est-il davantage.

À l'époque où il m'a séduite, je n'avais que quinze ans, alors qu'il venait de souffler la flamme de sa trente-deuxième bougie. C'était mon professeur, une figure d'autorité à laquelle je me pliais sans résistance, trop aveuglée par l'éclat rayonnant de son charisme pour remettre en cause la légitimité de ses actes. Il m'intimidait et m'impressionnait, m'envoûtait et me charmait, aussi, et lorsqu'il m'accordait toute son attention, j'avais l'impression d'être éblouie par le soleil tant il était brillant...

J'aurais tout fait pour être avec lui.

Et je l'ai fait...

Il m'a demandé de lui faire confiance, de l'attendre et de le croire. D'avoir foi en sa sincérité – la blague. Toutefois, la conviction d'être à lui combinée à la croyance indéfectible de l'existence d'un « nous » m'a fait abandonner mes réticences d'adolescente et foncer tête la première dans une histoire trop adulte. Il m'a fait miroiter la promesse d'un amour exceptionnel, réel et intense, qu'il disait vouloir faire grandir en même temps que moi...

mais il n'a jamais été question d'amour, en réalité. Pour lui, ce n'était qu'un mélange de désir, de jalousie, de possessivité et de luxure.

Il convoitait ma virginité – et il l'a eue…

Il désirait mon corps – et il l'a pris…

Il méprisait mon cœur – et il l'a brisé.

Et le pire ? C'est que je savais que son emprise finirait par me détruire. Je l'ai senti, je l'ai compris, et au fond, je l'ai bien cherché.

Je n'étais plus du tout une jeune fille innocente lorsqu'il m'a invitée à plonger dans la noirceur de son âme.

Une larme tiède m'échappe et s'écrase sur l'écran de mon téléphone. Je renifle tout en me réprimandant vertement de mon excès de sentimentalisme lorsqu'une magnifique rose blanche apparaît comme par magie sous mon nez morveux. La fleur aussi épanouie qu'un soleil à son zénith étend ses pétales duveteux autour du bourgeon délicat et odorant. La note de tête, un musc très légèrement ambré, m'effleure les lèvres, à l'instar d'une caresse de velours, tandis que la note de cœur, d'une suave fragrance de printemps, inonde mes narines d'un parfum enivrant.

Si le bonheur devait avoir une odeur, ce serait celle de cette rose blanche aussi large que la paume de ma main et aussi belle que le sourire d'Andrea lorsqu'il me la glisse dans les cheveux.

– Merci, chuchoté-je, émue. Elle est magnifique.

Son sourire s'élargit, ses yeux s'adoucissent et des petites rides apparaissent à la commissure de ses lèvres. Son ineffable bonté exacerbe sa beauté naturelle. Elle n'est ni feinte, ni surjouée, et elle me met un tel baume au cœur que je pourrais pleurer toutes les larmes de mon corps.

Oui, le monde est d'une laideur abjecte, vérolé de l'intérieur par des appétits sombres et morbides, mais… tant qu'il restera des gens aussi bienveillants qu'Andrea, alors l'humanité ne sera pas encore bonne à jeter à la poubelle.

Pas tout de suite, du moins.

– Ça ira mieux demain, lui dis-je, comme en écho à mes paroles de la veille.

Un air soucieux traverse son visage angélique tandis qu'il pianote à toute vitesse sur son téléphone :

– Demain, c'est déjà aujourd'hui. Laisse tes problèmes à hier et profite simplement de ta matinée.

« Si seulement la vie était aussi facile ! » ai-je envie de m'exclamer, frustrée d'être trop faible pour me purger de ma douleur, pour me défaire de mes souffrances comme d'une vielle mue de serpent. Je me sens étriquée dans cette peau qui n'est plus tout à fait la mienne, à la fois trop petite et trop étroite pour la personne que je suis en train de devenir. Une femme pas vraiment meilleure, mais différente, plus sage et plus mature, courageuse grâce à la fatalité et méfiante par instinct de préservation. Ma vie n'est plus une fête, mais je n'arrive pas à me résoudre à tirer un trait sur mon espoir de retrouver, un jour, bientôt, quelque chose à célébrer…

– Haut les cœurs, Gator !

Je ris en entendant la voix Google m'appeler par le surnom qu'ils me donnent comme si l'on était amis depuis toujours, ou presque. Je ne l'admettrai probablement jamais tout haut, mais je l'adore ! Personne ne cherche des noises à un alligator, et les quelques idiots qui s'y risquent tout de même finissent généralement avec d'énormes cicatrices sur le corps, des membres en moins, ou au fond d'un marais putride.

– Merci, Andrea.

Sur une impulsion que je ne m'explique pas, je le prends dans mes bras et le serre très fort contre mon cœur. Je n'ai jamais été particulièrement câline, mais il est tellement adorable qu'il est difficile de résister à l'envie de s'en servir comme d'une peluche. Bien sûr, et parce qu'il est la gentillesse incarnée, il me retourne mon étreinte sans esquisser le moindre geste équivoque. Ses mains se nouent dans mon dos, son torse ne m'écrase pas, il me tient sans chercher à me dominer ou à me charmer.

Prends-en de la graine, Ocean…

Andrea se contente de me cajoler, comme s'il savait qu'à l'instant, et sans le renfort de ses mains puissantes autour de mes hanches, je tomberais en mille morceaux à ses pieds.

– Est-ce que j'interromps quelque chose ?

La question railleuse, pleine de morgue et d'arrogance, s'élève dans mon dos et résonne dans mes oreilles comme une menace prononcée à demi-mot. Je sens un soupçon de colère dans l'intonation d'Ocean, et une bonne dose de désapprobation. Je ne sais pas ce qu'il s'imagine, mais une chose est certaine : il est complètement à côté de la plaque.

Cela dit, je ne vais pas me gêner pour le lui faire comprendre !

– Oui, grogné-je, en reculant d'un pas, tu interromps un très bon moment – et ça commence à devenir une vilaine habitude.

Je me tourne vers lui, un large rictus méprisant sur les lèvres, et prends un léger coup au cœur lorsque nos regards se croisent au travers d'un rayon de soleil. Le bleu de ses prunelles vire à l'azur, d'une teinte similaire à celle d'un lagon des Caraïbes. J'ai beau le détester, je n'arrive pas à lui trouver un quelconque défaut physique – inutile de préciser que ça m'agace au plus haut point. Si seulement la beauté pouvait être liée à la gentillesse…

Il y aurait beaucoup moins de cœurs brisés.

Et beaucoup plus de laiderons.

– Je croyais que tu étais pressée, riposte-t-il, imperméable à mon regard qui tue. Mais si tu as envie de faire des câlins, je suis disponible, moi aussi.

Un frisson me traverse les épaules – c'est du dégoût, bien évidemment…

– Et je suis bien plus expérimenté en la matière que Sa Majesté des Fleurs, ici présente !

Andrea raidit les épaules, vexé par le sous-entendu malveillant d'Ocean. Les joues de l'amoureux des fleurs virent à l'écarlate. Une profonde solitude assombrit ses yeux de fauve et trouve un écho douloureux dans ma poitrine. Je ne le connais que trop bien, ce sentiment angoissant d'être seul au monde… En moi aussi, il ouvre un vide que rien ni personne n'arrive à combler.

– Non, merci… persiflé-je, dédaigneuse, avant de me rapprocher d'Andrea pour déposer un baiser appuyé sur sa joue imberbe. Moi non plus, je n'ai pas beaucoup d'expérience en la matière.

Ce n'est pas tout à fait un mensonge. Après tout, je n'ai connu qu'un homme au sens biblique du terme. Néanmoins, cet homme-là m'a fait découvrir beaucoup – *trop* – de choses.

Si le sexe était un livre, j'en aurais lu toutes les pages, sauf une : celle où il est écrit qu'il ne faut jamais le faire devant une putain de caméra…

Malgré la sombre tournure qu'ont prise mes pensées, le sourire lumineux d'Andrea ôte le goût amer qui se répand sur ma langue à chaque fois que je repense à Jarod. Et bien sûr, l'air vexé d'Ocean ne fait qu'ajouter une cerise particulièrement juteuse sur le gâteau de ma mesquinerie.

– Allez, Gator. On range ses crocs et on se met en route. Tu ne m'as pas jeté à bas de mon hamac pour arriver en retard !

Ocean n'a pas tort, je ne peux pas me permettre d'être à la bourre. Rien que d'y penser, j'ai l'estomac qui se noue et le cœur qui s'emballe. Ma seule règle pour survivre à cette fin d'année, c'est : ne surtout pas se faire remarquer !

– À ce soir, Andrea. Merci encore pour la fleur.

J'adresse un dernier sourire à mon colocataire préféré – oui, déjà, même si ce n'est pas bien compliqué pour lui d'obtenir ce titre… – et suis un Ocean étrangement mutique jusqu'à la sortie de l'immeuble. Ce dernier me tourne le dos, et j'ai beau ne pas très bien le connaître, je sens qu'il est contrarié. Une aura brûlante l'entoure, un peu comme s'il bouillonnait de l'intérieur, mais qu'il n'avait pas assez confiance en lui pour l'exprimer à voix haute. Pendant un instant, l'image d'un vortex à la surface de l'océan s'impose dans mon esprit. C'est presque comme s'il créait son propre tourbillon : je me sens à la fois attirée vers lui et repoussée dans la direction opposée.

Aussi beau que soit l'océan, son cœur est sauvage, et son âme, cruelle dans son immensité dénuée de limites. Les milliers d'épaves coulées peuvent témoigner de sa nature indomptable. Son amour finit toujours par vous faire rouiller.

Ocean ouvre la porte, mais il ne fait pas l'effort de la retenir pour que je puisse passer après lui, si bien qu'elle me revient en pleine figure. Je suppose qu'après le réveil en fanfare que je lui ai infligé, ce n'est qu'un juste retour des choses.

– La galanterie n'est pas morte, à ce que je vois, marmonné-je tout en frottant l'arête de mon nez endolori.

Je reçois un grognement pour toute réponse, aussi, je n'insiste pas et je me contente de le suivre tandis qu'il remonte la rue d'un pas pressé. En passant devant mon pick-up défoncé, je ne lui accorde même pas un coup d'œil. Ça me fait encore trop mal. Au contraire, je fonce droit devant moi en veillant à garder les yeux rivés sur les épaules carrées d'Ocean. Le silence est pesant, un peu gênant, et même s'il ne dure pas très longtemps, je suis à deux doigts de lui balancer une vacherie lorsqu'il s'arrête près de son étrange mobylette orange.

– Tu te fous de moi ? m'étranglé-je, catastrophée. Il est hors de question que je monte sur ce… truc !

J'esquisse une grimace dégoûtée qu'il me retourne, le regard fixé sur… *moi*.

– Tu es étonnamment exaspérante pour une nana qui a un alligator comme animal totem.

Je croise les bras en travers de ma poitrine et le toise d'un air bravache.

– Et tu es étrangement irritable pour un mec qui fume des joints tous les jours.

Il plisse les yeux. Je contracte les biceps, prête à me lancer dans une joute verbale explosive, mais ce qu'il dit ensuite me coupe littéralement la chique :

– Ne joue pas avec le cœur d'Andrea, s'il te plaît. Il est fragile.

Mes sourcils se haussent à la verticale sur mon front tandis que je le dévisage, bouche bée.

– Il craque pour toi, tu sais… insiste-t-il. Je le connais. Dans sa tête, vous êtes presque déjà mariés à l'heure actuelle. Alors, arrête de lui sourire, de le toucher, de le câliner et de prétendre que tu comprends ce qu'il ressent.

Ocean marque une pause pour me jauger de la tête aux pieds, puis des pieds à la tête, en s'attardant une seconde de trop sur mes seins.

– On sait tous les deux qu'il n'est pas à ton goût.

Je sursaute, prise en faute. Je n'ai jamais pensé à Andrea comme à un être sexué, c'est vrai. Et ça n'a absolument rien à voir avec son handicap. C'est plutôt à cause de sa gentillesse et de son air paisible, d'une sérénité à couper le souffle, comme s'il s'inscrivait en dehors du temps et des préoccupations humaines.

– Ah bon ? Et comment est-ce que l'on sait ça, mon pote ?

Les lèvres d'Ocean frémissent sous l'impulsion d'un sourire qu'il ne retient qu'à grand-peine. Je crois que s'il n'avait pas autant envie de me tenir à l'écart d'Andrea, il m'aurait gratifiée de l'une de ces blagues coquines dont il a le secret.

– On le sait parce qu'on le sent.

Cet idiot arrogant se tapote la narine gauche.

– Souviens-toi, j'ai un excellent flair pour ces choses-là !

Je roule des yeux, exaspérée.

– Et qu'est-ce que tu sens, là ? le nargué-je, en catalysant toute ma haine et ma rancœur envers les séducteurs impénitents – des hommes tels que lui. Hein ? Dis-moi…

Loin de se laisser démonter par le ton cinglant de ma voix, il carre les épaules, enfonce ses poings dans les poches de son sarouel en toile et désigne sa mobylette d'un bref coup de menton.

– Je sens que tu n'as pas d'autre choix que de poser ton joli petit cul sur le siège de mon bolide si tu veux arriver à l'heure en cours.

1-0 pour le casse-dalle à requins.

– Et je sais aussi, ajoute-t-il en savourant mon expression vaincue, que tu as suffisamment de conscience pour ne pas t'amuser à faire souffrir inutilement mon ami.

Il sort la main droite de sa poche pour tendre le bras vers moi. Même si je n'ai jamais été victime d'une quelconque forme de violence physique, j'ai un mouvement de recul instinctif qui lui fait écarquiller les yeux. Mais il ne veut pas me frapper… Non, ce qu'il veut, c'est la rose dans mes cheveux.

– C'est sa manière à lui de marquer son territoire, m'explique-t-il, avant de jeter la fleur sur le trottoir et de l'écraser sous le talon de sa Converse. Fais attention avec lui, Ohana.

Trop choquée pour trouver une repartie appropriée, je riposte bêtement :

– J'ai plutôt l'impression que c'est de toi que je devrais me méfier, Ocean !

Il sourit de plaisir, et l'espace d'un battement de cœur, il ressemble à un serpent sur le point de gober un rongeur imprudent.

À un serpent plutôt qu'à un chat, car il a l'air d'avoir le sang aussi froid que les reptiles dont il aime prendre soin…

Ocean se penche vers moi pour murmurer tout près de mon oreille :

– Tu aurais pu m'ignorer, Ohana. Au lieu de ça, tu as sauté sur le premier prétexte que tu as trouvé pour m'obliger à te suivre comme ton ombre. C'est toi qui mènes la danse… Mais ne viens pas te plaindre si je t'écrase les pieds !

Mon souffle s'étrangle dans ma gorge tandis qu'une vague de volupté déferle sur mes sens.

2-0 pour l'amuse-gueule à requins.

CHAPITRE 10

Du feu dans tes yeux…

OCEAN

Ornella roule des yeux d'un air exaspéré qui remue quelque chose de sombre et de vindicatif à l'intérieur de moi. J'ai envie d'écraser violemment mes lèvres contre les siennes pour la forcer à se taire, de la serrer très fort contre moi pour l'empêcher de trépigner comme une princesse trop gâtée et de la coucher en travers de mes genoux pour lui coller une bonne fessée. Cette fille m'irrite autant qu'elle me trouble, mais j'ai beau être attiré par elle comme un papillon par une flamme, je ne lui permettrai pas de faire du mal à mon ami. Quitte à perdre toutes mes chances de lui faire découvrir à quel point je peux être serviable et attentionné lorsque les circonstances s'y prêtent – *dans un lit ou ailleurs…*

Andrea est trop naïf pour une fille de la trempe de Gator.

– Et qu'est-ce que tu sens, là ? me provoque-t-elle, en bombant sa poitrine dont les pointes tendues se dessinent avec hardiesse sous le coton de son tee-shirt. Hein ? Dis-moi…

De l'électricité sous ta peau, du feu dans tes yeux, de la gourmandise sur tes lèvres... La même envie que moi te dévore, Ohana.

Je raidis les épaules pour m'éviter de répondre à l'invitation luxurieuse qu'elle n'a même pas conscience de formuler avec son corps de sirène – je la revois, nue et mouillée, et ce souvenir ardent me tourmente encore plus que celui de ses larmes. Mes mains tremblent du besoin d'effacer le pli soucieux qui s'est formé entre ses sourcils arqués, d'une teinte plus claire que ses cheveux, et ses cils d'une longueur presque irréelle. Mal à l'aise, j'enfonce mes poings dans les poches de mon pantalon et désigne ma mobylette d'un mouvement impatient de la tête.

– Euh…

Ma voix s'étrangle dans ma gorge. J'éprouve un étrange sentiment de vulnérabilité face à la rage muette et à la haine pas tout à fait injustifiée qu'Ornella affiche envers moi. Sa flamme vénéneuse calcine toutes mes facultés intellectuelles. Je n'arrive plus à réfléchir lorsqu'elle me transperce le corps de ses prunelles noires, voraces, comme si elle hésitait entre me mordre pour me faire fuir et me dévorer une bonne fois pour toutes…

Les alligators sont des prédateurs opportunistes. Ils n'attaquent qu'une fois qu'ils sont certains que le rapport de force joue en leur faveur, et je pense qu'Ornella n'a rien à envier à son animal totem ; un faux pas, et elle me tombera dessus à bras raccourcis pour me déchiqueter en milliers de petits morceaux. Avec elle, toute forme de faiblesse pourrait être retenue contre moi.

C'est flippant, oui… et indubitablement *excitant*.

– Je sens, marmonné-je, en me forçant à bien articuler pour dissimuler mon trouble, que tu n'as pas d'autre option que de poser ton joli petit cul sur le siège de mon bolide, si tu veux arriver à l'heure en cours !

Elle fait la moue, vaincue.

Ah, 1-0 pour moi, Ohana !

– Et je sais aussi, ajouté-je d'un air grave, que tu as suffisamment de conscience pour ne pas t'amuser à faire souffrir inutilement mon ami.

Ornella relève la tête, choquée, et son mouvement brusque attire mon regard sur l'énorme rose blanche qu'Andrea lui a piquée dans les cheveux. Je l'avoue, le contraste offert par les pétales duveteux et la brillance aux reflets bleutés de ses boucles noires est d'une beauté tout à fait saisissante. Si j'avais l'âme d'un poète, je palabrerais en la comparant à un éclat de lune sur la voûte obscure d'un minuit à Marrakech, à un fragment d'opale laiteuse piégée dans de l'onyx ou à une plume d'albatros perdue dans une mare de pétrole. Mais je ne suis pas un homme de mots. Moi, j'agis – et souvent de façon impulsive.

Un sentiment qui ressemble à s'y méprendre à de la jalousie se met à enfler dans ma poitrine. C'est plus fort que moi : je sors la main de ma poche et tends le bras vers elle pour enlever cette maudite fleur bien trop parfaite de là ! Mais Ornella sursaute, les bras relevés en forme de croix devant elle dans une attitude défensive, puis elle fait deux pas en arrière, comme si elle craignait que je l'attrape ou la frappe – et cette fois, c'est moi qui reste bouche bée, les yeux écarquillés.

Sa réaction instinctive confirme certaines de mes pires craintes à son sujet : elle a bel et bien été blessée *très* profondément, et de plus, d'une façon inavouable, par l'homme qui lui a brisé le cœur…

Raison de plus pour l'empêcher de faire du mal à Andrea.

La triste vérité, c'est que les gens désespérés ne se rendent pas toujours compte du malheur qu'ils répandent autour d'eux.

J'en sais quelque chose…

– C'est sa manière à lui de marquer son territoire, lui expliqué-je en retirant la rose de sa chevelure douce comme de la soie.

Sous l'impulsion d'une jalousie complètement irrationnelle, je jette la fleur sur le trottoir et la piétine sous la semelle usée de ma vieille paire de Converse achetée en friperie. C'est un acte puéril, une vengeance mesquine, aussi évité-je de m'appesantir sur les véritables raisons de mon comportement. De toute façon, cette rose est morte dès l'instant où sa tige a été coupée…

– Fais attention avec lui, Ohana.

Et fais attention à moi, aussi... songé-je, étrangement affamé, en lorgnant sa bouche pulpeuse, à la rougeur prometteuse, ses petits seins ronds et sa taille étroite.

Insolente petite chipie.

Comme si elle avait lu dans mes pensées, Ornella riposte :

– J'ai plutôt l'impression que c'est de toi que je devrais me méfier, Ocean !

Un sourire de pure extase me retrousse la commissure des lèvres. Je jubile, transcendé par la double vérité de son accusation. Elle me regarde peut-être comme elle regarderait un ennemi, ou une vieille merde écrasée sur un trottoir, mais son corps parle un tout autre langage ! Son souffle est haletant, ses tétons, turgescents, ses pommettes, rosies par l'excitation, et l'étincelle qui brûle dans ses yeux noirs achève d'enflammer mes sens.

Ornella chante l'envie…

Ornella hurle le plaisir.

Ornella *incarne* la tentation.

Oh, oui ! Douce, si douce Ohana... La même envie que moi te dévore de l'intérieur...

Ces éléments sont autant de preuves de son désir pour moi, et je compte bien toutes les retenir contre elle… Dans mes bras et sous mes doigts, c'est toujours donnant-donnant, un plaisir partagé, dérangé et ravagé, pour le meilleur comme pour le pire. Et tout en moi aspire à goûter à la promesse cruelle de ses baisers. Parce qu'avec elle, et je le sens au plus profond de mon âme, l'extase n'est pas qu'un mot, mais une inéluctabilité. Plaisir et douleur, caresses et morsures, sur le dos ou sur le ventre, ce sera un feu d'artifice qui illuminera la nuit, éclipsera les étoiles et s'achèvera dans une explosion de jouissance simultanée.

Enhardi par le chant inconscient de son corps, sous le charme de sa féminité, je me penche vers elle et inspire à pleins poumons l'odeur florale qui se dégage de ses cheveux bouclés. Puis je murmure tout près de son oreille :

– Tu aurais pu m'ignorer, Ohana. Au lieu de ça, tu as sauté sur le premier prétexte que tu as trouvé pour m'obliger à te suivre comme ton ombre. C'est toi qui mènes la danse…

Pour le moment, corrigé-je en mon for intérieur, frémissant d'impatience à l'idée d'échanger nos rôles, d'inverser nos positions.

– Mais ne viens pas te plaindre si je t'écrase les pieds !

Son souffle s'étrangle dans sa gorge tandis qu'elle s'agrippe à ma chemise, étourdie par notre proximité. Par la force de notre attraction mutuelle. Et par la colère qu'elle nous inspire, aussi.

Parce qu'il n'y a rien qu'on désire moins qu'être attiré l'un par l'autre, tous les deux…

Oh oui, elle et moi, ce n'est plus qu'une question de temps.

Une vraie bombe à retardement.

Toutefois, j'ai l'étrange intuition que l'explosion finale va nous faire… *très, très* mal.

– OK ! s'exclame-t-elle, écarlate, avant de me repousser contre ma mobylette. OK, je te promets que je vais faire plus attention avec les sentiments d'Andrea. Crois-le ou non, mais je l'aime bien. C'est un homme bon, authentique, et je préférerais m'arracher le cœur à mains nues plutôt que seulement égratigner le sien !

Le choix de ses mots révèle une sensibilité encore plus exacerbée que je l'imaginais, et je l'admets, ça me perturbe. Ornella a une cuirasse épaisse, hérissée d'épines, mais à l'intérieur, je crains bien qu'il n'y ait que de la mélasse aux fruits et du miel aux fleurs.

Le genre de sucreries que je préfère, évidemment…

– Merci, soupiré-je, soulagé – *et charmé, là encore*. Allez, Gator ! Grimpe sur mon bolide !

Ses pupilles dilatées dévient d'elles-mêmes vers le renflement qui déforme l'avant de mon pantalon. Je ne fais rien pour lui dissimuler à quel point je prends mon pied à la provoquer, à la taquiner, à la pousser à bout pour qu'elle ne sache plus si elle a envie de me tuer *et/ou* de me baiser. C'est beaucoup trop marrant. Ses joues s'empourprent lorsqu'elle comprend ce qu'elle est en train de faire… Écarlate, elle s'empresse de détourner le regard comme si elle venait de se brûler les rétines. J'éclate d'un rire qui me surprend moi-même – c'est qu'elle peut être drôlement mignonne, parfois !

– Pas celui-là, Ohana ! On se garde ça pour ce soir, si tu veux…

Je grimpe sur ma bécane et l'invite à faire de même en tapotant l'arrière de mon siège. L'expression de répulsion qui traverse son visage n'est pas crédible pour un sou.

– Non, merci. Je préférerais rouler une pelle à Bonzaï ! grince-t-elle, faussement dégoûtée, en me rejoignant. Je n'en reviens pas que tu me fasses monter sur un truc pareil ! J'ai vraiment touché le fond, là !

Je ferme brièvement les yeux en sentant la douce rondeur de ses seins s'écraser contre mon dos. Ses bras minces encerclent ma taille, ses jambes fuselées crochètent mes hanches et son souffle chaud, légèrement humide, se faufile sous les petits cheveux de ma nuque. Un frisson dévale ma colonne vertébrale tandis qu'une vague de chaleur fait grimper en flèche ma température corporelle…

OK, je crois bien que c'était une mauvaise idée.

– Pas de casque ? s'inquiète-t-elle tandis que je démarre d'une brusque torsion du poignet. Ocean ?

Eh merde ! Je savais bien que j'avais oublié quelque chose en partant ! Elle me met vraiment la tête à l'envers, cette fille…

– On ira t'en acheter un après les cours, lui réponds-je, les nerfs en pelote. Accroche-toi bien, Ohana.

– Quoi ? s'écrie-t-elle, paniquée. Non ! Attends, je ne veux…

J'accélère d'un coup et passe les vitesses les unes après les autres en m'insérant dans la circulation dense et fluide du trafic matinal. La voix d'Ornella s'éteint, mais pas mon désir pour elle. Je connais la route par cœur, et cette ville n'a plus aucun secret pour moi – c'est mon territoire, et j'en ai reniflé les moindres recoins, comme un animal. Je sais où et quand tourner pour éviter les embouteillages, les accidents et la police. J'ai une carte mentale de tous les raccourcis, de toutes les venelles à sens unique et autres culs-de-sac qu'il vaut mieux éviter de fréquenter. Et pourtant, je choisis délibérément d'emprunter l'itinéraire le plus long pour aller à la fac. Les six minutes de trajet sont multipliées par deux, et c'est complètement ma faute. Je traîne, je *savoure*. C'est trop bon de sentir Ornella enroulée autour de moi comme une liane. Son étreinte est si serrée qu'elle en vient presque à me couper la respiration, mais je crois que ça me plaît de la découvrir aussi… *vulnérable*.

Totalement soumise à ma bonne volonté.

C'est mon côté sombre, sauvage, *méchant* qui s'exprime à travers cet afflux de pensées voraces. Celui que je ne dévoile jamais à personne, et dont j'ai profondément honte, mais qui a déjà craqué pour la grande gueule et le cœur brisé d'Ornella.

Avec elle, j'ai autant envie de me battre que de baiser, et c'est bien la première fois que j'éprouve cette dualité de sentiments pour une fille.

Une fille que je connais depuis une semaine, qui habite chez moi pour au moins six mois et qui détient plus ou moins ma liberté entre ses mains bien trop douces pour être habituées aux tâches ménagères.

Quelle situation de merde !

– Et voilà ! m'exclamé-je en immobilisant ma bécane devant le bâtiment administratif de l'université. On est arrivés en un seul et unique morceau, Gator ! Hourra !

Le bruit pétaradant de mon moteur attire des regards curieux dans notre direction. Ce matin, il y a plus de monde que d'habitude sur le campus, si bien que l'on devient vite le centre de l'attention d'une centaine d'étudiants plus ou moins excités par la rentrée. Je sens Ornella se tendre dans mon dos, les poings crispés sur le tissu trop fin de ma chemise, qu'elle finit par déchirer au niveau de mon cœur. Je m'interroge une brève seconde sur la symbolique de ce geste lorsqu'elle me serre encore plus fort contre sa poitrine, légèrement tremblante, à la recherche d'un réconfort silencieux. Cette fois, j'en perds vraiment le souffle, étranglé par son angoisse plus que palpable.

– Je ne voyais pas le trajet aussi long, sur Google Maps… marmonne-t-elle, le nez plongé dans mon cou. Tu peux couper ton moteur ? Tout le monde nous observe !

Elle s'affole :

– Oh, mon Dieu ! Ils me regardent, *moi* !

Je lui tapote maladroitement le bras et l'oblige à desserrer son étreinte avec une douceur que je n'utilise que pour calmer les bêtes sauvages et apeurées. En cet instant, Ornella me fait penser à Pithy, le jour où je l'ai sauvée d'un groupe d'adolescents qui s'amusaient à la brûler et à la rouer de coups.

– C'est normal, Ohana. Tu es très jolie. Les mecs se demandent comment ils vont faire pour t'approcher, et les filles, elles, espèrent que tu es ma petite sœur, parce que c'est moi qu'elles ont envie d'attraper dans leurs filets.

Je dis n'importe quoi pour la faire réagir et la sortir de cet état de torpeur accablante qui va bien au-delà d'une banale timidité.

– Ohana ? l'appelé-je. Tes cours commencent dans vingt minutes. Tu devrais peut-être y aller, non ?

Ornella tressaille en revenant à elle.

– Putain, je suis en retard ! panique-t-elle, en bondissant sur ses pieds comme si elle était montée sur des ressorts. Merde, merde, merde !

Quand sa chaleur me quitte, j'éprouve une désagréable sensation de perte sur laquelle j'estime plus judicieux de tirer un gros trait rouge – *danger, mon pote…*

– Ne t'inquiète pas. Tu as encore un peu de temps pour te familiariser avec le campus.

– Je te dis que je suis en retard !

Elle me foudroie du regard comme si c'était ma faute. Bon, OK, c'est bel et bien à cause de moi. Mais à ma décharge, je ne pouvais pas savoir que ce putain de pick-up était à elle !

– Je dois parler au doyen avant de pouvoir… explique-t-elle avant de s'interrompre d'elle-même en mordant sa lèvre inférieure. Bref ! On se retrouve ici à midi, OK ?

Sans attendre ma réponse, elle fait volte-face et commence à s'éloigner, m'obligeant à descendre de ma mobylette pour la rattraper à mi-chemin du secrétariat.

– Je ne suis pas disponible, ce midi ! râlé-je, en l'attrapant par la taille pour l'obliger à s'arrêter. Attends-moi deux secondes !

Son corps se niche avec presque trop de perfection contre le mien. Perturbée par son retard et les regards toujours braqués sur nous, Ornella ne cherche même pas à m'échapper ou à me repousser. Au contraire, elle se laisse complètement aller contre mon torse. J'essaie de ne pas profiter de la situation, mais je n'y arrive pas. Je plaque ses hanches contre les miennes et inhale une profonde bouffée de son parfum sucré.

– Tu dois rentrer à pied ou manger sur le campus, Ohana.

Elle cligne des yeux, comme si elle ne parvenait pas à assimiler mes paroles.

– Mais je serai là pour te ramener, ce soir. On ira t'acheter un casque, au passage. Et des baskets, aussi. Parce que je veux bien t'emmener de temps en temps, mais il ne faut pas pousser mémé dans les orties, hein…

Un éclair de rage crépite dans les profondeurs obscures de ses prunelles. Son corps a beau fondre contre le mien, je vois bien qu'elle envisage très sérieusement de me frapper – en pleine gueule.

– Pardon ? Tu te fiches de moi ou quoi ?! s'insurge-t-elle à haute voix.

– Avant de t'énerver, mon joli petit coquelicot, tempéré-je, en commençant à devenir moi-même très mal à l'aise d'attirer autant l'attention, sache que j'ai rendez-vous avec un garagiste pour ton pick-up de mer…

– Finis cette phrase, me menace-t-elle, en m'attrapant par le revers de la chemise, et je t'étrangle avec les loques puantes que tu oses appeler des vêtements !

Oh, punaise… Voilà que je me remets à bander ! Il y a vraiment quelque chose qui cloche, chez moi !

– Qu'est-ce que tu es agressive, Gator ! m'amusé-je. Je sens une profonde frustration dans ta voix. Tu ne serais pas un peu en manque de…

Je m'étouffe avec ma salive lorsqu'elle tire brutalement sur le col de ma chemise pour mettre sa menace à exécution.

– Ne me cherche pas, Ocean ! J'en ai déjà marre de cette journée infernale, OK ?! Entre toi qui me pousses à bout à la moindre occasion, Djibril qui me vole mes boucles d'oreilles préférées et mon retard à ce putain de rendez-vous avec le doyen…

Des larmes d'impuissance mouillent ses grands yeux noirs. Mes couilles se ratatinent dans mon caleçon. Sa colère me fait peut-être bander, mais sa tristesse m'arrache le cœur.

Ça aussi, c'est tout nouveau pour moi.

– Désolé. J'arrête de t'embêter. Vas-y. Je t'enverrai Camille à midi, pour que tu aies quelqu'un avec qui déjeuner sur le campus. Et tes boucles d'oreilles, j'en fais mon affaire, OK ?

Elle me dévisage, bouche bée. Évidemment, elle ne sait pas que je fais d'une pierre deux coups avec cette proposition pas du tout désintéressée.

– Merci ? s'étonne-t-elle, en refoulant ses larmes par la simple force de sa volonté. OK. Je dois y aller. Essaie de tenir ta promesse. Enfin, je me doute bien que l'honneur n'a aucune valeur pour les mecs comme toi, mais fournis un petit effort, pour une fois dans ta vie…

Elle inspire un grand coup et repousse mes bras qui l'enserrent toujours d'un peu trop près. Sans un regard en arrière, elle se remet en route, ignorant les chuchotements et les œillades en coin qui l'accompagnent jusqu'au bureau du doyen. Moi, je reste là comme un con, planté au beau milieu de l'allée, incapable de la quitter des yeux jusqu'à ce qu'elle disparaisse de mon champ de vision.

Les mecs comme moi, hein ?

Je ne sais pas exactement ce qu'elle veut dire par là, mais je sens que ce n'est pas un compliment – au contraire ! Et elle a l'air d'en connaître un rayon sur les « mecs comme moi ».

Qui es-tu vraiment, Ornella Sinclair ?

Et surtout, pourquoi ai-je tellement envie de le découvrir ?

CHAPITRE 11
Le poids du passé

ORNELLA

– Vous êtes en retard, mademoiselle Sinclair, persifle le doyen lorsque j'entre dans son bureau, essoufflée par mon sprint à travers les couloirs et l'escalier interminable de cette saleté d'université. Pourquoi cela ne me surprend-il pas ?

Je me laisse tomber sur le siège qui trône en face de son bureau gigantesque, dont les fournitures minutieusement rangées donnent à la fois une impression de force et de contrôle, de travail acharné et d'organisation millimétrée. Cela instaure une atmosphère subtilement menaçante, d'un luxe ostentatoire légèrement adouci par une volonté perfide de paraître tout de même un minimum accessible.

Un sang furieux bat à mes tempes et forme un brouhaha qui m'oblige à redoubler de vigilance. Je suis tellement chamboulée par cette matinée déjà haute en couleur que j'ai du mal à rester assise. J'ai envie de me dandiner sur ma chaise, de toucher mes cheveux, mon visage et mes oreilles nues, mais je sais que c'est un signe de nervosité qui pourrait être interprété comme un aveu de faiblesse ou de culpabilité. Ma place au sein de cette faculté n'est pas acquise. Le moindre faux pas, la moindre bêtise, je sais que le doyen s'en servira contre moi pour m'exclure sans froisser mon grand-père ni avoir à lui rendre l'importante somme d'argent qu'il lui a versée en contrepartie de mon transfert. J'ai les fesses sur un siège éjectable, et cette petite entrevue a un seul but : me le rappeler.

– Veuillez accepter mes excuses, déclaré-je d'une voix posée, un peu froide, et aiguisée d'une pointe d'arrogance à la Sinclair. Je ne me suis pas encore familiarisée avec la ville, et j'ai malheureusement eu la déconvenue d'emprunter des routes en pleins travaux. Cela ne se reproduira plus.

J'y veillerai personnellement. Quitte à me lever à cinq heures du matin et à partir une heure plus tôt. Et tant pis si cet enfoiré d'Ocean se met à râler. Il avait qu'à ne pas détruire mon pick-up.

– Oh, mais j'y compte bien, Ornella. Ce serait dommage d'avoir fait tout ce chemin pour rien, n'est-ce pas ?

La boule dans mon estomac grossit jusqu'à écraser tous mes autres organes. Je savais avant de venir ici que le doyen Peterson est un grand ami de la doyenne Erika. Et pour cause, la première fois que je l'ai rencontré, c'était à une garden-party organisée par Angela, la mère de Romy. Nous avions été présentés l'un à l'autre parce qu'elle tenait absolument à lui vanter les mérites de sa « meilleure élève », celle avec l'avenir le plus brillant, une future figure incontournable de la scène politique américaine. Elle était si fière de moi, à l'époque. De mon parcours. De mon travail acharné. Un peu comme une mère ou une tante particulièrement bienveillante. Je ne peux que comprendre qu'il ait été très touché par ce qu'il lui est arrivé par ma faute. C'est normal. Humain. Mais je déplore que le fait que je sois moi-même anéantie par la tournure des événements n'intéresse absolument personne. Pour eux, ce n'est qu'un juste retour des choses. Une punition appropriée. Le karma, comme dirait Romy.

Pourquoi me plaindre ? Je l'ai bien cherché. Je savais très exactement ce que je faisais en couchant avec l'homme marié à la mère de ma meilleure amie, bientôt papa et deux fois plus âgé que moi.

Oui, mais… peut-être qu'en vérité, je n'en savais rien. Peut-être que j'ai vraiment cru à ses vaines promesses, à ses pieux mensonges, à ses belles apparences. Ou peut-être pas. Avec le recul, je me dis que c'était évident que notre histoire allait se terminer comme ça… Dans la honte et la douleur pour moi, dans l'indifférence et le dédain pour lui. C'était écrit partout sur mon corps lorsqu'il y laissait les marques de sa possessivité : j'étais sa chose, son objet, un jouet sans valeur. Et lorsqu'il m'a cassée à force de me manipuler dans tous les sens, il avait déjà pris tout le plaisir qu'il y avait à prendre de moi, aussi m'a-t-il simplement jetée à la poubelle.

Pourquoi me plaindre, hein ? C'est bien connu : la maîtresse est toujours la fautive. C'est une créature sans cœur, sans pitié, dénuée du moindre scrupule ou du plus infime sentiment. Et c'est toujours par sa faute que l'homme cède à la tentation, qu'il pêche et enfreint les lois sacrées du mariage.

Pauvre Jarod.

Pauvre homme de trente-deux ans séduit par une adolescente de quinze ans.

Pauvre professeur d'anglais épris de son étudiante.

Pauvre mari bafoué qui n'a pas su résister au fruit défendu.

Pauvre connard, ouais...

Et dire que je l'ai sincèrement aimé. Et que je l'aime encore, d'une certaine façon. Triste et perverse. Pleine de rancœur et de colère.

– Vous m'écoutez, mademoiselle Sinclair ? s'agace Peterson.

Je placarde mon plus joli sourire d'hypocrite sur mes lèvres tremblantes.

– Avec mes deux oreilles, monsieur, mens-je en le regardant droit dans les yeux, avec un aplomb que je suis très loin de ressentir. Je ne ferai pas de vagues, je vous le promets.

En vérité, tout s'écroule à l'intérieur de moi.

Mon sourire se mue en rictus sarcastique.

C'est dingue, je pensais que tout était déjà en ruines, réduit à l'état de fine poussière, comme mon cœur. Comme quoi, le dicton est vrai : ce n'est pas parce que tu es déjà à terre que tu ne peux pas tomber encore plus bas.

– Je vous le promets, répété-je, consciente qu'à ses yeux, mes promesses ne valent rien du tout.

Le doyen Peterson m'assassine d'un regard noir, chargé d'un dégoût palpable, une insulte à peine déguisée par le silence dédaigneux qu'il conserve pour mieux m'humilier avant de trancher dans le vif :

– Nous connaissons la valeur de vos promesses, Ornella. Gardez-les pour vous et contentez-vous d'aller au bout de cette année scolaire. Ça ne sera pas aussi facile qu'à Bâton-Rouge. Croyez-moi. Je m'en assurerai personnellement.

Et après ? ai-je envie de lui demander, terrifiée par l'avenir. Ou plutôt, par mon absence d'avenir. *Qu'est-ce que je vais faire, après ? Où vais-je aller ? Y aura-t-il enfin quelqu'un pour se soucier de moi ? Vais-je rester seule jusqu'à la fin de mes jours ?*

Avec le poids accablant de mon passé sur les épaules, je me lève de mon siège, le gratifie d'un hochement de tête bref, un peu sec, et tourne les talons. Sortir de son bureau me donne l'impression d'avoir échappé de justesse à un terrible accident de voiture. J'en ai encore les genoux qui tremblent et la bouche pâteuse. C'était moins une. J'ai bien senti qu'il n'attendait qu'un geste ou mot de travers pour me foutre à la porte de sa précieuse université.

Le problème, c'est que des faux-pas, je ne sais faire que ça.

Je vais reprendre les cours après deux mois d'errance à travers La Nouvelle-Orléans, et aussi bizarre que cela puisse paraître, je me sens… à la mauvaise place, piégée dans la peau d'une autre, dans le rôle d'une fille que je ne reconnais plus. Un peu comme si une trop grande partie de moi avait accepté le fait qu'elle n'avait plus rien à faire là.

Perdue dans les couloirs, je sors le plan que l'administration m'a fait parvenir avant mon transfert et essaie tant bien que mal de me repérer à travers ce dédale de couloirs uniformes, encombrés d'élèves pressés qui pestent contre moi parce que je bouche le passage. Le stress me prend à la gorge et m'empêche de réfléchir avec suffisamment de lucidité pour m'aider à me repérer sur la carte. Ce n'est plus qu'un bout de papier recouvert d'un charabia flou et illisible. Les numéros des salles se brouillent sous mes yeux, mon pouls s'emballe, ma respiration s'accélère. J'ai des frissons entrecoupés de sueurs froides. Crise de panique. J'en reconnais tous les symptômes sans être de taille à lutter contre eux.

Une main plaquée contre la poitrine, j'essaie de me calmer en inspirant profondément tout en comptant jusqu'à dix, puis vingt, et trente…

– Ornella ?

Entendre mon prénom, ici, où je ne connais personne, me fait l'effet d'une claque en pleine figure. Le coup est suffisamment violent pour m'extraire de mon état de semi-léthargie. Je cligne des yeux et me retourne, piquée par la curiosité – et horrifiée à l'idée que le scandale de Bâton-Rouge m'ait suivie jusqu'à Lafayette.

– Oh, mince ! C'est bien toi !

Une jolie brune, toute petite et mignonne comme un cœur dans sa robe vert mousse brodée de fleurs en velours, me dévisage avec d'immenses yeux bleus qui lui dévorent la moitié du visage. Une myriade de taches de rousseur parsème ses joues rondes, un gloss rouge fait chatoyer ses lèvres en forme de bouton de rose et un diamant minuscule orne l'une de ses dents d'un blanc éclatant – un sentiment familier, et douloureux, se diffuse au fond de ma poitrine, à l'instar d'une attaque cardiaque.

La nostalgie, ça peut être tellement dangereux…

– Hannah ! Qu'est-ce que tu fais là ?

Hannah Beaumont me dévisage comme s'il venait de me pousser une seconde tête sur l'épaule. Je ne peux pas lui en vouloir : la reine du Sud qu'elle a connue au collège et au lycée s'est transformée en paria vêtue de guenilles qui hante les bayous.

Plutôt rude, comme régression.

– C'est à toi qu'il faudrait poser cette question.

Je déglutis en m'efforçant d'afficher une expression neutre et avenante pour dissimuler ma panique et mon envie de plus en plus forte de prendre la poudre d'escampette.

– Tu as tellement changé ! enchaîne-t-elle, sans me laisser le temps de lui répondre. J'ai failli ne pas te reconnaître, tu sais. Tu es devenue si maigre, c'est fou !

J'ai perdu un peu plus de sept kilos durant mon périple, et ça se voit : mes seins et mes fesses ont disparu et mon visage s'est tellement affiné que je me suis découvert une fossette sur la joue gauche lorsque je souris. Même si je n'ai plus trop de raisons de le faire, désormais…

– Merci, marmonné-je, sans trop savoir si c'est la réponse appropriée. Le monde est petit, c'est dingue. Je croyais que tu étais partie vivre à Los Angeles avec ta mère et son nouveau mari.

Quelques mois avant la fin du lycée, la mère d'Hannah a tout lâché pour un mec rencontré sur le Net qui l'a demandée en mariage avant même de l'avoir rencontrée – ce qu'il n'aurait pas fait s'il avait pris le temps de discuter pour de vrai avec elle. Aussi gentille et adorable que soit sa fille, Mme Beaumont est un dragon de la pire espèce qui prend un malin plaisir à mettre le feu aux poudres. C'est une véritable garce qui n'accepte pas qu'on lui résiste – et surtout pas Hannah. Et le pire, c'est que si Jarod n'avait pas brisé mon cœur et ruiné ma réputation, j'aurais pu finir comme elle.

– Tu te doutes bien que ça n'a pas marché… soupire Hannah en levant les yeux au ciel. Maman l’a démoli en moins de trois mois, puis elle s’est lassée et l’a quitté en emportant la moitié de ses affaires. Comme d’habitude !

Du Mme Beaumont tout craché : le dragon est aussi une fervente croqueuse d’hommes. Et une microbiologiste de génie qui possède à elle seule une fortune quasi équivalente à celle de mes grands-parents. On lui doit l’une des plus grandes avancées médicales dans la lutte contre le sida.

– Et toi ? Que fais-tu là ? relance Hannah, en me jaugeant d’un regard stupéfait. Ton nouveau style me laisse sans voix, je dois bien te l’avouer. C’est fou comme tu as changé en moins de trois ans !

Je n’ai pas vraiment changé… Disons plutôt que j’ai explosé en plein vol et que j’ai dû rassembler les morceaux avec le peu de colle qu’il restait dans le fond de mes tiroirs. Le résultat n’est pas beau, le changement, involontaire, et je ne peux rien faire de plus que m’en accommoder – et m’apitoyer sur moi-même dans le silence de la nuit.

Avec le recul, je n’aimais pas vraiment la personne que j’étais à cette époque… mais c’était tellement plus simple et facile d’être dans sa peau !

– J’ai eu besoin de… changer d’air. Rencontrer de nouvelles personnes. Faire mes preuves loin de mes grands-parents.

Ce n’est pas un mensonge. Pas totalement, du moins. Disons plutôt que je n’ai pas eu d’autre option qu’aller voir ailleurs, changer mon cercle d’amis et me sortir les doigts des fesses pour réussir à m'en tirer par moi-même. Mais ça, elle n'a pas besoin de le savoir.

– Waouh ! s'exclame-t-elle, en m'attrapant par le bras. C'est tellement courageux !

Je plisse les yeux et la fixe tout en essayant de lire dans ses pensées. Se moque-t-elle de moi ? Est-elle au courant pour Jarod ? Et Romy ? A-t-elle vu la *sextape* ?

On ne dirait pas...

Hannah n'a jamais été une très grande fan des réseaux sociaux. Son truc à elle, c'est la nature, les fleurs, les fruits et tout ce qui pousse avec un peu de pluie et beaucoup d'amour. En dehors de Pinterest, elle n'a jamais fait l'effort de créer le moindre compte sur Facebook, Instagram, Twitter ou TikTok. Et je ne parle même pas de Snapchat et WhatsApp, qu'elle a toujours considéré comme la première étape avant d'entrer dans l'un des sept cercles de l'enfer.

– Courage ou bêtise, le jury délibère encore sur la question.

Mon trait d'humour, si c'en est vraiment un, lui arrache un éclat de rire qui me rappelle tant et tant de souvenirs que j'en ai la gorge nouée. Hannah, Romy et moi étions inséparables, avant l'université. J'étais persuadée que notre amitié survivrait à toutes les vicissitudes de la vie et qu'elle serait de celles qui s'inscrivent au-delà des bancs de l'école. Hélas, ça n'a pas été le cas... Hannah est partie, et on a très vite perdu le contact, puis Romy a découvert toute la vérité sur Jarod et moi, et là, c'est moi qui ai pris la fuite en courant pour tenter de survivre.

– Dis voir, je cherche la salle 212. Tu pourrais m'aider à me repérer sur cette carte de malheur ?

Toujours aussi serviable, mon ancienne amie, peut-être l'une des rares qu'il me reste, me guide jusqu'à ma salle de cours. Sur le chemin, elle bavarde de tout et rien, comme si l'on s'était quittées la veille, et aussi perturbant que ce soit de retrouver un fragment de ce passé que j'essaie si désespérément d'oublier, c'est aussi exactement ce qu'il me fallait pour me sentir mieux. Toujours pas à ma place, mais plus tout à fait comme une étrangère. Aussi, lorsqu'Hannah me demande mon numéro pour qu'on puisse aller boire un verre à l'occasion, je me surprends à le lui donner et à souhaiter qu'elle m'appelle.

– Super ! J'ai des cours par-dessus la tête, cette semaine. Mais si tu es disponible ce week-end, il y a un petit salon de thé hyper-chic qui fait de succulents macarons sur Calder Street !

Soudain, mon enthousiasme s'étiole, tout comme le sourire que j'essaie de conserver sur mes lèvres.

L'espace d'une seconde, j'ai failli oublier que je n'avais plus les moyens d'entretenir une vie sociale.

– On se tient au courant ? biaisé-je, en rejoignant la file d'élèves qui patientent devant l'entrée de l'amphithéâtre où aura lieu mon premier cours de la journée.

Hannah hoche la tête avec un scepticisme qui me fait comprendre qu'elle a perçu mon changement d'humeur. Ça ne m'étonne qu'à moitié : elle a toujours été la plus empathique de notre bande. Son cœur est une éponge qui absorbe absolument toutes les émotions, positives comme négatives.

– Très bien. J'arrête de t'embêter. À plus, Nella.

« Tu ne m'embêtes pas », ai-je envie de lui dire, mais elle a déjà tourné les talons et son « Nella » m'a trop perturbée pour que je puisse réagir avec plus de rapidité.

Cela faisait une éternité que plus personne ne m'avait appelée par le surnom que me donnait mon père lorsqu'il habitait encore à Bâton-Rouge. La dernière à l'avoir fait, c'est Romy… lorsqu'elle m'a suppliée de lui dire la vérité – mais la seule qu'elle voulait entendre et qui n'en était plus une depuis longtemps, malheureusement.

« Dis-moi que tu n'as pas fait ça, Nella. Je t'en prie. Dis-moi que ce sont des mensonges. Dis-moi que ma mère se trompe. Dis-moi que tu n'es pas le genre de fille suffisamment égoïste pour planter un couteau dans le dos de celle que tu appelles ta sœur ! »

Mais tout était vrai, et oui, je l'étais bel et bien : cette fille stupide, naïve, un brin égoïste, aussi, et définitivement inconsciente de la portée et des conséquences de ses actes. Une imbécile heureuse – *amoureuse*. Une traîtresse.

« Pardonne-moi, Romy. Mais je l'aime…

– Parce que tu crois que l'amour justifie la trahison ? Tu penses vraiment que te prétendre amoureuse de lui suffira à effacer des années de mensonges ?! »

Je savais bien que ce ne serait pas possible, mais j'ai tout de même essayé de justifier l'injustifiable. C'est dans la nature humaine, j'imagine : tenter le tout pour le tout en croisant les doigts pour que ça passe… et être quand même étonné lorsque ça ne fonctionne pas.

Tout en prenant place à l'un des sièges les plus éloignés de mon nouveau professeur en géopolitique du monde contemporain, je sors ma trousse de stylos, mon ordinateur et mon carnet de notes que j'ouvre à la dernière page utilisée.

Et là, je prends un méchant coup au cœur lorsque je vois ce qu'il est écrit en lettres cursives d'un noir aussi foncé que le pétrole qui a fait la richesse de ma famille.

Tu es pressée d'être à ce soir, Nella ?

Ce sera la meilleure nuit de notre vie, Romy ! Tu verras, on s'en souviendra pour l'éternité !

J'avais raison : nous n'oublierons jamais cette soirée où tous mes secrets ont été dévoilés de la pire des façons possibles. Et on s'en souviendra jusqu'à la fin de nos jours… que l'on ne passera pas ensemble.

Toi et moi. Ma sœur. Ma meilleure amie. Désormais plus qu'un doux et cruel souvenir.

Parce qu'il y a des cassures qui ne se réparent pas. Des os qui ne se ressoudent pas. Des maux qui ne guérissent pas. Des blessures qui ne cicatrisent pas. Et des coups desquels on ne se relève pas.

Et comme à chaque fois que le vague à l'âme menace de me submerger, je tourne une nouvelle page de mon carnet, j'attrape un stylo et j'écris les mots que mon âme se désespère d'entendre, mais que personne n'est jamais là pour me dire :

Je pense que le destin met certaines personnes sur notre chemin pour nous montrer ce qui ne nous convient pas, ce dont nous ne voulons pas. Et c'est pour ça que tu as l'impression que les gens sont si souvent décevants : c'est dans la déception, dans la trahison et dans le malheur que l'on se réalise le plus vite...

Celui qui t'a blessée... t'a aussi appris à mieux te protéger.

Celui qui t'a trahie... t'a aussi enseigné l'art de te méfier.

Celui qui t'a menti... t'a aussi prouvé qu'un jour ou l'autre, tout se sait.

Au final, pourquoi es-tu triste ? À chaque défaite, tu acquiers une nouvelle leçon. Alors, ne crains plus d'échouer. Parce que ça te rapproche un peu plus de la victoire, toujours plus près de la vérité, et qu'un jour, tous ces morceaux de toi dont tu ne sais plus quoi faire trouveront celui qui sera enfin capable de les recoller.

Oui, c'est la vie.

Et c'est triste.

Mais c'est comme ça…

CHAPITRE 12
Effacce-moi ce sourire

OCEAN

Gary inspecte le pick-up d'Ornella avec une moue que je ne connais que trop bien : celle d'un parent déçu par le comportement de son enfant. Certes, je ne suis pas son fils, mais il aime se comporter comme si je provenais de ses testicules. Et si d'habitude, j'adore son attitude paternaliste à mon égard, j'avoue que je suis moins disposé à me faire remonter les bretelles, aujourd'hui…

La culpabilité m'étouffe déjà suffisamment depuis que j'ai surpris Ornella en train de pleurer à chaudes larmes. Inutile pour lui d'en rajouter une couche : je m'autoflagelle très bien tout seul !

– Alors ? demandé-je, à bout de patience. Combien ?

Planté à côté de moi dans une agaçante posture de frimeur, Côme ricane en mâchouillant un cure-dents que je crève d'envie de lui planter dans l'œil. Je ne supporte pas ce type. Et cela n'a rien à voir avec le fait qu'il ait brisé le cœur de Camille – enfin, pas complètement... Mais je déteste l'allure de mec rebelle qu'il s'amuse à se donner alors qu'il est incapable d'assumer la moindre responsabilité et que sa conception d'une bonne soirée, c'est se prendre une cuite jusqu'à en vomir dans le hamac des autres.

– Tu as fait fort là, mon gars.

Je serre les poings et compte jusqu'à dix avant de répliquer :

– J'suis pas ton gars, mon pote.

Mon contrôleur judiciaire serait fier de moi pour le calme de ma réponse.

– J'suis pas ton pote, mec ! riposte Côme en me bousculant d'un coup d'épaule.

Mon sang ne fait qu'un tour dans mes veines. Ma Tutu m'a toujours dit que les hommes de notre île étaient d'un tempérament calme et placide... mais je ne suis pas un vrai enfant d'Hawaï, moi. J'ai hérité du tempérament volcanique irlandais de mon paternel, et la bagarre, je l'ai dans le sang jusqu'à la moelle.

– Je ne suis pas ton mec, mon gars.

– Eh, les deux attardés ! On n'est pas dans un épisode de *South Park*, là ! Un peu de concentration, s'il vous plaît !

La voix bourrue de Gary désamorce une situation qui aurait très vite pu tourner au vinaigre.

Il faut vraiment que je me calme, moi... ou je vais finir en taule, c'est sûr !

– Je ne savais pas que tu connaissais *South Park*, patron ! se marre Côme.

– Les gamins me cassent les couilles avec ce truc. Et bon… ce n'est pas trop nul, parfois. Bref ! s'agace-t-il en tapant du poing sur le capot rayé. Fais démarrer la dépanneuse, il va falloir qu'on le charge, ce monstre, et ça ne va pas être une partie de plaisir !

Gary assène une dernière petite tape presque amicale sur le pick-up avant de se tourner vers moi, l'œil noir et la bouche pincée.

Une grimace qui fait très « Papa pas content ».

– Tu as dépassé les bornes, fiston.

Ah bah tiens…

– Sans blague, Gary ?! m'écrié-je en perdant mon sang-froid. Tu ne veux pas me dire quelque chose que j'ignore, plutôt ? Comme le prix pour les réparations de cette voiture dont la simple existence suffit à me hérisser tous les poils du corps ?

Le coup part si vite que je ne le vois même pas arriver : *paf* ! En pleine figure. Bon, ce n'est qu'une pichenette sur le bout du nez, mais ça reste humiliant… et amplement mérité, j'en conviens.

– Ne monte pas sur tes grands chevaux avec moi, Ocean !

Penaud, je me frotte le museau et marmonne entre mes dents serrées :

– Désolé. Je suis un peu tendu, ce matin.

Et c'est totalement la faute d'Ornella. Cette fille empoisonne mon esprit ! Depuis que je l'ai déposée à l'université, il n'y a pas une minute où je n'ai pas pensé à elle. À sa détresse palpable. À sa peur de se retrouver au centre de l'attention. À tous les secrets qu'elle dissimule jalousement derrière le voile opaque de ses yeux noirs. Et à toute la tristesse, aussi, qui se meurt sur ses lèvres charnues, toujours prêtes à me rendre coup pour coup. Si seulement j'avais su…

Que c'était son pick-up.

Qu'elle serait aussi jolie.

Et agaçante.

Et autoritaire.

Je ne lui aurais jamais loué une chambre dans mon petit paradis douillet – où elle met tout sens dessus dessous ! De toutes les créatures sauvages et venimeuses que j'ai accueillies chez moi au fil des ans, c'est incontestablement la plus dangereuse.

– Tu dois te calmer, fiston, soupire Gary, comme s'il lisait dans mes pensées, tout en caressant sa longue barbe hirsute. Bon, *a priori*, j'estime les réparations entre sept et neuf mille dollars.

– Putain ! m'étouffé-je, un peu sonné.

Je m'attendais à une addition salée, je ne vais pas mentir, mais l'entendre de la bouche de Gary rend d'autant plus réel le fait que j'ai vraiment déconné, cette fois…

– Et je te fais un prix d'ami, couillon.

Le pire, c'est que j'en ai bien conscience : Gary me fait une fleur en réparant le pick-up d'Ornella à moindres frais… et Ornella elle-même est un ange de ne pas être allée porter plainte contre moi. Je l'ai échappé belle… encore une fois. Sûrement la dernière. Si je ne fais pas attention, je risque de finir dans une cellule d'ici à la fin de l'année. Et je n'y survivrais pas. Même si je ne l'aurais pas volé.

– J'ai un ami qui serait intéressé pour te le reprendre. Je ne sais pas encore combien, mais il ne faut pas le lâcher en dessous de douze mille dollars.

– Un joli pactole, approuvé-je, satisfait. C'est bien.

Avec une telle somme, Ornella aura de quoi reprendre du poil de la bête.

– Je te fais confiance pour faire au mieux.

Gary hoche la tête tandis que Côme revient avec la dépanneuse. En deux temps trois mouvements, le pick-up est chargé sur la remorque, et je dois bien admettre qu'aussi agaçant soit-il, Côme est aussi extrêmement doué dans son travail – à défaut d'être sympathique et fiable.

– Toujours OK pour les lasagnes ? me demande Gary, en s'épongeant le front d'un revers de la main. J'ai une faim de loup !

J'acquiesce et les conduis jusqu'à mon appartement. Heureusement, Camille n'a pas fait d'histoire lorsque je lui ai demandé d'aller retrouver Ornella pour manger avec elle sur le campus. Lui qui déteste l'université s'est fait une joie de rejoindre notre nouvelle colocataire. Malheureusement, il a abandonné son copain derrière lui, et malgré mon insistance à le faire décamper, Djibril n'a pas voulu décoller ses fesses de mon canapé. Aussi ne suis-je pas surpris de le retrouver avachi dans le salon, Bonzaï sur les genoux, la main dans le slip, devant une émission de téléréalité abjecte où des candidates siliconées doivent tout faire pour plaire à d'autres candidats aux muscles hypertrophiés – le paroxysme de la connerie humaine découpé en épisodes vides de sens et destinés à une jeunesse complètement égarée.

Parfois, le progrès, ça craint.

– Surtout, fais comme chez toi, mon pote, balancé-je d'une voix aigre à l'intention d'un Djibril beaucoup trop à l'aise. Ce n'est pas du tout gênant.

Il ne m'adresse même pas un coup d'œil en répondant :

– Ne t'inquiète pas pour moi. J'suis bien là.

J'échange un regard lourd de sens avec Gary avant de marmonner dans ma barbe :

– Je m'inquiète *de* toi, pas *pour* toi.

Côme se marre, comme à son habitude, et s'installe derrière le comptoir, les yeux rivés sur l'arrière du crâne de Djibril. Quelque chose de trop intense passe sur son visage et me met instantanément la puce à l'oreille – c'est un mec à embrouilles, même si c'est dans un genre complètement différent de Djibril. Et avant même qu'il n'ouvre la bouche, je sais qu'il va dire une connerie plus grosse que lui.

– Alors c'est lui, le fameux copain de Camille. Celui qui a pris mes restes.

Un silence polaire s'abat dans la pièce surchauffée. Voilà pourquoi je déteste Côme : il est obligé de provoquer tout le monde, tout le temps, à la moindre occasion. C'est comme s'il ne pouvait pas communiquer sans mettre les nerfs à ses interlocuteurs.

– C'est moi, répond Djibril d'une voix trop calme pour être honnête. Et ils sont excellents. Merci de m'en avoir laissé et désolé que tu n'aies pas su apprécier à sa juste valeur la saveur d'un vrai bon repas.

C'est à mon tour de me marrer aux dépens de Côme, parce que la réponse de Djibril est tout simplement parfaite. Je l'avoue, jusqu'à présent, je ne comprenais pas du tout ce que Camille lui trouvait… mais je crois que c'est bon, j'ai pigé : Djibril est peut-être un sale type, mais il s'assume à deux cents pour cent. Et c'est vraiment appréciable.

Côme affiche un air penaud en marmonnant :

– Euh… Ouais, de rien…

Il s'est fait moucher et c'est d'autant plus jouissif qu'il le sait. Avec un grand sourire aux lèvres, je sers trois parts de lasagnes végétariennes sur la table déjà dressée et sors une bouteille de vin blanc pour Gary.

– Allez, à table, les connards ! m'exclamé-je, en me tirant une chaise.

– Hum, se réjouit mon mentor, ça sent délicieusement bon, fiston !

Je le remercie en remplissant son verre d'un vin sec étiqueté bio et acheté sur le pouce à la supérette.

Je ne suis pas très branché alcool, et je n'y connais pas grand-chose en jus de raisin, mais comme on dit : c'est l'intention qui compte.

– Au fait ! enchaîne-t-il, alors que Côme nous rejoint à table en traînant les pieds comme un gamin en pleine crise d'adolescence. Tu as les papiers du véhicule ?

Je le regarde d'un air vide.

– Ils sont sûrement dans la boîte à gants, non ?

Côme secoue la tête.

– Non, j'ai déjà vérifié. Ils n'y sont pas. La boîte à gants ne contient que des tickets de caisse chiffonnés et des mouchoirs pas toujours très propres.

– Et il me les faut, insiste Gary, en ignorant les remarques puériles de Côme. C'est important. On ne sait jamais, après tout. Cette fille, tu ne la connais pas vraiment.

J'ai envie de lui répondre qu'Ornella est tout, sauf une voleuse de voitures comme il le sous-entend. Mais dans le fond, il a raison : qu'est-ce que j'en sais, moi ? Cette fille est une véritable énigme. Un putain de casse-tête insoluble. Superficielle, mais démunie. Pleine de fougue, mais brisée. Féroce, mais sensible. Belle, si belle… et incroyablement chiante !

– Je vais te les trouver, ces papiers. Ne t'inquiète pas.

Sans plus attendre, je dégaine mon téléphone pour envoyer un message à Gator – ma délicieuse Ornella, mon impossible Ohana. Plusieurs minutes s'écoulent, durant lesquelles j'ai le temps de finir ma part de lasagnes et de m'en resservir à deux reprises avant d'obtenir une réponse plutôt… froide.

Pour quoi faire ?

Plus de doutes, maintenant : Ornella adore faire sa difficile et me montrer métaphoriquement ses petits crocs bien aiguisés. Il faudrait peut-être que je la prévienne que ça m'excite ? Non : j'adore notre petit jeu. C'est comme une parade amoureuse, la lutte ancestrale entre un homme et une femme qui cherchent à asseoir leur domination l'un sur l'autre. Plus elle me résiste, plus j'ai envie de la faire craquer. C'est insoutenable, cette passion vorace qu'elle m'inspire avec ses grands yeux effarouchés et ses regards lapidaires.

J'étouffe un soupir contrarié en tapant une réponse que j'espère plus polie que celle qui m'est instinctivement venue à l'esprit – *Pour te faire jouir, chérie.*

Parce que je n'ai plus que ça en tête…

J'ai peut-être trouvé un acheteur
pour ton épave. D'ailleurs, elle a été
remorquée au garage aujourd'hui.
Ne me remercie pas.

Il me faut patienter jusqu'au dessert agrémenté d'un long sermon de Gary et d'une nouvelle embrouille entre Djibril et Côme pour recevoir une réponse qui me fait sourire bien malgré moi.

Mon épave t'emmerde. Et moi avec.
Les papiers sont dans le deuxième
tiroir de mon bureau. Si tu fouilles
dans mes affaires, je porte plainte
contre toi. Je suis sûre que la couleur
orange t'irait à ravir, mon pote.

Je termine mon yaourt pour éviter qu'elle comprenne que je suis pendu à mon téléphone, à attendre son message comme un putain de junkie attendrait sa prochaine dose de crack. Gary parle, mais je ne l'entends pas, tout à la rédaction d'une repartie cinglante qui inciterait Gator à me mordre encore plus fort.

Tu sais ce qui irait vraiment bien
sur moi, Ohana ? ;-)

– Tu m'écoutes, petit con ? s'impatiente Gary en me tapant sur l'épaule.

Je tourne un visage inexpressif dans sa direction.

– C'est qui, cette mystérieuse fille qui te fait tourner la tête ?

Je feins de ne pas comprendre sa question – *hein, quoi ? Qui ça ?*

Malheureusement, Djibril a l'oreille qui traîne et, en dépit de mon regard assassin, il choisit de se mêler à la conversation en perdant tous les points de sympathie qu'il avait précédemment gagnés auprès de moi en défendant Camille.

– C'est Ornella, leur nouvelle colocataire. Une grande brune avec un beau cul et des yeux qui ressemblent à deux mitraillettes chargées à bloc. Elle est plutôt cool et elle sent trop bon, mais elle a l'air complètement paumée. Camille dit qu'Andrea est déjà à moitié amoureux d'elle.

Je grince des dents en esquissant un sourire hypocrite. Je n'ai pas eu le temps de prévenir Andrea que son béguin n'est pas réciproque et qu'Ornella le voit davantage comme un ami plutôt qu'un amant – l'histoire de sa vie. Je redoute ce moment où je vais devoir mettre un terme à ses illusions amoureuses, parce que je sais qu'il va en souffrir, même s'il vient à peine de la rencontrer. Andrea est un hypersensible. Peut-être est-ce lié à son handicap. Tout ce qu'il ressent est démultiplié par deux, voire trois ou quatre. Et il est tellement gentil que le blesser est un véritable crève-cœur.

– Tu as vérifié d'où elle vient avant de lui louer une chambre ?

Je fais la moue.

– Ce n'est pas une fille bizarre.

– Tu as déjà dit ça de l'autre, là. Comment il s'appelait, celui qui vendait du crack et qui aboyait dès qu'on sonnait à la porte ?

Côme s'exclame :

– Sonny ! Putain ! Je l'adorais, ce type ! Il était tellement perché ! Et sa beuh valait le détour…

Je lève les yeux au ciel en me remémorant les quelques semaines que Sonny, l'un de nos rares colocataires à ne pas être partis à cause de Camille, a passées au loft – les plus mouvementées de ma vie, et de loin ! Le moins que l'on puisse dire, c'est qu'il savait mettre l'ambiance, et qu'avec lui, on ne s'ennuyait jamais… Mais il était aussi dangereux et cinglé, et quand les stups' ont débarqué à six heures du matin pour une perquisition haute en couleur, ça a été la goutte d'eau proverbiale. Je ne m'attendais vraiment pas à ce qu'ils retrouvent autant de méthamphétamines dans mes paquets de muesli aux fruits rouges !

Sonny m'a un peu manqué, au début. Ce con était plutôt attachant – et son herbe, carrément magique !

– Ornella n'a rien à voir avec Sonny. Je n'ai pas tout compris.

Ou plutôt, elle ne m'a rien expliqué.

– Mais elle est dans une mauvaise passe financière à cause d'une rupture qui a mal tourné, et c'est pour ça qu'il lui faut se débarrasser de son pick-up, le temps pour elle de trouver un job qui lui permette d'avoir de quoi vivre.

Gary hoche la tête avec une expression compatissante. Sa fille a vécu une histoire à peu près similaire, quelques mois plus tôt, et je sens d'ici ses hormones de papa poule se mettre en ébullition.

– Holder cherche une nouvelle assistante. Si tu veux, je peux lui transmettre le CV de ta copine.

Les deux derniers mots de sa phrase me hérissent le poil.

– Ce n'est pas ma copine, me sens-je obligé de rectifier. Mais ouais, je veux bien que tu le lui transmettes. Je te l'enverrai par e-mail dès qu'elle me l'aura donné. En attendant, je vais aller te chercher les papiers. Ne faites pas de bêtises en mon absence, et surtout, ne sortez pas Pithy de sa cage !

Je jette un regard éloquent à Côme qui sifflote, l'air de rien, en admirant ses ongles noirs de crasse. Cet abruti adore les serpents, ou du moins, l'idée rose bonbon qu'il s'en fait. Il oublie que ce sont des prédateurs au sang froid qui peuvent s'avérer très dangereux – et particulièrement cruels, dans le cas de Pithy. La seule fois où je n'ai pas réussi à la rattraper avant qu'elle parvienne à s'évader du loft, elle a failli envoyer Cookie, le caniche nain de la voisine, au paradis des chiens.

Sans plus attendre et, je l'avoue, dévoré par la curiosité, je gravis les marches quatre par quatre, au risque de me rompre le cou, et déboule à toute berzingue dans la chambre impeccablement rangée d'Ornella. Son parfum si délicat flotte encore dans la pièce, comme un nuage d'or scintillant au jasmin et à la lavande. C'est plus fort que moi : j'inspire à pleins poumons, les yeux fermés pour mieux me concentrer sur toutes les odeurs délicieuses qui me montent aux narines. Mon corps réagit à cet inattendu plaisir olfactif en durcissant une certaine partie de mon anatomie qui commence à faire une véritable fixation sur Ornella.

Agacé, je m'assène une violente gifle mentale et me dirige vers le bureau situé en face du lit aux draps soigneusement bordés. Rien ne traîne, tout est en ordre, chaque chose est à sa place. C'est perturbant. Je ne suis pas le plus bordélique des hommes – Andrea me bat à plate couture, dans ce domaine ! –, et j'aime que l'appartement soit propre et bien rangé, mais je suis loin d'être aussi maniaque qu'Ornella, visiblement !

Amusé par sa façon de ranger ses livres par couleur, j'ouvre machinalement le premier tiroir avant de me souvenir que les papiers sont dans le second – oups…

Bien sûr, je jette un coup d'œil rapide à l'intérieur, parce que je ne suis pas quelqu'un de bien et que ma curiosité est plus forte que mon bon sens, mais je suis un peu déçu : il n'y a que deux carnets et trois crayons de papier. Je ne sais pas trop à quoi je m'attendais. Ce n'est pas la chambre de Camille ! Je ne risque pas de tomber sur un gode ceinture et une tenue de soubrette en farfouillant dans le fond de ses placards. En même temps, je m'attendais peut-être à dénicher quelques indices sur sa véritable personnalité. Celle qu'elle cache derrière le silence et la froideur.

Sans trop y croire, j'ouvre le premier carnet… et constate qu'il ne contient qu'une longue et interminable succession de listes – les pièces à envoyer pour postuler à une annonce, les courses à faire, le récapitulatif de toutes ses ventes sur eBay, les futures dépenses qu'elle ne doit pas oublier et tout en tas d'autres choses que je n'arrive pas toujours à déchiffrer. Dépité, je fais défiler les pages sans m'attarder sur ce qu'elle y a écrit un peu à l'arrache jusqu'à tomber sur une phrase qui, et j'ignore pourquoi avant de la lire, retient toute mon attention.

Ce n'est pas parce que tu as envie de le faire que tu dois le faire. Et encore moins que tu en as le droit. La vérité, c'est qu'un jour, tu ne pourras plus justifier tes mauvaises actions par l'excuse du : « Je ne voulais pas que ça se finisse comme ça… » Évidemment que tu ne le voulais pas ! Mais n'oublie pas que tu n'as jamais rien fait pour l'en empêcher…

Ces mots pleins d'une colère bouillonnante trouvent une résonance particulière en moi. Je n'arrive pas à déterminer quelle émotion prédomine dans mon cœur : l'incertitude, la reconnaissance, la culpabilité. Au bout du compte, ça importe peu, car tout ce que je retiens, c'est que ça sonne juste. Et ça fait mal. Mais ça me fait du bien, aussi. Un peu comme si j'avais besoin de l'entendre – ou plutôt de le lire. Et ça ressemble tellement à quelque chose qu'aurait pu me dire ma Tutu que j'en garde un goût amer de nostalgie dans la bouche.

Aucun des longs sermons de Gary n'a réussi à m'atteindre ou à me forcer à me remettre en question. Alors qu'Ornella n'a eu besoin que d'une phrase gribouillée à l'encre rose dans un cahier corné pour me plonger le nez dans ma merde.

Je feuillette encore quelques pages, la boule au ventre, avant de passer au second carnet qui s'avère être son journal intime. Dès la première page, je comprends que lire celui-là serait le pire des crimes à commettre envers l'intimité d'Ornella. Parce qu'elle y a mis toute sa vulnérabilité, et qu'elle ne supporterait pas de savoir qu'une autre personne qu'elle sache que…

Je me déteste de plus en plus chaque jour, c'est épuisant. Parfois, j'aimerais juste… disparaître au fin fond d'un marais et ne plus jamais refaire surface. Soyons honnête : je ne manquerais à personne. Alors, pourquoi je n'y arrive pas ? Pourquoi je m'accroche à la vie ? Hein, pourquoi ?

Parce que je t'attends…

La dernière phrase, rayée d'un grand trait noir, m'atteint comme une flèche en plein cœur. Je comprends très exactement ce qu'elle ressent. En fait, j'aurais pu écrire ces mots à sa place tellement ils font écho à tout ce que j'ai ressenti par le passé – et qu'il m'arrive encore d'éprouver, à mes heures perdues dans le noir d'une nuit enfumée de Marie-Jeanne. Quand ma Tutu est décédée et qu'il ne me restait plus personne, j'ai bien cru que je n'allais pas m'en sortir… mais en même temps, j'attendais désespérément que mes parents reviennent me chercher. Qu'ils comprennent enfin que ma place était à leur côté, comme une vraie famille.

Spoiler alerte : ça n'est jamais arrivé. Et ma famille, je l'ai créée par moi-même à Lafayette avec Camille, puis Bonzaï, Andrea et Pithy.

Profondément perturbé par ce que je viens de lire, je repose son journal intime à sa place et m'empresse de sortir la pochette qui contient les papiers de son pick-up du tiroir dans lequel je n'aurais jamais dû mettre le nez. Mais en voulant ranger le premier carnet abîmé, je me cogne contre le coin du bureau et fais tomber de je ne sais où une série de trois polaroïds que je n'avais pas remarqués jusqu'à présent.

La photo la plus proche de mon pied est d'une beauté qui me laisse sans voix. Enfin, disons plutôt qu'Ornella est belle à couper le souffle : vêtue d'un ensemble de lingerie bleu turquoise qui met en valeur l'ambre de ses yeux et le miel de sa peau, elle est allongée sur des draps en satin d'un blanc immaculé, les bras noués sous la poitrine et les jambes légèrement écartées. Son corps porte à merveille les quelques kilos en plus qu'elle avait à l'époque où cette photo a été prise, et il me faut une bonne dizaine de secondes pour me rendre compte que, et malgré son sourire, elle n'a pas l'air très à l'aise sous l'objectif de son mystérieux photographe. Au contraire ! Ses petits poings sont crispés, son front, plissé par la contrariété, et le rouge qui colore ses joues témoigne silencieusement de sa gêne. Quant à son regard écarquillé par une panique muette, il me fait penser à celui d'une biche surprise par les phares d'un camion, quelques secondes avant l'impact fatal avec son pare-chocs.

La seconde photo est différente, parce qu'Ornella est plus détendue, plus ouverte… et accompagnée d'un homme qu'elle observe avec une dévotion qui frise la vénération. Toujours en sous-vêtements, elle est allongée sous lui, les bras relevés au-dessus de sa tête et les jambes crochetées autour de sa taille tandis qu'il la domine de toute sa taille, les mains serrées autour de son cou délicat. À cause de l'angle de la prise de vue, je ne discerne rien du visage de son amant, mais je peux déjà affirmer avec certitude que c'est un salopard, parce qu'il n'y a aucune tendresse, aucune considération dans la façon dont il la plaque contre le matelas. Il la traite comme un objet de plaisir, une jolie petite poupée, une possession matérielle. Alors qu'elle le dévisage avec un amour tellement évident que ça m'en donne mal au ventre.

Pas étonnant qu'elle sente aussi fort le cœur brisé.

Efface-moi ce sourire, Ornella... ai-je envie de lui dire. *Ce type va te piétiner, si tu le laisses faire !*

Mais c'est trop tard pour elle. Le mal a déjà été fait.

La troisième et dernière photo met en scène une Ornella lourdement maquillée et parée de ses plus beaux atours lors d'une soirée où, visiblement, le champagne coulait à flots. Sa robe de soie rouge ondule le long de son corps comme une rivière de sang frais et le petit sourire mutin qu'elle affiche derrière un éventail en plumes – *j'ose espérer qu'elles sont synthétiques* – est d'une telle arrogance qu'une petite alarme s'allume dans ma tête. C'est le rictus d'une femme qui possède non seulement la beauté, mais aussi le pouvoir et les privilèges qu'offre la richesse. Rien que ses boucles d'oreilles, des gouttes en saphir aussi grosses que mes pouces, suffiraient à lui racheter deux pick-up. Sur ce polaroïd, elle respire l'opulence, le faste, la vie d'aristocrate oisive. Ce qui ne colle pas du tout avec l'image que je me fais de la jeune femme actuelle – perdue, fauchée, amaigrie et constamment au bord des larmes. Le contraste entre l'Ornella du passé et celle du présent est d'autant plus troublant qu'elles semblent être deux femmes complètement différentes, aux caractères diamétralement opposés.

Pour une raison que je ne m'explique pas, et sur laquelle j'évite soigneusement de m'attarder, j'empoche la dernière photo et remets tout le reste à sa place avant de sortir de la chambre. Au moment où je franchis le seuil, mon téléphone se met à vibrer, m'annonçant l'arrivée d'un nouveau message.

Mon poing dans ta gueule ?

Je souris, amusé – ou plutôt, émoustillé.

La fille à la robe rouge et aux bijoux hors de prix n'aurait jamais répondu de façon aussi violente – j'ignore pourquoi j'en suis aussi sûr, mais c'est l'une de ces certitudes contre lesquelles je ne cherche pas à lutter. Et si j'adore cet aspect un peu brut et caustique de sa personnalité, je dois bien admettre que je suis intrigué par la jolie fille aux yeux débordants d'amour pour le mauvais homme que j'ai découverte sur ces vieilles photos.

Aimer aussi fort…

Avec une telle dévotion…

J'avoue que ça me laisse songeur. Et un peu jaloux, aussi.

Parce que c'est quelque chose que je ne connais pas : l'amour avec un grand A. Ce n'est pas pour moi. Ça ne l'a jamais été. Et ça ne le sera jamais. Je suis à la fois un enfant ayant grandi sans amour et un adulte incapable d'aimer.

Et parfois… oui, parfois… je le regrette.

Comment as-tu deviné que je pensais
justement à tes mains, Ohana ?

Mais jamais assez pour changer.

CHAPITRE 13
Félicitations, tu es engagée !

ORNELLA

J'ai survécu à ma première semaine de cours, soit ma deuxième semaine de colocation, et je n'en suis pas peu fière ! C'est un véritable exploit si l'on considère le fait que je n'ai plus un sou en poche, toujours pas de voiture et aucune perceptive d'avenir à l'horizon. Me lever tous les matins pour aller étudier des matières qui ne m'aideront pas à trouver un véritable boulot est une forme de torture qui me permet d'évacuer un peu de la haine que j'éprouve envers moi-même – et c'est fou, comme ça me fait du mal ! Plus besoin d'entendre *Stop Crying Your Heart Out* pour que je me mette à déprimer et à cogiter sur toutes mes erreurs. Désormais, un simple regard du doyen Peterson suffit à me replonger dans le passé. C'est comme s'il avait le superpouvoir de me téléporter d'un clignement de paupières à Bâton-Rouge. Un instant, je suis là, devant lui, pas heureuse, mais pas non plus au bord du gouffre, et l'instant d'après, je m'enfonce dans un abîme sans fond de culpabilité, de colère et de dégoût. C'est épuisant, et j'ignore comment je parviens à tenir le coup.

Non, je mens. Je sais très bien ce qui m'aide à garder la tête hors de l'eau, et ça tient en deux mots : mes colocataires.

Enfin, plutôt : Andrea et Camille.

Si le premier est en train de devenir un très bon ami pour des raisons évidentes, le second ne s'en tire pas trop mal non plus depuis que l'on a pris l'étrange habitude de déjeuner ensemble tous les midis. Je ne sais pas trop pourquoi il vient jusqu'à la fac pour partager un sandwich minable avec moi, mais ça fait partie des meilleurs moments de ma journée, et je dois bien admettre que j'adore grignoter en l'écoutant gratter les cordes de sa guitare – ce même instrument que j'ai failli lui exploser sur le crâne. Parfois, on ne parle même pas et je me contente de l'écouter jouer en silence, bercée par les mélodies absolument sublimes qu'il parvient à créer en quelques secondes. C'est fou comme il est différent lorsqu'on n'est que tous les deux, assis l'un à côté de l'autre dans le coin de plus reculé du parc qui longe le campus. Il est toujours aussi hyperactif et, lorsqu'il ne tire pas des notes improbables de son instrument, il ne tient pas en place, mais il n'en fait pas des tonnes comme au loft où il piaille à longueur de journée. C'est agréable, et même si je ne le supporte pas en dehors de ces intermèdes qui n'appartiennent qu'à nous, je suis vraiment en admiration devant sa sensibilité musicale. Un tel talent… mon Dieu, quel gâchis que le monde ne puisse pas en profiter autant que moi ! Camille mériterait d'être à la tête du top Spotify et j'espère qu'un jour, il réussira à vivre de sa musique. Il a la voix, le physique et la personnalité pour tout rafler aux MTV Music Awards – tout, sauf peut-être l'envie d'être célèbre. Parce qu'aussi étonnant que cela puisse paraître, je me suis rendu compte qu'il était très pudique sur ses chansons. Il ne les entonne que rarement au loft, et lorsqu'il le fait, c'est toujours la nuit, sur le balcon, comme si l'obscurité le réconfortait.

Il faut dire que les thèmes qu'il aborde sont toujours très sombres et mélancoliques. Et moi qui pensais être la plus brisée du lot, je n'en suis plus aussi certaine depuis qu'il m'a fait écouter sa dernière création, *Notre amour est mort hier*.

D'ailleurs, il est justement en train de la chanter tandis que je dévore un immonde sandwich à l'aubergine qu'Ocean a préparé – et que je lui ai volé sans la moindre vergogne –, tout en me réjouissant que le professeur de géopolitique ait annulé son cours à la dernière minute, me libérant ainsi mon vendredi après-midi.

Il a les yeux mouillés pendant qu'il me supplie de rester. Mais bébé, c'est terminé et je ne reviendrai pas en arrière. Notre amour est mort hier, et il faudra t'y faire. À chaque humiliation, à chaque insulte, à chaque mutilation, à chaque blessure. Ce ne sont pas mes larmes que tu effaçais, mais mes sentiments...

Chantée par cette si belle voix et accompagnée par une mélodie si délicate, cette ode à la rupture est d'autant plus douloureuse à entendre qu'elle me rappelle Jarod. Et moi qui le suppliais à genoux de ne pas m'abandonner, de m'aimer encore un peu, même si c'était un autre mensonge, une nouvelle erreur.

Pas toi, s'il te plaît. Pas comme tous les autres, par pitié.

En vérité, il a été le premier à me lâcher, mais je me suis tout de même accrochée à lui parce qu'il m'avait déjà ôté ma fierté – et ça, bien avant l'incident de la *sextape*. C'est plus facile d'être faible devant les gens qui ont contribué à vous fragiliser, à vous détruire, à vous bousiller. Ceux qui ont tout fait pour que vous soyez plus fort, plus combatif, une meilleure personne... ceux-là, vous n'avez pas envie de les décevoir. Alors, fatalement, vous ne leur demandez ni leur aide, ni une seconde chance pour qu'ils aient au moins l'impression que vous n'êtes pas une cause perdue. Enfin moi, c'est mon cas.

Plutôt passer pour une garce sans cœur que pour une idiote enamourée.

– J'aime cette chanson, avoué-je, une fois que Camille a fini de la jouer. Elle me parle.

Mon colocataire tourne sa jolie tête blonde vers moi. Son habituel *half-bun* est tout décoiffé sur le sommet de son crâne, mais ça lui va bien. En fait, il est si beau qu'il pourrait se coiffer et s'habiller n'importe comment qu'il serait toujours aussi stylé. Tout comme Andrea et Ocean. Ils n'ont pas besoin de faire d'efforts pour être beaux, et c'est tellement injuste ! Avec eux, j'ai l'impression d'être le vilain petit canard de la portée. Une sensation pour le moins déstabilisante pour moi qui ai toujours été habituée à être le point de mire général.

– C'est ma préférée.

Avec la vague de chaleur qui s'est abattue sur la ville, ce n'est pas très agréable d'être dehors sur les coups de treize heures, mais j'avais envie de l'entendre jouer avant de rentrer à l'appartement, et je crois que lui aussi ressentait le besoin de faire notre pause du midi avant d'entamer le week-end.

– Tu m'as aidé à l'écrire.

Je hausse les sourcils sous l'effet de la surprise, pas certaine de comprendre mon rôle dans cette histoire.

– Allons, Gator ! rit-il en avalant un morceau de son propre sandwich – volé à Ocean, là encore. Entre cœurs brisés, on se reconnaît ! Tous les deux, on est pareil, dans le fond. Et c'est pour ça qu'on ne se supporte pas en dehors de ces moments-là, où on peut être honnête l'un envers l'autre sans avoir à se parler.

J'ai un mouvement de recul instinctif. Un mensonge s'invite sur le bout de ma langue. Pourtant, je suis la première surprise lorsque je m'entends lui confier :

– Toi, tu as toujours tes meilleurs amis et Djibril. Moi, j'ai tout perdu et je n'ai plus personne.

L'expression amusée de Camille se chiffonne jusqu'à former ce masque de compassion qui me hérisse tous les poils du corps. Comme il ne joue plus de sa guitare, ses jambes se mettent à tressauter sous lui, ses doigts, à pianoter sur ses genoux, et ça me stresse tellement que ma bulle d'illusions et de bien-être m'éclate en pleine figure.

– Je me suis retrouvé dans le même état que toi, Ornella. Ce n'est qu'une mauvaise étape à dépasser, pas la finalité de ton parcours.

Je garde les yeux rivés sur son pied chaussé d'une vieille paire de Converse. Il bat l'air à un rythme effréné, comme s'il était calqué aux saccades de mon pouls. Je n'ai pas envie de parler de mon cœur brisé avec un mec que je ne connais que depuis deux semaines, ou plutôt dix-neuf jours. Mais en même temps… je garde ça pour moi depuis tellement longtemps que les mots finissent par se bousculer sur mes lèvres.

– Tu ne sais pas ce que j'ai fait pour en arriver là. Peut-être que je méritais de tout perdre. Peut-être que c'est bien fait pour moi. Peut-être que je suis condamnée à être malheureuse jusqu'à la fin de mon existence et que c'est un juste retour des choses.

Le pied de Camille s'arrête brutalement tandis qu'il s'immobilise pour la toute première fois depuis notre rencontre.

– Personne ne mérite d'avoir le regard hanté par autant de haine, de colère, de dégoût et de culpabilité. Quoi que tu penses avoir fait, je pense que tu as déjà largement payé pour te racheter un semblant de bonheur là où tu trouveras enfin ta place.

Je suis soufflée par ces paroles. Tant par leur justesse que par l'espoir incrédule qu'elles font naître à l'intérieur de moi. Et par la peur, aussi. La peur horrible de me laisser convaincre, de m'accorder à moi-même une seconde chance et de me faire rattraper par mon passé – d'une façon ou d'une autre…

– Bon, allez, le moment émotion est terminé, chérie ! Il faut qu'on rentre à la maison. Ocean s'impatiente !

À la maison.

Ces mots anodins me donnent étrangement chaud au cœur.

– Pourquoi ? m'étonné-je, en me relevant pour le suivre. Il n'était même pas là, hier soir ! Non pas que je m'en plaigne, hein.

Moins je le vois, mieux je me porte.

J'attrape mon sac de cours, le reste de mes affaires et l'emballage en papier de mon sandwich – pas d'aluminium ou de plastique au loft, sinon…

– Je lui ai dit que tu finissais à midi. Il nous attend depuis une heure à l'entrée du campus. Je suis presque sûr qu'il ne reste plus qu'une flaque de sueur près de sa mobylette de pacotille.

On échange un même sourire goguenard. Camille adore embêter Ocean, et il arrive toujours à trouver le petit truc qui lui fera péter un câble.

– Et pour hier, il avait rendez-vous avec son contrôleur judiciaire, m'explique-t-il tandis que je le suis jusqu'au parking. Ça ne s'est pas très bien passé, d'après ce que j'ai cru comprendre, alors il est allé se réconforter chez Rachel.

Je trébuche sur mon propre pied et manque de m'étaler de tout mon long sur l'asphalte brûlant – et non, ça n'a rien à voir avec la dernière phrase de Camille !

Ocean peut faire ce qu'il veut, ça ne me regarde pas. Les moments chargés d'une tension scandaleusement sexuelle que l'on partage tous les matins et tous les soirs sur sa foutue mobylette à deux balles ne veulent rien dire pour moi. Oui, je suis attirée par lui. Mais oui, j'ai bien conscience que c'est un enfoiré avec les femmes. Alors, non, je ne me laisserai pas avoir. Pas une nouvelle fois. Je suis encore trop fragile pour m'y risquer.

C'est juste l'effet de surprise.

– Ne te casse pas la gueule, chérie, se marre Camille, ses yeux gris pétillant de malice. Je crois que notre bel Ocean l'aime plutôt bien, ce visage !

Plus amusée du tout, je le foudroie du regard et accélère l'allure pour fuir au plus vite cette conversation que je ne veux surtout pas avoir avec lui – ou avec quiconque, d'ailleurs.

– Règle numéro un, Camille.

Le musicien lève les yeux au ciel.

– Moi, je trouve cette règle complètement idiote. Le sexe entre colocataires, c'est ce qu'il y a de mieux !

– Et c'est justement à cause de ça qu'ils ont été obligés de l'édicter, mon pote. Moi, mon père m'a toujours dit : ne chie pas là où tu manges, surtout si tu sais que ça va te refiler la chiasse !

Surpris par ma réplique, Camille éclate de rire tandis que l'on arrive à la hauteur d'un Ocean pas content du tout, qui fulmine, trempé de sueur et la chemise grande ouverte, à côté de sa mobylette absolument ringarde. Plus loin, près de la sortie du parking, un groupe de filles le dévisagent en gloussant derrière leurs mains, les yeux rivés sur son torse nu et couturé de cicatrices. Je déglutis mon excès de salive en rajustant mon short, incapable de *ne pas* regarder l'étendue de peau dorée qui se tortille sous mes yeux affamés.

Les beaux mecs sont *vraiment* le fléau de cet univers.

– Vous vous foutez de ma gueule ? s'énerve-t-il, les poings serrés. Je vous signale que j'ai une vie, moi aussi ! Et j'ai un rendez-vous super important dans moins de cinq minutes, putain !

Camille hausse une épaule, l'air faussement angélique, mais des étincelles malicieuses crépitent toujours dans ses yeux pâles.

– Ornella comparait le sexe avec toi à une bonne grosse diarrhée.

Même si je me sens rougir de la racine des cheveux jusqu'à la pointe des orteils, je ne le nie pas. Parce qu'il est clair qu'un rapprochement avec Ocean finirait par me rendre malade.

– C'est vrai, Ohana ?

Ce putain de surnom me fait grincer des dents.

– C'est Ornella… ou Gator, à la limite.

Un lent sourire incurve les lèvres pulpeuses d'Ocean tandis qu'il s'approche si près de moi que je ne sens plus que l'odeur musquée de sa sueur, le délicat effluve de bergamote de son shampoing et le doux fumet du café qu'il a bu avant de venir me chercher.

– Je te trouve bien agressive, *Gator*.

Ocean insiste sur le dernier mot en crochetant l'un de ses doigts autour de la bretelle de mon débardeur.

– Si je devais émettre une comparaison sur mes prouesses sexuelles, je dirais plutôt que ma bite est comme un Xanax : avale-la, ça te détendra !

Je déteste ce type. Je déteste ses manières. Je déteste son sens de l'humour. Je déteste son charme. Je déteste sa façon de me regarder. Et par-dessus tout, je me déteste, moi aussi, de ne pas réussir à l'ignorer, de ne pas résister à l'envie de jouer avec lui. C'est plus fort que moi, il faut que je réplique :

– Un Xanax ? Sans blague ? C'est tellement petit que je dois bien avouer que je suis un peu déçue.

Avec une aussi grande gueule, je m'attendais au moins à ce que tu frôles les cinq centimètres.

Camille se bidonne comme une baleine à côté de nous, insensible à la tension ambiante qui électrifie l'air comme avant l'un de ces violents orages d'été qui dévaste tout sur son chemin.

Ocean s'approche encore d'un pas, et je ne recule pas, trop têtue pour lui céder ne serait-ce qu'un centimètre de mon espace vital.

– Tu as déjà vu tout ce qu'il y avait à voir de moi, Ohana. Et tu sais que les cinq centimètres, c'est quatre fois moins que tout ce que j'ai à te proposer. Mes doigts, si longs, ma langue, bien allongée, et ma queue…

Il murmure ce mot tout contre ma joue brûlante, et le frisson qui dégringole le long de ma colonne vertébrale est incontestablement la pire chose qui me soit arrivée cette semaine. Parce qu'il a un arrière-goût de : *Et pourquoi pas ?*

– Si grosse et si dure…

Je pose une main sur son torse nu, un peu moite et si musclé que c'en est ridicule pour un mec qui se nourrit exclusivement de graines et de légumes.

– Non, merci, me forcé-je à lui répondre d'une voix ferme. Tu l'as dit : j'ai déjà tout vu, et rien ne m'intéresse.

Camille rit encore plus fort, et cette fois, Ocean se joint à lui après m'avoir discrètement glissé à l'oreille :

– Délicieuse petite menteuse.

J'ai envie de le mordre. Et pas pour lui faire du bien.

– Bon, les enfants ! s'exclame Camille en récupérant le skate qu'Ocean lui a rapporté. Ce n'est pas que papa ne vous aime pas, mais son copain l'attend à la maison et il a très envie de se faire sauter !

Je grimace pour dissimuler un petit sourire incongru – parfois, Camille est presque aussi drôle qu'il est insupportable. Quant à Ocean, il enfourche son engin et tapote le siège pour me faire signe de le rejoindre. Je n'en ai aucune envie, mais je n'ai pas d'autre option – si ce n'est celle de prendre les transports en commun, ce qui serait une véritable torture avec cette chaleur infernale. En essayant de faire abstraction des filles qui me regardent de travers comme si je venais de leur voler quelque chose de précieux, je grimpe sur la mobylette, mets le casque qu'Ocean est bel et bien allé m'acheter en début de semaine et noue mes bras autour de lui tout en veillant à garder mes distances.

– Si tu veux, tu peux me déposer devant la boutique de fleurs d'Andrea. Ça t'évitera peut-être d'être en retard à ton rendez-vous.

– Non, c'est bon, me répond-il en allumant le moteur. Tu vas m'accompagner.

– Hein, quoi ?! m'exclamé-je. Non, je ne veux…

Bien sûr, Ocean se fiche de mon opinion comme de sa première paire de chaussettes. Il démarre à toute berzingue et sort du parking sans se soucier de mes vitupérations. Je finis par renoncer, parce que s'il y a bien une chose que j'ai comprise au sujet d'Ocean au cours de ces dernières semaines, c'est qu'il fait tout ce qu'il veut, quand il le veut, de la manière dont il le veut. Il ne mentait pas lorsqu'il disait que sa liberté avait plus de valeur que toute autre chose dans sa vie. Ce qui est à la fois admirable et incroyablement égoïste – une ambiguïté de caractère qui revient constamment chez lui. Il est à la fois le gars le plus généreux et le moins serviable que j'aie rencontré de toute mon existence.

Le trajet dure un peu moins de quinze minutes, et il me semble reconnaître l'arrière de notre immeuble lorsqu'Ocean se gare en face d'une clinique vétérinaire pour animaux exotiques.

– Bonzaï est malade ? m'inquiété-je, en retirant mon casque. C'est pas chez nous là, non ?

Ocean m'ôte mon casque des mains, l'accroche avec le sien au porte-bagage à l'aide d'un antivol et m'attrape par le bras pour me forcer à traverser la rue. Encore une fois, je le laisse faire, poussée par la curiosité. Je n'ai rien remarqué d'étrange chez Bonzaï… mais je ne suis pas une experte en tégu, et Ocean s'est peut-être aperçu qu'il lui manquait un bout de queue !

– Non, Bonzaï va bien, ne t'en fais pas pour lui. Il est comme moi, il a la peau dure. Et oui, c'est bien l'ancien atelier de tisserand dont Andrea t'a déjà parlé, mais il a été condamné quelques années plus tôt, et maintenant, on est obligés de faire le tour pour arriver jusqu'ici.

Je fronce le nez en veillant à ne pas me faire écraser par une voiture qui ne respecte ni les limitations de vitesse, ni les feux rouges.

– Qu'est-ce que l'on vient faire là, dans ce cas ? Moi aussi, j'ai d'autres chats à fouetter, vois-tu !

C'est faux, mais il n'a pas besoin de le savoir. Ma vie sociale est aussi mouvementée que l'électrocardiogramme d'un cadavre : une longue ligne droite… et plate.

– Te morfondre devant la télé ? Chercher un autre appart' alors que tu n'as même pas les moyens de louer une niche pour chien ? Ronchonner dans ton coin ? Faire les yeux doux à Andrea pour te rassurer sur ton pouvoir de séduction ? énumère Ocean, en parfait salopard. Crois-moi, j'ai mieux à te proposer !

Je jette un regard incertain en direction de la clinique vétérinaire.

– J'ai très envie de t'insulter, mais… j'avoue que je suis curieuse. Est-ce qu'on est venus pour te faire piquer ? demandé-je, pleine d'espoir. Promis, ça ne te fera pas mal. C'est juste une petite piqûre derrière la nuque, et hop ! On n'en parle plus !

Soudain, Ocean s'immobilise au milieu du trottoir, si bien que je manque de me cogner le front contre son dos. Puis il renverse la tête en arrière et se met à rire bruyamment, à gorge déployée, la chemise toujours grande ouverte et beau à en avoir mal au ventre. C'est sûrement à cause des températures excessives qu'une vague de chaleur me submerge jusqu'à me laisser toute moite et collante. Rien à voir avec le charme arrogant de mon insupportable colocataire. Ou avec son rire communicatif, aussi coulant et sucré qu'une lampée de miel.

– J'ai tellement hâte de voir ta tête quand tu vas comprendre pourquoi je t'emmène ici !

Sans me laisser le temps de réagir, il attrape ma main et m'entraîne dans la clinique. Le choc thermique entre l'intérieur et l'extérieur me fait tourner la tête. C'est très désagréable. Passer de trente à dix-huit degrés en moins d'une seconde est le meilleur moyen de tomber malade, et lorsque je le dis à Ocean, il rit encore de moi, comme si j'étais la personne la plus hilarante du monde. Il fait ça tout le temps : se marrer à mes dépens. Et ce serait très agaçant si je n'aimais pas autant rire de lui, moi aussi.

– Tu adores râler, c'est dingue !

– Il paraît que râler rallonge ton espérance de vie, l'informé-je, tout en promenant un regard intrigué sur ce qui m'entoure. J'entretiens ma santé, c'est tout.

– Putain, tu es bien partie pour devenir immortelle, alors !

La clinique est sensiblement identique à un cabinet de vétérinaire classique : la salle d'attente possède une demi-douzaine de chaises en plastique d'un joli vert pomme assorti aux carrelages et aux murs recouverts de posters de prévention sur tout un tas de maladies inconnues. Un immense présentoir rempli de fascicules informatifs occupe le coin le plus reculé de la pièce. Deux personnes y patientent en silence, l'air inquiet et pressé, avec un oiseau magnifique à l'incomparable plumage orange vif qui semble tout triste dans sa cage étroite.

– Sophie ! hèle Ocean en traversant la pièce comme s'il était un habitué des lieux. Désolé pour le retard !

La salle d'attente mène à un espace d'accueil où, derrière un énorme comptoir qui encombre les deux tiers de la pièce, une vieille dame débordée, à la peau café au lait et à la longue chevelure poivre et sel, essaie tant bien que mal de répondre aux questions affolées d'une jeune propriétaire de… mygale.

Beurk !

– Ocean ! s'exclame la réceptionniste avec un soulagement palpable. Tu es venu pour me donner un coup de main ?

Je n'ai pas la phobie des araignées, seulement des serpents, mais voir l'énorme mygale toute poilue se promener librement sur les épaules de la jeune fille me donne des sueurs froides – ce qui n'est pas plus mal, parce qu'Ocean n'a toujours pas lâché ma main et que je n'arrive pas à réguler ma température lorsqu'il me touche.

– Non, mais Holder m'attend pour un entretien.

Je me décale le plus possible sur la droite pour éviter d'être dans le champ de vision de l'arachnide auquel, je viens de le remarquer, il manque deux pattes, ce qui me fait penser avec un brin de nostalgie à mon très cher Fake Brutus. Sa propriétaire fulmine en silence, agacée d'avoir été interrompue par l'arrivée fracassante d'Ocean qui lui passe devant sans la moindre gêne.

– Tu viens pour le poste d'assistant ? s'exclame Sophie, des étoiles plein les yeux. Mais c'est génial !

– Non, non. Pas moi, mais Ornella.

Hein, quoi ? Pardon ?

J'ai un bug du système en entendant mon prénom dans leur conversation. La secrétaire-réceptionniste se tourne vers moi pour me jauger d'un regard plus que sceptique. Et là… mon instinct de survie, celui qui m'a conduite jusqu'ici et qui m'a fait tenir debout malgré tous les coups durs, s'éveille à la vie, à l'instar d'une flamme brûlante qui réduit en cendres tous mes doutes et toutes mes appréhensions. Je relève le menton, affiche mon plus beau sourire et redresse les épaules avant de déclarer d'une voix posée :

– Je suis effectivement à la recherche d'un emploi et j'adore les animaux. Travailler pour vous, ce serait faire d'une pierre deux coups !

C'est n'importe quoi, mais je suis une excellente menteuse – des années de pratique ont aiguisé mon inclination naturelle à la tromperie. Sophie n'y voit que du feu, et la joie qui traverse son visage m'injecte une poussée d'adrénaline dans les veines. Avoir un job, et peu importe lequel… punaise ! Ce serait déjà un grand pas en avant ! Pas grave si je dois enfoncer un thermomètre dans les fesses d'un lézard ou vider la cage pleine de crottes d'une tortue.

– Chéri ! s'écrie Sophie. Ocean et son amie sont là !

Un vieil homme, sûrement son mari, passe la tête par l'entrebâillement de la porte située à l'arrière du bureau. Avec ses courts cheveux crépus, sa peau noir ébène et ses traits avenants, il me fait penser à une version un peu plus âgée d'Eddie Murphy dans *Dr Doolittle*. Tant de bonté se dégage de son visage que j'ai instantanément envie de lui sourire – et de l'aider.

– Parfait ! Venez par là, les enfants !

Toujours main dans la main, Ocean et moi passons derrière le comptoir pour rejoindre Holder dans une salle d'examen dotée d'équipements dernier cri, où un petit gecko jaune et noir se débat de toutes ses forces pour échapper à sa piqûre. Malheureusement, le Dr Holder est très agile pour son âge et parvient à lui inoculer son produit. Le gecko pousse un glapissement très étrange avant de se rouler en boule. Il tremble comme une feuille et ça me fait mal au cœur. Je ne suis pas une grande fan des reptiles, des amphibiens, des rongeurs et des insectes… mais je ne supporte pas de voir un être vivant, quel qu'il soit, souffrir sans rien pouvoir faire pour le soulager.

– Pauvre petit cœur, roucoule Ocean en me relâchant – *enfin !* – pour attraper le lézard entre ses mains.

– Attention, il… commence à le prévenir Holder, une seconde avant que le gecko croque dans le pouce d'Ocean.

– Aïe ! s'exclame ce dernier en grimaçant. Quelle petite canaille !

Au lieu de repousser l'animal, il le berce contre sa poitrine tout en lui laissant mâchouiller son pouce, d'où perle une goutte de sang. Au bout de quelques secondes, le gecko se calme et se remet en boule pour profiter de ses caresses en paix.

– Je t'ai déjà dit de ne pas toucher les animaux tant que je ne t'ai pas autorisé à le faire, rouspète le vétérinaire, mais sans animosité. Tu es infernal.

Ocean hausse les épaules, pas désolé pour un sou.

– Il était trop mignon. Je n'ai pas pu résister.

Je roule des yeux et croise le regard chaleureux du vétérinaire qui m'observe en souriant. Encore une fois, mon instinct de survie reprend les commandes et je passe en mode « vends-toi le mieux possible, Baby ». Avec une expression ouverte, mais professionnelle, je lui tends la main et me présente :

– Ornella Sinclair, enchantée.

Le vétérinaire me la serre avec une douceur qui démontre son habitude de prendre soin des êtres les plus fragiles.

– Emile Holder, mais tout le monde m'appelle Holder. Enchanté également. J'ai pu lire ton CV que m'a transmis Gary, et j'avoue que je suis plutôt perplexe. Pourquoi une fille aussi brillante que toi voudrait d'un job aussi ingrat ?

J'ignore qui est Gary, et comment il a obtenu mon CV, même si je me doute que c'est par le biais d'Ocean, mais je ne me laisse pas décontenancer et fais comme si j'étais parfaitement au courant.

– Parce que j'adore les animaux !

C'est la première réponse qui me vient à l'esprit, et c'est la seule qui m'évite de m'étendre sur mon absence d'expérience combinée à ma surqualification intellectuelle. À chaque job pour lequel j'ai postulé jusqu'à maintenant, on m'a reproché mon profil trop original, ou plus exactement, mon manque de polyvalence.

– Ce n'est pas une clinique classique, tu sais. Pas de chiens ou de chats, ici. Mais des furets, des iguanes, des grenouilles, des perroquets…

Holder me regarde droit dans les yeux en ajoutant :

– Des araignées et des serpents, aussi.

Le mot serpent me fait tressaillir – c'est plus fort que moi. Je déteste *vraiment* ces bestioles.

– Je ne vais pas vous cacher que je ne suis pas la plus grande fan des serpents, commencé-je, en m'inquiétant du gloussement moqueur d'Ocean. Mais j'ai besoin d'un travail, et je suis prête à apprendre à m'en occuper de la façon la plus efficace possible.

– J'aime ton honnêteté, me félicite Holder, en hochant la tête avec bonne humeur. Quelles sont tes disponibilités ?

Je lui résume mon emploi du temps à l'université et lui assure être disponible dès que je ne suis pas sur le campus, c'est-à-dire le soir après les cours, les week-ends et toutes les vacances. Ma réponse a l'air de lui plaire, car il me demande si je peux envisager de bosser le soir de dix-huit à vingt et une heure, le samedi toute la journée et le dimanche jusqu'à midi.

– Bien sûr, ce serait même l'idéal pour moi !

Holder me décoche un grand sourire.

– Tu aurais à la fois des tâches administratives, en t'occupant de l'accueil à la place de ma femme – gérer le téléphone, prendre les rendez-vous, encaisser les paiements et éditer les ordonnances – et des tâches plus manuelles : nettoyer les cages, gérer le stock, t'amuser un peu avec les animaux qui ont besoin d'être divertis, et si jamais tu t'en sens capable, m'accompagner en intervention à l'extérieur.

Mon arrogance – *ou plutôt, ma bêtise* – naturelle me fait répondre du tac au tac :

– Je suis capable de tout du moment que l'on me paie !

Ocean éclate de rire – c'était à prévoir – tandis qu'Holder me gratifie d'un sourire indulgent tout en se moquant gentiment de ma maladresse.

– Enfin, je veux dire… bredouillé-je, embarrassée. Dans les limites du raisonnable et de la légalité, cela va de soi !

Ocean rit si fort qu'il manque de s'écrouler sur le sol. J'ai encore très envie de le mordre, mais je me retiens grâce à un self-control absolument extraordinaire… et parce que je ne veux pas effrayer mon potentiel futur patron, aussi.

– Cela va de soi, répète Holder, goguenard. Eh bien, félicitations. Si tu peux commencer la semaine prochaine, tu es engagée, Ornella. Et j'espère sincèrement que l'on va bien s'entendre, toi et moi.

Une petite alarme se déclenche dans ma tête, mais je n'ai pas le temps de m'en inquiéter. Sophie débarque avec mon contrat, prête à me le faire signer, et en deux temps trois mouvements, j'ai un nouveau boulot, une pile de livres à feuilleter pour en apprendre plus sur ma future clientèle et une fournée de cupcakes cuisinés par le fils aîné des Holder qui tient une boulangerie, plus bas dans la rue.

Quand on ressort de la clinique, il fait presque nuit, Ocean a le pouce en sang, et moi, je flotte sur un petit nuage, si heureuse que je pourrais éclater d'une seconde à l'autre tant mon corps n'est plus habitué à gérer autant de bonheur d'un seul coup.

– On fait le tour du pâté de maisons à pied ? me propose Ocean, sublime dans la pénombre violacée du coucher du soleil. Il fait bon, là.

J'acquiesce et lui tends un cupcake, dans lequel il croque à pleines dents à même ma main avant de me décocher un clin d'œil joueur qui me fait rougir. Alors, je le lui fourre dans le visage en gloussant comme une idiote lorsque le nappage crémeux se colle au-dessus de sa lèvre pour former une moustache ridicule. Il me repousse en riant et, par je ne sais quel miracle, nous chahutons comme des mômes pendant les quelques minutes qu'il nous faut pour retourner devant le loft.

– Merci, finis-je par lâcher, alors que l'on est presque arrivés. Tu n'étais pas obligé de faire ça pour moi.

– Bien sûr que si, me contredit-il, en retrouvant son sérieux. Je n'aurais jamais dû m'en prendre à ton pick-up.

– C'est vrai, lui concédé-je, mais tu l'as fait remorquer à tes frais, tu vas payer les réparations et tu as peut-être même déjà trouvé un acheteur. C'était suffisant.

– Cela voudrait-il dire que tu m'as pardonné et que tu m'aimes bien, maintenant ? m'interroge-t-il en battant des paupières avec une exagération comique.

C'est à mon tour de le repousser, trop gênée pour supporter le poids de son regard bleu azur.

– N'abuse pas. Je te trouve toujours aussi invivable. C'est ta personnalité que je n'aime pas. Et je compte encore t'utiliser comme mon serviteur personnel.

Mais ça va être beaucoup plus difficile de m'accrocher à ma haine à partir d'aujourd'hui, parce que… il n'est pas si désagréable que je le pensais, au bout du compte. Et c'est une constatation incroyablement flippante.

– Ta reconnaissance m'étouffe ! persifle-t-il, sarcastique. Mais j'aime te servir, alors profites-en !

Le regard incendiaire qu'il me décoche sous ses paupières mi-closes fait s'envoler une myriade de papillons hystériques dans mon ventre. Et j'ai beau me dégoûter moi-même pour ma réaction, je suis de trop bonne humeur et shootée au sucre pour m'en vouloir – je ferai ça demain…

– Oh, mais j'y compte bien ! Tu vas morfler, petit con !

Et là, quelque chose passe entre nous. Je ne saurais pas le définir, parce que ça me vole tous mes mots, ça annihile toutes mes capacités neuronales, mais je le ressens avec une acuité inouïe jusqu'au plus profond de ma poitrine. C'est à la fois brûlant et liquide, bref et sauvage, un peu collant, mais moelleux, aussi, et presque tendre. Et puis, soyons honnête : ça me met la tête à l'envers. Parce qu'en six ans de relation avec Jarod, je n'avais jamais, ô grand jamais, ressenti ce sentiment de… connexion.

Comme si on partageait *quelque chose* de réel.

Comme si Ocean pouvait me comprendre, si je lui racontais toute mon histoire, et qu'il me pardonnerait, aussi, si je lui confiais toutes mes erreurs.

Comme si on était sur la même longueur d'onde, lui et moi.

Comme si je pouvais lui faire confiance et compter sur lui.

Tout ce que je n'ai jamais pu faire avec Jarod.

Mais ce n'est pas le cas, et ce sentiment s'évanouit aussi vite qu'il est arrivé lorsqu'une magnifique rousse avec des jambes interminables se racle la gorge avant de demander d'une voix douloureuse :

– Ocean ? C'est qui ?

Tout, à l'intérieur de moi, se glace d'effroi tandis que je fais volte-face, une expression coupable sur le visage, pour rencontrer le regard accusateur de Rachel, la jolie copine d'Ocean. Vêtue d'une robe d'été jaune qui flatte son teint de pêche et met en valeur le roux carotte de ses longs cheveux brillants, elle resplendit dans la nuit et illumine la rue de sa beauté. Avec mes loques invendables, mes cheveux emmêlés, mon corps trop maigre et mon maquillage ravagé par la sueur, j'ai l'air d'un épouvantail en guenilles, et le complexe d'infériorité que je me traîne depuis que j'ai chuté de mon piédestal m'explose à la figure dans une gerbe d'étincelles rouge sang. Mortifiée, je m'éloigne vivement d'Ocean et me retiens à grand-peine de vomir mes cupcakes sur le trottoir.

Rachel me dévisage comme la mère de Romy l'a fait en me découvrant avec son mari, Jarod.

Haine. Répulsion.

Tellement de douleur.

Retour en arrière.

En fuyant Bâton-Rouge, je m'étais fait la promesse de ne plus jamais me retrouver dans ce genre de situation… et j'ai échoué en baissant ma garde une fraction de seconde avec Ocean. Un homme qui ressemble tellement à Jarod que ça me donne envie de faire mes valises et de tout quitter, encore une fois. Toujours plus loin. Et peut-être de trouver *enfin* un endroit où je ne ferais plus constamment les mêmes erreurs…

– C'est Ornella, la nouvelle colocataire dont je t'ai parlé hier soir. Ornella, je te présente Rachel, une amie.

Mon cœur s'emballe lorsque je me souviens qu'il était avec elle moins de vingt-quatre heures plus tôt. Alors qu'il flirte en permanence avec moi…

Comme Jarod.

– Qu'est-ce que tu fais là, Rach' ? enchaîne-t-il avec une nonchalance qui me retourne les tripes.

Ocean prend la situation à la légère. Il fait comme s'il n'avait pas été pris la main dans le sac et qu'il ne venait pas de blesser une fille qui l'aime sincèrement – beaucoup trop, même, pour ce qu'il mérite. Il part du principe que sa belle gueule lui permettra d'éviter les balles, et le pire, c'est qu'il a sûrement raison, parce que Rachel semble perdue, troublée par son attitude détendue et assurée.

Rien de mieux que de feindre l'innocence pour avoir l'air innocent. CQFD.

Encore une leçon chèrement acquise grâce à mon professeur de cœur.

– Tu avais oublié ton chargeur à la maison, lui dit-elle, en soulevant le câble de téléphone devant elle, comme une barrière ou un bouclier.

– Oh, merci ! se réjouit-il, en s'avançant pour le récupérer. Tu assures ! Je n'ai même pas eu le temps de m'en apercevoir. Tu veux monter boire un café à l'appart' ?

Les yeux verts de Rachel dévient dans ma direction l'espace d'une microseconde durant laquelle je ressens de plein fouet toute l'étendue de l'animosité qu'elle éprouve pour moi. Incapable de lui faire face, je baisse la tête vers mes pieds et tente de me faire oublier en priant pour qu'elle n'essaie pas de me parler.

– Oui, avec plaisir.

Évidemment.

– J'ai très envie de faire la connaissance de ta colocataire. Ornella Sinclair, c'est bien ça ?

– Oui, c'est ça, lui répond Ocean pour combler mon mutisme.

– Sinclair ? Je ne sais pas pourquoi, mais c'est un nom qui me parle…

Tu m'en diras tant…

Au même instant, mon téléphone se met à sonner, et Oasis, à chanter qu'il est temps de se reprendre et d'arrêter de pleurer sur son sort. Ma petite bulle de bonheur éclate comme un ballon de baudruche trop gonflé à l'hélium, et me voilà de retour à la réalité : celle dans laquelle je n'ai pas le droit au bonheur et où j'ai failli l'oublier.

Je te jure que je ne pourrais jamais être heureuse sans toi, mon amour !

La nuit où j'ai fait cette promesse insensée, je n'aurais jamais cru qu'elle s'incarnerait dans mon futur comme une putain de malédiction pour revenir me hanter jour après jour, nuit après nuit, larme après larme. J'ai même pensé que j'allais peut-être m'en sortir, finalement. Quelle blague cruelle !

Plus jamais, m'étais-je solennellement promis à l'époque.

Plus jamais, putain ! me répété-je une nouvelle fois, en suivant Ocean et sa copine jusqu'à notre loft tandis qu'une nausée atroce me tiraille les entrailles.

Non, plus jamais d'homme, pour moi…

Je n'arrive pas à trouver le sommeil. C'est plus fort que moi, le passé me colle à la peau, s'insinue dans mon esprit comme une maladie récidivante et s'infiltre dans mes rêves éveillés – ou plutôt, tourmentés. Le regard de Rachel et celui d'Erika se mêlent et s'emmêlent dans ma tête, si douloureusement semblables qu'ils me saignent le cœur à chacun de mes clignements de paupières. Tant de haine, si peu d'espoir. Dès que je ferme les yeux, je me revois à cette maudite soirée, parée de ma plus jolie robe aussi rouge que les saphirs qui brillaient à mes oreilles et à mon cou, persuadée d'avoir réussi à sauver ma relation avec Jarod. Naïve, je célébrais la nouvelle année en étant convaincue qu'elle serait belle pour moi, parfaite pour nous, et que ce serait enfin celle qui marquerait l'officialisation de notre couple.

Je n'avais peut-être pas tout à fait tort, mais je n'aurais pas pu me tromper davantage que cette nuit-là…

– Nella ? Tout va bien ? Tu as l'air d'avoir l'esprit ailleurs.

Je masse distraitement mes poignets endoloris avant de me tourner vers Romy. Sa longue chevelure rousse est relevée en un chignon frisé au-dessus de son front bombé tandis que deux boucles esseulées encadrent son visage au teint pâle de poupée. Une coupe qui met parfaitement en valeur sa beauté délicate, d'une douceur qui me fait toujours penser à ces fleurs vénérées au Japon. Les sakuras. Celles des cerisiers. Avec ses yeux bleu-gris, ses formes épanouies et sa moue légèrement boudeuse, elle a des airs de cette actrice que mon père adore et qui a joué dans La Jeune Fille de l'eau. *Je ne me souviens plus de son nom, mais leur ressemblance est troublante et je sais que Romy se flatte de la comparaison – à raison, bien sûr. Parce qu'elle est sublime, comme ma meilleure amie.*

– Je vais bien, mens-je en souriant de toutes mes dents. Cette soirée est fantastique. Ta mère s'est surpassée. J'ai hâte qu'elle arrive.

C'est faux. Je n'ai pas du tout hâte de la voir, parce qu'à chaque fois que j'aperçois la mère de mon amie, la femme de mon amant, un petit morceau de mon cœur s'étiole et se fane avant de tomber en fine poussière dans les limbes de mon âme.

Et c'est encore pire depuis qu'elle est enceinte…

Sa grossesse avancée me rappelle que c'est moi, la maîtresse. Et que je n'ai pas le droit de me sentir trahie, ou pire, trompée… puisque je suis la trahison, j'incarne la duplicité, et mon amour n'existe qu'à travers l'infidélité de son mari.

Je pose une main sur mon ventre vide où persiste une douleur que je n'arrive pas à apaiser, à soigner, à ignorer. La solitude me pèse comme une tumeur infectée, lourde et gênante, mais je ne peux rien dire à personne, parce que personne ne me comprendrait… Je suis allée trop loin sur le mauvais chemin, et je ne peux plus faire demi-tour. Pas sans lui.

– Elle devait repasser à son bureau. J'ignore ce que lui a dit sa secrétaire, mais ça l'a mise dans tous ses états, me confie Romy en sirotant sa flûte de champagne, une lueur inquiète au fond des yeux. J'espère que ce n'est rien de grave. Avec son diabète gestationnel, il lui faut un maximum de repos.

Accoudée au bar de la salle de réception privatisée par Erika, je promène un regard sur la foule de noceurs surexcités. Étudiants, professeurs, mécènes et autres intervenants extérieurs profitent de la soirée en dégustant des petits fours hors de prix et en avalant des litres et des litres de champagne millésimé. J'ai envie de rejoindre la piste de danse et de m'y perdre jusqu'à faire exploser les douze coups de minuit dans une succession de cris et de baisers, mais je l'attends... comme toujours, je le guette... incapable de m'amuser sans lui, terrifiée à l'idée de réveiller sa jalousie et de perdre encore son intérêt.

– Tu as de drôles de marques sur les bras, Nella, enchaîne Romy, en promenant l'un de ses doigts froids sur la surface de mon épiderme bleuté. Je sens bien qu'il y a quelque chose qui te tracasse depuis ton week-end à La Nouvelle-Orléans. Tu sais que tu peux tout me dire.

Pas tout, non. Et ce n'est pas sa faute, mais la mienne.

Je suis une mauvaise amie.

Pire, je suis une mauvaise personne.

Et le plus terrible, c'est que je le sais et que je ne fais rien pour changer.

– Arrête de te tracasser pour tout et n'importe quoi, Romy ! m'agacé-je, étouffée par la culpabilité. Tout va bien !

J'enroule une main protectrice autour de mon bras recouvert d'ecchymoses en essayant tant bien que mal de refouler le sentiment noir, si noir, qui coule dans ma poitrine. Jarod n'a pas été tendre, hier soir. En toute honnêteté, il ne l'est jamais vraiment avec moi, mais là, c'était différent. Pour le reconquérir après ce qu'il s'est passé à La Nouvelle-Orléans, j'ai cédé et accepté de réaliser ce fantasme ridicule qu'il avait de me prendre sur le bureau de la doyenne de l'université – autrement dit, celui de sa femme. J'ai la nausée rien que d'y repenser, mais je l'ai fait... pour lui... je ferais tout et n'importe quoi... C'est pathétique, oui. Je le sais, et là encore, je ne fais rien pour changer cette vérité contre laquelle je ne suis pas de taille à lutter.

– Ah, voilà Jarod ! s'exclame Romy, soulagée.

Rien que son prénom suffit à faire s'emballer les battements de mon cœur. Eh oui, j'en suis encore là. Six années sont passées, et mon rythme cardiaque persiste à s'accélérer à la simple mention de son nom. Aimer aussi fort... parfois, je me dis que c'est une malédiction.

Un large sourire aux lèvres, mon vague à l'âme oublié, ma culpabilité évaporée, je me tourne vers l'endroit que Romy me désigne d'un geste indolent du menton.

Il est bel et bien là, à l'autre bout de la pièce, le visage sombre, les yeux encore plus noirs. Un tic nerveux agite le coin de sa paupière, ainsi que la commissure meurtrie de sa lèvre supérieure.

Et lorsque nos regards se croisent à travers la foule... je comprends instantanément qu'un événement très grave vient de se produire. Ma première pensée s'envole vers Erika et son bébé, mais comme si je l'avais invoquée, la mère de Romy apparaît à ses côtés, décoiffée et en larmes. Mon amie pousse un juron avant de courir pour la rejoindre, me laissant derrière elle, figée et impuissante.

Jarod enfonce ses mains dans les poches de son élégant costume marron, de plus en plus lugubre, et recule d'un pas tandis qu'Erika fond en sanglots dans les bras de sa fille tout en lui murmurant des choses à l'oreille.

Le rapide coup d'œil qu'il me jette me glace le sang.

Les yeux de mon amant me poignardent d'un regard sur lequel je ne parviens pas à mettre d'autre mot que celui-là : Abandon.

Puis il recule d'un pas, détourne la tête et trace une ligne dans le sable en ignorant les questions muettes qui se bousculent sur mon visage.

Dans un même temps, Romy fait volte-face, horrifiée.

Et je sais…

Bien sûr que je sais.

Lorsqu'elle revient vers moi, j'ai envie de prendre mes jambes à mon cou, mais je ne bouge pas d'un pouce et affronte aussi vaillamment que possible l'inéluctabilité de mon destin.

– Dis-moi que tu n'as pas fait ça, Nella ! Je t'en prie ! me supplie-t-elle, anéantie, en cherchant sur mon visage quelque chose qu'elle ne trouve pas. Dis-moi que ce sont des mensonges. Dis-moi que ma mère se trompe. Dis-moi que tu n'es pas le genre de fille suffisamment égoïste pour planter un couteau dans le dos de celle que tu appelles ta sœur !

Je ne sais pas pourquoi mon cerveau refuse d'écouter Romy et se focalise sur les premiers accords de la chanson d'Oasis, Stop Crying Your Heart Out, *qui se met à résonner dans la pièce où notre petit mélodrame commence à attirer l'attention.*

– Pardonne-moi, Romy, m'entends-je lui dire, les oreilles bourdonnantes. Mais je l'aime…

Ce qu'elle cherchait dans mes yeux meurt dans les siens – l'espoir…

– Parce que tu crois que l'amour justifie la trahison ? Tu penses vraiment que te prétendre amoureuse de lui suffira à effacer des années de mensonges ?!

Je n'ai pas le temps de lui répondre que, non, je ne le crois pas. J'ai bien conscience de mes erreurs et je les assumerai jusqu'au bout. Mais je ne le peux pas, parce qu'Erika s'effondre derrière sa fille, les mains crispées sur le ventre, torturée par la douleur… et les cuisses pleines d'un sang aussi rouge que ma robe et ma parure de bijoux.

CHAPITRE 14

Bonne soirée... et va te faire foutre !

ORNELLA

J'ai survécu à une autre semaine et, loin de m'en réjouir, j'ai juste envie de sauter par la fenêtre pour m'éclater la tête contre le trottoir. On est samedi soir, je suis sur les rotules, je rentre à peine du boulot et je reprends à huit heures, demain matin… mais mes foutus colocataires ont organisé une fête, et j'ai beau être enfermée dans ma chambre, le boum boum incessant des basses fait vibrer mon lit et bourdonner mes tempes migraineuses.

J'ai une tonne de devoirs en retard – maintenant que je travaille, j'ai du mal à suivre le rythme des cours.

Le Dr Holder, ou *Heller*, comme je l'ai surnommé, est un bourreau de travail d'une exigence folle – que j'apprécie tout de même, car il est aussi très humain lorsqu'il s'accorde une petite pause.

Et j'ai promis à Hannah d'aller boire un thé avec elle, demain après-midi.

Ce qui signifie que je ne pourrai pas faire de sieste ni m'avancer sur mes dissertations. Or, il faut que je fasse au moins l'une de ces deux choses – et je l'avoue, j'ai une nette préférence pour la sieste…

– Tu comptes rester dans ta tour d'ivoire toute la soirée, princesse ?

La voix robotique qui résonne soudain dans ma chambre m'arrache un large sourire malgré la fatigue et le stress qui me boulottent l'estomac. Je lève ma tête du coussin dans lequel je venais de l'enfouir pour gratifier Andrea d'un regard épuisé et, je l'admets, un tantinet dramatique.

– Je suis morte !

Et déprimée, aussi. Toute la semaine, j'ai erré d'un point A à un point B avec le vague à l'âme, comme si j'avais une pierre de la taille de l'Empire State Building dans le ventre. Je n'ai presque pas adressé la parole à mes colocataires. J'ai écourté toutes mes pauses du midi avec Camille, même si je n'ai pas su me résoudre à les annuler, et à cause du boulot, je n'ai pas pu retrouver Andrea après les cours pour traîner au salon devant Netflix ou arroser nos petites graines de frangipanier. Quant à Ocean… je l'ai ignoré autant que possible, et ça n'a pas eu l'air de le perturber outre mesure. Il faut dire qu'il s'est bien amusé avec sa Rachel, la semaine dernière. Et pour cause, elle n'est repartie que le dimanche matin de son « petit café » du vendredi soir.

Spoiler alert : Ocean n'a effectivement pas besoin d'un lit pour baiser.

Le seul fait de repenser à cet horrible vendredi soir où j'ai dû faire semblant de ne rien entendre me donne envie de me crever les tympans et de vomir ma bile dans le hamac de ce connard d'écolo-gigolo.

Ma reconnaissance s'est définitivement évanouie.

Ce type est un salaud.

Et je le méprise.

Saleté de casse-dalle à requin !

D'ailleurs, je pense qu'il a bien compris que j'étais fâchée contre lui, puisqu'il n'a pas tenté de flirter avec moi de toute la semaine – un véritable exploit, pour lui. En fait, il n'a pas vraiment cherché à me faire la discussion, comme si c'était lui qui avait été déçu, et pas l'inverse.

Enfin, déçue est un bien grand mot ! Je n'en attendais pas moins de sa part, et je savais très bien que Rachel traînait dans les parages… mais je n'avais pas imaginé qu'il lui serait aussi facile de quitter le lit d'une fille pour aller en draguer une autre. Parfois, j'oublie que les beaux garçons n'ont pas le moindre scrupule à jouer avec les sentiments des filles suffisamment bêtes pour les aimer – et pour leur pardonner. J'aurais dû le savoir, pourtant ! Jarod m'a prouvé à de multiples reprises qu'il n'y avait rien de plus simple que de passer d'un lit à un autre.

– Tu es un très joli zombie, alors.

Tous les beaux garçons sont des monstres, sauf Andrea. Lui, c'est l'exception qui confirme la règle. Un ange parmi les anges.

– Je suis épuisée, lui avoué-je, j'ai faim et je vais avoir mes règles. Tu es sûr d'avoir toujours envie que je participe à ta petite fête ?

Andrea me gratifie de ce sourire placide qui fait tout son charme et s'assied sur mon lit en veillant à ne pas m'approcher de trop près – il est toujours si soucieux des autres ! Puis il fait un signe avec ses mains, l'un des rares que je sois parvenue à mémoriser : « Oui. »

– Tu es trop gentil, Andrea.

Il ne le sait pas, mais ce n'est pas un compliment. Et sa bienveillance, loin de me plaire, me fait mal au cœur. Parce que j'ai constamment peur de le blesser, de dire quelque chose qui risquerait de le vexer, de faire une bêtise et de le perdre.

Les gens véritablement gentils sont effrayants.

– Viens. Ocean a préparé des pâtes aux champignons qui sont incroyables.

La bouffe, c'est mon plus grand point faible. J'ai toujours été gourmande, une amatrice de bonne chère au bec sucré, et c'est l'une des rares choses qui me manquent vraiment de mon ancienne vie : les recettes cajuns de la cuisinière de mes grands-parents. Carla faisait des miracles avec trois fois rien, et elle adorait me préparer un tas de petites merveilles, parce qu'elle me trouvait trop maigre… alors que j'avais bien sept ou huit kilos de plus qu'aujourd'hui !

– Et des brownies.

La salive me monte instantanément aux lèvres. Ocean a beau être un connard de proportions intergalactiques, il cuisine très bien – ou très mal lorsqu'il s'amuse à tenter de nouveaux mélanges bizarres à base de fèves et de racines.

– Tu as gagné… soupiré-je, en roulant sur le dos pour me relever. Je descends juste le temps de manger, en revanche.

Andrea fronce les sourcils en me regardant d'un air vague – il ne m'a pas entendue. Parfois, j'oublie qu'il faut que je le regarde droit dans les yeux en articulant le plus possible pour qu'il puisse lire sur mes lèvres. Même s'il n'est sourd qu'à soixante-dix pour cent, si je suis du côté de sa mauvaise oreille, il ne capte absolument rien. Aussi, je répète ma phrase en me mettant face à lui sur le lit, mon visage à la même hauteur que le sien. Dans cette position, et assez proches l'un de l'autre pour que je puisse sentir son odeur légèrement terreuse à cause de l'argile qu'il a manipulée tout l'après-midi, nous pourrions sembler sur le point de nous embrasser.

– Tu devrais être un peu moins gentil, Andrea, me surprends-je à lui dire, sans trop savoir pourquoi.

Il m'interroge du regard, l'air perdu.

– Les gens sont méchants. Ils font de mauvaises choses tout le temps. Et ils te blesseront si tu ne fais pas plus attention à toi.

Les yeux mordorés d'Andrea s'adoucissent d'une compassion tendre, pleine d'affection. Sa main pleine de cales, abîmée par son travail manuel et son amour de la terre, se lève pour effleurer tout doucement ma joue, puis ma tempe et mon oreille avant de se perdre dans mes cheveux bouclés. Il n'y a rien de sexuel dans ce geste chaste, presque innocent. C'est juste… une caresse. Un gage d'amitié. Sa façon muette de me dire de ne pas m'inquiéter pour lui. Mais c'est impossible ; plus je le fréquente, et moins je suis sereine. Il me rappelle tant Romy que je vis dans la terreur constante de le briser, lui aussi.

– Je pourrais te faire du mal sans même m'en rendre compte, lui confié-je, un peu triste. C'est un truc que je fais souvent, tu sais : blesser et décevoir les gens qui m'entourent.

Andrea laisse retomber sa main pour taper à toute berzingue sur son téléphone.

– J'ai plutôt l'impression que ce sont les gens qui t'entourent qui te blessent et te déçoivent. Tu es gentille, toi aussi, Ornella.

Un rire ironique s'invite sur mes lèvres.

Si seulement c'était vrai…

Je secoue la tête.

– Non, je ne le suis pas.

Andrea écrit et la voix robotique me contredit :

– Si, tu l'es. Et je suis heureux de t'avoir rencontrée.

Je ferme brièvement les yeux, incapable de supporter plus longtemps la sincérité que je vois briller dans son regard de la couleur d'une pièce d'or vieillie au soleil. C'est un fardeau trop lourd à porter que d'accepter l'amitié d'une personne que je sais que je finirai forcément par décevoir, mais je ne peux plus faire marche arrière, désormais. Un jour, Andrea découvrira à quel point je suis mauvaise, et il me tournera le dos, comme tous les autres. Ça me tuera un petit plus encore, mais j'y survivrai – avec une nouvelle entaille sur le cœur.

– Allez, viens. Allons manger.

Il me prend par la main, comme Ocean l'a fait la semaine dernière, et j'ignore pourquoi je me retrouve soudain à comparer les deux amis. Andrea est la sérénité que j'ai toujours recherchée tandis qu'Ocean est la passion que j'ai fuie à toutes jambes. L'un est tout ce dont une jeune fille peut rêver, alors que l'autre est tout ce qu'une femme désire en secret au cœur de la nuit. La stabilité d'un côté, l'aventure de l'autre. Pas de demi-mesures, dans un cas comme dans l'autre. Ce sont deux extrêmes, les parfaits opposés, le timide maladif et le séducteur patenté. Le remède et le poison. La guérison et la maladie. Le jour et la nuit. Et c'est sûrement pour cette raison que j'apprécie autant Andrea.

Parce qu'il n'a rien en commun avec Ocean.

Et donc, par extension, avec Jarod.

Lorsque nous arrivons au rez-de-chaussée, la musique est si forte que je sens mes dents vibrer à l'intérieur de ma bouche. Camille, installé sur les genoux de Djibril – que j'ai pris soin d'éviter, lui aussi –, s'est improvisé DJ et s'éclate sur sa table de mixage sortie de je ne sais où et qui a l'air de coûter un bras. Six personnes l'écoutent en se partageant le tube d'une chicha qui disperse dans le salon une épaisse fumée blanche aux senteurs fruitées. Plus loin, sur les canapés, trois filles vraiment très jolies se filment avec Bonzaï, et il me faut plusieurs secondes pour les reconnaître ; ce sont celles du parking, la semaine dernière. Sur la terrasse, Ocean fait cuire des steaks et des saucisses de soja en sirotant une bière, un joint calé sur l'oreille. Il discute avec trois mecs que j'ai déjà croisés à l'appartement – Drew, Cody et Angelo – et deux filles – Rachel, évidemment, et une petite blonde dont j'ignore le prénom. Dans la cuisine, un couple se partage un morceau de brownie en alternant gloussements et baisers baveux. L'ambiance est incontestablement à la fête, et je me sens tellement en décalage que j'ai l'impression d'être un flic en civil qui débarquerait dans une rave-party illégale pour gâcher la soirée. Je suis à deux doigts de demander les papiers d'identité des gens en rouspétant comme une vieille mamie pénible.

Non, mais ! Ce n'est pas bientôt fini, ce boucan ?

Et dire qu'avant, j'étais toujours la première à organiser des fêtes, à aller en boîte et à danser jusqu'au bout de la nuit…

Andrea me secoue le bras pour attirer mon attention, puis il me tire une chaise et me fait signe de m'installer à table. J'obéis sans poser de questions, car je n'ai pas envie de m'éterniser ici. Je ne veux pas boire, pas fumer, pas danser. J'ai juste besoin de finir mes devoirs et de dormir au moins six heures d'affilée.

Ornella Sinclair 2.0, *aka* la relou de service.

Moins d'une minute plus tard, alors que je fixe le vide en veillant à ne croiser le regard de personne, Andrea revient avec un plateau rempli de nourriture. Deux assiettes de pâtes aux champignons, des chips, des crackers et deux énormes parts de brownie. Sous son bras, il a calé une bouteille de mon jus d'abricot préféré, et ça ne m'étonne qu'à moitié qu'il ait relevé cette préférence que j'ai essayé de garder pour moi. Andrea est un grand observateur et possède une excellente mémoire. Aucun détail ne lui échappe et tout reste gravé dans sa tête.

– Merci !

J'attends qu'il s'installe près de moi pour entamer mon repas avec un appétit féroce qui arrache un petit sourire goguenard à mon ami. Nous dévorons nos assiettes en silence, heureux de partager simplement la compagnie l'un de l'autre, et je pense que c'est aussi la raison pour laquelle Andrea aime tellement passer du temps avec moi : j'apprécie et je respecte son mutisme. Loin de me gêner ou de me mettre mal à l'aise, je le savoure comme un cadeau précieux, une qualité plutôt qu'un défaut, parce que je sais que tout ce qu'il prend le temps de me dire vient de son cœur. Pas de bavardage inutile ou de platitude sans intérêt. Juste un moment de paix.

Le brouhaha autour de moi finit par disparaître tandis que je croque dans le brownie au chocolat noir – mon préféré. C'est un tel délice que je roule des yeux, submergée par un afflux de plaisir presque indécent. Je le termine en moins de temps qu'il n'en faut pour dire « miam » et, parce qu'il n'y a plus beaucoup de plaisirs aussi sains dans ma vie, je me lève pour aller en reprendre une seconde part. Là, je fais durer la dégustation un peu plus longtemps pour mieux apprécier le moelleux du gâteau, le croquant des noisettes et cet arrière-goût indéfinissable qui fait chavirer mes papilles. C'est un régal pour les sens.

Mon téléphone vibre dans ma poche. Je l'en extirpe maladroitement avec l'impression d'un décalage entre ma tête et mon corps. C'est un message d'Andrea. Surprise, je lui décoche un regard interrogateur qu'il me retourne, les joues écarlates et l'œil un peu flou.

Je me sens bizarre. Pas toi ?

Je vais pour lui répondre que non, tout va bien… mais… oui, il y a quelque chose qui cloche, là. J'ai envie de rire. Et de manger encore. Et de me rouler en boule sur le canapé pour regarder le plafond en pleurant sur une musique triste – *You Break Me First*, peut-être. Et de manger, aussi. J'ai encore faim ! Et peut-être aussi de dire à Ocean que c'est un gros con et qu'il ne mérite pas d'être aussi beau.

J'attrape le dernier morceau de brownie qu'il reste et le renifle en fronçant les sourcils. Cette odeur suave… derrière le chocolat… je la reconnais ! Elle m'est aussi familière que le parfum de ma mère !

– Oh, putain ! Je crois qu'on est défoncés, Andrea !

Je crie pour qu'il puisse m'entendre par-dessus la musique avant de me rappeler qu'il est à moitié sourd et qu'il ne comprendra sûrement rien à ce que je lui raconte puisqu'il ne regarde pas ma bouche… mais mon décolleté qui n'a franchement rien d'affriolant. Agacée, et la tête comme dans un bocal de poisson rouge, je réponds à son message :

Oh, putain ! Je crois qu'on est
défoncés, Andrea !

Le gâteau d'Ocean n'avait rien d'un brownie et tout d'un space-cake !

Et ça ne m'étonne qu'à moitié, c'est un truc qu'il adore faire, même si d'habitude, il met une petite étiquette sur la boîte où il les range pour prévenir Andrea, qui a une sainte horreur de la drogue, sous toutes ses formes.

Andrea ne prend même pas la peine de lire mon message. Il s'affale sur sa chaise en gloussant, ridiculement mignon avec ses boucles à l'arrondi parfait, sa chemise rose à fleurs et ses yeux pétillants. J'essaie de réfléchir de façon claire et cohérente, mais l'herbe commence à faire son effet, et un début de fou rire nerveux enfle dans ma poitrine. Je me retiens de toutes mes forces jusqu'au moment où je croise les yeux écarquillés de mon ami qui grimace en se pinçant le bras. C'est stupide, mais j'éclate de rire comme une imbécile, incapable de me contenir plus longtemps, et Andrea se joint à moi en me prenant la main pour la serrer très fort dans la sienne. Je ris jusqu'à m'en donner mal au ventre et aux zygomatiques. Andrea se marre, lui aussi. Mais en silence, et je trouve ça vraiment adorable. Je le lui dis en m'approchant tellement de son visage que je sens mes lèvres engourdies effleurer les siennes pendant que je lui parle – sa bouche est toute douce, c'est agréable. Lorsque je me recule pour revenir à ma place, je calcule mal les dimensions de mon corps – mes fesses sont nettement plus à gauche – et je suis à deux doigts de tomber de ma chaise. Heureusement, une paire de mains puissantes et bronzées me rattrape juste avant que je ne bascule en arrière, et me remet d'aplomb sur mon siège. Soulagée, je me retourne, avec un grand sourire aux lèvres et des larmes plein les yeux, vers mon sauveur…

Qui n'est autre que le responsable de toute cette débâcle.

Ocean se tient debout à côté de moi, un pli sévère en plein milieu du front et l'air mécontent. Ses bras sont croisés en travers de son torse tandis qu'il m'observe avec une gravité pas très crédible. Sûrement parce qu'il a toujours son joint, à moitié fumé, calé sur l'oreille.

– Vous avez mangé tout mon space-cake !

– *Mea culpa*, monsieur le juge, réponds-je d'une voix pâteuse. Il n'était pas étiqueté !

Les narines d'Ocean se dilatent, signe qu'il est en train de s'énerver.

– Andrea ne supporte pas l'herbe, ça le fait dormir pendant des heures.

Je jette un coup d'œil à Sa Majesté des Fleurs et, effectivement, ce n'est pas très glorieux. La tête posée sur ses coudes, eux-mêmes posés sur la table, il somnole en me dévisageant d'un air niais derrière le voile de ses paupières mi-closes. Il ressemble tellement à un petit garçon paumé que je me penche pour lui embrasser le bout du nez. Ça le fait sourire, et ça me fait rire, mais ça n'a pas l'air de plaire à Ocean, qui fulmine, les yeux exorbités, en tapant du pied.

– Eh, ça suffit, Ornella !

Je tressaille, ébahie.

C'est bien la première fois qu'il m'appelle par mon prénom !

– Rachel, ajoute-t-il, en se tournant vers sa copine, que je n'avais pas remarquée jusqu'à maintenant. Est-ce que tu peux aller me chercher Drew et Stone, s'il te plaît ? J'ai deux colocataires défoncés à aller mettre au lit !

– Oui, bien sûr.

La rouquine m'assassine du regard avant de partir à la recherche des deux camarades d'Ocean. Et moi, j'ai encore ce foutu sentiment de culpabilité, qui revient me poignarder le bide. Pourtant, je n'ai rien à me reprocher – pas là. Je n'ai rien fait de mal… enfin, je crois. Je n'ai plus les idées très claires.

– Lève-toi, Ornella, m'ordonne Ocean.

Je soulève ma main pour lui décerner mon plus joli doigt d'honneur. De loin, j'entends Andrea glousser – ou ronfler, je ne sais plus très bien.

– Ne joue pas à ça avec moi !

– Sinon, quoi ? Le provoqué-je, au comble de l'exaspération. Je te signale que c'est à toi de m'obéir si tu ne veux pas te retrouver habillé en orange trois cent soixante-cinq jours dans l'année.

C'est peut-être un peu méchant, mais il l'a bien mérité.

– Sinon je vais te hisser sur mon dos et te porter jusqu'à ta chambre moi-même ! riposte-t-il avec un sérieux à toute épreuve.

Je fronce le nez tout en gobant la dernière miette de son gâteau magique.

– Et arrête de manger ça ! Je croyais que tu préférais mourir plutôt que toucher à mon calumet de la paix !

Notre conversation au clair de lune, trois semaines plus tôt, lors de ma première nuit à l'appartement, me revient subitement en mémoire. Ce soir-là, avec son joint à la bouche et son visage tourné en direction de la voûte céleste éclairée d'un millier d'étoiles phosphorescentes, je l'ai trouvé si beau, si triste… et si vrai que j'ai bien failli me laisser tenter d'en dire plus à mon sujet. Grâce au ciel, il a fini par faire une réflexion stupide et cette envie dangereuse s'est évanouie dans un nuage de fumée blanche qui me rappelle tant ma mère.

– Bah là, je ne la fume pas, donc…

Ocean s'impatiente :

– Allez, lève-toi. Je te ramène à l'étage. Crois-moi, tu me remercieras demain matin !

Je sais qu'il a raison, je ne suis pas assez dans les vapes pour oublier que je dois être à la clinique à huit heures, mais entre le moment où il est arrivé et celui où il fulmine en me foudroyant de son beau regard bleu, mes jambes se sont transformées en une espèce d'eau gélifiée qui ne m'inspire aucune confiance.

– Deux minutes ! Ou plutôt, continue à m'ignorer comme tu l'as fait durant toute la semaine, OK ?

Ocean se renfrogne.

– Qu'est-ce que tu racontes, encore ?

– Rien. Je ne te parle pas. T'es qu'un con.

– On en est revenus là, alors ? s'énerve-t-il en décroisant les bras. Je croyais que tu m'avais pardonné, vendredi dernier !

Je ricane.

– Eh bien, non ! Tu te trompais ! Je ne supporte pas les gars dans ton genre qui se croient tout permis sous prétexte qu'ils sont canons, qui trompent leur copine et qui flirtent avec tout ce qui bouge !

– Bon, ça suffit, les conneries !

Ocean m'attrape par le bras, me soulève de ma chaise… et il met ses menaces à exécution en me basculant sur son épaule d'un mouvement si rapide que je n'ai pas le temps de réagir. Le monde se brouille, mon estomac proteste, et tout devient flou autour de moi. Un clignement de paupières plus tard, j'ai la tête à l'envers et une vue plongeante sur les fesses rebondies d'Ocean. Le brownie qui n'était pas du brownie me donne le haut-le-cœur. Heureusement, le trajet jusqu'à ma chambre dure moins d'une minute, parce que j'aurais probablement vomi tout ce que je viens d'ingurgiter sur le dos de sa chemise. Et je n'en aurais même pas été désolée.

Sans douceur, Ocean ouvre la porte de ma chambre, qu'il referme d'un coup de pied, allume la lumière et me jette sur le lit. Je rebondis comme un ballon de basket, roule sur le ventre et m'immobilise juste avant de tomber sur le sol.

– Oh, putain… ça tourne ! me plains-je, au bord de la nausée.

– Assieds-toi.

Encore un ordre d'Ocean. J'en ai ma claque.

– Casse-toi ! grogné-je. Ou je te jure que j'appelle les flics pour te dénoncer, sale croquette à requins.

Il souffle bruyamment par le nez avant de se diriger vers mon bureau sur lequel il dépose quelque chose de brillant.

– Ta voiture est chez le garagiste et toutes les preuves ont disparu depuis longtemps, Gator ! Ce sera ta parole contre la mienne !

Pas faux.

– Elle est bientôt vendue ?

Cette fois, il soupire.

– Les pièces de carrosserie sont plus difficiles à se procurer que Gary le pensait, et plus chères aussi. Mais ça, c'est mon problème, pas le tien.

– D'accord, marmonné-je, en rampant sur le lit pour aller m'installer sous les couvertures. Bonne soirée… et va te faire foutre !

Sans plus me soucier de lui, j'enlève mon pull cache-cœur que je froisse en petite boule avant de le jeter sur ma chaise de bureau, puis je retire mes chaussettes, garde mon short et m'emmitoufle sous les couvertures. Il n'est que vingt-deux heures, j'ai toujours une montagne de choses à faire, mais je suis trop défoncée pour m'aventurer à rédiger une dissertation sur l'étude critique des médias.

– Tu t'entends super bien avec Camille et Andrea… alors pourquoi tu me détestes à ce point ? Pourquoi tu m'en veux autant ? Et ne me dis pas que c'est à cause de ton pick-up ! Je sais que ce n'est pas le cas. Tu m'as pris en grippe dès que tu m'as rencontré !

Si, je lui en veux encore un peu, mais plus au point d'aller le dénoncer aux flics. Et je lui reconnais d'autres qualités, bien sûr. Toutefois…

– Tu me fais penser à Jarod, murmuré-je en frissonnant. Éteins la lumière, elle me donne mal à la tête.

Ocean ne répond pas tout de suite, mais il éteint la lumière sans sortir de ma chambre. Je n'ai plus envie de discuter avec lui – pas après avoir prononcé le prénom de mon ex à haute voix. Le passé est comme un courant d'air froid qui s'infiltre sous les draps pour revenir me hanter et me glacer jusqu'à l'âme.

– Qu'est-ce qu'il t'a fait, ce mec ?

La question, posée d'une voix douce sous le couvert rassurant de la pénombre, me replonge dans une myriade de souvenirs douloureux que j'aurais préféré pouvoir fuir encore un peu…

– Il m'a brisé le cœur.

– J'avais compris, chuchote-t-il à mi-voix. Mais comment ? Et pourquoi ?

Je me mords l'intérieur de la bouche pour ne pas lui répondre… Hélas, les mots sortent tout de même de mes lèvres tremblantes :

– Il m'a fait des promesses qu'il n'a pas tenues.

Mais il a mis à exécution toutes ses menaces.

– Je ne ressemble pas à ton Jarod, Ornella, susurre Ocean, quelque part sur ma droite. Moi, je ne fais pas de promesses.

Je ris, mais ce n'est pas un rire, et la véritable émotion qui s'y dissimule, c'est plus de la pitié que de la joie. Plus de la souffrance qu'une quelconque allégresse. Parce que c'est triste… oh, si terriblement triste ! Et qu'il ne s'en rend même pas compte…

– C'est encore pire, Ocean.

Les yeux fermés, l'âme à la dérive, j'entends la porte s'ouvrir et le plancher grincer. La musique est toujours aussi forte, mais je ne l'écoute pas, trop concentrée sur les réminiscences de ma vie perdue.

– Et si tu crois que tu es meilleur que lui, c'est que tu es encore moins bon…

La porte se referme derrière lui dans un claquement sec et vexé. Il n'a rien compris, et je ne peux pas lui expliquer, parce que c'est une leçon qui ne s'acquiert qu'au prix de la douleur, qu'avec des morceaux de cœur brisé. Et c'est là toute la beauté de l'amour : il pousse la cruauté à te tuer à coups de toujours qui, au fil du temps, se transforment en plus jamais…

Un sanglot s'étrangle dans ma gorge nouée sur un cri que je ne parviens pas à pousser. Tout s'écroule à l'intérieur de moi, je ne suis plus qu'un amas de ruines éparses et de poussière sanglante, de chagrin et de colère. Je refoule tant bien que mal les larmes qui s'amoncellent sous mes paupières, horrifiée par l'indignité de mon comportement. Si je commence à pleurer devant lui, je crois que je n'arriverai plus jamais à m'arrêter. Et je sais bien qu'il ne supporte pas ça... Céder à la tristesse, exposer ma vulnérabilité, ce serait le meilleur moyen de le perdre.

– Jarod, s'il te plaît... tenté-je, prise de tremblements convulsifs. Je n'ai plus que toi. Mes grands-parents m'ont jetée dehors, mes amies m'ont tourné le dos et je n'ai personne d'autre sur qui compter. Je sais bien que tu ne veux plus de moi, mais ne m'abandonne pas. Pas toi, par pitié. Pas après tout ce que j'ai enduré pour être avec toi...

Ses yeux injectés de sang plongent dans les miens. Si bleus qu'ils en paraissent gris, si froids qu'ils en deviennent brûlants, ils me transpercent en plein cœur d'un simple regard – d'une seule condamnation.

Il ne m'aidera pas.

Évidemment qu'il ne m'aidera pas...

Un soupir agacé sort de sa bouche cruelle, au pli arrogant et hautain, et une pièce vitale se fragmente à l'intérieur de moi. Est-ce qu'il va me mettre dehors, lui aussi ? J'ai bien senti qu'il s'était lassé de notre relation – et ça, bien avant qu'elle ne soit exposée à la lumière du jour ! Le dilemme, c'est que moi, je l'aime encore, et que je ne sais plus quoi faire, ni quoi dire, pour le retenir.

– C'est ton problème, Ornella. Pas le mien. J'ai déjà assez de choses à gérer, tu ne crois pas ? Il faut que tu arrêtes de m'appeler et de venir me voir à l'improviste. Il est plus que temps de passer à autre chose.

Il me sourit, comme si c'était parfaitement normal, comme s'il ne venait pas de me cracher à la figure avec ses paroles dégoûtantes. J'ai tellement mal à la poitrine que j'ai l'impression que je vais en mourir. Putain, j'ai même envie d'en crever, pour qu'on en finisse une bonne fois pour toutes !

– Toi, tu l'as déjà fait de toute façon, riposté-je, acide. Toutes tes promesses... J'aurais dû savoir que ce n'était que du vent. Parce que tu n'es bon

qu'à ça : brasser de l'air et t'enfuir en courant dès que ça devient trop compliqué !

Et je ne peux m'en prendre qu'à moi-même, car j'ai toujours su qu'il était lâche. Et sournois. Menteur et manipulateur. Malheureusement, ça ne m'a pas empêchée de tomber amoureuse de lui.

Mes insultes l'atteignent, piquent sa fierté, chiffonnent son ego *surdimensionné. Je le vois, mais je ne m'en réjouis pas... parce que je me prépare courageusement à sa contre-attaque.*

– Et toi, tu n'es même plus bonne à être baisée, Ornella. Regarde-toi. Si tu ne m'obéissais pas au doigt et à l'œil, si tu ne t'humiliais pas à réaliser le moindre de mes fantasmes, il y a belle lurette que notre relation serait terminée !

Et elle me fait encore plus de mal qu'une gifle dans la figure.

– Tu n'es qu'un salaud ! m'écrié-je, si profondément blessée que c'est mon âme qui saigne.

– Et toi, une salope ! réplique-t-il du tac au tac, imperturbable.

Il marque une pause et, à bout de souffle, des larmes roulant sur mes joues brûlantes, je me demande s'il arrive à entendre le vacarme que fait mon cœur en se délitant en tout petits morceaux à l'intérieur de ma cage thoracique.

– Est-ce que tu m'as seulement aimée un...

Il m'interrompt d'une voix brutale :

– C'est fini, Ornella. Je ne quitterai pas ma femme pour une petite pimbêche telle que toi. Mon

enfant est entre la vie et la mort par ta faute. Et j'ai toute une carrière à reconstruire à cause de tes bêtises !

– Ce n'est pas ma faute !

Mon Dieu, il ne peut pas dire ça.

Pas après ce que l'on a traversé, six mois plus tôt. Pas alors qu'il sait que toute cette histoire a bien failli me détruire. Non, pas après tout ce que j'ai sacrifié pour être avec lui !

– Je te déteste ! finis-je par hurler, même si j'ai conscience d'être puérile. Je vais tout raconter à Romy ! On verra bien qui rira le dernier, connard !

Furieuse, complètement démolie, j'avance vers la porte d'entrée pour sortir de sa garçonnière – celle qu'il a toujours cachée à cette femme qu'il prétend aimer – lorsqu'il me retient par le bras. Il le serre si fort que je sais que je vais garder de vilains hématomes.

– Si tu t'avises de confier quoi que ce soit à Romy, je dirai à tes grands-parents ce que tu as réellement fait lors de ton week-end à La Nouvelle-Orléans…

Ses lèvres douces m'égratignent le cœur lorsqu'il ajoute :

– Et là, oui, on verra bien qui rira le dernier, mon amour.

Jarod ne me met pas dehors, c'est moi qui m'enfuis à toutes jambes pour éviter qu'il n'assiste à mon humiliante crise de larmes. Pour préserver les dernières bribes de fierté que j'ai réussi à conserver… et qui disparaissent dès que j'atteins la sortie de l'immeuble. La rue est déserte à cette heure tardive, et j'en remercie le ciel, parce qu'arrivée près de ma voiture, je suis tellement sous le choc que je me plie en deux pour vomir sur l'asphalte. Ce n'est que de la bile mousseuse, et même un peu de sang, car je n'ai rien mangé depuis plus de vingt-quatre heures, mais ça me fait un bien fou de tout laisser sortir à l'extérieur de moi.

Je pense que c'est officiel : j'ai touché le fond.

Et je peux lâcher prise – enfin !

Alors, après m'être essuyé la bouche, j'entre dans mon pick-up, m'installe sur le siège conducteur... et je lâche tout. Absolument tout. Je pleure. Je crie. Je tape du poing contre mon volant. Je frappe ma tête contre la vitre. Et je meurs.

Ornella Sinclair, brillante étudiante en sciences politiques et riche héritière d'un véritable empire pétrolier, n'existe plus.

Elle est morte, assassinée par ses propres erreurs, terrassée par son plus grand amour, démolie par la vie.

Pour être tout à fait honnête envers moi-même, je dois admettre que j'ai toujours su que ça se terminerait ainsi...

C'était le prix à payer, je suppose.

La trahison se rembourse dans le sang.

Le mensonge se paie dans les larmes.

Et l'amour s'acquitte dans le chagrin.

Plus jamais ! *me promets-je solennellement, en rassemblant les vestiges éparpillés de mon âme blessée.* Je ne tomberai plus jamais amoureuse...

Je me réveille en sursaut, le corps trempé, la tête lourde et le cœur à l'agonie. Des larmes inondent mon visage et un sanglot m'étrangle à l'instar d'une épaisse corde nouée autour de mon cou. Perturbée par mon cauchemar, qui n'est rien de plus qu'un fragment douloureux de mon passé, je roule sur le ventre et cherche à tâtons l'interrupteur de ma lampe de chevet lorsque… soudain… je le sens remonter le long de ma jambe et s'enrouler, presque amoureusement, autour de mon mollet…

Un serpent.

Un putain de serpent dans mon lit !

– OCEAAAAAAAAN !

CHAPITRE 15

Une rose noire et pleine d'épines...

OCEAN

La fête est finie. Les gens sont partis. Mes colocataires dorment, Rachel est rentrée chez elle, furieuse pour une raison que j'ai fait semblant de ne pas comprendre, et moi, je suis là, tout seul comme un con sur la terrasse, à regarder le soleil se lever tout en fumant un joint qui m'irrite la gorge.

J'essaie de me calmer en me défonçant le crâne avec mon calmant préféré, mais je suis dans un tel état de colère que j'arrive à peine à respirer.

Et si tu crois que tu es meilleur que lui, c'est que tu es encore moins bon...

Mon poing se serre sur ma cuisse tandis que j'écrase le cul de mon pétard dans le cendrier malodorant. Ma respiration se fait par à-coups, une veine enragée pulse sur mon front, près de ma tempe où rugit un violent afflux de sang frais. Je suis tellement vexé par les accusations infondées d'Ornella que je n'ai pas réussi à décolérer de toute la soirée. Comment ose-t-elle me comparer à son ex ?! J'ai vu la façon brutale et impersonnelle qu'il avait de la tenir par la gorge sur cette maudite photo qui hante mon esprit.

Et je n'ai rien à voir avec ce genre d'homme capable de rabaisser autant une femme qui le regarde avec des yeux débordants d'amour et d'admiration.

« Ocean, s'il te plaît… Dis-moi que tu n'as pas craqué pour ta colocataire ! Je ne supporte pas la façon que tu as de la regarder ! » C'est bien pour cette raison que j'ai dit à Rachel que notre petit arrangement, de plus en plus bancal, était terminé. Vendredi dernier, j'ai franchi ma seule et unique limite en me servant de son corps pour oublier la passion que m'inspire celui d'une autre, et rien que d'y repenser, ça me donne envie de me gifler tellement je me dégoûte ! Ce n'est pas un comportement dont je tire de la fierté, au contraire du Jarod je ne sais pas quoi d'Ornella, qui n'en a sûrement rien à faire du mal qu'il inflige à ses conquêtes.

Moi, ça me rend malade.

Ah, putain ! Cette fille est vraiment insupportable !

Ornella peut bien parler de moi, mais elle n'est pas mieux. Entre ses changements d'humeur incessants, ses regards noirs, son humour caustique et ses longs silences accusateurs, elle a un talent absolument prodigieux pour me faire péter un câble. Tout ce qu'elle dit avec sa petite bouche rose m'atteint en pleine figure. On dirait des coups de poing qui me fracasseraient la mâchoire. C'est comme si elle possédait le don de lire à travers les ombres de mon âme pour y dénicher mes insécurités, mes doutes, mes hontes et mes secrets les plus intimes – toutes ces choses que je garde pour moi, enfouies le plus profondément possible sous ma peau couturée de cicatrices. Je ne sais pas comment elle fait pour toujours réussir à mettre le doigt là où ça me fait le plus mal, mais c'est douloureux… et à chaque fois qu'elle me parle à cœur ouvert… c'est le mien qu'elle cisaille en rouvrant toutes les plaies mal cicatrisées qui s'y cachent et dont j'ignorais jusqu'à l'existence.

Pire, ça me fait réfléchir et m'oblige à me remettre en question.

Je ne suis pas un gars bien – et ça, je l'ai toujours su ! Mais je n'aurais jamais cru que je voudrais l'être, un jour… au moins à ses yeux, à elle.

Comme si c'était important qu'elle m'apprécie.

Comme si j'en avais quelque chose à faire, de son estime.

Comme si elle comptait pour moi.

J'ai bien tenté de ne pas lui adresser la parole, cette semaine. De garder mes distances. De ne pas faire tout un drame lorsqu'elle me dévisage avec un mépris plus que palpable. Mais je n'y arrive pas. C'est plus fort que moi, j'ai besoin qu'elle réagisse à mes provocations, qu'elle me cherche autant que je tente de la trouver, qu'elle me sourit du bout des lèvres et qu'elle s'énerve après moi pour me tailler en pièces avec sa langue de vipère.

Putain… j'ai *besoin* qu'elle m'observe avec ses yeux enflammés d'un désir qui m'immole les reins !

Et ça me fout une trouille de tous les diables, parce que je ne comprends pas pourquoi je ressens ça…

– OCEAAAAAAAAAN !

Mon cœur loupe un battement tandis que le hurlement paniqué d'Ornella résonne à travers tout l'appartement. J'ai à peine le temps de cligner des yeux que je suis déjà à mi-chemin de l'étage, prêt à voler à sa rescousse, comme un preux chevalier sur son noble destrier – la blague, putain ! Dans le couloir qui mène aux chambres, je percute de plein fouet un Camille ensommeillé et manque de le faire tomber à la renverse. Heureusement, Andrea surgit de je ne sais où et le rattrape *in extremis* avant une chute dans l'escalier. Moi, je ne perds pas de temps à m'assurer qu'ils vont bien et cours jusqu'à la chambre d'Ornella, d'où s'échappent des petits gémissements affolés qui font battre mon pouls à mille kilomètres à l'heure. La porte est entrebâillée, si bien que je n'ai qu'à la pousser d'un coup de pied pour entrer et…

Je me fige au beau milieu de ma course, sous le choc de la scène hallucinante qui se déroule devant mes yeux écarquillés.

Ornella sautille dans tous les sens, en sous-vêtements bleu turquoise – et bordel de merde, c'est le même ensemble que celui de la photo ! – tandis que ma Pithy s'enroule autour de son mollet et remonte le long de sa cuisse.

J'ai envie de rire, et en même temps, ce n'est pas drôle du tout, parce que Pithy n'est pas un python que l'on peut prendre à la légère. C'est une prédatrice rusée, sournoise et agressive.

Les yeux gonflés et pleins de larmes, Ornella se jette dans mes bras dès qu'elle m'aperçoit et me supplie d'une voix chevrotante :

– Aide-moi, par pitié ! Enlève-moi cette chose de là !

Tout mon corps frissonne à son contact – d'autant plus qu'elle est pratiquement nue et qu'elle se tortille contre moi. Atterré par la violence de ma propre réaction, je m'assène une puissante gifle mentale en sentant mon sang s'échauffer et ma queue se redresser dans mon caleçon – *Concentre-toi, espèce de cinglé !*

Avec un effort de volonté quasiment surhumain, je repousse Ornella jusqu'à son lit sur lequel je la force à s'asseoir tout en lui murmurant des encouragements de ma voix la plus douce – celle que je n'utilise qu'en présence d'un animal sauvage ou d'un enfant insupportable, d'habitude. Tremblant comme une feuille, au-delà de la panique, elle m'écoute malgré son envie évidente de se remettre à courir dans tous les sens comme un poulet sans tête. Je m'agenouille entre ses jambes, que j'écarte à l'aide de mes pouces en retenant difficilement mon souffle… et en maudissant les pensées lubriques et déplacées qui ne cessent d'affluer dans mon esprit tourmenté par cette proximité inattendue avec le

Paradis Interdit de cette fille pour laquelle je ne devrais pas ressentir autant de choses. La peau d'Ornella est toute douce, légèrement satinée, si bien que je comprends pourquoi ma belle Pithy s'est sentie obligée de s'y accrocher ; on y glisse avec une telle joie que c'est presque impossible de résister à la tentation.

– Mince, je croyais avoir refermé le terrarium ! s'exclame Camille d'un ton contrit. Putain, je suis désolé, Gator !

Ornella ne lui répond pas. Ses yeux noirs sont concentrés sur moi – et moi seul. Tout en soutenant son regard pour lui prouver qu'elle peut avoir confiance en moi, je caresse les écailles rugueuses de Pithy et dénoue avec précaution les anneaux verts de son corps relativement mince, mais fort et agile. Mon serpent n'est pas dans une position d'attaque, puisqu'elle n'a pas essayé de mordre ou d'étrangler. On dirait plutôt qu'elle considère la jambe d'Ornella comme une jolie branche douillette sur laquelle prendre un peu de repos. C'est sûrement lié à la chaleur presque incandescente qui se dégage de son épiderme et qui a attiré Pithy comme un phare guide un bateau au beau milieu d'une tempête.

– Pithy ?

Son museau, large et triangulaire, se tourne dans ma direction tandis qu'elle m'observe avec circonspection. Pithy n'est jamais agressive avec moi. Elle me connaît et elle sait que c'est moi qui lui procure sa nourriture. Mais c'est aussi la première fois que j'essaie de la forcer à faire quelque chose dont elle n'a visiblement pas envie : relâcher la jambe d'Ornella, en l'occurrence.

– Allez, viens là, ma belle.

Avec ses deux kilos et son mètre soixante, je comprends très bien la terreur d'Ornella. Pithy n'est pas le python le plus impressionnant du monde, mais ça reste un sacré gros morceau… et pas du tout le genre de compagnie que l'on prend du plaisir à retrouver dans son lit, au réveil.

Petit à petit, à force de mots doux et de cajoleries, je parviens à dénouer tous les anneaux de Pithy et à la prendre dans mes bras. Dès qu'elle est libérée, Ornella saute de son lit, bouscule Camille d'un coup d'épaule involontaire, ignore Andrea qui tente de la prendre dans ses bras et court s'enfermer dans la salle de bains. Moins d'une seconde après son départ fracassant, la porte claque dans son dos et je l'entends se délivrer aussi des sanglots rauques et déchirants qu'elle retenait difficilement face à nous.

– Je suis désolé, Ocean… s'excuse une nouvelle fois Camille, catastrophé, lorsque je passe devant lui. C'est ma faute, j'ai voulu la montrer à Djibril et…

Je le coupe :

– C'est bon. J'aurais dû être plus vigilant.

Les trois autres fois où Pithy s'est évadée, c'était aussi à l'occasion de fêtes durant lesquelles je ne surveillais pas suffisamment mes animaux. De toute façon, Pithy comme Bonzaï sont sous ma responsabilité, et peu importe ce qui arrive, c'est ma faute, à moi.

Sans plus m'étendre sur le sujet, je redescends au salon et me dépêche de réinstaller Pithy dans son terrarium, que je referme à double tour après lui avoir donné à manger. Cela aurait pu être pire – bien pire ! Pithy aurait pu se faire la malle en dehors de l'appartement, se coincer dans une canalisation, se blesser ou s'en prendre à quelqu'un… Ornella ne serait probablement pas d'accord avec moi, mais le fait que Pithy ait préféré se glisser dans son lit est sûrement la meilleure des choses qui pouvaient arriver à mon python ce soir !

Une fois Pithy en sécurité, je m'assure que Bonzaï va bien – parfaitement, il dort dans son petit panier pour chien, à l'entrée. Puis je remonte à l'étage et retrouve mes deux meilleurs amis devant la porte toujours fermée de la salle de bains, derrière laquelle Ornella continue de pleurer à chaudes larmes.

– Gator… supplie Camille, ouvre-nous, s'il te plaît. On s'inquiète.

– Tout va bien ! lui ment-elle, entre deux sanglots.

Nous échangeons un même regard sceptique, ne sachant pas quoi dire ni quoi faire de plus pour la convaincre de sortir de là. Quand mes yeux croisent ceux d'Andrea, ma colère, qui s'était momentanément apaisée avec cet incident rocambolesque, revient me fouailler les entrailles. Un peu comme si un horrible monstre s'était logé dans mon bide pour tout y retourner… et cette bête vorace et immature, je la reconnais, même si elle ne m'est pas très familière. Ce n'est rien d'autre que de la jalousie.

Une jalousie stupide et irrationnelle.

Je ne sais même pas si, défoncé comme il l'était à cause de mon space-cake, il se souvient encore du tout petit baiser que lui a donné Ornella dans un moment de folie passagère.

– Ohana, interviens-je. Je suis désolé, moi aussi. J'aurais dû faire plus attention.

Pas de réponse.

– S'il te plaît, on s'inquiète pour toi. Pithy est dans sa cage, maintenant. Laisse-nous juste…

Soudain, la porte s'ouvre et une Ornella échevelée, le visage boursouflé par sa crise de larmes et toujours en sous-vêtements, surgit comme une apparition de film d'horreur – ce serait la belle et naïve héroïne traquée par un tueur en série armé d'une hache et déterminé à se faire un manteau de sa belle peau satinée.

– Elle est redescendue ? C'est bon ? Elle ne peut plus monter, hein ? débite-t-elle d'une traite, toujours sous le coup de l'émotion.

– Oui, le terrarium est refermé, lui confirme Camille en me prenant de vitesse. Tu n'as plus rien à craindre.

Les épaules d'Ornella s'affaissent tandis qu'elle se détend – juste un peu.

– J'ai eu tellement peur !

Elle renifle, le nez morveux, encore au bord des larmes. Je vois bien qu'Andrea ressent le besoin de la réconforter, mais qu'à cause de son mutisme et de l'oubli de son téléphone portable, il ne peut rien faire d'autre que la regarder, les bras ballants, au comble de la frustration, impuissant et… *silencieux*.

C'est triste, mais il faut aussi qu'il comprenne qu'Ornella ne l'aime pas.

Pas comme ça…

Pas comme lui.

– Tout va bien, maintenant, la rassuré-je, en m'avançant pour lui caresser les cheveux et la prendre dans mes bras. Chut, Ohana. Je suis là, d'accord. Je te tiens et je ne te lâcherai pas. Tout va bien. Tant que je suis là, il ne pourra plus rien t'arriver de mal.

Loin de me repousser comme elle l'aurait fait si elle avait été en pleine possession de ses moyens, Ornella s'accroche à mes épaules avec une telle force qu'elle m'oblige à me courber en deux pour ne pas perdre l'équilibre. Son corps tremblant se plaque contre le mien, à la recherche d'un réconfort que je m'empresse de lui prodiguer en alternant murmures apaisants et caresses tendres.

Nous restons dans les bras l'un de l'autre pendant plusieurs minutes durant lesquelles je savoure, presque honteusement, l'odeur sucrée de son parfum et la douceur enivrante de sa peau hâlée. Puis je recule pour embrasser le sommet de son crâne ; elle resserre son emprise autour de moi et murmure d'une voix qui, une fois de plus, m'atteint droit au cœur :

– Encore un peu. Juste une seconde de plus.

J'obéis et raffermis mon étreinte avec un plaisir coupable qui dessine une rose noire et pleine d'épines acérées sur la toile déchirée de mon âme. Ses racines noueuses se plantent en moi et m'enchaînent à elle.

Et lorsque je croise le regard résigné – et si douloureusement triste – d'Andrea par-dessus la longue chevelure brune d'Ornella, je sens les épines de cette fleur obscure pénétrer si profondément dans ma chair que je me mets à saigner.

La rose noire devient rouge. La couleur d'une colère écarlate, l'emblème d'un cœur qui éclate. Et si ce n'est toujours pas de l'amour, c'est plus que du désir…

Et c'est absolument terrifiant.

CHAPITRE 16
Le festival international de Louisiane

ORNELLA

– Tu as bonne mine, Nella, me complimente Hannah en soufflant sur son thé à la rose. Je ne sais pas ce que tu as changé depuis la semaine dernière, mais ça te réussit au teint ! Et j'adore tes boucles d'oreilles !

J'accepte le compliment de mon amie en rougissant de plaisir derrière mon scone noyé sous une épaisse couche de marmelade à l'orange. Mes Miu Miu préférées sont de retour à mes oreilles, et j'ignore quand et comment j'ai réussi à les récupérer – c'est sûrement grâce à Ocean, mais il ne m'en a pas parlé et je n'ai pas osé lui poser la question. La seule chose que je sache, c'est qu'il a promis qu'il me les rendrait, et qu'effectivement… elles sont de nouveau à moi.

– Merci, c'est gentil.

C'est la deuxième fois que l'on se retrouve dans ce petit salon de thé situé à moins de trois rues de la clinique vétérinaire de Holder, que je viens de quitter après six heures d'un (très) dur labeur – même si, pour être honnête et malgré le nombre incalculable d'heures supplémentaires que j'ai enchaînées cette semaine, j'adore mon job.

Je n'ai même pas eu le temps de me changer, si bien que je porte encore la blouse verte que j'ai reçue lors de mon tout premier jour de boulot et qui a récemment été brodée à mon nom. Avec mon short en jean, ma paire de Vans, mes créoles dorées, mon absence de maquillage et ma queue-de-cheval haut perchée sur mon crâne, on me donnerait seize ans à tout casser. Et pourtant, ce matin, en me jetant un rapide coup d'œil à travers le miroir de la salle de bains, je me suis trouvée… peut-être pas jolie, mais disons plutôt pas trop mal.

– Ces boucles sont des Miu Miu, reprends-je, en m'adossant à mon siège pour contempler la rue.

Installée en terrasse avec l'une des rares personnes de mon ancienne vie que j'apprécie encore, je savoure la douce tiédeur de ce début d'après-midi en remplissant mon estomac vide de friandises et de boissons sucrées.

– Toi, tu es sublime, comme d'habitude !

Ce n'est pas un mensonge, Hannah a toujours été un superbe oiseau de jour. Comme un colibri ou une mésange. Pleine de couleurs et de délicatesse. Avec son carré brun, ses grands yeux d'un bleu pervenche d'une intensité incroyable, son teint de porcelaine et ses taches de rousseur, elle respire la douceur et l'innocence. Son style très décalé ajoute une petite touche d'excentricité à la beauté peut-être un peu trop classique des traits de son visage. Aujourd'hui, elle porte une chemise à carreaux d'un rose pastel assortie à la décoration du salon de thé, une minijupe de tennis blanche avec une paire de chaussettes hautes et des Converse Run Star Hike à semelle épaisse sur lesquelles elle a dessiné de minuscules cerises bleues.

– Tout se passe bien, à la clinique ?

La semaine dernière, et comme je n'avais rien à raconter de plus intéressant, je n'ai fait que lui parler de mon travail avec la famille Holder. Enfin, j'aurais pu évoquer mes colocataires et mon réveil en fanfare aux côtés de Pithy… mais je n'aurais pas su par quel bout commencer cette histoire tellement ces trois idiots me font tourner en bourrique !

– Oui ! C'est génial ! Ce matin, Holder devait opérer de toute urgence la tumeur sous-cutanée d'un iguane. Mine de rien, c'est un sacré boulot, et comme je suis plus ou moins la seule personne à pouvoir l'aider le temps que Beverly, sa véritable assistante, revienne de son congé maternité, j'ai eu le droit de lui tendre les instruments.

Je me penche vers elle pour lui dire à mi-voix afin que personne ne puisse m'entendre :

– Est-ce que tu as déjà vu l'intérieur d'un lézard ? C'est tellement dégueulasse… mais étrangement fascinant, aussi !

Hannah fait la grimace.

– Je préfère m'en tenir à mes œillets et à mes orchidées, si tu le veux bien.

Je ricane.

– Tu es toujours si délicate ! Une vraie fille du Sud. Ma grand-mère tuerait pour t'avoir à ma place comme petite-fille !

Les mots échappent à ma vigilance, et je ne prends conscience que trop tard de l'ampleur désastreuse de mon faux-pas ; j'ai ramené le passé sur le devant de la scène, alors que je m'échine chaque jour à le pousser sous le tapis. Une erreur de débutante que j'impute à ma trop longue amitié avec Hannah. On se connaît depuis toujours, elle et moi, et en sa présence, l'Ornella 2.0 rencontre quelques bugs à cause d'une mauvaise sauvegarde de ses mises à jour antérieures.

– Comment va-t-elle, d'ailleurs ? Cela fait une éternité que je n'ai pas eu de nouvelles de tes grands-parents !

Et merde.

Les deux pieds dans le plat, c'était sûr…

– Je l'ignore, avoué-je, en m'efforçant de conserver une expression neutre. Je n'ai plus de contacts avec eux depuis mi-janvier.

La curiosité dévore le visage si expressif d'Hannah… mais elle ne pose aucune question indélicate, et c'est justement pour ça que j'ai accepté son invitation : elle est trop bien élevée pour se laisser aller à fouiner dans la vie privée des gens.

– Tu es ici toute seule, Nella ?

Même si ça ne l'empêche pas de s'inquiéter pour eux.

– Oui… commencé-je, avant de m'interrompre. Enfin, pas tout à fait. J'ai rencontré deux… non, trois garçons… mes colocataires. Et avec eux, je n'ai jamais la chance de me sentir seule, crois-moi !

Andrea, Camille et Ocean ont été aux petits soins pour moi durant toute la semaine. Je crois que ma crise d'angoisse cataclysmique leur a collé la plus grande frayeur de leur vie ! Camille s'en voulait tellement d'avoir mal refermé ce fichu terrarium qu'il m'a écrit une chanson d'excuses de huit minutes. Bon, tout n'est pas à garder et le refrain est un peu répétitif, mais j'avoue que c'est plutôt original – et très agréable à fredonner sous la douche. Andrea, lui, s'est plié en quatre pour me faire plaisir : petit-déjeuner au lit, bouquet de fleurs, boîte de chocolats et petits messages rigolos dès le réveil. Je ne pouvais pas faire un pas sans qu'il soit là, prêt à exaucer le moindre de mes souhaits. Il m'a même donné un cours de poterie, avant-hier soir, et mon absence manifeste de talent pour les travaux manuels ne l'a presque pas agacé ! Au contraire, il s'est fait un devoir de m'aider à aller jusqu'au bout du vase que j'ai essayé de modeler… et qui s'est avéré être plutôt un cendrier. Ou une lampe. Ou une cruche. Bref, un truc dont je ne pourrai pas tirer le moindre centime.

Quant à Ocean…

Je suis là, d'accord. Je te tiens et je ne te lâcherai pas. Tout va bien. Tant que je suis là, il ne pourra plus rien t'arriver de mal...

Ah, cet enfoiré d'Ocean !

Après mon cauchemar horrible sur Jarod et mon affreuse rencontre avec Pithy, il a prononcé très exactement les paroles que mon âme se désespérait d'entendre, et le pire, c'est que j'y ai vraiment cru, sur le moment…

Ses bras m'ont bercée, sa voix m'a apaisée, et son corps pressé contre le mien m'a rappelé… que c'est tellement rassurant de ne plus être seule !

– Ils sont mignons ? me taquine Hannah, rieuse.

Hannah a l'air sage et candide, mais elle a un péché mignon : les beaux garçons. En fait, et même si elle ne s'en doute pas, elle a beaucoup plus d'expérience que moi en la matière. Et dix fois plus de conquêtes inscrites sur son tableau de chasse. Moi, je n'ai connu que Jarod, et en dehors de quelques baisers baveux que je n'ai pas réussi à éviter, mon expérience de l'amour physique se limite à ce qu'il m'a appris.

Mon professeur, dans tous les sens du terme…

Ou plutôt, mon destructeur.

– Ils sont…

– Attention à ce que tu vas lui répondre, Gator ! Nos *ego* sont très chatouilleux, susurre une voix devenue beaucoup trop familière près de mon oreille. Et puis, on sait très bien que tu nous adores !

Je sursaute, prise au dépourvu, et manque renverser mon thé brûlant sur mes genoux en sentant le souffle tiède de mon colocataire m'effleurer la nuque. Hannah me dévisage d'un air interloqué avant de remarquer l'ombre d'Ocean, tandis qu'il se penche sur moi comme un prédateur sur une proie. Puis elle observe avec de grands yeux écarquillés mes trois colocataires qui s'installent sans la moindre gêne à notre table, comme s'ils avaient été invités – ce qui n'est pas du tout le cas !

Je suis tellement estomaquée par leur présence, et par leur audace, que je mets plus d'une minute à reprendre mes esprits. C'est si long qu'ils ont même le temps de héler la serveuse et de commander des thés aux plantes et des petits biscuits.

– Mais qu'est-ce que vous faites là ?! finis-je par m'exclamer, en repoussant le bras qu'Ocean tente d'enrouler autour de mes épaules. Bas les pattes, pervers !

Mes colocataires se marrent en prenant leurs aises.

– C'est l'ouverture du Festival international de Louisiane, aujourd'hui ! m'explique Camille, en tapant des doigts contre la table. On descendait la rue pour trouver un bus allant vers le centre historique lorsqu'on a remarqué tes longs cheveux jamais très bien coiffés !

Je lui adresse un vilain geste du majeur avant de me tourner vers Ocean.

– Avoue que tu as dissimulé un traceur GPS dans ma bouffe. Ce serait bien ton genre, tiens !

Il me sourit d'un air sombre – magnifiquement dangereux.

– Pas besoin.

Son sourire s'élargit tandis qu'il se frotte le nez.

– Souviens-toi. J'ai un excellent odorat, Ohana. Pas besoin de GPS, je te traque à l'odeur.

Pour une raison qui m'échappe, mes joues deviennent brûlantes. Et ma culotte, toute moite. Je sais bien qu'il plaisante, qu'il s'amuse à me taquiner, mais ça me perturbe tellement que je me trémousse sur ma chaise en croisant et décroisant les jambes de peur qu'il puisse percevoir l'effluve du désir qu'il m'inspire à mon corps défendant. Ce serait bien ma veine, tiens…

– C'est dégoûtant.

Ocean se gausse, l'air de s'amuser comme un petit fou, et par je ne sais quel tour de passe-passe, il parvient à passer son bras autour de mes épaules et à rapprocher nos chaises l'une de l'autre jusqu'à coller sa cuisse musclée contre la mienne, toute frêle. Nous sommes tellement proches, désormais, que son parfum submerge mes sens et ralentit mes capacités cognitives. Je ne réfléchis plus de façon cohérente lorsqu'il se tient si près de moi que je pourrais compter ses cils un par un. Et il le sait, le salaud. Parce qu'il a passé toute la semaine à me traquer – parfois, *littéralement*. Après ce week-end infernal où, par la faute de son space-cake et de son serpent, je suis passée à deux doigts de la crise cardiaque, il s'est fait un devoir de me suivre à la trace, comme une ombre fidèle – et agaçante. Dès que je me lève, il est là, prêt à m'emmener en cours. Dès que je me retourne, il est là, un sourire étrangement roublard aux lèvres. Dès que je me pose sur le canapé après une longue journée d'un travail acharné, il apparaît comme par magie et s'installe aussi près de moi qu'il le peut, les yeux davantage rivés sur mon visage que sur l'écran de télévision. En un mot, il me rend complètement chèvre, et je n'arrive pas à comprendre les raisons de son changement d'attitude. Le revoilà qui flirte, qui me taquine, qui me complimente… Et moi, je ne suis bonne qu'à penser à la pauvre Rachel qui ne se doute de rien, et m'imaginer à sa place me déprime tellement que je pourrais en pleurer.

– Menteuse, s'amuse-t-il à me souffler à l'oreille tandis que Camille se présente à Hannah et l'interroge sur son signe astrologique. On sait tous les deux que tu adores ça…

Je ne prends même pas la peine de lui répondre et, au contraire, lui balance un coup de coude dans les côtes en demandant à un Andrea à l'expression étrangement sinistre :

– Tout va bien ?

Mon ami observe mes lèvres quelques secondes de plus qu'il ne lui en faut habituellement pour me comprendre. Pas de fleurs pour lui, aujourd'hui. Juste une chemise noire, un pantalon cargo militaire et une paire de baskets de sport toutes blanches. C'est un style tellement… viril en comparaison de ses tenues habituelles que j'ai presque du mal à le reconnaître. En fait, on dirait qu'il a piqué les vêtements et l'attitude taciturne du Ocean de la semaine dernière.

– Sa Majesté des Fleurs boude, intervient Ocean, en s'immisçant entre nous.

Andrea se renfrogne tout en signant quelque chose à l'intention d'Ocean, qui lui répond de la même manière. Une conversation très animée en langage des signes s'engage entre les deux amis, si bien que je me retrouve à écouter les âneries de Camille au sujet des Capricornes, un signe qu'il apprécie seulement les six premiers mois de l'année. Hannah ne l'écoute que d'une oreille, mais le musicien n'en a cure et bavasse comme une pipelette sur son sujet préféré – l'horoscope. Les yeux bleus de mon amie sont constamment attirés par Andrea, qui gesticule de plus en plus « bruyamment », signe que sa discussion avec Ocean est en train de tourner au vinaigre.

– Andrea est muet, précisé-je fort inutilement, en interrompant le laïus sans queue ni tête de Camille. Il est aussi sourd d'une oreille et malentendant de l'autre.

– Oui, j'avais cru le comprendre, me répond-elle distraitement de sa voix douce, comme si elle était incapable de lâcher Andrea du regard.

– Ça suffit ! conclut soudain Ocean d'une voix ferme, désagréable. On en rediscutera plus tard !

Le visage d'Andrea vire à l'écarlate, et c'est bien la première fois que je le vois s'énerver après un autre être vivant. Je n'aurais jamais imaginé qu'il puisse se mettre en colère, lui qui est toujours si paisible et pacifique. J'ignore ce qu'Ocean lui a dit, mais ça l'a mis dans une rage noire qui, loin de l'enlaidir, affûte le tranchant de sa beauté parfaite jusqu'à l'en rendre presque… humaine.

– Qu'est-ce qu'il se passe ? demandé-je, curieuse.

Ocean hausse nonchalamment l'épaule.

– Ils s'engueulent depuis ce matin ! se lamente Camille, alors que la serveuse apporte leur commande à table. Hum, ça sent divinement bon ! Je n'ai plus bu de thé depuis que j'ai découvert l'existence de la bière et de la coke !

Ocean lève les yeux au ciel tout en précisant pour Hannah :

– Ne sois pas mal à l'aise. Il n'a jamais pris de coke. Il aime juste se donner un style un peu plus rock'n'roll devant les jolies filles… et les beaux garçons.

Mon amie hoche la tête, intriguée. Ce n'est pas une fille aussi sage que mes colocataires semblent le penser, et ça m'amuse de les voir se tromper, mais je garde le silence et dissimule un petit sourire derrière mon scone à la confiture.

On donnerait le bon Dieu sans confession à Hannah… et on aurait bien raison, mais même les anges ont leurs petits défauts et leurs mauvais côtés !

– Comment as-tu connu Gator… ajoute-t-il, avant de s'interrompre. Hannah, c'est ça ? Moi, c'est Ocean, au fait.

Ils échangent une rapide poignée de main en se souriant d'un air poli et cordial. Ce n'est pas du tout une tentative de flirt, mais… quelque chose me picote au milieu de la poitrine. Un sentiment noir et hostile. Profondément désagréable. Et ça ressemble tellement à de la jalousie que mon scone me reste en travers de la gorge.

– On se connaît depuis l'enfance ! On fréquentait les mêmes écoles, à Bâton-Rouge, et…

Hannah ne sait rien du scandale qui m'a poussée à fuir notre ville natale, mais je n'ai pas envie qu'elle parle de ma famille à Ocean. Ce serait dramatique s'il apprenait que je suis l'héritière déchue de l'une des plus grosses entreprises polluantes du pays – et, peut-être même, du monde.

– Et on s'est retrouvées ici, à Lafayette ! Sacrée coïncidence, hein ! la coupé-je, en rougissant devant son incompréhension manifeste. C'est fou comme le monde est petit !

Mes colocataires n'insistent pas et, à mon plus grand soulagement, passent à un autre sujet de conversation. Toutefois, Hannah a flairé l'embrouille et, entre deux coups d'œil qu'elle espère sûrement discrets en direction d'Andrea, elle me dévisage d'un air songeur qui me met atrocement mal à l'aise.

Une demi-heure plus tard, et alors que tous les biscuits et mes scones ont été dévorés par un Ocean affamé, Camille frappe dans ses mains et s'exclame :

– Bon, il faut qu'on y aille si on veut avoir de la place devant la scène, les gars !

Camille et Andrea se redressent, prêts à partir, mais Ocean se tourne vers moi avant de proposer :

– Vous voulez venir avec nous, les filles ? On va assister à quelques scènes libres, goûter à un tas de plats traditionnels et, peut-être, boire une bière ou deux.

Ses yeux cherchent les miens, et là, je le sais : il se souvient bel et bien de notre première conversation sur le balcon du loft. Celle durant laquelle je lui ai confié que je rêvais de participer au festival et où il m'a promis qu'il m'y accompagnerait – en tant qu'ami.

Mon cœur, ce stupide organe inutile, se met à battre si vite à l'intérieur de ma poitrine que j'en ai les mains qui tremblent et les lèvres engourdies. Je ne sais pas s'il en a conscience, mais jusqu'à présent, Ocean a tenu toutes ses promesses sans même s'en rendre compte.

– Oui, m'entends-je lui répondre, ahurie. Oui, je viens.

Et tant pis pour la pile de devoirs qu'il me reste à abattre et qui traîne depuis deux semaines sur un coin de mon bureau !

– Je n'ai rien de spécial à faire, acquiesce Hannah, alors, je veux bien venir, moi aussi !

En deux temps, trois mouvements, toute notre petite bande se retrouve dans le bus pour rejoindre le centre-ville de la Lafayette. Je suis tellement excitée que j'ai l'impression de flotter sur un petit nuage, comme après le space-cake. Je n'ai pas du tout la tenue appropriée pour participer à un festival, mais je m'en moque comme d'une guigne. Pour une fois dans ma vie, je me contrefiche des apparences et je me contente d'apprécier le moment présent en compagnie de gens qui ne savent rien des taches qui assombrissent mon âme. Un puissant sentiment de liberté enfle en moi. Comme si l'on venait de m'ôter des chaînes invisibles qui me raccrochaient encore à celle que j'étais à Bâton-Rouge. J'ai espéré tant de fois que Jarod m'emmène à Lafayette pour ce festival que je dois me pincer deux fois le bras pour m'assurer que j'y suis lorsque l'on arrive enfin dans la rue très animée où il se déroule. Tous les stands sont pleins à craquer, et nous devons jouer des coudes pour accéder à l'avant de la scène que convoite Camille et où se produit un groupe de rock un peu vintage vraiment très doué. L'herbe sèche craque sous nos pieds tandis que nous dansons en profitant de la musique, du soleil et de l'odeur de friture qui plane tout autour de nous.

Je me laisse porter par l'ambiance joyeuse, pleine de liesse, en essayant de ne pas perdre mes amis dans la foule compacte et animée. Le bonheur, un sentiment que j'avais oublié bien avant d'être ruinée de toutes les façons possibles et imaginables, me gonfle le cœur d'une émotion pure et insouciante qui me fait monter les larmes aux yeux.

J'ai envie de pleurer, mais pas de tristesse.

Alors, je danse, danse, danse et danse encore… jusqu'à ne plus sentir mes pieds. Jusqu'à ne plus savoir quelle heure il est, ni où je me trouve et dans quelle direction je dois aller. J'ondule, j'avance, je recule, et lorsque des mains puissantes et un grand corps chaud à l'odeur familière se plaquent contre mon dos pour m'emporter dans une valse lente et sensuelle, je me laisse faire avec un plaisir coupable qui me donne l'impression d'avoir des ailes.

Pendant des heures, et peut-être même des jours, je danse dans les bras d'Ocean, puis dans ceux de Camille, d'Andrea et d'Hannah. Mais je finis toujours par revenir dans ceux de mon meilleur ennemi, qui me fait tourner autour de lui en me souriant comme si le monde lui appartenait et qu'il consentait momentanément à le partager avec moi.

Ses mains sont partout sur mon corps – et nulle part à la fois.

Douce, douce torture…

Ses lèvres m'effleurent la peau lorsqu'il me glisse à l'oreille des mots que je n'entends pas à cause de la musique.

Divine, divine agonie…

Et au moment où le soleil se couche et où le groupe quitte la scène, je me sens tellement ivre de bonheur que je suis étonnée de parvenir encore à tenir debout. J'ai mal aux jambes, je suis trempée de sueur et échevelée. Les muscles de mes joues me brûlent à force de sourire bêtement dans le vide. Je dois me lever très tôt le lendemain matin, et pourtant, lorsque Camille propose que l'on se rende à une autre scène, un peu plus au sud dans le parc où nous sommes, je m'empresse d'accepter en suppliant une Hannah fatiguée de nous accompagner.

– J'ai envie de faire pipi ! s'exclame-t-elle, toujours aussi jolie et propre sur elle. Je n'arriverai plus à me retenir très longtemps, et j'ai faim, en plus… Et si on allait casser la croûte avant de rentrer ?

– Je n'ai pas très faim, moi ! intervient Ocean. Mais je n'ai pas envie que la soirée se termine !

Moi non plus.

– Tu n'as pas faim parce que tu as mangé tous mes biscuits, le taquiné-je, d'humeur légère. Mais j'avoue qu'un petit arrêt pipi me ferait le plus grand bien, à moi aussi !

Camille ronchonne et Andrea nous observe d'un air… un peu vide et morne. Je l'interroge d'un regard inquiet, mais il ne réagit pas, et ça m'inquiète assez pour me faire redescendre de mon petit nuage.

– Andrea ? Tout va bien ?

Pas de réponse. Pas de réaction.

Je suis à deux doigts de le secouer lorsqu'Hannah se plante en face de lui pour signer quelque chose que je ne comprends pas, mais qui parvient à faire sortir Andrea de sa léthargie. Surpris, il la dévisage de longues secondes, bouche bée… et l'air plutôt heureux. Puis il réplique, et au bout d'une minute, un grand sourire retrousse ses lèvres tandis qu'il hoche la tête avec enthousiasme.

– Tout est OK ! se réjouit Hannah en tapant dans ses mains. On peut y aller, les amis. Allons trouver un cabinet de toilettes – et propre, de préférence !

Nous nous remettons en route, à la recherche d'un restaurant qui ne soit pas déjà complet et qui propose des plats végétariens. Une tâche beaucoup plus difficile que je le pensais, si bien que l'on se retrouve à marcher pendant une bonne demi-heure dans les venelles surpeuplées du centre-ville.

– J'ignorais que tu savais parler le langage des signes, Hannah !

– Tu te souviens de Nina, ma nounou ?

Je hoche la tête pour répondre par l'affirmative, même si je n'ai aucun souvenir de cette femme.

– Son mari était muet. C'est elle qui m'a appris.

Hannah m'explique pourquoi elle adore ce langage qu'elle assimile à un code secret, et très vite, je perds le fil de la conversation, parce qu'Ocean s'est glissé près de moi et que sa main effleure la mienne à chaque pas, à chaque inspiration, à chaque courant d'air chaud qui traverse la rue. Je frissonne, mais il ne fait pas froid – pas du tout. Et lorsqu'Ocean ralentit l'allure, j'ignore pourquoi je l'imite. En fait, si. Je le sais. Mais je n'arrive pas à l'admettre. C'est trop dangereux, trop stupide, complètement débile. Et pourtant, je reste à côté de lui tandis que Camille, Hannah et Andrea disparaissent dans la foule. Nos doigts s'effleurent, nos cœurs se frôlent, j'ai envie de prendre sa main, de flirter avec lui comme s'il n'existait pas de lendemain, de l'embrasser sur la bouche et de lui dire à l'oreille à quel point je le déteste d'être aussi beau. Et aussi agaçant. Et si terriblement séduisant. J'ai envie de lui dire merci pour cet après-midi, parce que c'est un rêve de petite fille qui se réalise, et d'aller au diable, aussi, pour ce qu'il fait endurer à cette pauvre Rachel, même si ce ne sont pas mes affaires.

– Rachel… commencé-je, avant qu'il m'interrompe en se saisissant de ma main.

– Je lui ai dit que c'était terminé.

Ses doigts se resserrent autour des miens tandis qu'il m'attire encore plus près de lui pour que je puisse l'entendre sans qu'il ait besoin d'élever la voix.

– Tu avais raison, Ohana. Je ne lui avais peut-être pas fait de promesses, mais ça ne l'empêchait pas d'espérer quelque chose qui n'allait jamais arriver… Et c'était bel et bien ma faute, parce que je la laissais faire pour obtenir quelque chose d'elle en retour. Rien que d'y penser, je me déteste.

Mon cœur tombe en chute libre.

Je tremble – encore.

Je frissonne – toujours plus fort.

Et je panique.

D'une brusque secousse de l'épaule, je me débarrasse de son emprise et me dirige en trombe vers l'autre côté de la rue. Je ne sais pas où je vais, je veux juste le fuir. Lui, et tous les sentiments bizarres qu'il m'inspire et dont je me méfie désormais comme de la peste. Mais Ocean n'est pas du genre à renoncer, et lorsqu'il me rattrape par le bras, je sais qu'il ne me laissera pas le repousser sans une bonne raison…

Dieu seul sait que j'en ai des tonnes et des tonnes !

Hélas, il n'y en a pas une seule qui me vienne à l'esprit…

Agacée par mon propre comportement, dépassée par tous les événements de ces derniers mois, je fais volte-face, prête à tout lui raconter, à tout lui dire sur moi pour le dégoûter à jamais d'Ornella Sinclair, la plus grosse des ratées, lorsque mon regard noir croise celui d'un homme d'âge mûr, accompagné d'une jolie femme un peu plus âgée que lui et coiffée d'un impeccable chignon blond doré. Soudain, le temps s'arrête en pleine course. Tout mon univers se suspend entre deux souffles, le mien… et celui de Jarod, qui semble aussi étonné que moi par cette rencontre fortuite.

Mon cœur ne tombe plus – il s'écrase.

Erika lui a pardonné.

Je ne tremble plus, je ne frissonne pas.

Et loin de paniquer, tout à l'intérieur de moi se calme sous le baiser glacé de la haine qui me consume comme une maladie incurable.

Il est toujours pareil, même s'il a légèrement changé depuis notre dernière rencontre, lorsqu'il m'a mise à la porte de chez lui tout en sachant que je n'avais nulle part où trouver refuge. Il semble plus âgé, un peu fatigué, et son visage d'une sensualité sombre et inquiétante porte de nouvelles rides qui accentuent la dureté de ses yeux polaires. Il est toujours aussi beau, mais je le vois vraiment pour ce qu'il est, désormais… et je remarque pour la première fois tout le mal qui le gangrène comme un parasite.

Ce n'est pas un homme bien. Et lorsque je suis tombée amoureuse de lui, je n'étais moi-même pas une fille bien.

– Ohana ! s'écrie Ocean, en me forçant à me tourner vers lui et à rompre le contact visuel avec Jarod. Ne pars pas comme ça !

Le temps se remet à s'écouler normalement, comme il l'a toujours fait, un grain de sable à la fois, et l'univers expire un long soupir de soulagement qui me remet les idées en place.

– Ne fais pas ça… me supplie mon colocataire, l'air étrangement vulnérable. Ne me fuis pas comme si j'étais une espèce de monstre !

Ce n'est pas un monstre.

Il n'a rien à voir avec Jarod.

Je me suis trompée.

Ocean est un connard, mais tout n'est pas à jeter, chez lui.

Il n'y a que chez moi qu'il n'y a plus rien à sauver.

Et c'est avec cette pensée en tête que je craque. Encore une fois, je lâche tout. Absolument tout. Et je me libère sur ses lèvres rouges que j'embrasse avec une passion qui dévaste tout sur son passage, à commencer par moi-même, la Ornella 2.0 qui, loin de mourir, retrouve goût à la vie.

D'abord surpris, Ocean finit par me soulever comme une enfant et me plaque contre le mur que je n'avais pas remarqué jusqu'à présent, situé juste derrière nous, un peu à l'écart de la foule. Puis il me saisit par le cou et l'enserre, m'embrassant si violemment que c'en est douloureux – et merveilleux. J'abats mes poings contre son torse, non pour le repousser, mais pour le retenir le plus possible contre moi. Son corps se fond contre le mien à la perfection, et lorsqu'il se met à bouger les hanches, je roule des yeux extatiques tout en me contorsionnant pour le sentir là où j'ai mille et une fois rêvé de l'avoir pour moi, et rien que pour moi. J'ai beau savoir que c'est une très mauvaise idée, que nous sommes au beau milieu de la rue et que tout le monde est peut-être en train de nous observer d'un air choqué, je n'arrive pas à me convaincre d'arrêter. De le repousser. De mettre un terme à ce baiser sauvage, plein de non-dits et de secrets. Sa langue agile bouscule la mienne comme une épée qui fouaillerait mes entrailles pour mieux me torturer, et ses dents se heurtent à mes lèvres qu'elles entaillent à la commissure. Nos salives se mélangent avec un arrière-goût de rouille. Ocean est en train de me vaincre, et je ne cherche même pas à me défendre, parce que je ne désire rien d'autre que le laisser gagner à ce petit jeu pervers dont je ne connais ni les règles, ni les limites.

Je le respire, je le bois, je me noie en lui.

– Ocean, gémis-je contre sa peau brûlante lorsqu'il se recule pour reprendre sa respiration.

Noie-moi jusqu'à remplacer l'air par l'eau dans mes poumons, songé-je, en repartant à l'assaut de sa bouche. *Oh, Ocean… Noie-moi jusqu'à me remplir de toi.*

Comme s'il m'avait entendu penser, Ocean s'exécute avec un plaisir et une frénésie qui menacent de me briser en deux. Il s'immisce plus profondément à l'intérieur de ma bouche, comme pour mieux savourer l'arôme suave de nos baisers, et c'est à son tour de se couper sur le tranchant de mes canines. Sa plainte – mi-souffrance, mi-plaisir… – me fait tourner la tête comme si j'étais accrochée à l'envers dans un carrousel de fête foraine. Sa douleur répond à la mienne, son envie exacerbe mon besoin de l'avoir en moi. Je l'embrasse avec une passion incontrôlée, un embryon d'amour avorté. J'ai l'impression que la réponse épanouie de mon corps à son agressivité latente l'affole autant qu'elle l'excite, et soudain, il se montre plus brutal, plus possessif, comme s'il cherchait à me revendiquer. À me déposséder de cette liberté à laquelle il tient si fort et pour laquelle il sacrifie toutes ses relations amoureuses. Ses doigts malaxent la chair de mes fesses, ses ongles entaillent ma peau et son corps m'écrase contre le mur, comme s'il voulait me faire disparaître à travers les briques rugueuses.

Sa bouche impitoyable ravage la mienne. Il me pille de fond en comble. Je n'ai plus de souffle, mais ce n'est pas grave, parce que c'est tellement bon de respirer à travers lui que je n'ai plus besoin d'oxygène.

Ma main s'égare dans ses cheveux bouclés que j'ébouriffe presque autant que les miens tandis que l'une des siennes tente de se glisser sous l'ourlet de mon short et de ma culotte. Mon clitoris palpite, je suis tellement mouillée que je me sens couler sur l'intérieur de mes cuisses…

Il consume mon corps.

Mais pas ici.

Pas dans la rue.

Pas devant tout le monde.

Pas *encore* devant tout le monde.

– Arrête ! paniqué-je, en me sentant perdre le contrôle. Je t'en supplie, arrête-toi là, Ocean !

Ou je vais jouir dans la honte et le regret, comme autrefois.

Loin de comprendre ce qui se trame dans ma tête, Ocean tente de me calmer en prenant ma main dans la sienne, mais… je n'y arrive pas. Je n'y arrive plus. Le passé m'a rattrapée, et ce n'est plus Ocean que je sens contre moi, mais le fantôme de Jarod, prêt à m'abandonner une deuxième fois.

Une ultime fois.

Et là, je le sais : je n'y survivrai pas.

– Lâche-moi ! m'écrié-je d'une voix aiguë qui ne me ressemble pas. Ne me touche pas !

Ocean retire sa main comme si je venais de le brûler à l'acide, une expression empreinte de douleur sur le visage, blessé au-delà de tout ce que les mots peuvent exprimer. J'essaie de me calmer, de me raisonner, mais je le sens… lui plus que n'importe quel autre… froid et mauvais… ramper le long de ma colonne vertébrale…

Le regard de Jarod, toujours là, beaucoup trop près de moi.

– Allons retrouver les autres, tranché-je, en retournant dans la foule pour m'y perdre, pour m'y cacher.

Ocean ne prononce pas le moindre mot, mais il me suit en prenant soin de ne plus me toucher, exactement comme je le lui ai ordonné. Il ne m'effleure même plus, et Dieu seul sait pourquoi, j'éprouve un vif pincement au cœur, comme si je m'étais attendue à ce qu'il n'en fasse qu'à sa tête, à son habitude.

Mais non.

Pour une fois dans sa vie, Ocean respecte les limites qu'on lui a fixées…

Et j'ignore pourquoi ça me donne tellement envie de pleurer.

CHAPITRE 17
Blackfish

OCEAN

Il faut que j'arrête d'y penser.

Mais j'y pense tout le temps...

Il faut vraiment que j'arrête de me le rejouer.

Mais il passe en boucle dans ma tête.

Ce baiser... ce putain de baiser avec Ornella à l'ouverture du festival, dans les rues moites et mouvementées de cette ville pleine de chaleur et festivités que j'aime plus qu'aucune autre au monde, me hante jour et nuit – et surtout la nuit.

Je la sens encore contre moi, épanouie comme une fleur ravie d'être cueillie, aussi chaude qu'une flamme capable de rivaliser avec l'ardeur du soleil. Sa peau douce, sa langue sucrée, son corps souple et ses yeux enfumés... Tout est dans ma tête et rien ne veut plus en sortir, comme si elle s'était imprimée à l'intérieur de moi, infiltrée sous mon épiderme et insinuée de force dans mon esprit qu'elle s'amuse à tourmenter.

Aujourd'hui, le festival est terminé, après deux semaines de réjouissances auxquelles je n'ai même pas vraiment eu le cœur à goûter, et une partie de moi se trouve toujours là-bas, à danser et à embrasser Ornella comme si elle n'avait jamais attendu que ça de toute son existence.

C'était le baiser le plus érotique de ma vie.

Jamais on ne m'avait embrassé comme ça… Avec tant de passion, tant d'envie, tant de plaisir et de douleur mêlée qu'il en devenait difficile de les distinguer l'un de l'autre. Du désir et de la haine, et comme je m'en doutais : c'est un cocktail explosif qui m'a complètement et irrémédiablement démoli.

J'étouffe un soupir de lassitude en essayant de me reconcentrer sur le film.

– Si tu soupires encore une fois, je te promets que je demande le divorce, marmonne Camille, allongé sur l'autre canapé. Je n'entends rien du film à cause de toi !

Je gratifie mon ami d'un regard morne et inexpressif.

– Dois-je te rappeler que nous ne sommes pas mariés, mon pote ?

Camille secoue sa tête blonde.

– Ce n'est qu'un détail purement administratif.

– Comme le divorce, lui fais-je remarquer.

Il grogne.

– Tu as été tellement chiant, cette semaine ! Maintenant qu'Ornella et Andrea sont partis se coucher, il est temps pour toi de dire à ton papa ce qui te tracasse.

– Je croyais que tu étais mon mari, ronchonné-je. Et non, merci. Je ne vais pas passer mon vendredi soir à jouer au courrier du cœur avec toi, mec.

Je broie du noir depuis deux semaines à cause de l'indifférence d'Ornella. Mais hors de question de l'admettre à haute voix, ou bien Camille se ferait une joie de me retirer ma carte de membre du club des « Hommes virils » que je lui ai moi-même ôtée après sa rupture avec Côme, lorsqu'il chouinait comme une fillette à chaque fois qu'il retombait sur l'un des poils pubiens de son ex dans le siphon de la douche.

– Donc, c'est un problème de meuf, traduit-il, pas aussi bête que j'aurais aimé qu'il le soit. Hum, hum… Je me demande qui te fait la misère…

Bordel de merde ! Grillé !

J'étouffe un autre soupir éreinté, récolte un nouveau regard courroucé de la part de mon meilleur ami et me redresse sur le canapé pour me rouler un joint. C'est le minimum vital pour m'aider à survivre à cette conversation à laquelle, je le sais bien, je n'ai absolument aucune possibilité d'échapper. Je suis déjà chanceux que Camille ait attendu qu'Ornella et Andrea se soient retirés dans leur chambre.

– Laisse-moi deviner, persifle-t-il, en faisant semblant de réfléchir. Elle est brune !

Je ne réponds pas et, après avoir effrité mon cannabis dans un peu de tabac, colle mes feuilles avec ma salive.

– Elle est belle, même si elle ne s'en rend pas compte, et elle a déjà fait tourner la tête d'Andrea, continue à énumérer Camille, que j'ai une forte envie d'étrangler.

– J'ai dit à Andrea qu'il n'avait aucune chance avec Gator. Je crois qu'il a fini par le comprendre, maintenant.

Camille me jette un regard anormalement sérieux.

– Oui, je sais. Il m'en a parlé. Tu as été méchant avec lui.

Je rougis, non par culpabilité, mais parce qu'il m'énerve à toujours prendre la défense de ce pauvre Andrea qui tire des plans sur la comète à chaque fois qu'une fille un tant soit peu jolie lui adresse un sourire.

– Il fallait qu'il l'entende ! me défends-je vivement. Il était en train de tomber amoureux d'elle, et tu le sais très bien !

Alors, oui, je n'aurais peut-être pas dû l'humilier en la prenant dans mes bras, trois semaines plus tôt, lorsqu'il était évident qu'il crevait lui-même d'envie de le faire. Et non, je n'aurais sûrement pas dû lui avouer qu'elle m'avait dit qu'elle ne le considérait pas comme un amant potentiel. Je sais bien que je l'ai blessé. Mais je persiste à penser qu'il fallait qu'il le sache. Mieux vaut être déçu qu'avoir le cœur brisé.

– Qui te dit qu'il n'aurait pas pu la conquérir ? Ils s'entendent très bien. Ils passent tout leur temps ensemble !

Je grince des dents en allumant mon joint à l'aide d'une allumette qui laisse une odeur de bois brûlé dans le salon. Effectivement, mon intervention n'a pas freiné leur rapprochement, et c'est très agaçant de constater qu'avec lui, elle n'a aucun problème de communication, alors qu'elle me fuit comme si j'étais un mélange de peste et de choléra.

– C'est elle qui me l'a dit.

Camille met le film sur pause pour se tourner complètement vers moi. Mauvais signe. Je tire une latte, puis une autre et laisse la troisième me carboniser les poumons. Putain, j'ai autant envie de lui parler d'Ornella que de sauter d'un avion sans parachute. Cette fille me rend dingue, elle me met la tête à l'envers. Je ne la comprends pas. Je ne la supporte pas. Mais je ne peux pas m'empêcher de la désirer comme je n'ai jamais rien désiré de toute ma vie. Avec une force qui pourrait défier les lois de la gravité, du temps et de l'espace.

Et ça craint, putain !

– Ocean… Admets que tu as essayé de le saboter pour pouvoir te la garder rien que pour toi, et je te confierai un petit secret sur la belle épine que tu as dans le cœur.

Paf ! Droit au but et en pleine tronche !

Camille n'y est pas allé de main morte. Et il est malin comme un singe, le bougre, à me faire miroiter un secret qui, j'en suis sûr, n'existe pas, dans le simple but de me tenter et de m'obliger à tout lui révéler sur ce qu'il se passe – ou plutôt, sur ce qu'il ne se passe pas – avec Ornella. Le truc, c'est qu'il consacre beaucoup plus de temps à Gator que moi, et je le sais, tous les repas qu'ils partageant en tête à tête sont propices à se laisser aller à quelques confidences. Bien sûr, ma curiosité est piquée au vif, et comme le dirait ma Tutu : « Avec les filles, tu es comme un âne qu'on appâterait avec une carotte, Ocean. » Je n'ai jamais su résister aux grandes brunes mélancoliques, perdues et dotées d'un caractère aussi volcanique que l'île sur laquelle j'ai grandi.

Heureusement, je n'en ai jamais rencontré qu'une de toute ma vie !

– Règle numéro un : pas de sexe entre colocataires, lui rappelé-je.

Camille ricane d'un air crâneur.

– Depuis quand tu obéis aux règles, Ocean ?

– Depuis que j'ai compris qu'elles étaient parfois utiles.

Et puis, je n'ai jamais dit que cette règle s'appliquait à moi. Juste qu'elle entrait en vigueur dans le cas d'Ornella et Andrea.

Bon, OK, je suis un connard.

– Tu as envie d'Ornella, m'accuse-t-il.

Je fume pour ne pas avoir à lui mentir.

– Et elle a envie de toi, poursuit-il, en guettant ma réaction.

Mais je ne réagis pas, parce que je sais déjà qu'elle me veut. Je l'ai senti dans son baiser, sur son corps brûlant, entre ses cuisses trempées. Ornella éprouve la même envie que moi, et c'est pour cette raison que je ne comprends pas pourquoi elle s'échine à me fuir avec une telle ardeur ! Qu'y a-t-il de mal à se faire un peu de bien ? Pourquoi ne me laisse-t-elle pas effacer le souvenir de son ex-amant ? Je m'en ferais un si grand plaisir, pourtant ! Ne sait-elle pas que pour se remettre d'une chute de cheval, il faut remonter directement en selle – ou un truc comme ça…

– Pas de sexe entre colocataires, répété-je.

Je recrache ma fumée dans sa direction en espérant qu'il finisse par se lasser et me laisse retourner à mon centième visionnage, au moins, du superbe documentaire *Blackfish*, réalisé par Gabriela Cowperthwaite et centré sur la vie de l'orque Tilikum du parc aquatique SeaWorld et des morts qu'elle a causées. Même si le véritable objectif de ce film est de démontrer au grand public les dangers de la captivité de ces animaux.

Certaines créatures ne sont pas faites pour être domptées, domestiquées, privées de leur liberté.

Et pour une orque, l'appel de l'océan sera toujours plus fort que l'affection qu'elle porte à ceux qui croient savoir comment l'aimer et s'occuper d'elle.

– Tu me gonfles, mon pote, râle Camille. Et tu ne leurres personne avec cette attitude. Je sais bien que tu la veux, cette fille. Et je sais aussi que tu vas l'avoir…

Là, c'est plus fort que moi, je tombe dans le piège.

– Qu'est-ce qui te fait dire ça ?

Un léger sourire arrogant soulève la commissure des lèvres du musicien.

– La façon dont vous vous dévorez des yeux dès que l'un est persuadé que l'autre ne le regarde pas.

Je ne peux pas le nier, je me suis probablement abîmé les rétines à force de la bouffer du regard. À ce rythme, je vais finir par devoir porter des lunettes avant la fin de l'année !

– Et puis, votre façon de danser au festival... *mamma mía*, ça m'en donne encore des sueurs chaudes !

Oui, à moi aussi.

– Mais j'ai une question pour toi, Ocean.

Ne la pose pas, ne la pose pas, ne la pose pas, le supplié-je en mon for intérieur, car je sais très exactement ce qu'il va me demander.

– Une fois que tu auras couché avec elle... parce que tu vas coucher avec elle, c'est certain... qu'est-ce que tu feras ?

Je n'en ai pas la moindre idée.

Alors je fume, encore, toujours plus, pour engourdir la partie de mon cerveau qui tente de répondre à cette question beaucoup trop dangereuse.

– Est-ce que ce sera le coup d'une nuit ?

Non. Je n'aurai pas assez d'une nuit. Il m'en faudra plus, beaucoup plus pour me rassasier du feu sacré d'Ornella – et de son miel sucré.

– Un plan cul régulier ?

Oui, ce serait parfait, mais je sais qu'elle ne consentira jamais à s'engager dans une histoire aussi bancale. Pas avec moi. Pas après ce qu'elle a vécu et dont elle ne s'est visiblement pas remise.

– Ou ta petite amie ?

– Je n'ai pas de petite amie, lui rappelé-je. Je n'en ai jamais voulu et je n'en voudrai jamais...

M'attacher à une fille, c'est prendre le risque qu'elle m'abandonne ou que je l'abandonne. Bref, cela revient à s'engager dans une voie sans issue et compliquée qui demande plus de temps et d'efforts que je n'ai envie d'y consacrer.

– Alors, laisse-la tranquille et arrête de bouder parce qu'elle ne te tombe pas toute cuite dans le bec, me tance Camille en se relevant. Je vais me coucher. Bonne nuit, espèce de gros con.

– Bonne nuit toi-même, marmonné-je dans le vide.

Je repousse la tête de Bonzaï posée sur ma cuisse et me lève pour attraper la télécommande, abandonnée sur la table basse. J'appuie sur le bouton Lecture et remets le film en marche tandis que je m'allonge sur le canapé en forçant mon tégu à aller s'installer à la place que vient de quitter Camille. Puis je reprends mon joint que je fume du bout des lèvres en regardant la triste, triste vie de Tilikum, surnommée l'Orque Tueuse.

Privée de sa liberté, elle s'est transformée petit à petit en bête sauvage, capricieuse et agressive, et fatalement, elle a fini par s'en prendre à ceux-là mêmes qui essayaient de rendre son effroyable destin un peu moins difficile à supporter.

Je somnole en suivant le documentaire d'un œil, toujours aussi ému par le sort de cette dresseuse qui, à cette époque, n'avait pas conscience du mal qui avait déjà été infligé à Tilikum et qui aimait sincèrement cet animal – mais de la plus terrible et mauvaise des façons. Elle ne méritait pas de mourir comme ça et, bien sûr, elle n'y était pour rien, malgré toutes les choses qui ont été dites sur elle dans la presse. Malheureusement, l'amour est parfois une cage dorée, et les bonnes intentions, autant de coups de couteau plantés entre les côtes de la personne que l'on aime.

– Putain, mais il va foutre le feu à l'appart' un jour, ce débile ! rouspète une voix féminine qui me fait rouvrir une paupière.

Le salon est plongé dans le noir, le générique de fin défile sur l'écran de la télé et la box internet affiche trois heures du matin – j'ai fini par m'endormir, assommé par la *weed*. Et avec mon joint à la bouche, visiblement, puisqu'Ornella vient de me le retirer en pestant contre mon comportement de « drogué immature et irresponsable ». Je ne sais pas quand je l'ai rallumé et je suis un peu surpris de constater qu'il m'arrive même de fumer pendant mon sommeil, mais je ne bronche pas… trop heureux de l'avoir là, juste à côté de moi, dans une petite tenue si affriolante que je sens mon sexe se dresser à la verticale dans mon pantalon de pyjama.

Vêtue d'un simple tee-shirt blanc qui tombe jusqu'au milieu de ses cuisses, elle ramasse les cendres de mon joint tombées sur le sol et les restes de nourriture que Bonzaï s'est fait un malin plaisir de manger dès que j'ai fermé les yeux. Penchée en avant, inconsciente du fait que je suis réveillé et qu'elle a mis ses jolies fesses juste à hauteur de mes yeux, elle nettoie la table basse, referme mon pochon de cannabis et s'empare de la télécommande pour éteindre la télévision.

Je ne sais pas pourquoi je fais ce que je fais ensuite…

Une impulsion subite et irrationnelle, sans doute.

Mais je tends la main et, tout doucement, caresse la peau satinée de sa cuisse nue qui frissonne instantanément à mon contact.

– Ocean ? souffle-t-elle, en s'immobilisant sous mes doigts.

Je ne réponds pas. Si elle croit que je dors, elle me laissera peut-être profiter quelques secondes de plus de la chaleur incandescente de son corps. Une chaleur qui me réchauffe jusqu'à l'âme et dont j'ai besoin pour ne plus me sentir aussi… seul et perdu, comme elle.

Ma main remonte, puis redescend lorsque je la sens tressaillir, avant de remonter une nouvelle fois vers l'endroit que je rêve de goûter depuis… eh bien, depuis que j'ai vu sa photo de profil, sur Internet, après ce fichu e-mail plein d'humour et de mystère que je n'ai jamais réussi à m'enlever de la tête.

Mes doigts serpentent vers son entrejambe, toujours plus haut, toujours plus loin. Sa respiration s'accélère, et la mienne aussi. Je suis si dur que je pourrais casser une bûche de bois en deux ou river un clou dans un mur. Une légère odeur épicée s'élève dans le salon surchauffé. La fragrance d'un désir moite et sucrée. Le parfum d'un miel que j'ai désespérément besoin de m'étaler sur la langue.

J'ai faim, si faim d'elle.

Et tellement peur qu'elle me fuie encore une fois en m'interdisant à tout jamais de la toucher.

Mais ma main continue à monter, et elle ne s'en va pas.

Cette fois, elle ne me repousse pas.

Mes doigts frôlent l'ourlet de son tee-shirt et passent en dessous de la fine barrière de tissu blanc, ce qui lui arrache un petit gémissement si sensuel que mes testicules se rétractent sous la pression d'une jouissance beaucoup trop anticipée.

Je monte, encore.

Je bande, si fort.

Et là, j'y suis presque, à quelques centimètres à peine de ses lèvres mouillées…

– Ocean… Non, c'est interdit, souffle-t-elle à mi-voix, la respiration haletante, pleine d'une fébrilité qui accentue la brûlure délicieusement douloureuse de notre fièvre érotique. Ocean, s'il te plaît…

Je ne peux plus feindre de dormir, désormais. Elle sait que je suis réveillé, et peut-être le sait-elle depuis le début. Comme moi, elle est bien trop consciente de la pente glissante sur laquelle nos deux corps échauffés se sont engagés. Et comme moi, elle n'a pas la moindre envie que ça s'arrête là. Ma seconde main, d'une volonté perfide que je ne saurais nier ou contrôler, remonte le long de son autre cuisse, d'une couleur de caramel croustillant. Elle a la peau si douce que lorsqu'elle frissonne, je le ressens jusqu'au creux enflammé de mes reins.

– Chut… Ce n'est qu'un rêve…

Ornella ne répond pas.

Et elle me donne ainsi son accord.

Sans plus attendre, je l'attire contre moi sur le canapé et plaque son dos contre mon torse pour nicher mon visage au creux de son cou.

Tout contre son oreille, je gronde :

– Enfin, enfin, enfin…

Parce que mes doigts trouvent *enfin* l'entrée de sa féminité trempée.

– Tu n'as pas de culotte, m'étranglé-je dans un gémissement rauque qui lui fait cambrer le dos pour appuyer ses fesses contre mon sexe. Ah, putain… Ohana… Tu adores me torturer, n'est-ce pas ?

– Peut-être, me provoque-t-elle.

Ses fesses charnues se pressent contre mon bas-ventre, tendu à l'extrême. Voilà la plus tendre des invitations ; le râle de plaisir incontrôlé qui s'échappe de ses lèvres mouillées lorsque mes doigts pénètrent en elle pour la toute première fois…

Je l'ai toujours dit, les vilaines filles sont les femmes les plus douces, au lit. Et comme je m'en doutais, Ornella a le plus sucré de tous les miels, dans lequel je vais me faire le plaisir d'enfouir mon visage.

Il n'y a pas que Winnie l'Ourson, ce gros cochon, qui soit assez glouton pour plonger sa tête dans le pot des merveilles…

– Tu as cette expression que je déteste, murmure-t-elle, en me regardant par-dessus son épaule, les paupières lourdes.

– Laquelle ?

– Celle qui me dit que tu penses à quelque chose qui me donnerait sûrement très envie de te frapper.

Je ris en la serrant plus fort contre moi, mes doigts toujours là où elle les veut le plus au monde.

– C'est l'heure de faire l'amour, Ohana. Pas la guerre.

Ses yeux s'enflamment et me consument d'un désir qui s'inscrit au-delà de la raison.

– Je ne capitule pas, réfute-t-elle, en ondulant des hanches. C'est juste une autre forme de bataille, et crois-moi, je vais la gagner, celle-là aussi.

Elle est tellement adorable lorsqu'elle essaie de jouer les dures à cuire que je me sens obligé de l'embrasser sur la joue.

– D'accord, gagne-la, si ça te chante… mais baise-moi, putain !

Ses yeux s'écarquillent sous l'effet de la surprise, puis ils s'enflamment de désir. Sans ajouter un seul mot, elle me bouscule pour me faire rouler sur le dos et se positionne au-dessus de moi, en amazone farouche et bestiale. Ses mains ne tremblent pas lorsqu'elle caresse mon torse couturé de cicatrices, mes tatouages abîmés et les poils drus de mon nombril.

– Juste une fois, dit-elle, en sortant mon sexe de mon pantalon de pyjama. Il n'y aura que cette nuit, Ocean.

Je me demande distraitement si elle a entendu une partie de ma conversation avec Camille, mais c'est très difficile d'y réfléchir, parce qu'elle me branle comme si elle savait très exactement comment me prendre dans sa main pour me faire jouir le plus fort et le plus vite possible – ce qui serait très humiliant pour moi, et très frustrant pour elle.

– Si tu le dis, soufflé-je, en arquant le dos de plaisir. Enlève ton tee-shirt, Ohana.

– Un peu de patience.

Mais nous savons tous les deux qu'il n'y a plus de temps pour la patience. Maintenant, c'est l'urgence de la jouissance qui prédomine. On se veut trop fort pour attendre, on se tourne autour depuis plus de six semaines et je n'ai plus envie de perdre une seule seconde.

– Je peux te supplier, si c'est ce que tu attends de moi.

Le pire, c'est que je suis sincère, et ça m'effraie presque assez pour me faire arrêter – *presque*. Mais c'est trop bon, je la désire avec une trop grande violence et sa main continue à me faire côtoyer les étoiles.

– Ne me supplie pas, réplique-t-elle d'une voix toute sucrée. Je veux que tu continues à te comporter comme un véritable connard. C'est plus facile pour moi.

Je sais pourquoi elle me dit ça, et là encore, c'est terrifiant. Elle veut que je me comporte comme le con du début, parce qu'elle sait qu'elle ne risque pas de s'attacher à lui. Mais moi… je veux être aussi doux et tendre *avec* elle que sauvage et déchaîné *en* elle. L'embrasser, puis la baiser. La serrer dans mes bras, puis la prendre en levrette jusqu'à entendre claquer mes hanches contre ses fesses. Je veux la lécher, la laper comme un chat sirote un bol de lait, puis la pénétrer brusquement avec trois doigts et l'écarteler pour me frayer un chemin jusqu'au cœur de son paradis moite.

Tout en la laissant me caresser d'une main ferme, je tends le bras et ouvre le tiroir de la table basse où Camille range ses préservatifs. J'attrape un petit carré brillant que je viens coincer entre mes dents avant de me débarrasser de mon jogging et de mon caleçon, enroulés autour de mes chevilles.

– Si c'est vraiment ce que tu veux de moi, alors il faut que tu saches que je n'aurai pas la moindre patience avec toi, la préviens-je, complètement nu et offert à son regard vorace.

Mes doigts remontent entre ses jambes largement écartées et mon pouce s'insinue dans les plis de son sexe pour aller à la rencontre de son humidité.

– Je t'ai à peine touchée, murmuré-je en la dévorant d'un regard de braise, que tu es déjà trempée et prête à avaler ma queue jusqu'à la garde.

Mon pouce plonge en elle, aussi profondément que possible, et elle doit se mordre les lèvres pour ne pas hurler et réveiller toute la maison. Ses muscles intimes se contractent spasmodiquement autour de mon doigt qui va et vient au même rythme que les battements de mon cœur. Sans perdre un instant, je déchire l'emballage du préservatif avec les dents, repousse sa main toute chaude et le déroule sur mon érection lourde et épaisse.

– Je suis prête pour toi depuis bien trop longtemps, m'avoue-t-elle dans un murmure gourmand qui menace de me faire éjaculer. Je n'ai pensé qu'à ça depuis le festival.

– Tu l'as bien caché, alors…

Ornella me prend le visage en coupe, et là, je me rends compte que l'on ne s'est toujours pas embrassés.

– J'ai eu peur.

Je fronce les sourcils et l'oblige à me regarder avant d'entrer en elle.

– N'aie jamais peur de moi. Je ne te ferai jamais de mal. Je te le promets.

Ses beaux yeux noirs deviennent tristes.

– Tu ne fais pas de promesses, Ocean, me rappelle-t-elle, à raison.

– Pour toi, je veux bien faire une exception.

Et ça aussi, ça me fout la trouille.

– On ne se connaît même pas vraiment…

Cela ne fait que six semaines qu'elle habite avec nous, et je conçois que pour elle, ce ne soit pas un temps suffisamment long pour considérer que l'on se connaît, mais ce n'est pas mon cas. Je sais qui elle est – une femme incroyablement forte qui travaille d'arrache-pied pour s'en sortir et qui ose me tenir tête lorsque je me comporte comme un imbécile. Une femme qui accepte et respecte le silence d'Andrea sans jamais le mettre de côté ou lui faire sentir qu'il n'a pas sa place auprès d'elle. Une femme qui peut rire des pitreries de Camille tout en lui posant des limites. Une femme qui adore les animaux – à l'exception des serpents. Une femme qui ne boit qu'un café le matin, mais qui dévore deux ou trois assiettes le midi et qui saute le repas du soir lorsqu'elle est trop stressée par ses cours à l'université. Une femme qui écrit des vérités douloureuses dans son journal intime. Une femme sensible, belle et intelligente. Une femme sensuelle, chaude et sauvage…

Ornella Sinclair, une rose écarlate.

Ma rose écarlate.

– Moi, je te connais.

– Tu ne sais rien de moi, se désole-t-elle, toujours aussi triste.

– Laisse-moi te prouver le contraire…

Tout en prenant appui sur le canapé pour garder l'équilibre, je la hisse au-dessus de moi de manière à me positionner à l'entrée de sa fente lubrifiée. Son corps est toujours dissimulé sous le long tee-shirt de coton blanc, si bien que je glisse mes mains sur ses hanches et le fais disparaître d'un mouvement si rapide qu'Ornella manque tomber à la renverse.

– Non, toi, tu restes là, grondé-je en la replaçant là où l'on se veut tous les deux.

Ornella se fend d'un léger sourire, renversante de beauté, et m'aide à me débarrasser de son vêtement en se tortillant sur mes cuisses. Un frisson de volupté picote la base de ma colonne vertébrale – je ne vais pas réussir à tenir très longtemps, à ce rythme-là !

– C'est juste pour une nuit, n'est-ce pas ?

Je frémis de tout mon être tant j'ai envie de m'enfoncer en elle – là, maintenant, tout de suite.

– C'est juste un rêve, Ohana… Juste un rêve…

Mon sexe effleure les pétales veloutés de sa féminité et lui arrache une longue complainte où l'extase se mêle à l'impatience. La morsure brûlante de notre désir s'enflamme encore plus intensément, me calcinant jusqu'à l'os pour dévoiler les contours de mon cœur à ses yeux noirs, si noirs…

Ai-je déjà désiré une femme à ce point-là ?

Non, je ne le crois pas.

Je me fige lorsque ses doigts se referment autour de ma hampe pour m'aider à m'introduire en elle. L'odeur si caractéristique du sexe tourbillonne dans la pièce, musquée et opulente ; elle forme un parfum enivrant de stupre, de sueur et de phéromones qui m'électrise de la tête aux pieds – je n'ai pas menti à Ornella en lui disant que j'étais doté d'un excellent flair. Ma peau est de plus en plus fiévreuse, mes testicules, de plus en plus gonflés, et je suis étonné de constater que je tremble comme un jeune garçon inexpérimenté lorsque mon sexe entre en elle pour la toute première fois.

– Putain, Ohana ! haleté-je, le souffle coupé.

Avec un sourire si coquin que j'en crève, elle se laisse glisser le long de mon corps jusqu'à s'asseoir complètement sur moi.

Je gronde.

Elle gémit.

– C'est trop bon, putain ! Beaucoup trop bon ! Je suis en toi, Ohana. Tu me sens, hein ? Je suis tout à l'étroit et c'est encore meilleur que dans mes rêves !

Ses mains se crispent sur mes épaules, auxquelles elle s'accroche pour ne pas tomber en arrière, et ses yeux se révulsent tandis qu'elle entame une longue série de va-et-vient qui menace de me faire exploser sur-le-champ. Je ferme les paupières, submergé par le plaisir et ahuri par la ferveur de mon cœur. Tout à coup, je me sens à vif, trop vulnérable et exposé, comme si elle ne prenait pas seulement mon sexe en elle, mais aussi mon âme. J'ai attendu avec impatience ce moment où elle me céderait enfin, où le désir prendrait le pas sur la haine, mais je ne m'attendais pas à ce que ce soit moi qui m'abandonne à elle – corps, cœur et âme.

Perturbé par le chemin interdit que prennent mes pensées, je me redresse pour lui faire face, le visage à quelques centimètres du sien, et tente de me mettre à l'abri de nos passés respectifs.

Ce n'est que du sexe.

Ce n'est qu'une nuit.

Ce n'est qu'un rêve.

– Oh, Ocean…

Je perçois son agitation dans la crispation de ses paupières et dans l'affolement de ses prunelles. Elle non plus, elle ne sait plus où nous en sommes, et je crois qu'elle est aussi troublée que moi par la puissance inattendue de notre connexion.

– Ne t'arrête pas, la supplié-je malgré tout, l'esprit en vrac. Baise-moi fort, Ohana. Baise-moi aussi fort que tu le peux…

– Ça fait tellement longtemps, me confie-t-elle. Je ne sais plus… Et avant toi, je n'ai connu qu'un seul homme.

Je reste bouche bée face à cette révélation à laquelle j'ai du mal à croire. Mais en même temps, elle l'aimait vraiment, son ex… et peut-être est-il le seul à l'avoir jamais connue ainsi, nue et offerte, aussi chaude que mouillée…

Avant moi.

Pris de frénésie, j'arque mon bassin pour m'enfoncer plus profondément en elle, encore et encore. Elle se cambre pour mieux me recevoir et inspire à pleins poumons, enivrée par la perfection de notre étreinte. Tout sonne si juste, avec elle.

– C'est tellement bon. Je ne l'avais jamais fait comme ça… Jamais…

– Putain, tu me tues, Ornella… Je te jure que tu me tues…

Je plaque ma paume contre son pubis et caresse son clitoris d'une lente pression circulaire de mon majeur. Son sexe se met à palpiter autour du mien, m'emprisonnant dans un poing de velours qui m'emmène droit vers le septième ciel. La tête dans le brouillard, je l'observe tandis qu'elle se tortille de plaisir sous mes assauts de plus en plus violents, de plus en plus brutaux. Elle est si fascinante, ainsi offerte à mes coups de reins, que c'en est hypnotique. Son corps fin et athlétique n'est plus animé que par un seul besoin : celui de jouir le plus vite possible. Lorsque je trouve ce petit point secret bien caché dans les tréfonds secrets de sa féminité, son cou bascule en arrière et ses cheveux cascadent le long de sa poitrine. L'une de ses boucles s'enroule autour de son téton rose. C'est beau. Elle est belle. Sa tête dodeline de droite à gauche, puis de gauche à droite, comme si elle luttait de toutes ses forces contre des mains invisibles qui tenteraient de l'attirer loin de moi.

Inacceptable.

C'est elle et moi jusqu'à la fin.

J'accélère le rythme et la violence de mes assauts afin de l'emmener jusqu'au septième ciel.

– Ornella… Ah, Ornella… C'est parfait. Tu es parfaite. Je vais jouir tellement fort que je vais sûrement réveiller Camille et Andrea !

Cette sombre promesse semble l'exciter encore plus que je n'osais l'espérer. Ornella aime visiblement les paroles coquines. Notre passion s'exalte et atteint son apogée dans un déchaînement d'une rare brutalité. Je suis en nage, et elle, si trempée que je glisse très facilement en elle. D'un puissant coup de reins, je l'empale entièrement sur ma queue – et je les vois, ces putains de cieux qui mènent au paradis !

Un cri m'échappe avant que je parvienne à me contrôler ; j'ai pénétré si loin en elle que c'en est presque inconfortable. Mais mon corps ne s'inquiète pas du fait qu'elle soit peut-être un peu trop étroite et serrée pour moi. Le sien non plus, d'ailleurs. Elle m'enserre de plus en plus fort, annonçant l'imminence de son orgasme.

J'accélère, puis je ralentis.

Je ralentis, puis j'accélère.

Quelle belle danse !

Soudain, Ornella entrouvre les lèvres pour hurler de plaisir, et je ne dispose que d'une toute petite seconde pour lui plaquer la main sur la bouche. Sa poitrine trempée de sueur se soulève, puis s'abaisse au diapason de la fureur de mes assauts. Je me soulève sur les coudes, me penche vers elle et fais danser le bout de ma langue sur la courbe parfaite de son visage, récoltant le sel de sa peau avec un soupir de délice.

– J'ai besoin de t'embrasser, lui avoué-je.

Elle hoche la tête, les yeux fous, fous, fous de passion…

Éperdu de désir, j'ôte ma main que je remplace par mes lèvres tout en plongeant mes doigts dans sa chevelure bouclée. Je l'embrasse à pleine bouche, avec la langue et les dents. Quant à mon pouce, il continue à titiller son clitoris qui roule sous mon doigt comme une petite perle de nacre.

Je finis par perdre la mesure du temps, de l'espace et de la vie, dépouillé de toutes mes limites, aussi furieux que l'océan qui m'a vu grandir…

Un instinct primitif a pris le contrôle de mon esprit. Je n'arrive plus à me concentrer sur autre chose que le besoin de jouir, d'enfoncer mon sexe en elle, encore et encore, jusqu'à l'explosion finale qui me délivrera de cette faim impitoyable.

– Je vais jouir… sanglote-t-elle. Ocean… Mon Dieu, tu es tellement… tellement… parfait pour moi !

Ses mots me font définitivement perdre la tête, et Ornella se soumet à la fureur de ma nouvelle folie – sans savoir que c'est elle. Je prends le contrôle de notre danse, la bascule sur le dos pour me tenir au-dessus d'elle et me positionne de façon à ce que l'extrémité de mon sexe vienne appuyer contre son point le plus sensible.

Et soudain, je comprends que mes poussées hargneuses me propulsent droit vers l'orgasme… beaucoup trop tôt, beaucoup trop vite !

Je ne veux pas que ça s'arrête déjà…

Comme si elle l'avait senti ou qu'elle m'avait entendu penser, sa petite main s'emmêle dans mes cheveux pour m'immobiliser dès l'instant où les spasmes de la jouissance irradient à travers mon corps, d'une giclée si violente qu'elle se met à jouir à son tour.

Ornella me dévisage à travers ses paupières mi-closes tandis que je vole en éclats.

Je l'observe, moi aussi, les yeux grands ouverts, pour ne pas perdre une miette de l'expression délicate de son plaisir, complètement possédé et envoûté par l'intensité de son regard noir.

– J'en veux encore…

C'est la première chose que j'arrive à dire lorsque je redescends sur Terre, avant de m'écrouler sur le flanc, vaincu… et heureux d'avoir été piétiné par Ornella Sinclair.

Ma rose écarlate.

– Je sais… susurre-t-elle, en se plaquant contre moi.

Je prends son visage empourpré entre mes mains tremblantes et dépose un chaste baiser sur ses lèvres gonflées. Ornella referme instantanément les bras autour de moi, comme si elle craignait que je la quitte. Puis elle me serre contre elle avec une force qui menace de m'étouffer.

– Ohana…

Je ne sais même plus quoi lui dire.

Merci ? Bonne nuit ? Par pitié, ne redis plus jamais que ce n'était que pour une nuit, toi et moi ?

– C'était parfait, murmure-t-elle, avec un sourire qui accélère les battements déjà frénétiques de mon cœur.

Ornella caresse ma nuque d'un geste tendre, presque amoureux. Des mots étranges flottent dans ma tête. J'ai envie de lui dire des choses qui ne me ressemblent pas, des paroles que je n'ai jamais dites à personne…

J'ouvre la bouche.

J'ouvre mon cœur.

– Juste une nuit, répète-t-elle, comme pour elle-même.

Et cette fois encore, c'est elle qui m'embrasse avant de me repousser.

– Fais de beaux rêves, Ocean.

Un froid glacial s'abat sur mon âme tandis qu'elle se redresse sur ses jambes flageolantes, récupère son tee-shirt et, toute nue, retourne dans sa chambre en m'abandonnant derrière elle.

Je ne la retiens pas.

Je ne lui cours pas après… même si j'en ai terriblement envie.

Parce que je refuse d'être comme son ex, sur la photo, et de la forcer à rester lorsqu'il est évident qu'elle n'en a plus aucune envie.

Je ne l'aime peut-être pas, mais si je le pouvais… si mon cœur en était capable… je crois que c'est elle que je choisirais.

Et je crois aussi que c'est elle qui me briserait.

CHAPITRE 18
Tu m'as déjà oublié, mon amour ?

ORNELLA

La délicieuse douleur qui pulse entre mes cuisses me rappelle quelle folie incompréhensible j'ai commise, hier soir. J'ai encore du mal à y croire, mais contrairement à ce qu'a dit Ocean, ce n'était pas qu'un rêve – même si j'aurais préféré que ce soit le cas.

Ce matin, en me réveillant, nue et courbaturée, avec un peu de sang sur l'intérieur des cuisses, j'ai bien cru que j'allais succomber à une puissante crise de panique. Mon réveil me hurlait dans les tympans qu'il était l'heure d'aller en cours, mais mon cerveau n'arrivait pas à comprendre comment j'avais pu me retrouver dans une telle situation. Avec l'odeur d'Ocean partout sur le corps. Avec la trace de ses mains sur les hanches. Avec les lèvres gonflées de ses baisers. Avec l'envie dévorante de recommencer. Encore et encore. Jusqu'à ce que je ne puisse plus rien faire d'autre de mes journées.

Un spasme de désir me fait serrer les cuisses l'une contre l'autre tandis que je me dépêche de regagner ma salle de cours.

Je suis en retard pour la seconde fois.

Mais ce matin, il était absolument hors de question que je demande à Ocean de m'emmener à l'université. Je n'aurais jamais pu tenir contre lui, sur sa petite mobylette, durant tout le trajet, sans faire quelque chose de stupide comme… je ne sais pas, moi… l'embrasser dans le cou et glisser ma main dans son boxer.

Un autre spasme me déconcentre, si bien que je fais tomber mes livres sur le sol dans un bruit mat qui résonne avec fracas dans les couloirs vides.

Tout en retenant une grimace, je me penche pour les ramasser et m'assure que les coins ne sont pas abîmés. Ces livres ne sont pas à moi, mais à la bibliothèque de l'université, et je n'ai pas encore les moyens de les racheter ou de les remplacer. Holder me paie à la semaine – et plutôt bien, honnêtement, si l'on ne compte pas toutes les heures supplémentaires qui passent à la trappe… mais Ocean n'aura l'argent de la vente de mon pick-up qu'au début du mois de juin, ce qui me laisse encore deux bonnes semaines à devoir joindre les deux bouts avec des brindilles et du scotch. Je ne suis plus au bord de la ruine, même si je ne roule pas sur l'or, mais j'évite les dépenses inutiles et ce genre d'ouvrage coûte une petite fortune.

– Mademoiselle Sinclair, tonne une voix mal aimable dans mon dos. Vous devriez être en cours depuis plus de dix minutes.

Eh merde ! pesté-je en mon for intérieur. *Le doyen Peterson ! C'est bien ma veine, tiens...*

Comme à chaque fois que je le croise, je m'arme de courage et m'oblige à afficher mon plus joli sourire, celui qui dit : « Je suis une inoffensive petite fille, ne me faites pas de mal, s'il vous plaît ! » Puis je prends une profonde inspiration, compte jusqu'à dix et me redresse en me tournant vers lui pour lui expliquer que mon bus a été pris dans les embouteillages.

Mais les mots meurent sur mes lèvres dès que je remarque la personne qui l'accompagne… et qui m'observe avec un amusement pervers. Un homme grand et beau, plus âgé que moi, mais plus jeune que lui, avec des yeux d'un bleu polaire et une peau de bronze dépoli qui commence tout doucement à rider au coin des lèvres et sur le haut du front.

Jarod Pratt.

Encore.

– Je… euh… Je… bégayé-je, complètement bouleversée.

Jarod me décoche un sourire arrogant qui me rappelle tant de mauvais – et de bons, aussi… – souvenirs que je me retrouve propulsée sept ans en arrière, à cette fameuse soirée d'anniversaire durant laquelle il m'a embrassée pour la toute première fois et qui a marqué un tournant dans mon existence.

J'avais quinze ans, il en avait trente-deux.

J'étais dans la salle de bains de Romy en train de me préparer pour fêter son anniversaire à une soirée organisée par tous nos amis lorsqu'il est entré en faisant mine de chercher sa belle-fille – alors même qu'il savait qu'elle était partie chez Hannah pour aller récupérer la minijupe qu'elle y avait oubliée. Erika était au travail, si bien que nous étions seuls chez lui. Et j'avais su avant même qu'il n'entre… qu'il finirait par céder à la tentation de venir me retrouver. Je l'avais senti à ses longs regards insistants, toujours brûlants, à ses mains caressantes sous la table, à ses baisers languissants sur ma joue, qui n'avaient rien d'innocent lorsqu'il me saluait tous les matins, avant d'aller à l'école, et à sa façon de toujours trouver des prétextes pour effleurer mon bras, mes fesses, ma poitrine… et même mon entrejambe, une fois.

À cette époque, ça m'excitait tellement que je me caressais tous les soirs en pensant à lui – et rien qu'à lui. Et le pire, c'est que je trouvais ça… *normal*. Comme si ce n'était pas un adulte qui, tout doucement, piégeait une jeune fille en lui faisant miroiter l'attrait d'un amour qui, en réalité, n'était rien de plus qu'un désir malsain et pervers.

Lorsqu'il était entré dans la salle de bains, je ne portais qu'un soutien-gorge, un string et des talons aiguilles. Je me trouvais irrésistible, alors que je n'étais qu'une enfant stupide, sous emprise, qui se jetait à la tête d'un homme marié à la mère de sa meilleure amie.

Plus tard, il s'en est servi comme d'une excuse en disant à sa femme que c'était *moi* qui l'avais piégé, *lui*. En me jetant à son cou, à moitié nue, et en l'aguichant avec de jolis sous-vêtements.

Ce n'était pas vraiment faux.

Je l'avais bel et bien fait.

Mais ce n'était pas entièrement vrai non plus.

Parce qu'il m'avait demandé de le faire.

« Si tu me veux, mon amour, viens ici… Oui, approche-toi plus près et embrasse-moi. Vas-y, n'ai pas peur. Frotte-toi contre moi et constate par toi-même à quel point je suis fou de toi… Tu sens comme je suis dur, mon amour… Ce n'est rien que pour toi… »

Quel habile et vil menteur !

Dans le secret de nos étreintes volées, il m'a toujours surnommée « mon amour », ce qui est plutôt ironique lorsque l'on sait qu'il ne m'a jamais aimée.

– Allez en cours, mademoiselle Sinclair, me tance le doyen Peterson, alors que je reste paralysée sous le regard narquois de Jarod. Tout de suite.

J'ai envie de lui demander ce qu'il fiche ici. Et pourquoi il semble si heureux de me voir. Mais je ne peux pas le faire devant Peterson, et une fois de plus, la fuite me semble être la meilleure alternative – comme hier soir, avec Ocean.

Ocean…

Penser à mon insupportable colocataire, et incroyable amant, m'aide à remettre de l'ordre dans mes pensées. J'inspire à pleins poumons et relève le menton pour dire d'une voix froide, cassante :

– Bonne journée, messieurs.

Je tourne les talons aussi vite que je le peux, en faisant fi de la gêne entre mes jambes et de leur regard noir que je sens peser sur l'arrière de ma nuque. Arrivée devant ma salle de classe, je m'accorde une toute petite seconde pour reprendre contenance avant d'entrer et de faire comme si mon passé ne venait pas d'emboutir mon présent, comme une voiture qui s'encastrerait dans un camion après un court moment d'inattention particulièrement meurtrier.

J'ai baissé ma garde.

J'ai cru que j'allais m'en sortir.

J'ai été imprudente.

Et voilà le résultat…

Tout le long du cours, mon esprit divague entre ma nuit de folie avec Ocean et ma rencontre tendue avec Jarod. Mon corps est tellement crispé et sous pression qu'une plaque rouge apparaît sur mon bras et me démange comme si je m'étais frottée à une branche de sumac vénéneux. Le professeur parle, les élèves lui répondent, et moi, je ne capte pas le moindre mot, trop obnubilée par la catastrophe que je sens se profiler à l'horizon.

Jarod prépare un mauvais coup.

Je le connais trop bien…

Il avait l'air trop à l'aise, trop sûr de lui.

Un mauvais pressentiment me colle aux basques durant toute la matinée. À l'heure du repas, je retrouve Camille à notre endroit habituel, et je sens bien qu'il se doute de quelque chose, parce qu'il passe toute la pause à m'observer plutôt qu'à jouer de la guitare et à chanter. Je fais mine de ne rien remarquer, mais c'est très compliqué ; je suis dans un tel état de stress que j'ai du mal à respirer et pas le moindre appétit.

– Tu as l'air fatigué, dit Camille, en me raccompagnant jusqu'à l'entrée du bâtiment où se déroule mon prochain cours. Tu n'as pas bien dormi ?

Oui, il se doute bien d'un truc.

– Plus ou moins, réponds-je, évasive.

– Tu as une petite mine et tu sembles un peu sur les nerfs. C'est bizarre, Ocean affichait la même tête avant de partir à la fac, lui aussi.

– J'imagine que c'est à cause de la pleine lune.

Une réponse totalement ridicule qui arrache un rictus ironique à Camille.

– Oui, peut-être. Dommage qu'elle n'ait lieu que dans deux semaines.

Lui et sa putain de passion pour l'astrologie !

– Peut-être un virus, dans ce cas ?

Cela expliquerait la fièvre qui m'a consumée corps et âme, hier soir, dans les bras puissants d'Ocean.

– Pourquoi n'as-tu pas réveillé Ocean pour qu'il t'emmène en cours ? Je croyais que tu détestais utiliser les transports en commun.

Et il ne lâche pas le morceau, hein…

– J'étais en avance et il avait l'air d'avoir besoin de repos. Je n'ai pas voulu être chiante, pour une fois.

Menteuse, menteuse, menteuse. Ton nez s'allonge...

– Tu as réponse à tout, hein ? s'amuse mon ami, avant de me décocher un clin d'œil et de sauter sur sa planche de skate. OK, si tu le prends comme ça, Gator ! Je n'insiste pas. Mais sache une chose : tu as la voix qui porte !

Mortifiée, je m'immobilise en plein mouvement tandis que mon visage passe du rose à l'écarlate. Camille éclate de rire, lève les deux pouces et prend la poudre d'escampette en se fichant pas mal de m'avoir mis la tête à l'envers – une fois de plus. Moi qui avais tellement besoin de calme et de tranquillité, j'ai oublié jusqu'à la signification de ces mots depuis que j'habite avec ces trois phénomènes.

– Chienne de vie, marmonné-je pour moi-même, en essayant d'effacer cette conversation de mon esprit.

C'est avec un mal de tête particulièrement désagréable que je retourne en cours pour affronter quatre heures d'anglais, de français et d'espagnol. Tout en rejoignant l'amphithéâtre d'un pas martial, je promène un regard attentif sur mon environnement, à la recherche de Jarod ou du doyen Peterson. Mais ils ne sont nulle part en vue, et je parviens à rejoindre ma classe sans la moindre anicroche.

Les deux premières heures passent à la vitesse de la lumière, mais les deux dernières se traînent et ma migraine s'accentue au point de me filer des nausées. C'est sûrement lié au stress et au manque de sommeil, parce que le cachet que j'avale à la pause avec un grand café noir ne m'est d'aucune utilité. Quelques minutes avant la fin du cours, j'envoie un message à Holder pour le prévenir que je ne pourrai pas assurer mon service, ce soir. Je lui dis que je suis malade et que je serai de retour demain après une bonne nuit de sommeil. Je lui présente aussi mes excuses et lui assure que je ne lui ferai plus jamais faux bond dans le futur. Un peu anxieuse, je m'attends à recevoir une réponse froide et cassante, car je sais à quel point il croule sous le boulot, mais c'est un message plein de gentillesse et d'humanité que je lis avec des larmes plein les yeux. Holder me donne ma journée de demain et me souhaite un bon rétablissement. Il me dit aussi que ça ne se verra pas sur ma fiche de paie, puisqu'il sait que je n'ai pas compté mes heures supplémentaires et que c'est sa façon à lui de me remercier.

Ocean ne m'a pas simplement trouvé un boulot, il m'a aussi donné la chance de rencontrer des gens formidables et de faire des choses absolument incroyables. Des choses que je ne me serais jamais imaginé faire par le passé, et qui, désormais, me passionnent dix fois plus que tous les cours que j'ai suivis durant mes trois dernières années d'études.

– La torture est finie. Vous pouvez y aller.

La journée touche à sa fin. J'attends que tout le monde s'en aille avant de récupérer mes affaires et de sortir de l'amphithéâtre. Je n'ai pas encore trouvé l'occasion de sympathiser avec mes camarades, à l'exception de quelques petites politesses échangées entre deux pauses-café, et je n'aime pas me retrouver mêlée au groupe lorsqu'ils sortent tous ensemble pour rejoindre le parking. C'est le moment où je me sens toujours le plus exclue et invisible. Une sensation vraiment désagréable pour moi qui étais si habituée à être au centre de l'attention générale.

L'après-midi se termine, mais l'été est bientôt là, si bien qu'il fait encore un grand soleil lorsque je sors du bâtiment et que je prends la direction du tramway. Pas de bus pour moi, ce soir. Je n'ai pas envie de m'attarder dans les parages, au cas où.

Une berline noire s'arrête près de moi le long du trottoir tandis que la vitre se baisse et qu'un homme au visage à moitié dissimulé sous une énorme paire de lunettes de soleil me demande :

– Alors, on m'a déjà oublié, mon amour ?

Exactement pour cette raison-là.

Je ferme les yeux et compte jusqu'à dix dans l'espoir qu'il disparaisse… Mais, non. Je n'ai pas cette chance, et Jarod est toujours là.

– Qu'est-ce que tu fous là, putain ?! m'exclamé-je, furieuse.

Mon éclat de voix attire l'attention d'un groupe d'étudiants qui patientent près de l'arrêt de bus en fumant des clopes et en buvant des canettes de Coca-Cola. Si Ocean était là, il ronchonnerait en les fusillant du regard.

– Baisse d'un ton, siffle Jarod, en déverrouillant les portières de son véhicule. Monte, Ornella. Je te raccompagne chez toi.

Estomaquée par son audace, j'éclate d'un rire qui menace de virer à la crise d'hystérie.

– Tu es malade ?! Jamais de la vie, putain !

– Ne sois pas vulgaire, me tance-t-il, comme à l'époque où il était encore mon professeur. Tu sais bien que je ne supporte pas ce langage !

Oh, oui. Je le sais. Et c'est pourquoi je l'utilise.

– Il y a trois mois, tu m'as demandé de sortir de ta vie et je l'ai fait. Je suis partie et j'ai trouvé mon propre chez-moi. Tu m'as dit que c'était fini, qu'il fallait que je tourne la page, et c'est chose faite. Adieu, Jarod.

Prononcer ces mots à haute voix me libère d'un terrible fardeau que je n'avais même pas eu conscience de porter jusqu'à présent… parce que je les pense – pour de vrai. *Tous*. J'ai tourné la page, quelque part en chemin, et je me suis défaite de lui, de mes sentiments et de mes illusions de jeune fille amoureuse. Alors, oui : le revoir me fait du mal et je ne l'ai pas complètement effacé de mon cœur. Ce serait mentir que prétendre le contraire. Mais je ne suis plus sa chose, son objet, son jouet préféré. Et maintenant que je n'ai plus aucune attente le concernant, je me sens enfin capable d'aller de l'avant. De passer à autre chose et de vivre ma vie comme je l'entends – et non plus comme il voudrait que je le fasse.

– Ne dis pas n'importe quoi, Ornella, et monte dans cette voiture.

Je lui retourne son sourire plein d'arrogance.

– Non, merci.

Et je reprends ma route en l'ignorant comme il m'a ignorée lorsque je l'ai supplié de me venir en aide, de ne pas m'abandonner. Ce soir-là, notre amour est mort, comme dans la chanson de Camille. Et je ne le regrette pas. Il était déjà malade bien avant qu'il ne l'assassine avec ses paroles méchantes et ses accusations mensongères.

– Si jamais tu te poses la question, mon fils a survécu, lance-t-il d'une voix sèche, hargneuse, alors que je m'éloigne, le cœur libre.

Tout en moi se glace d'effroi – j'ai oublié de le lui demander. Tout à ma peine, tout à ma vengeance roublarde et mesquine, j'ai failli occulter la véritable victime de toute cette triste, triste histoire.

– Je suis heureuse de l'apprendre, lui avoué-je dans un souffle tremblant, sans me retourner pour lui faire face. C'est une bonne nouvelle.

Quand sa femme, enceinte de six mois, a découvert notre relation, elle a été tellement choquée et anéantie qu'elle a perdu les eaux et s'est retrouvée aux urgences avec un début de pré-éclampsie. Elle et le bébé ont frôlé la mort… et lorsque je suis partie, le petit était toujours en couveuse, dans un état critique, avec des poumons pas tout à fait formés et des troubles cardiaques.

– Il s'appelle Kennan. Romy l'adore. Elle s'en occupe comme une championne.

Romy a toujours aimé les enfants, et plus tard, je suis sûre qu'elle fera une mère parfaite et en aura toute une tripotée rien qu'à elle.

– Tant mieux.

– Ton grand-père nous a offert un chèque de trente-cinq mille dollars pour sa naissance.

Un arrière-goût acide remonte dans ma gorge.

– Un joli pactole.

Jarod roule jusqu'à se retrouver à ma hauteur.

– Je ne l'ai pas encaissé.

– Pourquoi ? demandé-je, en me refusant toujours à le regarder.

Je fixe l'horizon ensoleillé avec des yeux mouillés d'un chagrin qu'il prendrait sûrement pour lui, s'il apercevait mes larmes. Mais il se tromperait. Je ne le pleure pas. Non, pas tout à fait. Je pleure ce que j'ai dû sacrifier pour rester avec lui… et ce qui a contribué à tuer un peu plus celle que j'étais avant de tout recommencer à zéro.

– Parce qu'il s'accompagnait d'une contrepartie.

– Laquelle ?

Cette fois, je suis vraiment intriguée : qu'est-ce que mon grand-père a bien pu lui demander ? C'est lui qui possède la quasi-totalité de Bâton-Rouge !

– Ne plus jamais t'approcher.

Mon souffle m'échappe. Je suis surprise, je ne comprends pas. Pourquoi mon grand-père lui aurait-il demandé une telle chose ? Il m'a mise dehors, lui aussi ! Et il se fiche comme d'une guigne de ce qu'il peut bien m'arriver, désormais !

– J'ai refusé, Ornella.

Je déglutis, la gorge pleine d'une bile acide et de mots plus acerbes encore.

– Tu n'aurais pas dû refuser. Je ne veux plus jamais te voir, moi non plus.

Jarod rit comme si je venais de faire une bonne plaisanterie, ce qui n'est pas du tout le cas.

– Ne dis pas de bêtises, mon amour. Le scandale s'est tassé, les gens sont passés à autre chose. Bientôt, tu vas pouvoir rentrer à la maison, et la vie reprendra son cours normal, comme autrefois.

« Il est fou ! » est la première pensée qui me vient à l'esprit. Mais non, il est juste habitué à tout contrôler et à obtenir ce qu'il veut d'un simple claquement de doigts, à l'instar de l'Ornella de l'époque.

– Qu'est-ce que tu fais là, Jarod ? redemandé-je, en le regardant droit dans les yeux, cette fois-ci.

Je veux qu'il comprenne que je me suis libérée de son emprise. Qu'il ne peut plus m'atteindre et me manipuler avec ses vaines promesses et son affection illusoire. Qu'il n'a plus aucune valeur, à mes yeux. Qu'il ne représente plus rien, pour moi. Si ce n'est la plus grande et la plus terrible erreur de toute ma vie.

– Tu me manques, mon amour. Viens là. Laisse-moi te rappeler à quel point on s'aimait, toi et moi, tente-t-il de me charmer en utilisant sa carotte préférée – son amour imaginaire.

Je secoue la tête, un rire amer sur les lèvres.

– Je te l'ai déjà dit et je déteste me répéter, mais non, merci.

Le choc de mon rejet lui fait perdre de sa belle contenance. Son masque doucereux de séducteur impénitent dégringole pour révéler toute la laideur de sa convoitise. Toute l'ignominie de son désir pour moi. Une passion qui n'a rien de chaude et de sauvage, comme celle d'Ocean. Mais qui est glacée et tranchante, comme la lame nue d'un rasoir ou d'un scalpel. Quelque chose de sale et de malsain.

– Ornella… Arrête tes bêtises, maintenant ! tonne-t-il, avec une autorité qui ne me fait ni chaud ni froid. Et viens là !

– Oh, mais j'arrête mes bêtises, Jarod. Crois-moi ! Et tu as toujours été la pire d'entre elles !

Nous nous affrontons d'un même regard noir et obstiné. Lui pense que je vais céder et lui rouvrir mon lit. Moi, j'attends simplement qu'il s'en aille et comprenne que c'est bel et bien fini. Que j'ai tourné la page et brûlé le livre. Une bonne fois pour toutes. Comme il m'avait lui-même demandé de le faire lorsque je voulais si désespérément rester avec lui pour écrire d'autres chapitres.

– Tu es à moi, Ornella, me rappelle-t-il, comme si ces mots vides de sens avaient une quelconque importance.

La délicieuse douleur entre mes cuisses me rappelle que je n'appartiens à personne d'autre qu'à moi-même… aussi libre que l'océan, sans aucune limite.

– Non, Jarod. Et je n'ai jamais été à toi, parce que tu n'as jamais été à moi. Je te le répète une toute dernière fois, comme tu n'as pas l'air de vouloir le comprendre : je ne veux plus rien avoir à faire avec toi, et merci de bien vouloir me foutre la paix !

Je ne le gratifie pas d'un doigt d'honneur, même si mon majeur me démange. Ce serait trop puéril, et je n'ai pas envie de me rabaisser pour lui. Il ne le mérite pas.

– C'est à cause du gars du festival ? s'écrie-t-il tandis que je me remets à marcher en direction du tramway.

Je ne me retourne même pas pour lui répondre :

– Non, Jarod. C'est à cause de toi !

Et de ton comportement de lâche et de pervers.

– Ce n'est pas fini, Ornella !

Je souris en levant la tête vers le crépuscule orangé qui dessine des arabesques roses et bleues sur la voûte céleste aussi vaste que l'océan tumultueux dans lequel j'ai hâte de retourner me noyer.

– Si, Jarod. C'est fini. Je suis libre.

Et j'entends bien le rester jusqu'à la fin de mes jours.

Liberté, mon amour. Quelle joie de te retrouver !

Vingt minutes plus tard, et après un court trajet en tram qui m'a aidée à faire le vide dans ma tête, j'arrive *enfin* à la maison. Ma véritable maison, désormais. Après la soirée d'hier et ma fuite du matin, je m'attendais à paniquer à l'idée de revoir Ocean, mais c'est tout le contraire ; je suis impatiente. Aussi, je monte les marches deux par deux, ma besace cognant contre ma hanche et ma migraine aux oubliettes.

J'ouvre la porte et entre en trombe, sans réfléchir de peur de trop cogiter et de changer d'avis.

Le premier de mes colocataires que j'aperçois en entrant, c'est Bonzaï, qui me fait la fête comme un véritable chien. Tout à mon euphorie d'avoir mis un point final à mon histoire avec Jarod, je me penche et lui envoie un baiser du bout des lèvres avant d'enlever mes chaussures et de me débarrasser de mes affaires. Plus légère, je pénètre dans le salon en essayant d'avoir l'air normal, mais il est vide. Et la cuisine aussi. Un peu dépitée, je vais à l'étage et jette un rapide coup d'œil dans les chambres de mes colocataires : vides, elles aussi.

Inexplicablement déçue, j'opère un demi-tour lorsque je remarque la porte entrebâillée de la salle de bains, d'où s'échappe un vague nuage de vapeur tiède. Tiraillée par la curiosité, je risque un rapide coup d'œil et aperçois une chemise en lin jetée négligemment sur le sol, un sarouel vert kaki et une paire de tongs.

Ocean dans toute sa splendeur, songé-je en souriant.

Sans plus attendre, de crainte de me dégonfler, j'entre et referme la porte derrière moi. Surpris par mon arrivée, Ocean sursaute dans son bain et envoie un mélange d'eau et de mousse partout autour de lui. Lorsqu'il constate que c'est moi, son beau visage se tend et ses yeux bleus se durcissent pour me gratifier d'un regard fermé, presque mauvais.

– Ça ne suffira pas, lui dis-je.

Il fronce les sourcils, toujours aussi peu soucieux de sa nudité.

– Quoi ? soupire-t-il, en renversant la tête en arrière pour regarder le plafond – et me fuir, par la même occasion.

Mais je n'ai pas dit mon dernier mot et je me tourne pour fermer la porte derrière moi. Un acte lourd de sens qui le fait se redresser, l'air interloqué.

– Une seule nuit avec toi, lui expliqué-je. Comme je le craignais, ça ne me suffit pas.

Une lueur d'espoir traverse brièvement son regard aux couleurs de l'océan.

– Sois-en sûre avant de faire quoi que ce soit, Ornella.

Pour toute réponse, je me déshabille sous ses yeux affamés, détache mes cheveux qui dégringolent sur mes seins et le rejoins dans la baignoire.

– J'en suis plus que sûre !

Un soulagement intense et un désespoir presque palpable aiguisent les traits de son visage jusqu'à le rendre bestial, d'une beauté à m'en marquer l'âme et le cœur au fer rouge.

– Apprends-moi à être aussi libre que toi, Ocean.

– Putain, Dieu soit loué ! s'exclame-t-il, une seconde avant de se jeter sur moi.

Et de me dépouiller de toutes mes limites, de tous mes doutes, de toutes mes appréhensions et… peut-être un jour… de tous mes secrets.

CHAPITRE 19
Dans l'œil du cyclone

OCEAN

J'éjacule en gémissant son nom dans ses cheveux mouillés, le corps tremblant et recouvert d'une fine pellicule de sueur. Les jambes d'Ornella se contractent autour de ma taille tandis qu'elle jouit à son tour, si belle et sauvage que je me sens durcir à nouveau, dressé comme le chien de Pavlov et prêt à satisfaire le moindre de ses besoins.

– Vite, s'affole-t-elle, retire-toi !

Un rire étouffé se bloque dans ma poitrine tandis qu'elle me repousse pour remettre son minuscule bikini rouge d'une façon plus convenable. Ses tétons pointent sous le tissu si fin qu'il en est presque transparent, et je ne peux pas résister à l'envie de me pencher pour les mordiller. Elle glapit, puis gémit, et finalement, attire ma tête encore plus près pour me voler un baiser si moite qu'il m'arrache un frisson de volupté. Le sexe avec Ornella, ce n'est pas que du sexe, c'est une bataille, c'est un jeu, c'est une connexion et une évidence. C'est délicieux, mais exigeant et violent. Passionné, la plupart du temps, mais tendre, parfois aussi…

En vérité, le sexe avec Ornella est le sexe que j'ai toujours rêvé de partager avec une fille.

Le mois de mai touche à sa fin, et cela fait presque deux semaines qu'une étrange routine s'est installée entre nous. Tous les soirs, je la retrouve dans son lit pour lui faire l'amour, et tous les matins, je me réveille dans mon hamac, seul et désemparé. Je ne saurais dire si c'est l'arrangement idéal ou le deal le plus frustrant du monde, mais j'y tiens trop pour prendre le risque de tout foutre en l'air en posant des questions dont je n'ai pas vraiment envie d'obtenir les réponses. Ma Tutu disait toujours : « Heureux sont les simples d'esprit », et elle n'avait pas tout à fait tort : l'ignorance est parfois le seul ingrédient nécessaire au bonheur.

Et à l'heure actuelle, je suis l'enfoiré le plus heureux de cette planète.

– Ta peau sent le monoï, Ohana. Tu sais bien que ça me rend dingue.

C'est mon parfum préféré, et depuis que je le lui ai dit, elle s'en asperge copieusement le corps pour mieux me torturer – comme si j'avais besoin de ça pour avoir envie d'elle ! Il me suffit de la regarder pour bander comme un fou. Je ne sais pas ce qui s'est passé entre le moment où elle m'a abandonné sur le canapé et celui où elle s'est invitée dans mon bain, mais je remercie tous les jours le Seigneur pour cette manne providentielle.

– Et toi, tu sens le sable chaud, l'eau salée et la cire à l'ananas, réplique-t-elle en plongeant le nez dans mon cou pour inspirer à pleins poumons l'odeur de ma peau.

Je souris en la prenant dans mes bras, face à l'océan, les pieds dans le sable et le soleil au-dessus de ma tête. Le cadre est parfait, la journée idyllique, et je suis un peu déçu de ne pas pouvoir en profiter autant que je le voudrais avec elle.

Cette journée à la plage pour aller se baigner et surfer, c'était une idée de Camille pour fêter l'anniversaire de Djibril. J'aurais aimé pouvoir n'y emmener qu'Ornella, mais ce n'était pas possible sans… eh bien, sans ébruiter notre petit arrangement qui, je ne me fais aucune illusion, n'a absolument rien de secret. En effet, je suis sûr que Camille nous a surpris en pleine action la première fois, parce qu'il a fait un paquet d'allusions très peu subtiles à ce sujet et qu'il sourit d'un air libidineux dès qu'il nous voit trop près l'un de l'autre. Quant à Andrea, il ne m'adresse presque plus la parole – enfin, vous avez compris – et il m'évite autant que possible. S'il est toujours aussi proche d'Ornella, il ne fait plus le moindre effort pour cacher l'animosité que je lui inspire, et je l'avoue, cette situation me mine un peu le moral. C'est mon meilleur ami, et je l'adore, même s'il est légitime qu'il puisse en douter. J'espère sincèrement qu'il finira par dépasser sa colère pour admettre que, dans tous les cas, le choix revenait à Ornella et que je n'y suis *presque* pour rien…

– Il faut qu'on arrête de se toucher, grommelle Ornella, sans pour autant rompre notre étreinte. Quelqu'un va finir par nous surprendre !

J'enlève le sable humide qui s'est collé à son dos et sur ses fesses tout en lui répondant d'une voix distraite :

– Je te l'ai dit, personne ne viendra ici. C'est une plage privée qui appartient à la société de mon père.

Ornella se détourne de l'océan, la peau embrasée par les rayons du soleil, pour me jauger d'un regard ouvertement curieux.

– C'est la première fois que tu me parles de lui.

– C'est faux, la contredis-je, alors qu'elle a plus ou moins raison. Je t'en ai parlé quand je me suis présenté dans ta chambre, le jour de ton emménagement.

Elle penche la tête sur le côté, l'air songeuse. Ses yeux noirs ressortent encore plus avec le coup de soleil qu'elle a attrapé sur le bout du nez, les joues et le front. Je lui avais pourtant bien dit de mettre de la crème, mais elle aime n'en faire qu'à sa tête, et il suffit que je lui prodigue un conseil pour qu'elle se décide à faire totalement l'inverse. C'est une vraie tête de mule – et mon Dieu, j'adore ça !

– Parfois, j'ai l'impression que ça fait une éternité que l'on se fréquente, murmure-t-elle, et d'un coup, je me souviens qu'en réalité, ça ne fait que deux mois et que je ne te connais pas si bien que ça…

– Arrête de dire ça, m'agacé-je, en me détournant pour lui cacher le fait qu'elle vient de me blesser. Tu sais très bien que ça m'énerve !

C'est à mon tour de remettre mon maillot de bain, puis de récupérer ma planche de surf que j'ai posée contre la falaise qui nous dissimule à la vue de nos amis et contre laquelle je viens de prendre fougueusement Ornella. Je ne saurais mettre le doigt sur ce qui me fait tellement mal, mais à chaque fois qu'elle me dit qu'elle ne me connaît pas, je ressens un sentiment désagréable, un mélange amer de peur et de colère, qui me fait sortir de mes gonds.

Moi, j'ai l'impression de la connaître depuis toujours, et… oui, je crois que ça me fait chier qu'elle ne ressente pas la même chose.

– Allez, viens. On va retrouver les autres.

Je leur ai dit que j'accompagnais Ornella jusqu'aux toilettes privées qui se situent à l'autre bout de la plage, mais cela fait plus d'une demi-heure que l'on s'est éclipsés, et ils vont finir par avoir des soupçons si l'on n'y retourne pas très vite. Ils ne sont pas aussi stupides que ma belle aventurière semble le croire.

– Je ne voulais pas te vexer, s'excuse-t-elle d'une voix douce. C'est juste que… je ne sais pas. On parle de tout sans jamais vraiment parler de rien, tous les deux.

Elle n'a pas complètement tort, mais pour le coup, c'est sa faute. Pas la mienne. Dès que je me risque à lui poser une question un peu trop personnelle,

Ornella se referme comme une huître et m'envoie sur les roses de façon plus ou moins sympathique.

– Qu'est-ce que tu voudrais savoir ? l'interrogé-je.

Nous marchons l'un à côté de l'autre en direction de l'endroit où l'on a abandonné nos serviettes – et nos amis. Le sable crisse sous nos pieds tandis que le murmure des vagues et le cri des mouettes comblent le silence qui s'instaure tout doucement entre nous. Un silence plus méditatif qu'hostile, que je ne cherche pas à briser. À part nous, il n'y a personne, et pour cause, ce n'est pas le meilleur endroit pour surfer et l'accès à la plage est interdit à qui n'est pas inscrit sur la liste. Malgré tout, c'est l'un de mes spots préférés, parce qu'en dehors des vagues plutôt timides, il n'y a aucune altération humaine et c'est très agréable. Pas de déchets, pas de transats, pas de parasols ni de bouteilles jetées à côté des poubelles. Pas de sachets plastique dans l'océan, de tessons de verre enfouis dans le sable ou de vieilles chaussures abandonnées. Juste la nature et ses créatures, la vie telle qu'elle devrait être partout sur terre…

– Est-ce que tu as une bonne relation avec tes parents ?

Je m'attendais à cette question, aussi ne suis-je pas surpris de l'entendre.

– C'est compliqué.

Une demi-vérité que je me force à expliciter du mieux que je le peux sans trop entrer dans les détails sordides de mon passé.

– Ils m'ont confié à ma Tutu quand j'avais cinq ans et... ils ne sont jamais revenus me chercher. C'est tout.

– Ta Tutu ?

– Ma grand-mère, traduis-je pour Ornella. La mère de ma mère et la femme la plus extraordinaire du monde. Puisse-t-elle reposer en paix.

La main d'Ornella effleure la mienne – oh, juste une seconde, à peine. Mais ce petit geste de réconfort me fait un bien fou, comme si elle venait de mettre un pansement sur mon cœur égratigné.

– C'est elle qui t'a élevé, alors ?

– Oui, jusqu'à mes treize ans. Après, elle est tombée malade, et c'est plus moi qui me suis occupé d'elle que l'inverse. Je croyais que cela ferait revenir mes parents, mais ça n'a pas été le cas. Et deux ans plus tard, après que notre île a été dévastée par un violent tremblement de terre, elle s'est juste... endormie pour toujours.

Ses yeux pleins de larmes rencontrent les miens, et ce n'est plus un pansement qui me recouvre le cœur, mais un sirop de miel sucré et de caramel croquant. Comme une pomme d'amour de la fête foraine.

– Je suis désolée, Ocean. Je sais ce que ça fait de perdre quelqu'un que l'on aime.

– Ta grand-mère, aussi ? osé-je lui demander, en priant pour qu'elle m'en donne un peu, elle aussi.

Ornella secoue négativement la tête en jouant avec la sécurité qui relie ma cheville à ma planche de surf.

– Ma mère. Elle s'est suicidée quand j'avais neuf ans.

Sous le choc, je m'immobilise et la contemple avec de grands yeux écarquillés, la bouche béante.

– Merde, Ohana ! Je suis désolé !

Elle fait un petit signe de la main pour me dire de ne pas m'en faire.

– Tu ne pouvais pas le savoir, et honnêtement, ça a sûrement été moins dur pour moi que ça a dû l'être pour toi. Mes parents m'ont abandonnée moi aussi à mes grands-parents.

– Tu déconnes ?! m'écrié-je, de plus en plus estomaqué.

Un petit sourire retrousse la commissure de ses lèvres.

– Eh non, il semblerait bien que l'on ait un point commun, toi et moi !

Et pas des moindres…

– En plus, son abandon a probablement été la meilleure chose qui me soit arrivée dans la vie. Ma mère… elle avait l'âme meurtrie d'une artiste maudite. Tout était tellement compliqué avec elle. Rien n'allait jamais. Et parfois, elle sombrait dans de longues périodes d'introspection silencieuse desquelles j'étais complètement exclue. Dans ces moments-là, je n'existais plus à ses yeux. Elle se fichait que je doive manger, prendre ma douche ou aller à l'école. Rien d'autre ne comptait que sa drogue et ses peintures.

Ornella me jette un regard en coin dans lequel je lis à la fois des reproches et de l'inquiétude.

L'époque où l'on se faisait la guerre me semble si lointaine, désormais. Comme dans une autre vie.

– C'est pour ça que je n'aime pas que tu fumes autant.

– Je peux le comprendre, acquiescé-je. Mais le cannabis m'aide à dompter mes insomnies.

Ornella affiche un air surpris.

– Quelles insomnies ? Tu dors comme un bébé qui ronfle comme un ogre !

Soudain, je me rends compte qu'elle a raison ; je n'ai plus eu d'insomnie depuis... eh bien, deux semaines. Soit la nuit où l'on a couché ensemble pour la première fois. Coïncidence ? Je ne pense pas. Mais je juge plus sage pour ma santé mentale de ne pas trop m'attarder sur le pourquoi du comment.

– Et ton père ? Où était-il ?

À mon plus grand étonnement, Ornella me répond :

– Mes parents n'ont jamais été en couple. Je suis le fruit de l'aventure d'une nuit entre un diplomate et une artiste bohème.

– Tu sembles le vivre plutôt bien.

Ce qui n'est pas du tout mon cas. L'abandon de mes parents, malgré l'amour inconditionnel de ma Tutu, a laissé une plaie béante dans mon âme de petit garçon.

– Je te l'ai dit : me confier à mes grands-parents paternels a été la meilleure décision de mes parents. Ils m'ont offert le monde sur un plateau d'argent et j'ai tout pris sans le moindre scrupule.

Une tristesse inattendue chiffonne son joli petit minois. J'éprouve la subite envie de la prendre dans mes bras et de la consoler jusqu'à ce qu'elle oublie tout ce qui n'est pas moi. Pas nous. Mais je me retiens parce que je peux voir nos amis de là où je me trouve, et qu'Ornella ne se laisserait sûrement pas faire, de toute façon…

– Ne m'en veux pas, mais… où sont-ils, maintenant ?

Sa tristesse s'accentue, son désespoir me contamine et, malgré le ciel bleu et le soleil resplendissant, j'éprouve une sensation de froid glacé qui remonte le long de ma colonne vertébrale.

– J'ai fait quelque chose de mal qui les a profondément déçus, si bien qu'ils m'ont… qu'ils m'ont demandé de partir de chez eux.

Je n'ai pas besoin de lui poser la question pour comprendre que cela a un rapport avec son ex. Les quelques lignes que j'ai lues dans ses carnets m'ont déjà mis sur la voie. Ornella est allée trop loin pour cet homme, et elle en a payé le prix fort. Mon admiration et ma jalousie s'exacerbent l'une et l'autre.

– Je suis sûr qu'ils finiront par te pardonner, lui dis-je, d'une façon peut-être un peu niaise.

– Honnêtement, je ne l'espère plus aussi fort qu'avant, admet-elle à mi-voix, comme si elle en avait honte.

Nous ne sommes plus qu'à quelques mètres de Camille, Andrea, Djibril et Hannah qui bronzent sur le dos, en papotant de musique, de fleurs et… d'astrologie, bien sûr.

– Pourquoi ?

Ornella ne me regarde pas lorsqu'elle murmure :

– Parce qu'ils me demanderaient de rentrer à Bâton-Rouge, et que je commence à m'attacher à ma vie à Lafayette.

Mon cœur se serre dans ma poitrine lorsque j'imagine sa chambre vide. Non, non, non. Je range cette image insoutenable dans le coffre scellé de mon esprit, là où j'entasse déjà un tas de cauchemars et de mauvais souvenirs.

– Et puis, avec le recul, je n'aimais pas la personne que j'étais, là-bas.

Avec un sourire chagrin, elle conclut :

– Et tu ne l'aimerais pas non plus, crois-moi !

Sur ces paroles sibyllines, elle me plante là et, au lieu de retourner auprès d'Hannah qui lui fait signe de la rejoindre, elle court vers l'océan et se jette dans ses vagues tumultueuses. Moi, je retourne m'asseoir à sa place, sur sa serviette, et regarde mes amis se lever en riant pour la rejoindre, me laissant seul comme un idiot sur l'étendue de sable blanc. Ils ont beau m'appeler pour m'inviter à venir me baigner, moi aussi, je refuse d'un sourire poli et prétexte une légère fatigue. Mais c'est faux, et je ne sais pas pourquoi je me sens aussi… paumé, tout à coup. Comme si je me retrouvais dans l'œil d'un cyclone sur le point de tout dévaster sur son passage. La sensation est étrange, et le pressentiment, mauvais. C'est difficile à expliquer, et encore plus à vivre, mais je le sens au plus profond de moi : cette histoire avec Ornella va mal se terminer.

Elle va m'abandonner.

Ou je vais l'abandonner.

L'un de nous deux va très probablement blesser l'autre.

C'est inévitable.

Je passe une main devant mes yeux avant de me laisser tomber à plat dos pour observer le ciel. Un truc pointu se plante dans ma nuque tandis que j'essaie de faire le tri dans mes pensées décousues. Agacé, je roule sur le ventre, glisse ma main sous la serviette humide et trouve l'un des carnets d'Ornella, ouvert sur un long poème que je ne peux pas m'empêcher de lire.

Face à l'océan,
De l'eau jusqu'aux mollets,
Taquinée par la caresse du vent,
Je contemple son immensité...
Et en moi s'est ouvert un vide,
Et en lui s'est déchaînée une tempête,
De liberté, il est avide,
Mais je ne suis pas prête...

Les battements de mon cœur s'accélèrent. Je me demande si c'est de moi qu'elle s'est inspirée pour ces quelques vers d'une beauté mélancolique.

Face à l'océan,
Les yeux émerveillés,
Attirée par la force de son courant,

Je renonce à la sécurité.
Et en moi s'est ancrée une certitude,
Et en lui a fleuri le doute,
Pour l'amour, prison de solitude,
Je suis tout ce qu'il redoute.

Si c'est bien de moi qu'elle parle, Ornella est beaucoup plus lucide et perspicace que je le pensais, et là encore, c'est terrifiant. Car si elle lit en moi comme dans un livre ouvert, de mon côté, je serais bien incapable de déchiffrer la moindre de ses pensées !

Face à l'océan,
Le cœur complètement fracassé,
Poussée vers l'avant,
Je sais que je finirai par me noyer…
Aussi libre que la pensée,
Aussi insaisissable que l'air,
Dans toute son infinité,
Mon amour, je te perds.
L'océan n'a pas de limites,
Et lui non plus…

Est-ce ainsi qu'elle me voit ? C'est à la fois flatteur et intimidant. Un peu triste, aussi. Parce qu'encore une fois, elle n'a pas complètement tort…

Je suis perdue,
Il m'a vaincue,
Avec ses baisers salés,
Qui ont toujours porté en eux,
Le goût de mes larmes et de mes rêves brisés…

Les derniers mots sont si déchirants qu'ils déposent un voile opaque devant mes yeux. Mon mauvais pressentiment s'accentue jusqu'à m'en donner mal au ventre. La rose écarlate sur mon âme s'ancre encore un plus profondément à l'intérieur de moi, resserrant ses vilaines épines autour de mon cœur couturé de cicatrices. Nous sommes dans l'œil du cyclone, et bientôt… oui, bientôt… la tempête viendra démolir les châteaux de sable que l'on construit en se croyant en sécurité, elle et moi.

CHAPITRE 20

Qu'est-ce que l'amour, en vérité ?

ORNELLA

Tout doucement, j'étends une couverture sur le corps mince d'Andrea, qui s'est endormi devant la télévision, et dépose un petit baiser sur le sommet de son front. Il bat des cils, tout ensommeillé, et sourit lorsqu'il me reconnaît. En langage des signes, je lui dis l'une des rares choses que j'ai réussi à retenir des cours que je suis en train de suivre en ligne pour pouvoir communiquer plus facilement avec lui : « Bonne nuit. »

Il mime avec ses lèvres : « Merci, à toi aussi. »

Je lui caresse une dernière fois les cheveux avant d'aller éteindre la lumière. L'appartement est plongé dans un silence paisible, rassurant. Camille est de sortie, ce soir. Il se produit dans un bar rock'n'roll, tout à fait son style, et Ocean l'a accompagné, très fier à l'idée d'assister à la première véritable scène de son meilleur ami. J'aurais aimé me joindre à eux, mais j'avais beaucoup trop de devoirs en suspens et encore plus de sommeil à rattraper. Depuis qu'Ocean hante mes nuits, je suis sur les rotules et j'accumule les retards en cours. Je sens bien que le doyen Peterson est à deux doigts de me faire la peau, mais pour le moment, je suis toujours parvenue à passer entre les mailles du filet. La seule fois où il m'a attrapée, je me suis servie de mon travail chez Holder pour justifier ma panne de réveil, et le lendemain, quand j'ai pris mon poste à la clinique vétérinaire, Sophie m'a demandé si tout allait bien et si le rythme n'était pas trop difficile à suivre. C'est là que j'ai compris que le doyen ne m'avait pas menti lorsqu'il m'avait assuré qu'il gardait un œil sur moi. C'en est au point qu'il a même jugé nécessaire de téléphoner à mes patrons pour s'assurer de la véracité de mon excuse.

Depuis cet incident, j'essaie de filer droit, de rendre mes dissertations en temps et en heure et d'arriver avec dix minutes d'avance tous les matins.

C'est dur, très dur… mais ça en vaut la peine, et je ne sacrifierais mes nuits avec Ocean pour rien au monde.

Mon pire ennemi est mon meilleur amant.

Il n'y a pas à dire : le sexe, avec lui, c'est tout bonnement fantastique !

Et tellement différent de ce que j'ai connu avec Jarod.

Mon ex-amant était un homme aux plaisirs égoïstes et centrés sur lui-même. Il n'aimait pas partager le pouvoir au lit – ni dans la vie, d'ailleurs. Tout ce qu'il entreprenait, c'était dans le seul but d'accéder plus vite et plus fort à la jouissance. J'ai toujours été sa chose, son objet, sa possession. Et j'ai mis un temps fou à m'apercevoir qu'il m'avait coupé les ailes et enfermée dans une cage pour mieux me contrôler et jouer avec moi lorsqu'il en ressentait l'envie, alors qu'Ocean me fait voler au-dessus des nuages en m'aidant à déployer mes ailes et en m'apprenant à les utiliser, autant pour mon plaisir que pour le sien.

Être avec lui, ce n'est pas s'enfermer dans une cage dorée, mais s'en libérer.

Deux petits coups frappés à la porte me sortent de mes pensées un peu trop romantiques pour ma sérénité d'esprit.

Je lance une œillade rapide en direction de l'horloge murale. Presque minuit. Une heure plutôt étrange pour rendre une visite à quelqu'un. Légèrement méfiante, je colle mon œil au judas, puis j'inspire vivement en reconnaissant la personne qui se trouve de l'autre côté.

– Rachel ? m'étonné-je, en lui ouvrant. Que viens-tu faire ici ?

La grande rousse pivote sur ses talons lorsqu'elle entend le son de ma voix. Sa courte robe noire virevolte autour de ses jambes parfaitement galbées, sublimées par des talons de plus de dix centimètres. J'ai beau ne pas la connaître plus que ça, il me suffit d'un regard en direction de son visage pour comprendre qu'elle n'est pas dans son état normal.

– Ocean est là ? me demande-t-elle sèchement, sans répondre à ma question.

– Non, désolée. Il est sorti avec Camille.

Elle me gratifie d'un coup d'œil sceptique, un tantinet dédaigneux, et finit par me bousculer d'un violent coup d'épaule pour entrer de force dans l'appartement. Son agressivité latente me laisse perplexe, mais j'essaie de ne pas m'énerver, parce que je sais bien que la souffrance nous amène parfois à nous comporter d'une façon totalement différente de la personne que l'on est réellement, à l'intérieur.

– Ocean ! s'écrie-t-elle, totalement ivre. Ocean, je suis sûre que tu es là, espèce de connard !

– Chut ! la réprimandé-je. Il est minuit et Andrea dort !

La rouquine se fend d'un rire cruel qui me hérisse tous les poils des avant-bras.

– Je te signale qu'Andrea est sourd comme un pot ! Je pourrais bien hurler à m'en rompre les cordes vocales qu'il n'entendrait rien !

– Il lui arrive d'entendre certaines choses, le défends-je, atterrée par sa méchanceté. Écoute, Ocean n'est vraiment pas là, je te le jure. Mais si tu veux, je peux lui transmettre un message de ta part.

Rachel rit encore – mais ce n'est toujours pas un rire, parce qu'il est mauvais et plein d'une rancœur qui me rappelle Erika et Romy. L'une de ses mains parfaitement manucurées manque de m'éborgner lorsqu'elle fait un grand geste du bras pour englober tout l'appartement du regard avant de s'écrier :

– Depuis que tu as débarqué dans sa vie, Ocean ne s'intéresse plus du tout à moi ! Alors, si tu crois que je vais te dire quoi que ce soit, tu es tombée sur la tête ! Je sais très bien que c'est pour être avec toi qu'il m'a quittée !

Je tique, parce qu'elle n'a pas complètement tort : je ne suis pas innocente dans leur rupture. Même s'ils n'ont jamais vraiment été ensemble et qu'Ocean a toujours été maître de sa destinée, libre de ses choix.

– Écoute, je crois que tu ferais mieux de rentrer chez toi et de repasser demain, dans la matinée. Il sera là, et tu pourras lui dire de vive voix tout ce que tu as…

La gifle qu'elle m'assène en pleine figure me prend totalement au dépourvu : le choc me coupe le souffle, et la douleur – plutôt tolérable, en vérité… – me picote tout de même un peu la joue. J'esquisse un pas en arrière et lève un bras pour me protéger d'un second coup qui n'arrive pas… parce qu'elle préfère me frapper avec des mots plutôt qu'avec ses poings.

Et là, oui, ça fait mal.

– Je sais très bien ce que tu as fait, Ornella Sinclair ! Et ça ne m'étonne pas qu'une petite pute dans ton genre ait réussi à lui faire tourner la tête !

Oh, mon Dieu…

– J'ai vu ce que tu es capable de faire et jusqu'où tu es prête à aller pour voler un homme à sa femme !

Pétrifiée, je n'arrive plus à bouger, à parler ou à réfléchir. C'est une catastrophe. La seule pensée cohérente qu'il me reste à l'esprit, c'est : « Par pitié, non ! Tais-toi ! »

– Et crois-moi, grogne-t-elle, je ne te laisserai pas manipuler Ocean comme tu l'as fait avec…

– Tais-toi ! m'écrié-je, incapable d'en supporter davantage. Ferme-la, putain ! Tu ne sais absolument pas de quoi tu parles !

Rachel a probablement vu la vidéo qui a fait ma ruine et lu les commentaires nauséabonds de gens qui ne connaissaient eux-mêmes rien de mon histoire et qu'ils ont cru bon de publier sur les réseaux. Mais les mensonges mêlés aux rumeurs sont le pain quotidien de cette nouvelle génération hyper-connectée qui se nourrit de *fake news* et de cyber-harcèlement. Tout à ma nouvelle vie, j'ai oublié que rien ne disparaît jamais vraiment de la Toile. On a beau fuir le plus loin possible et supprimer nos comptes sur les réseaux sociaux, le passé y reste toujours aussi vivant que s'il s'y déroulait encore à l'instant… parce qu'il n'y a pas de notion de temps ou de pardon, sur Internet. Tout est là, accessible en permanence, et tout revient toujours sur le devant de la scène, si l'on fait l'effort de chercher et de creuser un peu…

– Tu es une salope ! m'accuse-t-elle, à court d'insultes.

– Peut-être, concédé-je, mais je t'interdis de me juger ! Tu ne me connais pas ! Tu ne sais rien de ce qu'il m'est arrivé à Bâton-Rouge ! Et si ta relation avec Ocean ne s'est pas terminée comme tu l'espérais, ce n'est pas ma faute !

– Comme si tu ne couchais pas avec lui !

Elle lève la main, prête à me décocher une nouvelle gifle, mais son bras est arrêté en pleine course par un Andrea furibond qui l'oblige à reculer jusqu'à la porte d'entrée que j'ai oublié de refermer.

– Et voilà l'autre handicapé qui se ramène pour jouer les preux chevaliers !

Rachel le repousse d'un méchant coup de coude dans les côtes qui lui arrache une grimace. Je vois bien qu'il se retient de répliquer, mais l'insulte l'a atteint droit au cœur, en plein dans sa fierté, et la douleur que je lis dans ses beaux yeux mordorés m'est insupportable.

– Sors d'ici, Rachel ! Ocean n'est pas là, répété-je, furieuse. Et c'est avec lui que tu as des comptes à régler, pas avec nous !

– Lorsque je lui aurai dit qui tu es, crache-t-elle, comme possédée, c'est à toi qu'il va en demander, des comptes ! Alors, laisse-moi te donner un petit conseil : prépare tes valises, parce qu'il va te jeter dehors encore plus vite qu'il m'a éjectée de sa vie !

Rachel fond en larmes avant de tourner les talons. Une partie trop sensible de mon âme se demande si je ne devrais pas la rattraper pour la consoler. Une autre, plus égoïste, panique à l'idée de se voir une nouvelle fois traîner dans la boue. Andrea essaie de me parler en usant du langage des signes, mais je suis tellement chamboulée que je ne comprends rien à ce qu'il me raconte, et un clignement de paupières plus tard, je me surprends à courir derrière Rachel, prête à la supplier de garder le silence.

– Attends ! Ne lui dis rien, s'il te plaît ! hurlé-je, une seconde avant que les portes de l'ascenseur se referment devant moi. Merde…

Paniquée, j'emprunte l'escalier, que je descends à toute vitesse, et déboule dans le hall verdoyant, trempée de sueur, en pyjama rose et les pieds nus.

Mais j'arrive trop tard…

Rachel n'aura pas besoin de revenir demain matin pour parler à Ocean puisqu'il est là, juste derrière la porte en verre, et qu'elle lui déballe déjà tout ce qu'elle a sur le cœur en esquissant de grands gestes avec les mains. Il l'écoute attentivement, l'air sérieux et concentré, et lorsqu'elle lui colle son téléphone sous le nez, je sais que c'en est fini de moi. Juste comme ça. En moins d'une seconde. Je perds tout, encore une fois. C'est terminé. Ma vie à Lafayette. Ma relation étrange et passionnelle avec Ocean. Mon amitié si sincère avec Camille et Andrea. Tout vole en éclats sous mes yeux impuissants, et je ne perds même pas une seconde à essayer de me défendre… parce que j'ai tellement honte qu'ils sachent ce que j'ai fait là-bas que je n'ai plus qu'une idée en tête : m'enfuir.

Même si j'ai bien compris que l'on ne pouvait pas se fuir soi-même.

Complètement désorientée, je remonte jusqu'à l'appartement dans un état second, bouscule Andrea lorsqu'il tente de m'arrêter pour me parler et finis par trouver refuge dans ma chambre – qui ne sera bientôt plus qu'un vague et précieux souvenir, un fragment de bonheur fugace et éphémère. Le visage enfoui dans l'oreiller, je me retiens de hurler, le cœur en morceaux, l'âme déchirée. J'ignore combien de temps je reste là, prostrée comme une enfant à qui l'on vient d'arracher ses dernières illusions, son ultime étincelle d'innocence. Une demi-heure. Peut-être une journée. Sûrement quelques minutes. Au fond, ça n'a pas la moindre importance, parce qu'en entendant la porte de ma chambre s'ouvrir sans que l'on m'en demande l'autorisation, je sais que je ne suis toujours pas prête à affronter la réalité.

C'est peut-être bête, mais j'ai vraiment cru que j'allais m'en sortir, finalement.

– Ornella ?

Mon prénom résonne comme une insulte dans la pièce silencieuse.

– Non.

C'est tout ce que je trouve à répondre : « Non, ne me dis pas que c'est fini. Non, je ne suis plus cette fille. Non, ne me dis pas de partir. Non, ne me jette pas dehors, toi aussi. Et surtout, ne dis pas que tu me détestes. »

– Ornella, regarde-moi, exige Ocean d'une voix autoritaire.

Mais je ne le peux pas.

J'ai trop honte, trop mal, trop peur…

Il va me détester, maintenant. Je le sais, parce que je me déteste, moi aussi.

– Non.

Je l'entends bouger tandis qu'il referme la porte derrière lui et qu'il se rapproche de mon lit.

– Pourquoi ? ose-t-il me demander, comme si ce n'était pas évident.

Des sanglots douloureux s'entassent dans ma gorge refermée sur un cri que j'ai du mal à retenir.

– Tu sais très bien pourquoi, alors ne me force pas à te le dire. J'ai tellement honte !

Une longue seconde s'écoule dans un silence pesant, *étouffant*. Puis la main d'Ocean glisse dans mes cheveux, qu'il caresse avec une douceur qui me fait deux fois plus de mal que la gifle de Rachel, et passe dans mon cou pour me prendre le visage en coupe et me relever le menton, me forçant ainsi à le regarder, lui et ses yeux bleus qui…

Qui ne me jugent pas.

Qui ne me détestent pas.

Qui ne me détruisent pas.

– Je suis tellement désolé, Ohana, murmure-t-il, ému. Tout est ma faute.

Estomaquée par sa réaction, je me redresse sur les coudes et lui demande d'une voix brisée :

– De quoi es-tu désolé, Ocean ? Je ne comprends pas…

Son beau visage devient aussi triste que le mien.

– Je savais qu'il s'était passé quelque chose de grave dans ton passé. Et je me doutais bien que cela avait un rapport avec ton ex. Mais je n'aurais jamais cru que les choses étaient allées aussi loin, et je suis vraiment désolé qu'à cause de moi, Rachel s'en soit servie pour te blesser.

Je suis tellement surprise que je ne trouve rien à lui dire. Les mots m'échappent, comme de la fumée ou de l'eau, insaisissables.

– C'est moi qui ai honte, Ornella. Honte d'avoir joué avec le cœur d'une fille qui a choisi de s'en prendre à toi plutôt qu'à moi pour me le faire payer. Si j'avais mis un terme à notre relation dès que j'ai compris qu'elle commençait à tomber amoureuse de moi, tu n'aurais jamais eu à revivre tout ça.

Une expression angoissée traverse son visage sur lequel j'ai envie d'étaler un millier de baisers, un million de caresses, un milliard de « merci, merci, merci ».

– Cette vidéo de toi… continue-t-il, en me prenant les mains pour les embrasser avec une tendresse infinie. Je m'en fiche. Elle ne compte pas. Je ne l'ai même pas regardée. On fait tous des erreurs, et bien sûr, c'est toujours plus facile à dire qu'à faire, mais tu n'as pas à en avoir honte et je sais que tu regrettes de…

Je l'interromps avant d'en perdre le courage :

– Il était marié. Il l'a toujours été. L'homme sur la vidéo. Jarod. C'était aussi le beau-père de ma meilleure amie, mon professeur d'anglais au lycée et… le pire… c'est qu'à ce moment-là, sa femme était enceinte de six mois.

Un froid glacial s'insinue sous mon épiderme et m'arrache une longue série de frissons qui me font trembler de la tête aux pieds. Ocean fait mine de vouloir me prendre dans ses bras, mais j'ai encore des confessions à lui faire, aussi le repoussé-je pour garder un semblant de sang-froid et de lucidité.

– J'avais quinze ans lorsque l'on a commencé à se fréquenter, m'entends-je avouer pour la première fois. Lui, il en avait trente-deux, et je savais déjà très bien qu'il était trop âgé pour moi. Que ce n'était pas normal qu'un homme comme lui s'intéresse à une fille comme moi. Mais je croyais que c'était l'amour qui l'avait poussé vers moi, dans mes bras. Bien sûr, et comme tu dois t'en douter, ça n'a jamais été le cas…

Je n'en avais jamais parlé à personne, avant lui… Et maintenant que j'ai ouvert ma boîte de Pandore personnelle, je me rends compte à quel point c'était épuisant d'avoir à garder mes démons prisonniers dans les ombres de mon cœur esseulé.

– Lorsque j'ai eu besoin de lui, il m'a tourné le dos et expulsée de sa vie avec une facilité qui m'a fait beaucoup plus souffrir que tout ce qu'il s'est raconté sur moi après la diffusion de la vidéo, sur les réseaux sociaux.

Des larmes brûlantes roulent sur mes joues, comme à chaque fois que je repense à la fille stupide, matérialiste et égocentrique que j'étais, à Bâton-Rouge. Une fille qui se contentait des miettes d'un homme tout en pensant se régaler d'un véritable festin.

– Raconte-moi tout, Ohana. Libère-toi de tout ça.

Ocean prononce les mots magiques qui déverrouillent tous les cadenas derrière lesquels j'avais protégé mon cœur après mon départ de Bâton-Rouge. Un flot de paroles s'échappe de ma bouche tandis que je lui déballe toute mon histoire avec Jarod. Nos premiers rendez-vous. Notre première fois. Tous les mensonges dont j'ai dû user pour dissimuler la véritable nature de notre relation à mes grands-parents et à mes meilleures amies. Puis je lui parle de ses exigences, toujours plus folles – la *sextape* étant la cerise sur le gâteau. De ses crises de jalousie. De sa violence verbale. Et de ses mensonges, à lui aussi. Ceux qu'il me glissait dans le creux de l'oreille et dont je ne croyais rien, mais que je me forçais à avaler pour préserver la stabilité de notre liaison. Puis, de fil en aiguille, j'en viens à la pire des choses que j'aie faites pour lui…

– L'été dernier, après un oubli de pilule, je suis tombée enceinte.

Ocean retient son souffle, les yeux écarquillés. J'ignore où je trouve le courage de continuer à parler, mais je ne m'arrête pas et, parce que je lui fais entièrement confiance, je lui dévoile tout de moi – même le plus mauvais, le plus moche, le plus… *pathétique.*

– Il ne voulait pas que je le garde, évidemment. Il disait que j'étais trop jeune, pas encore prête à assumer un enfant, que je décevrais mes grands-parents et qu'il fallait à tout prix que je termine mes études avant de penser à fonder une famille.

Ma voix s'éteint d'elle-même, soufflée par le vent glacé du passé. Les souvenirs m'étouffent dans une étreinte malsaine, une accolade cruelle.

– Ce que j'ignorais, c'était qu'il venait d'apprendre que sa femme était enceinte, elle aussi, murmuré-je, accablée par le poids de toutes mes erreurs. Je ne sais pas si, moi, je voulais le garder ou pas, ce bébé. Je n'ai pas vraiment pu y réfléchir, parce qu'il me harcelait tous les jours pour que j'avorte. C'était devenu une véritable obsession, pour lui : se débarrasser du fruit de notre amour. Alors, j'ai fini par craquer : j'ai pris rendez-vous dans une clinique à La Nouvelle-Orléans et j'ai fait ce qu'il me demandait de faire, la mort dans l'âme. Ou plutôt, dans le ventre. Le pire, c'est qu'il m'a laissé y aller toute seule, et qu'à mon retour, il ne m'a même pas demandé si ça allait. Si je le vivais bien. En fait, il a commencé à m'ignorer, à filtrer mes appels et à annuler nos rendez-vous. Et là, j'ai… je…

Je suis forcée de faire une pause, le cœur trop lourd, les yeux si mouillés que je ne vois plus rien. Mon chagrin est si intense qu'il me rend aveugle. Et c'est tout aussi bien, parce que je crains trop de croiser le regard bleu d'Ocean. Si je ne le dégoûtais pas jusqu'à présent, je crois que mes aveux achèveront ce que Rachel a commencé en lui révélant quelle pauvre fille je suis, au fond de moi…

Terrifiée par la solitude. Effrayée par l'abandon.

– J'ai rampé à ses pieds pour qu'il me reprenne. Je l'ai supplié. Je suis allée jusqu'à m'humilier pour lui. Et même lorsque j'ai appris qu'il allait avoir un autre bébé avec sa femme, j'étais tellement pétrifiée de trouille à l'idée qu'il me quitte pour de bon que j'ai fait comme si de rien n'était. Toutes les choses que j'avais sacrifiées pour lui : ma jeunesse, ma dignité, ma fierté, mes amis, ma famille… notre enfant… ça ne pouvait pas être pour rien, tu comprends ?

Ocean ne trouve rien à répondre à cette question purement rhétorique.

– Je ne le supportais pas, Ocean. Le perdre était au-dessus de mes forces. C'est pathétique, je le sais, mais…

– Non, me détrompe-t-il, ce n'est jamais pathétique d'être prête à tout pour celui que l'on aime, Ohana.

Lui qui n'a jamais eu de petite amie et qui n'a jamais été amoureux…

Que peut-il bien en savoir ?

– Et puis, vient le jour où il m'a demandé de tourner cette fameuse vidéo dans laquelle il me baise sur le bureau du doyen de la fac de Bâton-Rouge – celui de sa femme, soit dit en passant. C'était l'un de ses fantasmes que j'avais toujours réussi à esquiver, mais là, je savais que je n'avais plus le choix. Si j'avais refusé une nouvelle fois, il m'aurait tout simplement quittée. C'était la veille du Nouvel An. J'aurais dû passer la soirée avec mes amis, boire du champagne, me soûler et danser de minuit jusqu'à l'aube. Mais, non. Encore une fois, j'ai fait ce qu'il voulait, et même si je n'en avais pas envie, je me suis pliée à ses caprices en priant pour qu'il m'aime… encore un peu… juste une nuit de plus…

Un rire un peu fou s'échappe de mes lèvres.

– Mais qu'est-ce que l'amour, en vérité ?

Cette fois, et même si c'est encore une interrogation rhétorique, Ocean me répond :

– Je l'ignore, mais ça ressemble bien à tout ce que tu as fait pour lui et à tout ce qu'il n'a jamais fait pour toi…

Son pouce effleure ma pommette pour effacer l'une de mes larmes.

– J'ai tellement honte, Ocean, lui avoué-je. Et tellement peur, aussi. Je ne peux pas revivre tout ça une seconde fois. C'est au-dessus de mes forces.

Mon ennemi, mon ami, mon *si bel amant* fronce ses épais sourcils bruns.

– Je te promets que ça n'arrivera pas, Ohana.

Je soupire, l'esprit à la dérive, perdue entre l'espoir d'une rédemption et le désespoir d'une vision d'avenir bien trop semblable à celle de mon passé.

– Tu me fais encore une promesse, Ocean.

Je me rapproche de lui jusqu'à venir frôler son torse de ma poitrine. Sa chaleur me réconforte, et lorsqu'il se redresse pour m'enlacer d'un bras puissant, ses lèvres brillantes effleurent les miennes – c'est la tentation suprême, avec le goût du pardon que j'implore toutes les nuits, encore et encore, à l'intention d'un Dieu qui refuse de m'écouter.

Je suis incapable de résister à l'envie de m'y perdre, même si ce n'est qu'une seconde fugace, aussi, je colle ma bouche contre la sienne pour aspirer sa langue à l'intérieur de la mienne. Avec ce baiser lent et profond, j'entremêle nos deux êtres dans une étreinte moite qui va au-delà du désir. C'est trop *intense*, trop réel. Plein de non-dits et de sentiments que l'on n'a aucune envie de s'avouer, lui et moi.

Lui comme moi.

J'ignore lequel de nous deux fait le choix de reculer en premier – peut-être que c'est moi, sûrement est-ce lui… Je n'en ai pas la moindre idée, mais ça n'a pas d'importance. Parce qu'il est toujours là, en moi, dans le goût de ma salive, le frémissement de mes lèvres et les battements de mon cœur.

– Oui, c'est une promesse. Rachel ne montrera cette putain de vidéo à personne, tu peux me faire confiance !

J'ai tellement envie d'y croire, mais…

– Comment peux-tu en être aussi sûr ?

– Parce qu'une fois qu'elle aura dessoûlé, elle s'en voudra tellement pour son comportement qu'elle viendra sûrement te présenter ses excuses. Elle n'est pas méchante, dans le fond. Juste un peu paumée et en colère.

Je renifle tout en essuyant mon nez sur la manche de mon pull.

– Alors, tu ne me détestes pas ?

– Bien sûr que non ! s'exclame-t-il, incrédule.

Comme si, là encore, c'était une évidence.

– Et je ne te dégoûte pas ?

– Putain, Ornella ! s'écrie-t-il, l'air éperdu. Je te trouve tellement forte et courageuse d'avoir réussi à gérer tout ça que je suis à deux doigts d'ériger une statue de toi en reine guerrière au beau milieu de notre salon !

J'ignore par quel miracle sa réponse, si spontanée et authentique, parvient à me faire rire aux éclats.

– Et tu ne veux pas que je fasse mes valises, hein ?

Ses grandes mains m'agrippent par les épaules tandis qu'il me plaque de nouveau contre son torse. Son cœur bat tellement vite que je l'entends aussi fort que les cloches d'une cathédrale. Minuit sonne en lui, les étoiles brillent en moi.

Je me sens vide. Et pleine. Légère et un peu lourde.

Et si j'osais le dire…

– Tu n'as plus besoin de t'enfuir, Ornella, me chuchote-t-il, tout doucement. Je te l'ai déjà dit, mais je te le répète : tant que je serai là pour te protéger, il ne t'arrivera plus jamais rien de mal.

Battement de paupières.

Nos regards se heurtent dans la pénombre.

Battement de cœurs.

Nos bouches se trouvent dans le noir.

En parfaite harmonie, nos langues se mêlent, nos salives se mélangent et ma peine, elle, s'efface sur ses lèvres salées qui portent le goût de mes larmes… et de tous ces rêves brisés avec lesquels il vient de me réconcilier.

– Est-ce qu'elle t'a dit d'autres choses, sur moi ? lui demandé-je, lorsqu'il recule de quelques centimètres pour embrasser mes joues, le bout de mon nez, mes paupières et le sommet de mon crâne.

– Rien, pourquoi ? souffle-t-il à mi-voix.

Parce que je me demande si tu sais d'où je viens et qui est ma famille.

– Non. Pour rien.

Ocean sourit contre mes lèvres en me taquinant :

– S'il te reste des secrets, garde-les pour une prochaine nuit. Toi et moi, on n'en a pas encore fini…

Et sur cette sombre promesse qui allume une lumière incandescente à l'intérieur de mon cœur, il se précipite sur ma bouche, comme un affamé. Nos fronts se cognent tandis que nos dents s'entrechoquent dans un bruit sourd. Un ballet lubrique et sensuel s'amorce comme le refrain d'une chanson aux sonorités chaudes, lascives. Le genre de mélodie que l'on aurait envie d'écouter en boucle, encore et encore, dans le secret d'une nuit moite. J'en connais chaque note, chaque souffle et reprise d'air, chaque pause et revirement de voix. Et pourtant, ici et avec lui, c'est comme si je la découvrais pour la toute première fois…

Parce que ce soir, je ne l'embrasse pas seulement avec ma bouche, mais avec mon cœur. Avec toute mon âme.

Qu'est-ce que l'amour, en vérité ?

Je crois que c'est ce que je commence à éprouver pour mon bel Ocean, si avide de liberté.

CHAPITRE 21
Mea culpa…

OCEAN

Ornella finit par s'endormir, épuisée d'avoir pleuré à chaudes larmes, le visage tiré et les yeux gonflés. Malgré tout, un léger sourire flotte sur ses lèvres pulpeuses, et en toute modestie, je sais qu'il n'est là que pour moi – grâce à moi, aussi…

Même si je ne le mérite pas, je m'en délecte avec un plaisir presque malsain qui m'effraie autant que la colère, noire et aveugle, qui me brûle les entrailles d'un feu vengeur.

En silence, et après avoir remonté les couvertures sur son petit corps roulé en boule sur le côté, je referme la porte derrière moi, dévale les marches deux par deux et prends la direction de la sortie avec une seule pensée en tête : détruire le téléphone de Rachel… et peut-être même son appartement, tant qu'à faire.

– Où vas-tu ? s'inquiète Camille, en me barrant le passage.

Furieux, je foudroie mon meilleur ami d'un regard belliqueux qu'il est loin de mériter, mais que je suis incapable de refréner ou d'adoucir, tant la haine fait battre mon sang à l'intérieur de ma tête. J'ai les tempes qui bourdonnent et les poings qui me démangent. Tout en moi hurle de rage, de chagrin, de culpabilité. Comme le disait si bien ma Tutu : « Rien n'est plus dévastateur que la colère d'un océan… » Et là, j'ai envie de tout détruire, de tout casser, de tout briser. À commencer par Jarod, cette pourriture qui ne mérite pas d'être appelé un homme, et Rachel, qui a choisi la mauvaise personne pour déverser sa bile.

Les confessions désespérées d'Ornella m'ont lacéré de toutes parts – corps, cœur, âme. Tout est en sang en moi. Ses larmes ont été encore plus incisives que les dents du requin-tigre. Encore plus douloureuses que la morsure d'un serpent. Et encore plus insoutenables que tous les messages envoyés à mes parents et restés sans réponse…

Ce qu'elle a vécu à Bâton-Rouge est d'une injustice qui me révolte encore plus que toutes les dérives humaines contre lesquelles je me bats au quotidien ; les forages trop profonds, les marées noires, la mauvaise gestion des déchets radioactifs, et tout ce qui bousille notre environnement à petit feu dans l'indifférence générale.

Parce que le cœur d'Ornella est aussi précieux que celui de notre planète, et que comme elle, personne ne s'est jamais soucié de le protéger, de le chérir, de le laisser s'épanouir à son rythme et selon ses conditions.

Non, personne n'en a jamais pris soin...

Il a été pillé, souillé, perverti et, fatalement blessé d'une façon irrémédiable.

Et ça me fout la haine, putain !

– Pousse-toi, exigé-je d'une voix vibrante de violence. Tout de suite.

Camille secoue la tête en signe de refus. Une veine se met à pulser sur mon front lorsqu'Andrea se dresse à côté de lui, les bras croisés en travers de son torse maigrelet, pour me faire comprendre qu'il ne me laissera pas partir d'ici, lui non plus.

– Tu es en liberté surveillée, Ocean, me rappelle inutilement Camille.

Je hausse une épaule nonchalante, bien qu'une petite voix dans ma tête tente de me faire entendre raison et d'apaiser ma colère en raisonnant avec une logique qui me fait trop souvent défaut.

– Si je te laisse faire ce que tu as visiblement envie de faire, je crois que tu peux dire adieu à ta liberté.

Qu'est-ce que la liberté, d'ailleurs ?

Ornella s'interroge au sujet de cet amour pour lequel elle est allée jusqu'à sacrifier sa chair et son sang, et moi, je me demande ce que m'a réellement apporté, cette prétendue liberté derrière laquelle je me suis trop souvent caché pour justifier ma lâcheté et ma peur de l'abandon.

Suis-je libre, à l'heure actuelle ? Pas plus que Camille ou Andrea.

Ai-je des choses à perdre ? Bien sûr, comme tout le monde !

Puis-je continuer à feindre que je ne suis plus cet enfant anéanti par le rejet des deux seuls êtres au monde censés l'aimer de manière inconditionnelle ? Putain, non !

Alors, qu'est-ce réellement que la liberté ? Et qu'est-ce que je risque à la perdre… si je ne sais même plus ce qu'elle représente pour moi ?

Tout ce dont je suis encore certain, c'est qu'Ornella Sinclair, petite tornade d'un mètre soixante-cinq, mérite que l'on se batte pour elle.

– Tant pis ! asséné-je, sûr de moi. J'en assumerai les conséquences. Dégage de mon chemin, Camille.

Ma réponse surprend tellement mes amis qu'ils ne bougent pas d'un pouce lorsque je fais mine de les contourner. Voyant qu'ils ne me suivent pas, je m'empresse de courir jusqu'à la porte d'entrée… qui est fermée à clé ! De plus en plus énervé, je cherche mon trousseau dans le vide-poches – rien. Puis sur le sol – rien non plus. Dans ma veste – toujours rien. Couché sur le seuil comme s'il voulait m'empêcher de passer, lui aussi, Bonzaï me dévisage d'un air penaud.

Je suis à deux doigts de défoncer la porte à coups de pied lorsque la voix robotique du téléphone d'Andrea m'interrompt en plein dans mon élan.

– Si tu prouves à Rachel que tu tiens assez à Ornella pour risquer d'enfreindre les conditions de ta liberté conditionnelle, elle balancera à tout le monde ce qu'elle sait à son sujet pour se venger de toi. Cela reviendrait à l'armer, lui montrer où tirer et lui poser le doigt sur la gâchette. Ce n'est pas très malin.

Merde !

Sa Majesté des Fleurs a raison – comme d'habitude ! Il s'y connaît mieux en subtilités féminines que bien des femmes – et que moi, incontestablement. Et pour cause, il passe la majeure partie de son temps en leur compagnie.

– Mais je dois faire quelque chose !

C'est plus fort que moi : il faut que j'agisse ou je vais devenir cinglé.

– Oui, mais pas comme ça, riposte Camille, en extirpant les clés de son sweat à capuche. Réfléchis avec autre chose que tes poings, pour une fois dans ta vie, nom de Dieu !

Exaspéré par mon impuissance, au-delà de la frustration, je balance ledit poing contre le mur et m'égratigne les phalanges sur les briques rugueuses qui se fendillent sous la puissance du coup. Une réaction puérile et immature, mais qui me fait un bien fou et m'aide à canaliser mes émotions volcaniques.

Des gouttelettes de sang perlent sur mes jointures enflées.

– Vous ne savez pas ce qu'elle a subi et ce qu'elle risque de subir à nouveau si Rachel se décide à tout balancer à la fac !

Camille m'attrape par l'épaule pour me forcer à m'asseoir sur l'un des tabourets de la cuisine.

Je le laisse faire, parce qu'une partie de moi culpabilise d'avoir gâché cette soirée qui devait être une véritable consécration pour lui, en tant qu'auteur-compositeur, avec sa première scène à guichets fermés.

– J'en ai une vague idée, me contredit-il, l'air adouci. J'ai Twitter, mec. Et contrairement à toi, je suis très curieux. Un défaut que je dois à ma nature de Bélier.

– Et ça se voit dans ses yeux… ajoute Andrea en signant avec une pointe de tristesse. Elle revient de loin, comme nous. Et nous aussi, on l'aime et on a envie de la protéger.

« On l'aime. »

J'ignore pourquoi ce morceau de phrase tout à fait anodin me perturbe. Je sais bien qu'ils l'aiment, ces imbéciles. Tout ce temps passé ensemble à rire, à discuter de tout et rien, à se taquiner comme des gosses et à refaire le monde devant une vieille série télé en se goinfrant de chips et de cacahuètes… ça a forgé de véritables liens, entre nous. Comme ceux qui unissent une famille. Je ne défends pas Ornella parce que je partage son lit, mais parce que je connais son cœur et que je sais qu'elle n'a jamais voulu être méchante ou blessante.

Tout le mal qu'elle a fait, ça a été de s'éprendre de la mauvaise personne.

Et je commence à comprendre que l'amour ne se contrôle pas. Qu'il est plus fort que tout. Plus libre que moi.

– Je dois la protéger, murmuré-je, en tombant en avant, la tête baissée vers mes pieds. Si Rachel passe à l'action, on va la perdre !

Je vais la perdre.

– Elle s'en ira…

Elle me quittera…

– Et après, il faudra qu'on trouve une autre colocataire pour payer le loyer !

Camille ricane tandis qu'Andrea lève les yeux au ciel.

– Comme si on en avait quelque chose à faire, de l'argent ! raille-t-il, avant de s'emparer de sa guitare pour en gratter les cordes sèches. Laissez-moi réfléchir.

Mon ami ne réussit à se concentrer qu'en jouant de la musique. Et très vite, la mélodie mélancolique, pleine d'une douleur lancinante, qu'il compose sans même s'en apercevoir, me projette dans le passé, à Hawaï, sur mon île natale.

Devant moi, je peux presque discerner l'ombre mouvante des vagues translucides, le relief accidenté des crêtes volcaniques et le visage bourru, sillonné de rides profondes, de ma Tutu.

« Pourquoi ne reviennent-ils pas me chercher ? Qu'est-ce que j'ai fait de mal ? »

La complainte déchirante d'un enfant qui n'arrive pas à comprendre la logique parfois cruelle des adultes.

« Tu n'as rien fait de mal, Ocean. Au contraire, tu es un petit garçon adorable. Ce n'est pas ta faute.

– *Alors pourquoi ne reviennent-ils pas, Tutu ?*

– *Parce qu'ils t'aiment assez pour reconnaître qu'ils ne sont pas dignes de toi, mon enfant.* »

Sur le moment, je n'ai pas compris ce que ma grand-mère essayait de m'expliquer avec des mots peut-être un peu trop savants pour moi. Mais ce soir, je crois bien que ça m'aide à trouver le début d'une réponse à ma question.

– Je pense que je sais quoi faire pour rattraper le coup ! m'exclamé-je, rasséréné. En fait, c'est ce que j'aurais dû faire dès le début…

Camille me lance un regard circonspect tandis qu'Andrea hoche la tête, comme s'il avait lu dans mes pensées et deviné l'esquisse encore brouillonne de mon plan d'attaque.

– Je ne suis pas sûr d'avoir tout bien suivi, là.

J'extirpe mon téléphone portable de ma poche tout en lui expliquant :

– Rachel croit que je l'ai quittée à cause d'Ornella…

– Et c'est faux ? me coupe-t-il, les sourcils froncés. Je te signale que tu es allé jusqu'à te battre avec Djibril pour récupérer les boucles d'oreilles qu'il m'avait offertes.

– Il les avait volées à Gator ! me défends-je, encore agacé par ce souvenir.

– Je le sais bien, mais ça ne t'avait jamais gêné, jusqu'à présent, qu'il m'offre des trucs qu'il parvient à chaparder à droite à gauche.

Andrea ajoute son grain de sel :

– Il a raison. C'est bien à cause d'Ornella que tu as arrêté de voir Rachel, que tu t'es découvert un embryon de conscience et que tu m'as rappelé qu'une fille comme elle ne pouvait pas s'intéresser à un gars tel que moi.

Je me sens rougir sous l'assaut puissant et redoutable de la honte.

– Ce n'est pas ce que je t'ai dit… et peu importe ! Je vais donner à Rachel ce qu'elle attend de moi.

– Tu parles de ton sexe ? s'étonne Camille. Ce n'est pas un peu présomptueux de ta part ?

Cet idiot réussit l'exploit de me faire éclater de rire malgré les circonstances.

– Non, espèce de crétin ! Je vais simplement lui montrer que je ne suis pas digne des sentiments qu'elle éprouve pour moi. Et qu'au final, elle ne perd rien à ne pas m'avoir dans sa vie.

Comme moi avec mes parents, comprends-je avec un violent coup au cœur.

Ils ne m'ont jamais suffisamment aimé pour me garder auprès d'eux et m'offrir un véritable foyer, mais ils ont toujours su que ma Tutu, elle, avait assez d'amour à donner pour deux. Ils savaient aussi qu'elle prendrait soin de moi, qu'elle m'élèverait avec patience, dans la tolérance et l'affection de mon prochain, et qu'elle me ferait aimer la planète avec assez de force pour qu'un jour, je finisse par comprendre les raisons de leur combat. Alors, oui, elle n'a pas réussi à remplacer ma mère et mon père ; et oui, j'aurais probablement toujours le sentiment d'avoir été privé de quelque chose de fondamental… mais elle m'a aimé aussi fort qu'elle l'a pu et m'a donné encore plus de choses qu'elle n'en possédait.

Comme l'a dit Ornella, reconnaître que l'on ne peut pas être ce qu'une personne veut que l'on soit et sortir de son existence pour éviter de la faire souffrir encore plus en lui mentant est déjà une preuve d'affection.

Ou au moins, de respect.

Avec cette pensée en tête, je rédige un message d'excuses sincères à l'intention de Rachel…

Et je prie les dieux de ma Tutu pour qu'elle ait raison.

CHAPITRE 22
Adieu, liberté…

OCEAN

Un gémissement inarticulé de plaisir s'échappe de la gorge d'Ornella. Je referme mes lèvres sur les siennes et pousse ma langue à l'intérieur de sa bouche, la forçant à s'ouvrir en grand pour moi – et moi *uniquement*, précise une petite voix belliqueuse à l'intérieur de ma tête. L'une de mes mains l'oblige à relever le menton, tandis que l'autre, plus impatiente, tire sur le devant de sa blouse pour la rapprocher encore de mon corps brûlant de désir.

Je l'embrasse plus profondément que d'habitude, avec une passion qui m'étonne moi-même, et même si ça m'effraie, je me cramponne à elle encore plus fort…

– Ocean… souffle-t-elle, la voix rauque.

Mon cœur caracole sous mes côtes – un seul mot, et voilà qu'elle me met à genoux. Ornella ne le sait pas, mais elle peut faire ce qu'elle veut de moi. Au fil des jours, je suis devenu son esclave, sa marionnette. Plus j'en apprends sur elle, et moins j'arrive à lui résister. C'est comme si un dieu farceur s'était amusé à la modeler rien que moi : j'aime absolument tout, chez elle. Et même ce qu'elle déteste.

Souvent, je repense à ce qu'elle m'a confié sur ses parents, à la plage. Et à chaque fois, je me sens… à la fois envieux, faible, et si intensément sous le charme que c'en est ridicule. Là où j'ai jugé plus facile de me laisser briser, Ornella s'est relevée encore plus forte pour faire de sa blessure une arme qu'elle manie avec une précision chirurgicale.

Abandonnée par ses parents, puis ses grands-parents, ses amis et l'homme qu'elle aimait plus que de raison, elle ne s'est pas laissé abattre et, Dieu seul sait comment, a réussi à se remettre debout, et à reprendre sa vie en main.

Blessée, oui. Mais jamais vaincue.

Méfiante, forcément. Mais toujours prête à venir en aide à son prochain.

Si humaine dans sa douleur, si courageuse dans sa quête de rédemption.

Tellement, tellement belle…

Je l'embrasse plus fort, enhardi par la réponse fervente que me formule son corps. Mais *embrasser* n'est pas le terme le plus adéquat pour décrire ce que nous nous infligeons l'un à l'autre avec nos bouches affamées. Cela ressemble plutôt à une fusion irrémédiable, à une combustion totale et spontanée de nos êtres.

Si elle le voulait, Ornella Sinclair pourrait me réduire en cendres.

Soudain, elle relâche ma chemise froissée pour m'empoigner par les cheveux et plaque avec encore plus de passion ses lèvres charnues contre les miennes.

Une barrière dont j'ignorais jusqu'à l'existence se rompt à l'intérieur de mon cœur, et je déverse sur elle, *en* elle, un océan de passion.

Je ne joue plus au bon garçon, à l'amant doux et patient, calme et compréhensif. En réalité, je n'ai jamais joué, avec elle. Je lui ai toujours tout montré de moi, le bon comme le mauvais. Et pourtant, elle est toujours là, et loin de me fuir, elle me retient si fort que j'ai le sentiment que je ne pourrai plus jamais me perdre ou me noyer dans mes idées noires.

D'une certaine façon, et je l'admets avec une pointe de tristesse, je crois que je n'ai jamais été aussi honnête qu'avec elle…

J'ai peur, bien sûr.

Mais je n'arrive pas à m'arrêter.

Comme à chaque fois que l'on se touche, je perds toute notion de prudence et de décence. Je me penche au-dessus d'elle pour la plaquer contre le mur, tel un démon en proie au péché de luxure. Sa peau hâlée, toujours aussi douce, brille sous l'éclairage artificiel des néons. Son visage, emperlé de sueur, est rosi par une excitation qui embaume l'air d'une légère odeur épicée. Sa blouse à moitié déboutonnée dévoile un soupçon de satin blanc sur lequel je ne peux pas m'empêcher de déposer un baiser mouillé.

– Ocean, gémit-elle, tremblante de désir. Pas ici ! On pourrait nous surprendre !

J'essaie de me calmer, d'endiguer la passion, mais c'est plus fort que moi. J'aime trop ses lèvres, je suis accro à son goût, et plus que tout, je suis avide de ses baisers et complètement envoûté par son parfum.

– Il n'y a personne, soufflé-je, en suçant le lobe de son oreille. Tu m'as trop manqué, hier soir. Je déteste quand tu n'es pas là !

– Holder avait besoin que je reste ici pour veiller sur Chu-Chu. Son état ne s'est stabilisé que plus tôt, dans la matinée.

Je souris contre sa bouche gonflée – c'est l'endroit sur lequel je dépose toutes mes peines et mes joies, en ce moment.

– Chu-Chu est un boa constrictor. Et tu détestes les serpents.

– Mais j'adore l'argent ! me rappelle-t-elle avec un petit sourire enjôleur. Et Holder m'a promis une belle liasse de billets verts ! En plus… ajoute-t-elle à voix basse pour ne pas être entendue par Sophie, qui encode des factures dans la pièce d'à côté. J'ai passé les trois quarts de mon temps à dormir.

– Quelle vilaine fille, me moqué-je, en lui dérobant un autre baiser. Je n'ai plus l'habitude de m'endormir sans te sentir près de moi…

Dès que cette phrase franchit mes lèvres, mon cœur se fige dans ma poitrine. La terreur aveugle que j'éprouve en permanence depuis la nuit où elle m'a tout révélé de son passé douloureux me fait haleter comme un môme effrayé par le croquemitaine.

Putain… je suis dans la merde !

Ce qu'il s'est passé avec Rachel, six jours plus tôt, a tout changé entre nous. Ce n'est plus seulement du sexe. Ce n'est plus seulement de l'amitié. Ou un désir aliéné par la haine. En vérité, ça ne l'a jamais été, mais je ne peux plus faire semblant d'y croire, désormais. Nous sommes devenus quelque chose que je n'arrive même pas à nommer tellement ça me fout la trouille.

– J'ai eu du mal à trouver le sommeil sans toi, moi aussi, me confie-t-elle, le regard fuyant. C'est fou comme l'on s'habitue vite aux bonnes choses… et aux ronflements.

Oui, c'est dingue, la vitesse à laquelle Ornella s'est immiscée sous ma peau, dans mon cœur – et peut-être même plus profondément, encore…

– Tu es tout de même allée en cours, ce matin ? dis-je pour changer de sujet.

Elle hoche la tête, partagée entre l'inquiétude et le soulagement.

– Oui, et toujours rien à signaler. Rachel n'a pas balancé la vidéo. Il n'y a même pas de rumeurs. Tout le monde m'ignore, comme d'habitude, et c'est génial !

Je n'ose pas lui dire que je trouve ça un peu triste qu'elle se réjouisse de l'indifférence de ses camarades. Je sais bien qu'après ce qu'il s'est passé avec Rachel, elle n'a plus la moindre envie de nouer des liens avec des gens qui pourraient se retourner contre elle, si jamais l'existence de la vidéo venait à s'ébruiter. Et à sa place, je ressentirais sûrement la même chose, un besoin légitime d'être invisible, de ne pas faire de vagues. Mais ça n'en reste pas moins désolant.

– Hannah est au courant ?

Ornella ouvre de grands yeux choqués.

– Non !

– Vous passez beaucoup de temps ensemble, me justifié-je. Je me suis dit que, peut-être, tu allais lui en parler…

– Jamais de la vie ! s'insurge-t-elle, comme si j'étais devenu fou. Tu as pu parler à Rachel, au fait ?

Une petite ride apparaît sur son front tandis qu'elle reboutonne sa blouse. Je tente de l'effacer d'une caresse, mais elle est toujours là, marquée par l'inquiétude.

– Elle filtre mes appels et je ne l'ai plus croisée sur le campus, admets-je, en sachant que ma réponse n'est pas celle qu'elle attend. Mais je m'en occupe, Ohana. Je te l'ai promis, souviens-toi.

Et j'ignore encore ce qui m'a pris de lui faire une telle promesse ! Tout ce que je sais, c'est que je ne supportais pas de la voir pleurer et de l'entendre me raconter avec quelle force incroyable elle en avait aimé un autre. Un homme horrible, malsain, cruel et pervers, qui ne méritait pas le cœur pur et insouciant qu'Ornella lui a confié à un âge trop tendre, si facilement manipulable.

– Oui, me sourit-elle, apaisée.

La ride disparaît comme par magie.

– Et je te fais confiance.

La peur, encore et toujours, me liquéfie les entrailles.

– Merci, dis-je, parce que je ne sais pas quoi lui répondre. Au fait, tu ne vas pas y croire, mais je ne suis pas venu empiéter sur le temps de ta pause uniquement pour te rouler des pelles !

Ornella esquisse une moue dubitative.

– Je ne sais pas ce qui l'emporte : la déception de savoir qu'il t'arrive de penser à d'autres choses qu'à m'embrasser ou la curiosité de savoir ce qui pourrait être meilleur que mes baisers…

Je lui décoche sur l'oreille une légère pichenette qui la fait glousser.

– Petite maline. Je n'ai jamais dit que c'était meilleur, d'ailleurs. (Je mets la main dans ma poche et en retire un chèque de banque tout froissé établi à son nom.) Et voilà : ton pick-up est vendu !

Ses grands yeux noirs s'écarquillent devant le montant un tantinet supérieur à celui dont Gary m'avait parlé, puis ils se voilent de larmes qui, cette fois, n'ont rien à voir avec de la tristesse.

– Mince ! C'est… c'est… bégaie-t-elle, avant de se reprendre. C'est la meilleure nouvelle de la semaine !

– Tu adores vraiment l'argent, toi.

Elle éclate de rire – un son que j'adore et que je n'ai pas eu le plaisir de beaucoup entendre depuis la débâcle de Rachel.

– *Mea culpa*, Ocean. Tu aimes fumer, et moi, je suis accro au fric !

Je glisse son chèque dans la poche interne de sa blouse tout en plaisantant.

– On forme un joli couple de bras cassés, hein. Nos gosses seront insupportables.

C'est une blague. Enfin, je crois… Mais ça ne la fait pas rire. Et moi non plus. On se regarde droit dans les yeux, aussi mal à l'aise l'un que l'autre, sans trop savoir quoi dire ou quoi faire pour rompre le silence pesant qui vient de s'installer entre nous. Si je tourne les talons, je risque de passer pour un con qui n'assume pas ses propres vannes. Et d'une certaine façon, c'est bel et bien le cas : je suis un idiot.

Un véritable imbécile qui préfère fuir ce qu'il ressent.

– Ocean… commence-t-elle, incertaine, avant d'être interrompue par Sophie.

– Ornella ! s'écrie la réceptionniste. Holder veut te parler !

– Fais chier…

Pour une fois, je ne suis pas d'accord avec elle. Cette interruption tombe à pic.

– Je crois que l'on te réclame ailleurs.

Ses yeux légèrement cernés tombent sur mes lèvres, dont elle suit la courbe généreuse d'un regard rêveur. Sa bouche est encore enflée par les baisers que l'on vient d'échanger – j'adore la voir porter la marque de ma passion. Ma langue fourmille sous l'afflux de mots que je m'interdis de prononcer. Par peur, encore. Et par déni, aussi.

– Oui, je dois y aller, me dit-elle, un peu déçue. La pause est terminée.

Je lui fais signe de passer devant moi, et elle s'exécute en veillant à ne pas m'effleurer. Ses précautions inutiles font naître un rictus sur mes lèvres.

Elle a envie de moi. J'ai envie d'elle.

Tout le temps.

Ce serait épuisant si ce n'était pas aussi amusant.

– À ce soir, Ocean.

– À ce soir, Ohana.

Même si c'est la dernière chose que j'ai envie de faire, je la suis en dehors de la salle de pause, dépose un chaste baiser sur la joue lisse de Sophie, qui me sourit d'un air de connivence, puis je serre la main de Holder et sors de la clinique plutôt calme pour un jeudi après-midi. Une sensation étrange me plombe l'estomac tandis que le contraste de température entre l'intérieur climatisé et l'extérieur surchauffé me fait éternuer – Ornella a raison, c'est un coup à tomber malade. La tête ailleurs, je me frotte la poitrine en m'interrogeant sur les raisons de cette subite et brusque douleur. Comme un sentiment d'inachevé, de perte inexplicable, qui creuserait un petit trou en moi. J'essaie de me raisonner en me disant que c'est stupide, mais j'ai l'impression d'avoir loupé quelque chose de primordial, et ça m'empêche de retourner tout de suite à l'appartement – alors que j'ai un projet très important à rendre dans ma matière principale, une tonne de bouteilles en verre à rapporter à la poubelle de tri et un rendez-vous en fin d'après-midi avec mon contrôleur judiciaire.

Figé comme un idiot sur le trottoir, j'observe une longue berline noire se garer de l'autre côté de la rue tout en me demandant combien de litres d'essence un tel engin peut bien consommer – beaucoup moins que le monstrueux pick-up d'Ornella, c'est sûr ! Il faudrait peut-être que je lui avoue que j'ai fini par le racheter moi-même parce que personne n'en voulait au prix où elle insistait pour le vendre. Maintenant, à cause d'elle, je me retrouve avec un véhicule que je ne pourrai jamais conduire et qui va à l'encontre de tous mes principes, un énorme trou dans mes économies et l'envie irrésistible de lui faire l'amour sur la banquette arrière de cette monstruosité qui nous a permis de nous rapprocher.

– Ocean ! entends-je crier dans mon dos. Attends !

– Mais… qu'est-ce que… bredouillé-je, tout en me retournant. Ohana ?

J'ai à peine le temps de cligner des yeux qu'Ornella noue ses bras autour de mon cou et se hisse sur la pointe des pieds pour m'embrasser à en perdre haleine. Évidemment, je m'empresse de lui rendre son baiser, et le sentiment d'inachevé disparaît tandis que je me complète dans sa bouche, dans ses bras, sur son corps.

Oui, ça craint vraiment, putain…

– Ta blague était nulle, murmure-t-elle contre mes lèvres.

– Je suis beau, moi, lui réponds-je de la même façon. Avec un physique pareil, je n'ai pas besoin d'être drôle.

Je bois le rire d'Ornella à même ses lèvres douces et câlines.

– Tout s'explique, alors !

– Méchante. Tu as loupé l'occasion de me dire que je réussis l'exploit d'être à la fois magnifique et hilarant.

Ornella lève les yeux au ciel, amusée.

– Désolée, il ne peut pas y avoir deux spécimens comme moi, sur cette planète.

Je riposte du tac au tac :

– Dieu merci, ou ce serait la fin du monde !

Elle rit en me repoussant d'un coup de coude, et c'est juste… la perfection. Tous les trous à l'intérieur de moi sont comblés par sa présence, par sa bonne humeur, par ses reparties cinglantes et ses baisers sucrés. Je me sens comme l'une de ces couvertures en patchwork que ma Tutu s'amusait à coudre les jours où son arthrite ne la faisait pas souffrir ; plein de petits bouts rapiécés un peu n'importe comment à l'aide de mains douces qui savent voir et sublimer la beauté de ce qui est brisé et abîmé.

Danger, danger, danger…

– Bon, soupire Ornella, il faut que j'y retourne. Holder est gentil, mais il attend l'arrivée d'un chinchilla qui s'est *a priori* cassé une patte, et ça le stresse énormément. C'est très difficile à opérer, ces petites bestioles.

Je replace l'une de ses mèches noires derrière son oreille où, je le remarque pour la première fois, elle a accroché des boucles en forme d'alligator.

– Va sauver le…

– Eh bien ! tonne une voix froide et vindicative. Quelle mauvaise surprise, mon amour. C'est la deuxième fois que je te surprends avec lui et, je dois bien l'avouer, c'est déjà deux fois de trop !

Un étrange malaise se diffuse en moi. Ce n'est pas tant dû à la vive répulsion qu'Ornella affiche envers le nouveau venu qu'à cause du regard sombre et possessif qu'il promène sur son corps, comme s'il était persuadé qu'il lui appartenait – encore.

– Jarod ! crache-t-elle, le visage fermé. Qu'est-ce que tu fais là ? Je croyais avoir été claire, la dernière fois !

Alors, c'est lui, le mystérieux amant de la photo, l'ex-petit ami d'Ornella, le poison qui l'a consumée durant toute sa jeunesse et le lâche qui l'a laissé tomber lorsqu'elle avait le plus besoin de son aide. Inutile de dire que je ne suis pas du tout impressionné. Le dénommé Jarod transpire le fric à plein nez et la suffisance à outrance, mais si on lui enlève son élégant costume de créateur, il n'a rien de plus que les autres. Oui, il est beau, dans le genre homme mûr et cultivé qui se sert de son charme et de son autorité pour impressionner des jeunes filles innocentes. En fait, avec ses pommettes hautes, ses yeux d'un bleu glacé et sa coupe de cheveux dégradés sur les côtés, il me fait penser à une version plus hâlée et mince de Cillian Murphy. Et peut-être ne suis-je pas impartial, mais il est évident qu'il y a quelque chose qui cloche, chez ce type : une espèce d'intensité trop fébrile, une froideur taillée comme un pic à glace dans son regard fixe et inquiétant.

Un gros bouquet de roses à la main, il m'observe en silence, lui aussi. Et je sens bien qu'il me juge tout autant que moi. Lui non plus n'a pas l'air impressionné par ce qu'il voit, mais je m'en contrefiche royalement.

Moi, je n'ai jamais séduit une jeune fille mineure dans le dos de mon épouse.

Moi, je n'ai jamais forcé une femme à faire ce qu'elle ne voulait pas faire dans le seul but de satisfaire un plaisir égoïste.

Moi, je n'ai jamais fui mes responsabilités en accablant une personne qui comptait sur moi.

Moi, tous les matins, je peux me regarder dans un miroir sans avoir envie de vomir.

– Je pensais l'avoir été tout autant que toi, moi aussi, lui répond-il, sans me quitter des yeux. Je t'ai dit que ce n'était pas terminé, entre nous.

– Et je t'ai dit que ce n'était plus à toi de prendre cette décision, réplique-t-elle à brûle-pourpoint, si sûre d'elle que tout s'apaise à l'intérieur de moi. Il n'y a rien pour toi, ici. Tu peux t'en aller.

La main de Jarod se resserre autour de son minable bouquet de fleurs.

– Des roses ? enchaîne Ornella, en étouffant un rire caustique, un peu grinçant. Tu croyais vraiment que ça allait suffire pour me reconquérir ?

Un tic hargneux fait tressauter la lèvre de son ex-amant. Je crois pouvoir affirmer sans trop me tromper qu'il n'a pas l'habitude que l'on se moque de lui.

– Ce sont tes fleurs préférées.

Il le dit comme si c'était un exploit de savoir quelles sont les fleurs préférées de la femme avec laquelle il a plus ou moins vécu pendant six ans. Mais ça ne l'est pas, non. Pas du tout. C'est même plus ridicule qu'autre chose.

– Je suis étonnée que tu t'en souviennes, Jarod, puisque tu ne m'avais jamais rien offert d'autre que de la lingerie comestible et des capotes goût fraise jusqu'à maintenant… En revanche, revenir avec dix roses presque fanées après ce que tu m'as fait subir, je trouve ça légèrement culotté de ta part, putain !

Un rictus me soulève la commissure des lèvres.

Il n'y a pas à dire : Ornella mérite bien son surnom de Gator.

– Ne sois pas vulgaire, s'il te plaît, la sermonne-t-il, et son tic se déplace maintenant en direction de son œil, qui cligne d'une colère froide, pleine de noirceur. J'ai compris la leçon, Ornella. Tu voulais des efforts, et me voilà prêt à en faire. Cesse de te comporter comme une petite princesse pourrie gâtée. Tu n'es plus la riche héritière que tout le monde vénérait, à ce que je sache !

Riche héritière ? m'étonné-je, en coulant un regard interrogateur vers Ornella, qui se referme comme une huître, le visage empourpré par… un mélange de honte et de rage, il me semble.

– La faute à qui ? riposte-t-elle, mais avec moins de hargne.

Comme si elle avait peur de lui, tout à coup.

– Ohana ? interviens-je, troublé.

Ma main trouve la sienne – elle est moite et tremblante. J'essaie de visualiser à quel moment Jarod est parvenu à reprendre l'ascendant sur elle, mais je n'ai visiblement pas tous les éléments en ma possession pour comprendre le drame qui se déroule sous mes yeux impuissants. La seule chose dont je suis sûr et certain, c'est que j'ai très envie de coller mon poing dans la tronche de ce type imbuvable qui se croit tout droit sorti de la cuisse de Jupiter.

– Tiens, tiens, tiens… persifle Jarod, en s'avançant un peu trop près de nous. Tu n'as peut-être pas envie que j'aborde le sujet devant ton… hum, ami.

Il prononce le dernier mot avec une grimace qui ne cache rien des sentiments que je lui inspire – et qui semblent éminemment négatifs.

– Ami n'est pas le terme adéquat, me sens-je obliger de préciser avec insolence. Je dirais plutôt amant très enthousiaste.

Cette fois, sa paupière et le coin de sa bouche tressaillent en même temps, dans une parfaite synchronisation. Ma flèche s'est plantée au beau milieu de sa cible, son *ego* surdimensionné, et je suis plutôt fier de moi. Certes, je ne suis pas le plus modeste des hommes, mais que Dieu me préserve d'avoir un tel melon à la quarantaine !

– Je pensais que tu avais des goûts plus raffinés, lui répond-il, en m'ignorant à dessein. Je dois bien avouer que ça me déçoit, mon amour.

Mon amour.

C'est la deuxième fois qu'il l'appelle ainsi, avec un tel naturel que l'on ne dirait pas qu'ils se sont séparés six mois plus tôt en très, *très* mauvais termes.

Et oui, je l'admets, ça commence à me faire monter la moutarde au nez.

– J'ai compris qu'il n'y avait rien à manger dans les plats plus *raffinés*, marmonne-t-elle, en caressant mon poing serré. Et je suis très satisfaite de mes goûts actuels. Maintenant, je sais enfin ce que ça fait d'être rassasiée.

Mon Dieu ! J'aime tellement sa langue de vipère ! D'autant plus lorsque ce n'est pas moi qui en fais les frais.

– Je ne t'ai jamais entendue te plaindre, riposte-t-il du tac au tac, furibond.

Visiblement, Jarod est chatouilleux sur le sujet de ses prouesses sexuelles. Mais avec une aussi longue berline, j'avoue que je ne suis pas vraiment surpris…

– Il faut dire que je n'avais jamais eu de point de comparaison jusqu'à maintenant.

Les roses atterrissent sur le sol tandis que Jarod les jette à nos pieds, brûlant d'une haine qui consume les dernières bribes de son self-control. Andrea serait catastrophé de voir d'aussi belles fleurs maltraitées de la sorte, mais je ne suis pas comme mon ami, et au contraire, je me réjouis de cette mer de pétales rouges qui symbolisent la défaite de mon ennemi.

– Allez, mec. C'est ridicule, là. Tout est fini entre vous. Rentre chez toi.

Jarod étrécit les yeux, menaçant et, je suis contraint de l'admettre, c'est plutôt efficace. Je me mets instantanément sur mes gardes.

– Tu parles beaucoup pour un homme qui ne connaît rien à rien.

– Écoute, papa, je n'ai pas le temps pour ton sermon, et Ornella non plus. Va retrouver ta femme et ton fils, et fiche-nous la paix.

Je lui décoche un sourire pédant, un peu hautain. « Eh oui, ai-je envie de lui dire, elle m'a tout raconté, mon pote ! Pas mal pour un mec qui ne connaît rien à rien, hein ? »

– Il n'y a plus rien pour toi ici, insisté-je.

– Ocean a raison, approuve Ornella, avec une détermination qui force le respect.

Je sais à quel point elle l'a aimé, et c'est d'autant plus courageux de sa part qu'elle ne se défile pas et campe sur ses positions.

– Reprends tes fleurs et rentre chez toi, Jarod. Ce n'est pas une petite dispute que tu peux résoudre en me balançant quelques miettes, comme autrefois. Je ne suis plus cette fille-là. Tu n'as pas oublié mon anniversaire ou annulé un rendez-vous à la dernière minute. Tu m'as complètement détruite.

Un sanglot presque imperceptible fait trembler sa voix.

– En fait, je devrais même te remercier pour ça… Me faire larguer par toi a probablement été la meilleure chose qui me soit arrivée dans la vie, même s'il m'a fallu du temps pour m'en rendre compte. Alors, merci. Merci de m'avoir rendu ma liberté.

Ornella se détourne, les yeux humides, mais le visage serein et l'air d'être en paix avec elle-même. Je lui souris parce que je ne peux pas m'en empêcher. Soyons honnête, une bonne fois pour toutes : je suis en train de tomber amoureux de cette fille, putain ! C'est une guerrière, une amazone d'une nouvelle génération, et elle a un alligator pour animal totem.

C'était couru d'avance, j'étais foutu dès le départ.

– Et va te faire foutre, ajoute-t-elle par-dessus son épaule.

Ornella Sinclair est faite pour moi.

C'est ma rose écarlate.

– Espèce de petite pute ! s'écrie Jarod, en laissant définitivement tomber le masque du séducteur repentant. Je vais t'apprendre à me manquer de respect !

Soudain, tout se passe si vite que je n'ai même pas le temps de réfléchir. Jarod attrape Ornella par le bras pour l'attirer vers lui. Son poing se lève, comme s'il allait la frapper. Et là, un fusible grille dans ma tête. Fou de rage, je bondis sur Jarod et le renverse pour le plaquer contre le sol avant d'abattre mon poing sur son visage – encore et encore, jusqu'à m'en tuméfier les phalanges. Je le frappe aussi fort que je le peux, je le cogne avec toute la rage qui me brûle le cœur. Mes doigts s'égratignent sur le tranchant acéré de ses belles dents à facette. Du sang frais gicle sur l'asphalte et les pétales froissés. Le sien, en grande quantité, et le mien, aussi. Une fois que l'effet de surprise s'est estompé, Jarod riposte. Son poing se lève et me percute sur le côté du crâne, vers la tempe. Le coup est rude, il a de la force. Je vois des étoiles et j'entends des acouphènes, une espèce de bruit blanc et cotonneux, comme si un pétard venait d'exploser à proximité de l'une de mes oreilles. *Bam !* Je reçois encore un coup sur le crâne, qui me fait perdre le rythme. Puis un autre dans la mâchoire. Là, un arrière-goût métallique fleurit sur la pointe de ma langue. Je déglutis, sonné, tandis qu'un autre coup de poing me fait éclater le nez.

– Ocean ! s'époumone Ornella, affolée. Non, arrête ! S'il vous plaît, arrêtez !

Mais je ne l'écoute pas, parce qu'un coup de coude me percute sous le menton. Jarod est plus vif que moi – c'est la première fois que ça m'arrive. Je riposte d'un uppercut meurtrier en plein visage qui l'assomme durant quelques secondes. Il est peut-être plus agile que moi, mais je suis plus fort que lui. L'arête de son nez se brise sous la puissance du choc, dans un craquement de brindille trop sèche en plein été.

Jarod se plie en deux, les yeux révulsés et le visage ensanglanté, et pousse un gémissement de douleur qui me met un peu de baume au cœur. Les yeux enflés et les phalanges tuméfiées, je sens des mains agripper mes épaules pour m'écarter de plusieurs pas, vers l'autre côté de la rue.

– Lève-toi, Ocean ! m'ordonne Ornella, d'une voix saturée par la panique.

Et c'est là que je les entends… les sirènes de police…

Je baisse les yeux vers mes mains recouvertes de sang.

Merde, merde, merde !

J'ai frappé le premier, c'est moi qui ai déclenché la bagarre…

Alors que je suis en liberté conditionnelle.

Une terreur pure et aveugle m'aide à me relever sur mes jambes tremblantes. Sans un mot de concertation, Ornella me prend par la main et se met à courir en direction de notre immeuble. Les sirènes se rapprochent, et ma liberté m'échappe un peu plus.

– Vas-y, dit-elle en me poussant en avant, cours ! Tu es plus rapide que moi !

Je fais mine de ne pas l'entendre et presse l'allure en gardant sa main dans la mienne. Par je ne sais quel miracle, on parvient à atteindre l'angle de la rue une seconde avant que la voiture de police s'arrête devant la clinique des Holder.

Ensuite, il nous faut moins d'une minute pour gagner l'entrée de l'immeuble, et à peine trente secondes pour rejoindre l'appartement, dans lequel on s'enferme – même si ça ne changera rien.

Ornella est en larmes, et moi, je suis toujours couvert de sang.

Quand je plonge mes yeux dans les siens, je prends conscience de l'énormité de ce que je viens de sacrifier, pour elle.

Adieu, liberté.

Et pourtant, je n'éprouve aucun regret.

– Ocean, pleure-t-elle. Qu'est-ce que tu as…

Je l'interromps d'un baiser fougueux – ou plutôt, fou tout court. Elle essaie de reculer, mais je l'emprisonne dans l'étau incandescent de mes bras. Sa chaleur me submerge lorsqu'elle finit par capituler et refermer sa petite main sur ma nuque pour me faire ployer la tête vers elle. Je soulève ses cuisses jusqu'à ma taille, qu'elle enserre, afin de la plaquer contre le mur. Ma bouche vorace se presse sur la sienne. La passion, mêlée à la panique, menace de me faire perdre la raison.

Et à elle aussi.

Je m'abats sur ses lèvres avec la violence aveugle d'un tsunami, déchaîné et furieux, prêt à la ravager d'une vague de volupté. Impitoyable, je l'épingle contre le mur et coince ses bras fébriles dans son dos, écrasant ses seins contre mon torse.

Ornella essaie en vain de se débattre, telle une sirène avide d'air frais et de liberté. Mais c'est moi, sa liberté. Et c'est nous, son oxygène.

Sur sa langue sucrée, je goûte mon début et ma fin. Contre ses lèvres tièdes, je savoure le fracas de ma chute. Et dans sa bouche gourmande, je réfute tous mes doutes : mon Ohana est bel et bien à moi.

Notre baiser est brutal comme une bataille, déchirant comme une exécution. Salvateur comme seule sait l'être une rédemption. Il m'enivre, aussi toxique qu'un doux poison, et me dépouille momentanément de ma raison. Je commence sous les doigts qu'elle promène sur mon torse et je termine dans ses bras qu'elle finit par nouer autour de mon cou ; les siens, toujours les siens, parce que je ne rêve que d'elle… Je ne réfléchis plus à rien, je n'ai plus de souvenirs, je me remplis d'elle comme elle s'inspire de moi. Je ne suis plus qu'une feuille vierge, complètement blanche, dépourvue de passé, de présent et d'avenir. Les seuls mots que je comprends sont ceux qu'elle ancre à l'intérieur de moi avec sa langue, qu'elle dessine sur ma bouche avec ses lèvres. Mon nom, d'abord, puis une complainte, ensuite, que je garde dans mon cœur comme si elle faisait partie intégrante de mon âme cabossée.

Son baiser dissipe presque toutes mes pensées, sauf une seule…

– Pourquoi c'est si bon ?! gémit-elle, éperdue.

Parce que c'est impossible. Parce que c'est interdit. Parce que c'est nous, et qu'on le sait aussi bien l'un que l'autre ; c'est déjà fini. Elle et moi. Ça s'est terminé avant même de commencer.

Ce n'est pas de l'amour, c'est un adieu. Ce n'est pas un baiser, c'est une morsure. Et ce n'est pas une rédemption, c'est une scarification.

Parce qu'Ohana aurait pu être à moi, si seulement j'avais pu changer ce que je suis : un enfant ayant grandi sans amour et un adulte incapable d'aimer… qui découvre pour la toute première fois qu'il a quelque chose à perdre.

Mais le passé m'a trahi, et maintenant, l'avenir me fait peur.

CHAPITRE 23

L'empire Sinclair & Fikerman

ORNELLA

Je suis à mi-chemin de Bâton-Rouge lorsque je reçois un coup de téléphone de Holder, à qui j'ai complètement oublié de préciser que je ne venais pas travailler à la clinique, aujourd'hui.

– Est-ce que tu veux que je réponde ? m'interroge Camille, depuis la banquette arrière de mon pick-up. Ou je le laisse basculer sur ta messagerie ?

Cela fait presque vingt-quatre heures qu'Ocean a commis l'une des plus grosses erreurs de sa vie à cause de moi – une éternité contenue dans un tout petit fragment de temps. La culpabilité m'étouffe tellement que j'ai du mal à conduire. Et à réfléchir. Je navigue dans le brouillard depuis qu'il a porté le premier coup à l'encontre de Jarod, et que Sophie, en pensant sûrement bien faire, a appelé la police pour mettre un terme à leur bagarre. Fuir n'était pas une très bonne idée, mais c'est la seule qui me soit venue à l'esprit lorsque j'ai entendu les sirènes et entraperçu la lueur bleutée des gyrophares. Je ne pouvais pas laisser Ocean aller en prison. Pas lui, si amoureux de sa liberté. Alors, j'ai fait ce que je fais toujours quand la situation me dépasse : j'ai pris mes jambes à mon cou et je l'ai emmené.

Arrivée à l'appartement, et après ce baiser à l'insupportable goût d'adieu, j'ai su d'instinct ce qu'il fallait que je fasse pour le sauver de lui-même – et de moi. Supplier mon grand-père de régler le problème.

Mais le contrôleur judiciaire d'Ocean l'a appelé pour le convoquer au poste de police.

Immédiatement.

Alors, j'ai soigné ses blessures en le convaincant de me faire confiance, sans vraiment lui expliquer où je comptais aller et pourquoi – il aurait refusé, et je ne pouvais pas le lui permettre. Je lui ai simplement dit que je connaissais quelqu'un capable de lui éviter de finir dans une cellule, mais que pour ça, il allait falloir qu'il s'en remette à moi. Et qu'il me trouve une voiture. Là, il m'a expliqué que Gary était toujours en possession de mon pick-up, puisqu'il n'avait pas réussi à le revendre, et que à court de patience, il avait fini par le racheter lui-même en attendant de trouver un moyen de s'en débarrasser.

Une véritable aubaine et une belle ironie : la voiture qui a failli le mener droit en prison va peut-être l'aider à en sortir.

Je suis partie chercher mon pick-up au garage de Gary, et lui, il est allé à sa convocation. Avant de le quitter, il m'a fait promettre d'attendre deux jours avant de faire quoi que ce soit, parce qu'à l'inverse de moi, il n'était pas certain que Jarod porterait plainte contre lui.

Lorsqu'il n'est pas rentré, j'ai dû expliquer à Andrea et Camille ce qu'il lui était arrivé, en commençant par la raison de ma présence à Lafayette jusqu'au moment où Ocean s'en est pris à Jarod, et alors que je craignais qu'ils soient furieux contre moi – comme je l'aurais mérité –, ils m'ont tout de suite aidée à y voir plus clair. Camille a téléphoné à la mère d'Ocean, qui elle-même a appelé le commissariat avant de nous recontacter. Comme je m'en doutais, Jarod a porté plainte contre Ocean pour coups et blessures, arguant que lui-même n'avait fait que se défendre. Pour une fois que cette ordure dit la vérité !

À cause de sa liberté conditionnelle, Ocean a été placé directement en garde à vue, et dans l'attente de l'audience au cours de laquelle le juge définira le montant de sa caution, personne ne peut rien faire pour lui.

Sa mère nous a dit que, cette fois, elle ne pourrait pas lui tendre la main. Qu'il avait commis l'erreur de trop. Mais aussi douée soit-elle dans son métier, elle ne possède pas un quart de la puissance, tant économique que sociale, de mon grand-père.

Qui serait assez fou pour dire non à l'empereur qui gouverne Sinclair&Fikerman ?

Et c'est bien pour ça que j'ai pris la route pour Bâton-Rouge, en compagnie d'Andrea et Camille qui ont refusé de me laisser y aller seule. Il ne reste plus qu'une demi-heure d'autoroute et vingt minutes de ville, et je tremble déjà en songeant à la réaction de mes amis lorsqu'ils découvriront qui je suis… et d'où je viens. Quant à celle de mon grand-père, je refuse d'y songer ou je risque de perdre mon courage.

– C'est la merde, putain ! s'affole le musicien. Je n'en reviens pas !

– Je sais, soupiré-je. Je suis désolée.

La voix de synthèse du téléphone d'Andrea résonne à côté de moi, sur le siège passager :

– Arrête de t'excuser, Ornella. Tu n'y es pour rien.

Je ris – un rire jaune et malade.

– Tout est ma faute, au contraire ! Sans moi, Ocean n'aurait jamais collé une raclée à Jarod et fait sauter sa conditionnelle !

– Je ne suis pas d'accord, intervient Camille, dont la jambe ne cesse de tressauter. Ocean est amoureux de toi, Gator.

Mon cœur loupe un battement – ça fait mal.

– Ne dis pas n'importe quoi !

La voix robotique confirme :

– Il a raison. Ocean est fou de toi. Vous êtes ensemble depuis des semaines, et même si l'on fait semblant de rien, on possède des yeux et des oreilles – enfin, pour Camille.

J'ai presque envie de sourire malgré les larmes qui me brûlent les rétines.

– Mais il ne sait pas qui je suis, me lamenté-je, accablée.

Puis je prends une profonde inspiration et… je leur avoue toute la vérité, rien que la vérité :

– Je suis la petite-fille et l'unique héritière d'Elmund Sinclair, le fondateur de l'empire pétrolier Sinclair&Fikerman et la seizième plus grosse fortune des États-Unis.

Un lourd silence accueille ma déclaration et se poursuit pendant une dizaine de kilomètres tandis que mes colocataires, sous le choc, assimilent tout doucement le fait qu'ils se trouvent à côté d'une potentielle future multimilliardaire.

Puis les questions s'enchaînent et s'accumulent, et très vite, je me retrouve à tout leur dévoiler de ma vie, de mon passé, de mes erreurs. Je leur parle une nouvelle fois de Jarod, de ce qu'il m'a fait subir et de tout ce que j'ai accepté pour être avec lui. Et lorsque l'on arrive à moins d'un kilomètre de chez moi, je n'ai plus aucun secret pour ces deux garçons qui, très vite, sont devenus mes plus proches amis.

– Ocean ne pourra jamais l'accepter, conclus-je, la mort dans l'âme.

Camille ne répond pas, le regard fuyant. Mais Andrea, lui, ne semble pas d'accord.

– Tu n'es plus cette fille, Ornella. Tu l'as dit toi-même. Et Ocean a bien des défauts, mais il ne juge jamais les gens sur ce qu'ils ne sont pas.

Je ferme brièvement les yeux pour retenir les larmes qui s'y accumulent, et pour la première fois depuis longtemps, je prie pour que Sa Majesté des Fleurs ait raison.

Parce que je n'ai pas tenu la promesse que je m'étais faite à moi-même et que je suis tombée irrévocablement amoureuse d'Ocean.

Six mois ont passé, mais rien n'a changé. Le manoir de mes grands-parents est toujours le même, aussi immense qu'intimidant, et protégé par un système de sécurité infranchissable pour quiconque n'est pas autorisé à entrer. La propriété a été restaurée entièrement quelques années avant ma naissance, et elle a très bien vieilli – même si elle n'est plus de première jeunesse. Elle possède une trentaine de pièces sur un peu plus de trois mille mètres carrés étendus sur trois niveaux. Les aménagements récents ont divisé le manoir entre une partie purement résidentielle, une partie aménagée en bureaux avec la connectique standard et deux petits appartements réservés aux amis ou aux relations professionnelles.

À cette heure-ci de la journée, il y a un seul endroit où je peux trouver mon grand-père, et, étonnamment, ce n'est pas son bureau… mais la verrière située à l'arrière de la résidence principale, où il est sûrement en train de siroter un thé à la menthe en suivant les fluctuations de la Bourse.

La peur au ventre, pas certaine d'être la bienvenue, je me présente à l'interphone et, au lieu d'utiliser mon empreinte digitale comme je l'ai toujours fait jusqu'à maintenant, j'appuie sur la sonnette pour annoncer ma présence. Je patiente en me rongeant les ongles. Andrea et Camille m'attendent dans la voiture, garée à l'arrache devant le portail. Le nez collé contre la vitre, ils observent le manoir avec de grands yeux écarquillés qui, dans un autre contexte, m'auraient probablement fait sourire.

– Résidence Sinclair&Fikerman. Qui dois-je annoncer ?

Je ne reconnais pas la voix masculine – sûrement un nouvel employé, c'est bien ma veine !

– Ornella Sinclair. J'aimerais…

Je n'ai pas le temps de finir ma phrase que la communication s'interrompt, me laissant bouche bée. Pendant un instant, je panique à l'idée que mon grand-père ait fait mettre mon prénom sur liste rouge – comme il l'a fait pour ma mère, à l'époque où elle s'est mis en tête de me récupérer. Mais cette pensée s'efface aussi vite qu'elle est venue lorsque le portail s'ouvre devant moi pour m'autoriser l'accès à la maison.

Dieu soit loué !

Je me précipite dans la voiture, dont le moteur tourne toujours à plein régime, et pénètre dans la propriété de mes grands-parents. L'allée bordée de cyprès et de chênes centenaires qui mènent à la maison est plus longue que dans mes souvenirs, à moins que ce ne soit le stress qui me donne l'impression qu'elle est interminable.

– Cette maison, c'est une putain de tuerie ! s'écrie Camille, estomaqué. Si Ocean ne veut plus de toi, poupée, j'suis là, moi. On se la colle quand tu veux !

C'est tellement mal dit que j'éclate de rire.

– Merci pour ta proposition si romantique. Je me la note dans un coin de la tête.

Il me sourit, tout fier d'avoir réussi à me changer les idées.

– Surtout… dis-je, en me garant à ma place habituelle, restée vide comme si elle m'attendait, ne dites rien et laissez-moi parler, OK ?

Camille hoche la tête tandis qu'Andrea me décoche un regard amusé.

– Oui, bon… grommelé-je, gênée d'avoir oublié son mutisme. Tu m'as comprise, hein ! Ne jouons pas sur les mots !

Mes amis acquiescent, intimidés, et me suivent à l'extérieur de la voiture. Nous montons l'escalier l'un derrière l'autre et, une seconde avant que je toque, la sonnerie de mon téléphone résonne quelque part dans le fond de mon sac – *Stop Crying Your Heart Out*. Cela faisait longtemps que je ne l'avais pas entendue, et pour une fois, je ne ressens absolument rien en l'écoutant. J'ai toujours honte, évidemment. Mais plus au point d'avoir envie de me punir, encore et encore.

Non, je veux juste me libérer de toute cette folie.

Alors je m'empare de mon téléphone portable, supprime cette fichue musique que je n'aimerai plus jamais et, sans frapper à la porte, entre dans la maison de mes grands-parents.

Une maison que je n'ai jamais vraiment considérée comme mon chez-moi, mais que j'ai aimée de toutes mes forces, parce que je m'y suis toujours sentie en sécurité.

– Les jeunes filles bien éduquées demandent la permission avant d'entrer quelque part, rouspète ma grand-mère dès que je franchis le seuil. Je me demande où l'on a échoué dans ton éducation, avec ton grand-père.

Ma grand-mère n'a jamais été une « mamie gâteaux » à la voix douce et aux manières paisibles. C'est une force de la nature, une guerrière déguisée en banquière, qui pourrait passer pour la sœur jumelle de Meryl Streep dans *Le diable s'habille en Prada*. D'une élégance à toute épreuve dans son tailleur Chanel, elle descend le long escalier avec une grâce féline très surprenante pour ses soixante-deux ans et vient à ma rencontre, le visage aussi lisse que les fesses d'un bébé.

– Joli lifting, mamie ! m'exclamé-je, en oubliant momentanément la raison de ma venue.

Et surtout, celle de mon départ.

– Merci, Ornella. Le docteur Prichard a fait des merveilles, cette fois-ci.

– Comme d'habitude. Il a de l'or dans les mains.

Elle acquiesce d'un signe royal de la tête avant de s'immobiliser devant moi.

– Et c'est pour cela que je le paie aussi cher, n'est-ce pas ?

Si je m'écoutais, je la prendrais dans mes bras et la serrerais contre mon cœur. Mais ma grand-mère n'a jamais été très tactile, et les câlins, c'étaient plutôt des petits hochements de tête ou des compliments distribués entre deux critiques acerbes.

– Tu en as mis, du temps, à retrouver le chemin de la maison, continue-t-elle, en me prenant complètement au dépourvu. J'ai bien cru que tu ne reviendrais pas.

Sa voix est aussi inexpressive que d'habitude, mais ses paroles sont presque… tendres. Et parfaitement inattendues.

– Je te rappelle que papi m'a jetée à la rue.

Ma grand-mère lève les yeux au ciel en balayant ma remarque d'un revers agacé de la main – un geste qui trahit une vive émotion, chez elle.

– Elmund est un idiot qui aime les mises en scène sensationnelles.

Dans mon dos, j'entends Camille murmurer dans sa barbe :

– Je suis sûr qu'il est Balance, lui aussi. De vrais *drama queens* !

Une réplique qui ne manque pas d'attirer l'attention de ma grand-mère.

– Tu donnes dans les œuvres de charité, maintenant ?

– Mamie ! m'écrié-je, outrée. Ne sois pas méchante, s'il te plaît. Ce sont mes amis et, crois-le ou non, ils ont plus fait pour moi que quiconque au cours de ces six derniers mois – toi y compris.

Loin d'émouvoir le cœur de pierre de ma grand-mère, cette remarque ne sert qu'à me valoir une petite tape sur le sommet du crâne.

– Tu n'as rien demandé. Tu n'as même pas téléphoné.

– Toi non plus ! riposté-je.

– Parce que c'était à moi de faire le premier pas, Ornella ?! hurle-t-elle, en sortant de ses gonds – probablement pour la toute première fois de son existence. Tu as dépassé les bornes, jeune fille !

J'inspire profondément pour me calmer en comptant jusqu'à dix, puis jusqu'à vingt. J'avais oublié à quel point il était difficile de discuter avec elle. Peu importe ce qu'il m'arrive, c'est toujours elle, la victime. Si je suis blessée, c'est elle que je dois plaindre. Si je saigne, c'est sur elle que je dois mettre un pansement.

– Je ne suis pas revenue pour me disputer avec toi, grand-mère.

– Ah, voilà que je redeviens grand-mère, maintenant. Et plus mamie. Tu penses sûrement que je suis obtuse, mais tu n'es pas meilleure que moi, jeune fille. Tu es une Fikerman de la racine des cheveux jusqu'au bout des ongles !

– Et une Sinclair pour tout le reste ! intervient mon grand-père, en surgissant du salon comme un taureau furieux.

Avec son mètre quatre-vingt-seize, ses cent vingt kilos de muscles déliés et ses épaules deux fois plus larges que moi, mon grand-père possède l'esprit d'un stratège de guerre piégé dans le corps d'un guerrier viking. Ses cheveux blancs sont coupés en brosse, comme toujours, et avec son costume en tweed et ses lunettes à monture en acier, il pourrait ressembler à un professeur d'université à la retraite s'il n'avait pas cette lueur farouche dans le regard – des yeux noirs qui me fixent avec la même intensité que s'il contemplait un casse-tête particulièrement difficile à résoudre.

– Ornella.

– Grand-père, le salué-je, les mâchoires serrées.

Est-ce que je lui en veux de m'avoir mise à la rue ? Oh, putain ! Oui !

– Que fais-tu là ?

Je serre les poings le long de mon corps pour me retenir de lui balancer une vacherie. Mon grand-père ne respecte que la puissance – et l'argent. Si je m'effondre en larmes, ou si je pousse la puérilité à l'insulter, il me refusera tout ce que je suis venue lui demander, et j'en ai bien conscience.

– Je ne suis pas là pour moi.

J'ai réussi à piquer leur curiosité. Ni l'un ni l'autre ne s'attendaient à cette réplique qui me délivre d'un poids énorme. Non, je ne rentre pas à la maison.

– La dernière fois que l'on s'est tenus ici, tous les trois, vous ne m'avez pas écoutée. Bien au contraire. Vous m'avez hurlé dessus, insultée avec vos insinuations nauséabondes et privée de la seule chose que je vous aie demandée : votre soutien. Alors, vous allez m'écouter sans m'interrompre, ou je ne reviendrai plus jamais ici.

Un grand silence accueille mon coup de bluff. Je ne m'attendais absolument pas à ce qu'ils me laissent aller aussi loin dans mes propos, mais comme je l'ai toujours dit : l'un comme l'autre, ils ne respectent que le pouvoir et la puissance.

Si je n'avais pas pleuré sur mon sort, si je leur avais tout expliqué en gardant la tête froide, si je ne m'étais pas brisée en mille morceaux…

Mais ça ne sert à rien de remuer le passé.

– J'avais quinze ans lorsque Jarod m'a séduite pour la première fois… commencé-je, avant de raconter ma version des faits pour la seconde fois, aujourd'hui.

Je parle pendant ce qui me semble être des heures, et je ne leur épargne pas le moindre détail – même pas celui de mon week-end à La Nouvelle-Orléans. Je vide mon sac, je purifie mon cœur, et lorsqu'il m'arrive de trembler ou de me perdre, les mains rassurantes de Camille et Andrea me prodiguent le soutien dont j'ai besoin pour continuer à garder la tête froide. Lorsque j'arrive à la partie qui concerne Ocean, je n'ai presque plus de salive, mais je poursuis mon récit et leur décris ma nouvelle vie, que j'adore plus que tout au monde et que je me suis construite moi-même, de mes propres mains.

– Jarod a porté plainte contre lui, conclus-je, en sentant la fureur me brûler les entrailles. Et j'ai besoin de vous pour qu'il accepte de se rétracter. Si je vais le trouver seule, il n'aura pas suffisamment peur pour me prendre au sérieux. Il sait très bien que sans votre appui, je ne suis rien de plus qu'une ex-amante potentiellement jalouse. C'est un manipulateur de génie, et il a plus de contacts que moi. Mais si c'est toi qui vas le trouver, grand-père… Ce sera une autre paire de manches.

Je suis à bout de souffle, à la fois pleine d'espoir et presque prête à abandonner lorsque mon grand-père, anormalement calme, articule avec difficulté :

– Je vais aller lui faire la peau, à cet enfant de pute !

– Oui, et fais-le souffrir, approuve ma grand-mère d'une voix cruelle, alors qu'il sort en trombe de la pièce tout en dégainant son téléphone portable. Bon, les enfants ! enchaîne-t-elle. C'est l'heure du thé. Allons prendre une collation pour nous remettre de toutes ces émotions.

Ma grand-mère, toujours aussi imperturbable, nous fait signe de la suivre dans le petit salon, et parce qu'il n'y a rien à ajouter, je la suis en prenant Camille et Andrea par la main pour les guider à travers le dédale du manoir.

– Je suis sûr que ta grand-mère est Scorpion, me chuchote le musicien à l'oreille.

Je me fends d'un rire nerveux, un peu hystérique.

– Dans le mille.

– Est-ce qu'il va réussir à faire sortir Ocean de prison, tu crois ?

Je prends une profonde inspiration.

– Une chose est sûre, c'est que si mon grand-père n'y parvient pas, personne ne le peut !

CHAPITRE 24
Libre comme un oiseau

OCEAN

Je contemple d'un regard vide les murs uniformément gris de ma cellule minuscule et vieillotte, qui empeste la sueur, l'humidité et le renfermé. Je suis là depuis moins de vingt-quatre heures, mais j'ai déjà l'impression qu'une petite éternité s'est écoulée en égrainant chaque seconde avec une lenteur immuable.

L'angoisse est comme une boule de papier fourrée au fond de ma gorge.

Je respire – *mais j'étouffe.*

Ce salopard de Jarod a porté plainte contre moi, et je ne peux même pas lui en vouloir ; il sait très bien qu'il ne pourra jamais remettre la main sur Ornella tant que je serai là. C'était sa dernière carte, et il l'a jouée parce que je lui ai facilité la tâche en me jetant à sa gorge pour lui casser la gueule. Et même si je ne regrette pas d'avoir laissé parler mes poings sur son visage, la simple idée de passer les six prochaines années de ma vie derrière les barreaux me donne envie de vomir le pitoyable repas froid que l'on m'a servi plus tôt dans la matinée.

Je ne suis pas fait pour être enfermé comme un animal.

J'ignore comment je vais supporter ce qui m'attend.

Mais je sais une chose : pour Ornella, je recommencerai.

Je frapperai de nouveau Jarod.

Je risquerai encore ma peau.

Je ne changerai rien à notre histoire.

Parce qu'elle m'a appris la véritable définition du mot liberté, et qu'avec elle, je me sens… libre comme un oiseau. Capable de voler au-dessus des nuages.

C'est gnian-gnian, à l'opposé de ma personnalité, mais c'est là, en moi, et je ne peux plus lutter contre mes sentiments.

Je suis tombé amoureux de Gator à la seconde où je l'ai vue, si simple dans ses vieilles fringues, avec son cœur solitaire accroché en bandoulière, complètement perdue et pleine de défiance envers le monde.

– Ocean ? m'interpelle une voix familière.

Juste devant ma cellule, Kurt, mon contrôleur judiciaire, trépigne comme un enfant aux côtés d'un maton plutôt sympathique du nom de Ruben et d'un homme très grand, d'âge mûr, aux courts cheveux blancs, vêtu d'un costume de banquier, avec une paire de lunettes à monture d'acier qui lui donne des faux airs de professeur d'université.

– Monsieur Sinclair désire s'entretenir avec toi.

Le maton ouvre la porte de ma cellule et s'avance jusqu'à moi pour me passer les menottes. Comme un diable piégé dans le fond d'une boîte de farces et attrapes, je bondis hors de mon lit et sors de la geôle en titubant, intrigué par le vieil homme que je suppose être le grand-père d'Ornella et qui me jauge avec un dédain plus que palpable. Sans un mot, je suis les trois hommes le long d'un couloir austère menant jusqu'à une petite salle d'interrogatoire qui me fait l'effet d'une cage. Ma claustrophobie revient me torturer l'esprit et accélère mon rythme cardiaque. Mes côtes encore douloureuses après ma bagarre avec Jarod m'enserrent les poumons dans un étau d'acier glacé. Le haut de mon corps marbré d'ecchymoses est tout engourdi. Des bouffées de chaleur m'assaillent de la nuque jusqu'aux orteils et font bouillir mon sang dans mes veines.

Je dégouline de sueur. J'ai le cœur au bord des lèvres.

– Alors, c'est lui, le nouvel ami de ma petite-fille ? marmonne le grand-père d'Ornella dans sa barbe. Je ne suis pas du tout convaincu…

Sans lui répondre de crainte de dire une connerie, je pousse la lourde chaise en métal, trébuche sur une rainure dans le sol et m'assieds en priant pour que ma crise d'angoisse s'arrête là. J'inspire profondément, compte jusqu'à dix et expire avec lenteur en regardant fixement l'ampoule clignotante du néon accroché sur le mur, en face de moi, et qui éclaire d'une lueur sinistre les traits burinés du visage de M. Sinclair – une force de la nature qui me dépasse d'une tête et pèse vingt kilos de plus que moi.

– Est-ce qu'on peut vous laisser, monsieur Sinclair ? demande Kurt d'une voix mielleuse, comme s'il s'adressait au président en personne.

– Oui, oui. Allez me chercher un café. Noir, sans sucre.

Mon contrôleur judiciaire, une petite teigne toujours mal lunée, fait presque une courbette en quittant la salle à reculons. Tous mes sens se mettent en alerte. Si ce que Rachel m'a dit est vrai…

Alors j'ai affaire à un multimilliardaire qui vit de l'exploitation polluante de la majorité des ressources pétrolières d'Amérique du Nord.

Un requin dans une petite marre – l'expression n'a jamais eu autant de sens à mes yeux qu'aujourd'hui, avec lui.

– C'est difficile à gérer, hein ?

Surpris par cette étonnante introduction, je penche la tête sur le côté et me tourne vers le grand-père de Gator, dont l'expression calculatrice me fait plisser les yeux de méfiance. Je ne sais pas ce qu'il fait là, bien que je sois à peu près sûr qu'Ornella a sacrifié sa fierté pour aller lui demander de l'aide. Elle est comme ça, ma belle Ohana. Toujours prête à tout pour ceux qu'elle aime. Et la présence de l'homme en face de moi me confirme que mes sentiments, comme je le soupçonnais depuis quelque temps, sont partagés.

C'est à la fois formidable et terrifiant, la pire et la meilleure des choses qui puisse m'arriver dans la vie…

Avec ses lunettes carrées, sa chevelure blanche comme neige et sa veste aux empiècements de tweed sur les coudes, il ressemble à un professeur d'université, du genre à ne jamais donner de bonnes notes, mais sa carrure de catcheur et ses épaules robustes ne laissent aucune place au doute : cet homme n'est pas qu'une grosse tête, et il sait probablement très bien se servir de ses énormes poings.

Des poings qu'il a l'air d'avoir envie d'écraser sur ma tronche.

– De quoi parlez-vous ?

M. Sinclair me gratifie d'un sourire ironique, puis il sort une cigarette brune d'un étui en argent massif qui doit valoir une petite fortune. Il m'en propose une, mais je refuse – moi, je ne consomme que de la *weed*, et je n'ai pas envie de fumer le calumet de la paix avec ce mec dans un commissariat de police où, j'en ai bien peur, je risque de passer un très long moment.

Indifférent à mon refus, il allume sa clope avant de la porter à ses lèvres fines, au modelé cruel et hautain. Son regard noir est indéchiffrable. Quand Ornella me dévisage de la sorte, avec cette étincelle prédatrice au fond des yeux, c'est rarement bon signe. Soit elle me pose une question piège à laquelle elle sait d'instinct que je ne veux pas répondre, soit elle se referme comme une huître et m'ignore jusqu'à me rendre fou de frustration.

– Du fait de se voir ainsi privé de sa liberté alors que l'on sait que l'on a fait le bon choix.

Je déglutis et passe une main dans mes boucles emmêlées.

– Il n'y en avait pas d'autre, de toute façon, dis-je, un peu sur la défensive. Cet enfoiré a levé la main comme s'il voulait la frapper, et ça m'a fait perdre les pédales.

Quelque chose de terrible passe dans ses yeux sombres. Lorsqu'il ouvre la bouche pour déverser le torrent de colère que je sens gronder à l'intérieur de lui, Kurt revient avec une grande tasse de café et une boîte de donuts, aussi préfère-t-il garder le silence jusqu'à ce que l'on se retrouve de nouveau tête à tête. Puis il pousse les beignets vers moi, et même si je crève de faim, je refuse d'un bref mouvement de tête.

– Ah, oui ! Ornella m'a parlé de ton… *engagement*.

Il prononce le dernier mot avec un sourire moqueur qui me laisse complètement indifférent. J'ai d'autres chats à fouetter. Son jugement sur ma façon de vivre est le cadet de mes soucis, à l'heure actuelle !

– Est-ce que tu sais qui je suis ?

– Le grand-père d'Ornella, dis-je comme une évidence, rien que pour l'agacer.

Il lève les yeux au ciel.

– Je m'appelle Elmund, mais toi, tu peux continuer à m'appeler monsieur Sinclair.

– Ocean Sandberg, réponds-je sur le même ton que lui. Mais vous pouvez m'appeler comme vous le voulez. Je n'en ai strictement rien à foutre.

C'est un mensonge sans l'être tout à fait ; une partie de moi aimerait que la famille d'Ornella m'apprécie et m'accepte, mais je n'ai rien à prouver à cet homme qui n'a pas réfléchi à deux fois avant de jeter sa petite-fille à la rue, préférant lui tourner le dos plutôt qu'affronter le scandale.

– Insolent, commente-t-il avec un hochement de tête. Comme ma petite-fille. Je vois que vous vous êtes bien trouvés, tous les deux.

Cette dernière phrase me fait sourire.

– Oui, effectivement.

Ornella et moi, on se ressemble sur tellement de points que c'en est presque effrayant.

– C'est sûrement pour ça que tout a tourné aussi mal, ajoute-t-il, d'un ton plus dur. Deux têtes brûlées ensemble, ça fait rarement bon ménage.

Très mal, en effet. Et c'est totalement ma faute, parce que j'ai réagi avant de réfléchir, comme à mon habitude. Je n'aurais peut-être pas dû m'impliquer autant dans la vie d'Ornella. Ni dans ses émotions, comme si j'en étais le garant ou le protecteur.

– J'ignore ce qui m'étonne le plus : que ma petite-fille ait mis sa fierté de côté et soit rentrée à la maison pour me demander d'aider son ami à se tirer d'un sacré mauvais pas ou…

Je tique.

– Je ne suis pas son ami !

Un ami aurait-il envie d'exploser les deux genoux de son ex-amant à coups de batte de baseball ? Un ami songerait-il à l'embrasser jusqu'à se meurtrir les lèvres contre ses dents pour faire de nouveau briller ses yeux d'un feu noir et électrique ? Un ami éprouverait-il autant de frustration en apprenant à quel point elle s'est sentie seule et perdue, par le passé ? Un ami aurait-il l'impression que son propre cœur se brise en mille morceaux à chaque fois qu'elle pleure ?

– Alors qu'est-ce que tu es pour elle, Ocean Sandberg ?

C'est la question à un million de dollars.

Ornella était supposée être une simple colocataire, agréable et discrète, assez gentille pour accepter nos défauts, mais avec son propre caractère pour ne pas se laisser marcher sur les pieds. Une fille avec laquelle vivre en paix, sans drames ni prises de tête. Et surtout, aux antipodes des goûts de Camille. Une fille susceptible de nous apprécier, mais incapable de nous changer…

Incapable de me faire changer.

Sauf qu'elle m'a pris à mon propre piège avec ses lèvres rouges et son tempérament de feu. C'est une battante à l'âme blessée, avec une douceur de cœur qui me fascine et une conscience aiguë des difficultés de la vie qui me rend plus humble. Elle est courageuse, résiliente et encore pleine d'espoir malgré les coups durs.

– Je ne sais pas, mens-je, sans savoir pourquoi je me sens obligé de nier la vérité.

– Vraiment ? se moque Elmund tandis que la fumée parfumée de sa cigarette lui ressort par le nez. Ne me prends pas pour un imbécile, s'il te plaît. Je suis d'un âge avancé, certes, mais je ne suis pas encore sénile.

Je me redresse sur ma chaise en faisant fi des menottes qui entravent mes mouvements. Je refuse de me laisser intimider par cet homme qui ignore tout de moi et de mon passé.

– La nature de ma relation avec Ornella ne vous regarde pas.

– Je l'élève depuis sa naissance, réplique-t-il, piqué au vif. C'est la prunelle de mes yeux. Et je ne laisserai plus jamais un sale type se servir d'elle !

Les confidences d'Ornella me reviennent subitement à l'esprit, et je me mets à parler avant même que mon cerveau puisse soupeser le bien-fondé de mes propos.

– Monsieur Sinclair, avec tout le respect que je vous dois, je crois que vous feriez mieux de vous soucier plutôt de *votre* relation avec elle. Ce n'est pas moi qui l'ai jetée dehors lorsqu'elle me suppliait de lui laisser une seconde chance.

Les joues couperosées d'Elmund virent à l'écarlate.

– Je sais que j'ai commis une erreur, commence-t-il d'une voix fébrile, avant de pousser un soupir à fendre l'âme. J'en suis parfaitement conscient, vois-tu. Mais ça ne signifie pas pour autant que je n'aime pas ma petite-fille. C'est juste…

Il marque une pause.

– Je n'avais pas toutes les informations en ma possession et j'ai réagi à chaud. C'est quelque chose que tu peux comprendre, non ?

Je me racle la gorge, mal à l'aise.

– Oui, acquiescé-je, en priant pour qu'il en vienne aux faits. Mais c'est Ornella elle-même qui m'a appris que l'on ne pouvait pas justifier nos erreurs par un coup de colère. Nos actes entraînent des conséquences, et lorsque l'on ne fait rien pour rectifier le tir, on n'a pas le droit d'essayer de se trouver des excuses.

– Et c'est pourquoi je suis là, Ocean Sandberg.

Elmund me gratifie d'un regard un tantinet condescendant.

– Je vais rectifier le tir, comme tu le dis si bien.

De quoi parle-t-il, exactement ? De moi ou de… ma relation avec sa petite-fille ?

– Tu sais tout ce qu'il s'est passé avec son ex-petit ami, n'est-ce pas ? enchaîne-t-il en me jaugeant froidement du coin de l'œil.

C'est plus fort que moi, mes poings se serrent et une petite veine se met à pulser sur ma tempe.

– Oui, elle t'en a parlé, devine-t-il. Et je comprends mieux pourquoi tu as essayé de le réduire en pâtée pour chien.

– Je n'ai aucun regret, admets-je, en m'appuyant contre le dossier de ma chaise.

Elmund m'imite, et j'ai l'impression qu'il a aimé ma réponse.

– Elle n'en avait jamais parlé à personne, et quand le scandale est arrivé, elle a supporté le blâme, toute seule, parce qu'elle l'aimait encore, ce salaud.

Elmund pousse un soupir étonnamment douloureux, comme s'il venait de recevoir un coup de poing dans l'abdomen.

– C'est une véritable Sinclair, ma petite. Et chez nous, quand on aime, c'est toujours à la folie. Au point où l'on pourrait tout sacrifier pour l'objet de notre affection.

Là encore, je ne comprends pas pourquoi c'est à moi qu'il en parle.

– Je ne vois pas où vous voulez en venir, monsieur Sinclair.

– Il me semble évident qu'Ornella est amoureuse de toi, mon garçon.

Ces mots m'atteignent à la poitrine comme des balles. J'expire longuement en tentant de ne pas paniquer ni dire une bêtise. Un truc comme : « Moi aussi, je l'aime, putain ! »

C'est peut-être vrai, mais c'est aussi plus compliqué que ça.

– C'est une grande fille, mais jusqu'à présent, on ne peut pas dire qu'elle ait fait les bons choix en matière de garçons.

– Elle n'en a connu qu'un, lui rappelé-je, sans me compter. Et on ne peut pas vraiment dire qu'il lui a laissé le choix.

Jarod a chassé Ornella comme si elle était une proie, et lui, un prédateur. Puis il l'a traitée comme sa possession, sa victime.

C'est au tour d'Elmund de serrer les poings au-dessus de la table.

– Crois-moi, je vais m'occuper de son cas, à celui-là !

Pour la première fois en vingt-quatre heures, et grâce à cette promesse sanglante, je me sens un peu mieux. Et bien sûr, c'est à ce moment-là qu'Elmund décide de me poser l'ultimatum que je savais qu'il finirait par m'imposer :

– Si tu veux être plus qu'un ami pour ma petite-fille, je t'interdis de lui faire du mal. Aime-la aussi fort qu'elle le mérite, ou quitte-la tout de suite si tu ne t'en sens pas capable. Elle a déjà trop souffert.

Je me sens devenir aussi pâle qu'un fantôme lorsqu'il ajoute :

– Si tu n'es pas sûr de toi, laisse-la rentrer à la maison, chez elle, auprès de sa grand-mère et moi.

Perturbé par ces paroles, je lui rappelle :

– J'ai enfreint les conditions de ma liberté conditionnelle et Jarod a porté plainte contre moi pour coups et blessures. Le temps que je sorte d'ici, Ornella m'aura sûrement déjà oublié et remplacé par un autre.

Une vérité qui résonne comme un mensonge dans mon cœur.

Si je le lui demandais, je crois qu'Ornella serait assez folle pour m'attendre.

Une étrange lueur de respect brille dans les yeux fatigués d'Elmund

– Tu savais qu'en le frappant, tu sacrifierais ta liberté ?

Je hoche la tête tout en avalant ma salive de travers.

– Je vous l'ai dit : il n'y avait pas d'autre choix, pour moi. Les Sinclair aiment à la folie, et les Sandberg, eux, sacrifient tout pour ceux qu'ils aiment.

Pour mes parents, c'est notre planète. Et pour moi… c'est Ornella.

Soudain, un besoin impérieux de prendre mes jambes à mon cou me submerge.

Sauve qui peut ! s'écrie une voix dans ma tête tandis qu'une autre lui répond : *Pour aller où, espèce de débile ?*

– Et si je te demandais, là, tout de suite, d'arrêter de la fréquenter en échange de ta libération immédiate ? Le ferais-tu ? M'écouterais-tu ? Saisirais-tu cette occasion de repartir à zéro ?

Je n'ai même pas besoin d'y réfléchir.

– Non.

Je ne suis peut-être plus libre de mes mouvements, mais je suis toujours responsable de ma destinée, maître de mes choix et de mon cœur.

Elmund me sourit. Un vrai, un beau et grand sourire, légèrement inquiétant sur les bords.

– Première fois que j'apprécie un écolo. Comme quoi ! Tout est possible, dans la vie !

Soudain, il frappe énergiquement dans ses mains, m'arrachant un sursaut.

– Allez, lève-toi, gamin ! On y va !

Je fronce les sourcils et secoue les menottes.

– Je ne peux aller nulle part, moi !

Elmund me gratifie d'un clin d'œil espiègle avant d'aller toquer deux fois à la porte de la salle d'interrogatoire.

– Sache une chose, gamin : l'argent du pétrole peut tout acheter. Même ta liberté. Ne me remercie pas et réfléchis bien à ce que je t'ai dit, parce que si tu t'avises de faire du mal à ma petite-fille, d'une façon ou d'une autre, je t'arracherai les ailes et je ferai en sorte que tu ne puisses plus jamais voler.

Sur cette promesse – ou plutôt, cette menace, soyons honnête –, il s'en va en m'abandonnant derrière lui, comme s'il se sentait soudain plus léger d'être parvenu à foutre un joyeux bordel dans ma tête. Et lorsque Kurt et le maton entrent et s'avancent vers moi pour m'ôter les menottes, je suis tellement déboussolé que je ne bouge pas d'un pouce, incapable de me relever et de les suivre à l'extérieur de la pièce.

Aime-la aussi fort qu'elle le mérite, ou quitte-la tout de suite si tu ne t'en sens pas capable.

Mon pouls s'emballe tandis qu'on me rend ma liberté.

Elle a déjà trop souffert.

Et moi aussi, je pourrais lui faire du mal, si je ne fais pas attention… parce qu'il n'y a rien de plus douloureux que l'amour.

– Allez, Ocean. Tu es libre !

Vraiment ? Libre de faire... quoi ? Hein ? Qu'est-ce que je dois faire ?

– Un verre, m'entends-je marmonner. Il me faut un verre, putain !

CHAPITRE 25
C'est la fin...

ORNELLA

Ocean a été libéré de prison dans la matinée. C'est mon grand-père qui me l'a dit. Je m'attendais à ce qu'il m'appelle, mais il ne l'a pas fait. J'ai surveillé mes messages toute la journée, sauf que je n'ai rien reçu. Du tout. J'ai hésité à rester dormir chez mes grands-parents… mais j'ai désespérément besoin de le voir.

Et de savoir si je l'ai perdu.

Mon bel Ocean épris de liberté.

Minuit va bientôt faire résonner ses douze coups, Camille et Andrea sont allés se coucher, Bonzaï se prélasse sur le balcon, et moi, je suis toujours là, seule dans le salon, à l'attendre tout en espérant… en priant… et en revivant notre première fois…

« Je ne te ferai jamais de mal. Je te le promets.

– Tu ne fais pas de promesses, Ocean, lui rappelé-je, à deux doigts de le croire.

– Pour toi, je veux bien faire une exception. »

Je me demande si cette exception est toujours valable pour la riche héritière qu'il sait que je suis, désormais.

Tout à coup, minuit sonne, et alors que je perds tout espoir, j'entends enfin la porte d'entrée s'ouvrir et des pas lourds résonner dans le couloir. Je retiens mon souffle, terrifiée. Je n'ose pas me retourner, et en même temps, je n'attends qu'un signe de sa part pour faire volte-face et me jeter à son cou.

Sans un bruit, dans le noir, il marche jusqu'au canapé, sur lequel il se laisse tomber comme une masse, puis il s'assied à côté de moi, mais sans me toucher ni me regarder.

– Ocean ? demandé-je avec douceur, en me tournant vers lui.

Tout d'abord, il reste parfaitement immobile, les cuisses contractées, les poings serrés et les pieds fermement ancrés sur le sol. Malgré la pénombre, les émotions défilent dans son regard, mais elles sont si rapides que je n'ai pas le temps de toutes les identifier. La seule chose dont je suis certaine, c'est que le tumulte interne qu'il affronte là, juste devant moi, est brutal, semblable à un ouragan ou à un incendie.

Je tends une main vers lui, mais il ne s'en saisit pas et je n'ose pas aller plus loin.

– S'il te plaît, parle-moi. Dis quelque chose. N'importe quoi. Je sais bien que tu dois me détester, maintenant… mais je t'en prie, ne m'ignore pas.

Avec ces mots, j'obtiens enfin toute son attention, et je suis étonnée de voir qu'une étincelle ardente brûle dans ses yeux. Comme si un brasier intense le consumait de l'intérieur. Et lorsqu'il avance vers moi, la mine sombre et résolue, je ne peux pas m'empêcher de m'inquiéter : est-ce qu'il va me réduire en cendres… ou juste me réchauffer ?

Un léger soupir s'échappe de mes lèvres tremblantes lorsque nos peaux se frôlent. Nos mains s'effleurent au-dessus du canapé, puis nos doigts s'entremêlent. Je renverse la tête en arrière pour le regarder droit dans les yeux tandis qu'il se rapproche encore un peu, toujours plus près de moi. Un mélange étrange de peur et de soulagement virevolte sur les traits de son visage crispé dans une expression douloureuse. L'espace d'un bref instant, je me perds dans la contemplation de ses iris bleu azur, hypnotisée par les vagues qui y dansent comme dans un véritable océan.

– Je ne te déteste pas, chuchote-t-il d'une voix gutturale. On ne choisit pas sa famille. Mais on choisit qui l'on devient, et ça… c'est toi qui me l'as rappelé, Ohana.

Il embrasse le cœur de ma paume.

– Je me fiche de qui sont tes grands-parents, Ornella Sinclair. Je te connais, je sais qui tu es et ce que tu vaux. Et…

Ocean marque une pause. Mon cœur reste suspendu à ses lèvres.

– Je… je… bégaie-t-il, sans parvenir à terminer sa phrase.

Je pose une main sur ses lèvres pour l'inciter à se taire.

– Tu as passé deux jours de folie, Ocean. Je le sais. J'ai juste besoin de t'entendre dire que tu veux encore de moi, parce que… moi… je ne suis pas prête à te perdre.

Ses mains froides remontent le long de mes bras et jusqu'à mes épaules pour achever leur course dans ma chevelure emmêlée. Avec une délicatesse qui menace de me briser le cœur, il s'empare de mon visage et se penche sur mes lèvres pour murmurer :

– Je ne veux que toi, Ohana. C'est bien ça, le problème.

La bouche tremblant de crainte de m'être méprise sur le véritable sens de ses paroles, je lui réponds :

– Alors, prends-moi.

Nos regards se heurtent l'un à l'autre dans la pénombre. Mais j'y vois aussi clair qu'en plein jour, parce que je le regarde avec mon cœur. Tant de sentiments contradictoires, tant de mensonges, tant de non-dits et de secrets se sont accumulés entre nous qu'ils saturent l'air d'une tension électrique. Ses pupilles se dilatent lorsqu'il remarque ma poitrine haletante et mes tétons turgescents, mis en valeur par le tissu satiné et fluide de mon débardeur.

– Je ne te mérite pas, Ornella, soupire-t-il, abattu.

– C'est moi qui ne te mérite pas, Ocean. Putain, j'ai failli gâcher ta vie !

Un grondement rauque et puissant s'élève de sa bouche.

– Gâcher ma vie ? Tu déconnes, ou quoi ? Avant toi, elle n'avait pas le moindre sens !

– Mais je t'ai envoyé en prison et je t'ai…

Je n'ai pas l'occasion de lui renouveler mes excuses. Ses lèvres se plaquent contre les miennes, intransigeantes, toujours aussi voraces, et réduisent en bouillie inarticulée les quelques mots vides de sens que j'essaie tant bien que mal de formuler. Puis sa main empoigne rudement ma taille pour me soulever du canapé. Il m'assied sur ses cuisses, et lorsque je noue mes bras autour de sa nuque, je le sens trembler contre moi. Torse contre torse, je peux sentir les battements de son cœur qui martèle sa cage thoracique – un *boum, boum, boum* envoûtant sur lequel j'ai envie de danser jusqu'au bout de la nuit. Mais il m'embrasse, et j'oublie tout ce qui ne concerne plus sa langue, qui glisse lentement sur la mienne, avec une sensualité débridée à laquelle je suis devenue aussi dépendante que ma prochaine goulée d'air. Dans ses bras, je m'autorise à savourer pleinement sa force indomptable, sa tolérance sans limite et sa volonté de toujours faire mieux pour les autres, même et surtout lorsqu'ils ne le veulent pas eux-mêmes.

– Je suis fou de toi, Ornella, halète-t-il, entre deux inspirations.

Un arrière-goût amer passe de sa bouche à la mienne, mais je ne m'en formalise pas. Et je comprends sans qu'il ait besoin de me le dire qu'Ocean a peur de ses sentiments qu'il ne maîtrise pas plus que moi, et dont il s'est toujours méfié depuis la trahison de ses parents – le sang de sa chair, ceux-là mêmes qui étaient censés l'aimer pour la vie, envers et contre tout, et qui ont failli à leur devoir dès les premiers instants de son existence.

Son amertume ne me freine pas. Au contraire, je la partage et tente de l'adoucir avec mes propres sentiments, et même si c'est encore tôt, je veux qu'il sache que je suis prête à tout accepter, de lui. Le meilleur et le pire. Parce que c'est ma façon d'aimer : toujours à l'excès, jamais à moitié.

– Et ça me fait tellement peur, putain ! me confie-t-il, un peu honteux. Je n'étais pas prêt à vivre ça !

Les pinces dans mes cheveux tombent sur le sol et libèrent mes boucles emmêlées tandis qu'il me débarrasse de mon débardeur, qu'il fait passer au-dessus de ma tête et dont il fait craquer toutes les coutures. Dans un même temps, je tire avec frénésie sur le col déboutonné de sa chemise. Des boutons volent à travers toute la pièce lorsque je perds patience et que je l'arrache d'un coup sec qui lui rougit la peau à hauteur de la nuque – là où je m'empresse de déposer un petit baiser mouillé pour m'excuser.

– Désolée…

– Fais de moi ce qu'il te plaît, Ohana.

Enhardie par ses mots, je caresse ses abdominaux durs comme de l'acier sous le tissu cicatriciel qui meurtrit son épiderme. Mes pouces rasent la pointe de ses tétons, avant de glisser sur ses pectoraux tatoués. En retour, il me mordille l'oreille, mon point faible, l'une de mes zones les plus érogènes, et je me rue sur ses lèvres en quête d'un nouveau baiser, prête à enflammer tout l'appartement.

Sa langue bataille contre la mienne – l'amour ou la guerre, avec lui, c'est du pareil au même ! Mon pouls bat la chamade dans mon cou, un sang bouillant afflue avec violence dans toutes les extrémités les plus sensibles de mon corps.

Ocean me tient si fort contre lui que c'en est presque douloureux.

– J'ai cru que je n'aurais plus jamais l'opportunité de t'embrasser.

En réponse, il gémit contre ma bouche gonflée tandis que ses mains se faufilent sur mes seins et que ses ongles égratignent la pointe de mes tétons. Je geins d'une façon éperdue, un peu trop bruyante – mais ça me fait me sentir tellement femme, tellement puissante, que je n'arrive pas à me contrôler ! Et lui non plus, d'ailleurs.

– Je n'étais pas préparé pour toi, Ohana… soupire-t-il, en détachant ses lèvres des miennes. Qu'est-ce qu'on est en train de faire, là ? C'est complètement fou, non ? Tu sors d'une relation si compliquée, et moi, je n'ai jamais eu de petite amie…

Ocean a raison : nous n'étions pas prêts à nous rencontrer, et encore moins à tomber amoureux l'un de l'autre de façon aussi précipitée et soudaine. Mais lorsqu'il m'aide à ôter mon short de pyjama et le chasse d'un petit coup de pied sous la table basse, je décide que cela n'a pas la moindre importance.

Prête ou pas, c'est arrivé : je l'aime et je n'ai plus peur de me l'avouer.

– C'est ce que je suis pour toi, Ocean ? Ta petite amie ?

Je n'attends pas sa réponse pour saisir une poignée de ses cheveux, plaquer son visage contre le mien et aspirer sa langue à l'intérieur de ma bouche. Le mélange de nos salives et de nos souffles moites suffit à faire palpiter l'écrin humide de mon sexe, si bien que je finis par occulter l'endroit où je me trouve – au beau milieu du salon, alors que nos colocataires dorment, *ou peut-être pas*, à l'étage.

C'est un jeu dangereux.

Mais un jeu qui m'excite trop pour que j'arrête d'y jouer.

Le désir me transporte si haut dans le firmament que je sens à peine Ocean me renverser sur le dos et me plaquer contre le canapé. Nos corps presque nus rebondissent l'un contre l'autre tandis que l'on fait tomber à la renverse tous les coussins. Le parfum musqué d'Ocean flotte dans chacune de mes inspirations. Un peu de soleil, une légère émanation de transpiration rehaussée d'une pointe d'eau de Cologne, et derrière tous ces effluves, la fragrance unique, et un peu terreuse, de sa peau brune. Je plonge avidement le nez dans son cou odorant et le respire jusqu'à faire doubler le volume de mes poumons – et là, sortie de nulle part, une désagréable piqûre de jalousie me transperce la poitrine tandis que je me mets à songer à toutes les filles qui ont eu la chance de connaître le plaisir de son étreinte avant moi. Puis je me souviens qu'elles n'ont jamais réussi à atteindre son cœur, et là, c'est peut-être cruel, mais je me sens mieux…

Quand il délaisse mes lèvres pour abaisser la braguette de son pantalon, j'en profite pour lui caresser les flancs, là où la morsure du requin lui a laissé de toutes fines cicatrices rougeâtres en forme de croissant de lune. Puis ma main parcourt d'elle-même le chemin jusqu'au renflement qui déforme l'avant de son caleçon.

– Oui ! s'écrie-t-il en recouvrant ma main de la sienne sur son érection. Tu es à moi, Ornella Sinclair, ajoute-t-il d'une voix discordante.

Là encore, je le comprends ; lui aussi, il a besoin de mettre des mots sur ce que l'on commence à devenir l'un pour l'autre, envers et contre toute logique.

– Et tu es à moi, Ocean Sandberg.

Et pour le lui prouver, j'ouvre mes bras et glisse mes mains sous ma tête, lui offrant ainsi mon corps avec une confiance que je ne pensais plus jamais ressentir après la trahison de Jarod. D'une certaine façon, et grâce à Ocean, j'en apprends presque autant que lui sur ce sentiment aux mille et une facettes que l'on appelle plus communément l'amour – et que je ne connaissais pas aussi bien que je le croyais…

– Tu es si belle, si parfaite !

Ses bras puissants soulèvent mes cuisses sans le moindre effort apparent tandis qu'il m'encourage à nouer les jambes autour de sa taille. Puis il s'incline pour faire en sorte que le bas de son corps frotte contre le mien – un supplice si délicieusement érotique que j'en tremble comme une feuille. Son érection se niche à la perfection contre l'écrin moite de ma féminité. Nous ne sommes plus séparés que par quelques morceaux de coton froissé lorsqu'il me touche du bout du doigt par-dessus le tissu de ma culotte, m'obligeant à retenir ma respiration pour ne pas crier et réveiller nos colocataires.

– Tu es à moi, répète-t-il une nouvelle fois, en plongeant la tête vers mes seins.

Une fraîcheur inattendue m'arrache un gémissement de plaisir. Ocean me mordille le téton droit, puis le gauche, et encore le droit, et je laisse échapper un petit hoquet d'extase dont les vibrations se répercutent jusqu'à mon sexe humide, de plus en plus brûlant. Au comble de l'excitation, j'ondule du bassin pour me frotter contre son membre érigé en l'incitant à me combler de sa chair – une bonne fois pour toutes.

– Je n'en peux plus d'attendre, le supplié-je. S'il te plaît, Ocean !

Imperméable à mes plaintes, il introduit un doigt sous ma culotte, et je suis obligée de me mordre l'intérieur de la joue pour ne pas gémir trop fort lorsqu'il me pénètre avec une douceur presque insupportable. Pour tricher, je cambre le dos et l'attire un peu plus profondément en moi, mais pas suffisamment pour me satisfaire autant que je le veux…

– Ah, Ohana !

Comme s'il était pris de vertiges, Ocean presse son front contre le mien et entame un lent mouvement de va-et-vient entre mes jambes.

– Tu n'as pas menti, tu es déjà trempée pour moi !

Sa voix est rauque, légèrement éraillée, d'une sensualité à transformer l'eau en vin – ou plutôt, en miel coulant et sucré. La tiédeur de son souffle s'insinue dans la vallée moite entre mes seins, puis serpente en direction de mon nombril, autour duquel il fait danser la pointe de sa langue – d'avant en arrière, à un rythme obsédant qui, et je ne m'en aperçois qu'à la fin, est directement inspiré des battements de mon cœur. Un frisson de pur délice me hérisse tous les poils du corps tandis qu'il me plie légèrement les genoux pour s'accroupir plus facilement entre mes jambes écartées.

Je ferme les yeux, déjà transportée par le plaisir, noyée sous la luxure.

Ses courtes boucles brunes me chatouillent l'intérieur des cuisses lorsqu'il abaisse la tête, un sourire arrogant sur les lèvres.

Je retiens mon souffle, dans l'attente, au bord de la rupture.

Si proche de mon point de rupture…

Ocean pousse le vice à m'embrasser juste au-dessus de l'élastique de ma culotte – il adore vraiment me torturer, ce salaud ! Ses dents blanches et pointues mordillent la chair tendre de mon ventre et je pousse un petit cri étonné lorsqu'il plonge sa langue dans le creux de mon nombril. Puis il aspire ma peau sensible entre ses lèvres gourmandes, et lorsqu'il se met à la sucer, je sais que j'en garderai une petite marque rouge à cet endroit, pour les jours à venir. Ça me fait un peu mal, mais je ne trouve rien à lui redire, parce qu'il y a quelque chose d'incroyablement sensuel dans sa façon de vénérer mon corps et de le revendiquer en y déposant le sceau incandescent de sa passion.

Si brute, si sauvage, terriblement libre…

– Ocean, s'il te plaît, gémis-je dans une complainte qui s'approche davantage du sanglot. Aie pitié de moi !

La brûlure de l'excitation provoquée par sa lente et impitoyable torture exige d'être apaisée – *et tout de suite, ou je n'y survivrai pas*. Sensible à ma détresse, il consent à abaisser ma culotte et à presser sa langue sur la petite crête de mon sexe, le centre névralgique de tout mon plaisir, m'arrachant un cri de douleur mêlé de soulagement. Il me caresse par à-coups et je ne peux pas m'empêcher de me tortiller dans tous le sens, submergée par des vagues toujours plus puissantes de plaisir. Son besoin de satisfaire le moindre de mes désirs selon ses propres volontés me fait perdre la tête, si bien qu'il est obligé de resserrer l'étau de ses bras autour de mes hanches pour me maintenir immobile sous lui. Après sa langue, il finit par rajouter ses doigts, et là, j'éclate en mille morceaux.

Je ne suis plus que des fragments de désir éparpillés, çà et là, en fonction de l'endroit où il me touche, où il m'embrasse, où il me suce.

Un incendie d'une rare violence se déploie à travers tout mon bas-ventre.

J'ai du feu sous la peau.

J'ai du feu dans les yeux.

Il m'enflamme de tous les côtés.

Et rien… non, rien n'a jamais été aussi bon que me faire réduire en cendres par Ocean.

Ses doigts continuent à aller et venir à l'intérieur de moi tandis qu'il suçote mon clitoris devenu hypersensible à force d'être maltraité – ou trop bien traité, selon le point de vue. Un feu d'artifice explose sous mes paupières mi-closes, et lorsque je me cambre pour mieux le savourer, je lui tire si violemment les cheveux que je me sens obligée de rouvrir les yeux pour m'assurer que je ne lui ai pas fait de mal.

Mais Ocean est si beau, allongé de tout son long entre mes jambes, avec ses muscles souples qui se tordent sous sa peau emperlée de sueur au rythme du va-et-vient de ses doigts et de sa langue, que je succombe un peu plus à la jouissance.

– Tu aimes ça, Ohana ?

– Oui ! approuvé-je, en dodelinant de la tête comme une folle. Aime-moi plus fort, Ocean ! S'il te plaît ! Oui, aime-moi comme ça !

Il se redresse sur les coudes pour m'adresser un large sourire, comme une récompense transformée en punition, puis sa langue revient sur moi, plus appuyée, encore plus déterminée à me briser en deux…

– Ocean !

Je perds le souffle, incapable de contrôler ma respiration, et il grogne quelque chose que je ne comprends pas contre mon sexe, envoyant de petites vibrations érotiques directement dans mon bas-ventre. Mes jambes se raidissent autour de sa tête et je murmure son nom, encore et encore, comme une litanie, tandis qu'un orgasme d'une rare violence me fait voler en éclats à travers tout l'univers.

Ma vue se trouble, mon cœur s'arrête de battre et mes poumons se ratatinent sur eux-mêmes, complètement vidés de leur oxygène.

Mais Ocean ne s'arrête pas, et au contraire, il accélère encore les mouvements de sa langue – *c'en est trop pour moi !*

J'ôte ma main de ses cheveux pour m'en recouvrir la bouche et la mords jusqu'au sang pour étouffer mon hurlement d'agonie. Quelques secondes ou minutes plus tard, ma tête retombe sur le canapé et se cogne contre l'accoudoir tandis que ma poitrine tressaute spasmodiquement, à la recherche d'un peu d'air pour survivre.

Prisonnière d'un maelström de sensations trop intenses et presque aveugle au monde qui m'entoure, j'ai à peine conscience que le corps d'Ocean se soulève au-dessus du mien lorsqu'il se redresse sur un coude, les yeux emplis d'une noirceur éminemment érotique. Avec douceur, il m'effleure la lèvre inférieure avec son pouce – je saigne.

– Je t'aime, finis-je par lâcher, en embrassant l'extrémité ensanglantée de son doigt. Je t'aime, Ocean…

Il me fait taire d'un baiser où se mêle le goût de mon sang, et celui, plus épicé, de mon plaisir avant de me répondre à mi-voix :

– Moi aussi, Ornella. Moi aussi…

Puis il se relève pour retirer son caleçon, me débarrassant au passage de ma culotte, toujours emmêlée autour de mes chevilles. Pantelante d'un désir qui s'est presque transformé en douleur, je me laisse retomber sur le dos et écarte une nouvelle fois les jambes pour l'accueillir aussi loin qu'il le peut…

– Je suis vraiment fou de toi, ma petite héritière. Et putain, c'est terrifiant !

L'espace d'une seconde, Ocean s'immobilise pour contempler ma poitrine toute rouge, luisante de sa salive et de ma sueur, et mes cheveux bruns répandus en corolle tout autour de ma tête. Je vois l'expression de son visage se modifier d'une façon presque imperceptible ; il est toujours aussi excité, mais il semble plus calme, comme s'il y avait trouvé une réponse qui l'avait apaisé.

– Tu es la plus dangereuse de toutes les créatures de cette planète, Ornella.

– Et tu n'as encore rien vu… plaisanté-je à moitié.

Dès qu'il entre en moi, son self-control disparaît et il me saisit par les fesses pour accentuer la pression implacable de sa lente pénétration.

– C'est toi, ma liberté, désormais, me lance-t-il, tout en s'immobilisant pour que je puisse savourer la sensation de son corps qui étire le mien.

Puis il m'embrasse du bout des lèvres, sans me lâcher des yeux, et s'enfonce en moi jusqu'à la garde. Mes dents s'entrechoquent sous la puissance de son coup de reins, et une vague ardente déferle à travers mes veines dilatées par mon précédent orgasme. Il me pénètre si profondément que je ne sais plus où il commence et où je finis. Ses gémissements prennent de l'ampleur à mesure qu'il me pilonne, à un rythme farouche, presque furieux, et se mêlent à ceux qui s'échappent de ma gorge lacérée par une nouvelle montée de plaisir.

– Ocean !

– Ornella ! crie-t-il, comme en écho.

Nos yeux se cherchent lorsqu'il se met à scander mon nom comme une mélodie dédiée à l'amour, d'une beauté à faire pleurer les anges. Puis il continue à m'observer tandis que je m'écroule en ruines, démolie par un deuxième orgasme encore meilleur que le premier. Et il me regarde toujours lorsqu'il jouit à son tour, le corps secoué de spasmes qui me font trembler, moi aussi.

– Et c'est toi, ma liberté, mon bel et sauvage Ocean, lui glissé-je à l'oreille, prête à sombrer dans le sommeil.

Aussi épuisé que moi, il se laisse retomber à mes côtés, tout en prenant soin de ne pas m'écraser sous le poids de son corps. Ses bras m'encerclent pour me presser contre lui, et je me sens tellement libre, dans son étreinte, que je comprends *enfin* que c'est ça, le véritable amour…

– J'ai su dès notre première fois qu'une simple nuit avec toi ne serait pas suffisante… lui avoué-je, avant de fermer les paupières pour m'endormir, le sourire aux lèvres.

Ocean rit contre ma peau échauffée.

– Moi, j'ai su dès que je t'ai vue qu'une seule vie à tes côtés ne me suffirait pas…

ÉPILOGUE

OCEAN

Deux mois plus tard

Je me suis réconcilié avec mon passé, et maintenant, l'avenir me sourit.

Ou plutôt, c'est Ornella qui me décoche ce petit sourire en coin incendiaire qui fait battre mon cœur à un rythme si rapide que j'en ai toujours un peu mal à la poitrine. Dire que je suis fou amoureux de cette fille, ce serait un putain d'euphémisme, mais il n'existe pas d'autre mot pour décrire à quel point je l'aime, ma riche héritière d'un empire pétrolier.

Putain, à chaque fois que j'y repense, l'ironie de la situation ne manque pas de me faire marrer ! Moi, l'écoterroriste présumé, je suis à la botte d'une fille qui, un jour ou l'autre, héritera sur un plateau d'argent de tout ce que je déteste le plus au monde !

Il y a de quoi s'en payer une bonne tranche, hein…

Ornella Sinclair, petite-fille d'Elmund Sinclair, le PDG multimilliardaire de Sinclair&Fikerman, l'une des rares sociétés pétrolières à intégrer la question de l'écologie et du réchauffement climatique dans sa problématique de développement à long terme – ce n'est toujours pas bon pour la planète, mais au moins, ils font semblant de s'en préoccuper.

Lorsque son grand-père a déboulé au commissariat pour sortir mon petit cul de prison, je n'ai pas été surpris : je ne l'ai jamais avoué à Ornella, mais Rachel m'avait déjà révélé la vérité sur ses origines – en même temps qu'elle m'avait parlé de cette fichue vidéo que j'avais refusé de visionner, et qui, je l'espère, se perdra à jamais dans les méandres d'Internet. À ce moment-là, je n'avais pas su comment réagir, aussi avais-je jugé préférable de garder le secret, moi aussi. Comme je l'ai souvent déploré : on ne choisit pas sa famille. Et de toute façon, j'étais déjà trop épris d'Ornella pour faire marche arrière. Peut-être que si je l'avais appris dès le départ, cela aurait pu faire une différence. Je me serais très probablement interdit de succomber à la fièvre sensuelle qu'elle m'inspire – et j'aurais fait la plus grosse erreur de ma vie, putain !

– Tu fais ce que tu veux, Ohana… lui réponds-je. Je t'ai déjà dit que je ne voulais pas que tu te sentes bridée par mon engagement envers notre planète. Moi, tant que tu continues à recycler tes déchets et à me laisser m'occuper des courses, je suis satisfait.

C'est une chose sur laquelle j'ai beaucoup évolué grâce à mon court séjour derrière les barreaux, lorsque j'ai bien cru que j'avais définitivement perdu le contrôle de ma destinée : il n'y a rien de pire qu'ôter son libre arbitre à être humain. Alors, oui : je suis toujours l'écolo têtu qu'elle a appris à aimer, mais je n'impose plus ma volonté à mon entourage. Et surtout, je ne détruis plus les pick-up qui se garent sous mes fenêtres et je prends des cours de gestion de la colère.

Bon, pour le dernier point : c'est une obligation judiciaire que le grand-père d'Ornella a cru bon de m'imposer pour être digne de sa petite-fille – la plaie…

– Je ne me sens pas bridée, réfute-t-elle en s'avançant pour m'embrasser sur la joue. Tu me donnes l'inspiration pour devenir une meilleure personne, Ocean. Et ce n'est pas un joli sac à main ou une belle paire de boucles d'oreilles qui me fera changer d'avis !

Et voilà, comme à chaque fois qu'elle ouvre sa maudite bouche toute rose, je succombe à son charme en me jurant solennellement de tout faire pour ne jamais la perdre ou la décevoir. Ornella est un cadeau du destin que je ne m'attendais pas à recevoir, et je compte bien en prendre soin jusqu'à la fin de mes jours.

– C'est toi qui me motives à être la meilleure version de moi-même, lui glissé-je à l'oreille. N'inverse pas nos rôles, Ohana.

Elle me gratifie d'un regard noir, un brin condescendant.

– Je n'ai jamais dit le contraire, mon cœur. Évidemment que tu as besoin de moi pour ne pas virer en connard écolo-gigolo à l'humeur hystérique ! Je n'ai pas fait tous ces efforts pour que tu redeviennes celui que j'ai connu avant de bouleverser ta vision de la vie !

Je renverse la tête et éclate d'un rire qui fait chanter mon cœur.

– Waouh ! soufflé-je. Ne me dis pas que c'est comme ça que tu m'as décrit dans ta jolie petite tête la première fois que tu m'as vu ?!

Elle pique un fard – une douce et délicate nuance de rose.

– Euh… non. Enfin, pas pour l'humeur hystérique.

Une pause. Un regard en coin. L'envie de la mordre et de l'embrasser.

Oh, je n'aurai jamais assez d'une vie pour me disputer avec elle !

– C'est venu un peu plus tard… Tu sais, avec la mise à mort flamboyante de mon pauvre pick-up ? Ah ! Repose en paix, mon cher et tendre GMC !

– Il n'est pas mort, malheureusement, me sens-je obligé de lui rappeler. Et il t'arrive encore de le conduire, ce fichu monstre qui m'a coûté un bras, un rein et ma putain de dignité !

Ornella pointe sa cuillère pleine de chocolat vers moi.

– Je l'ai laissé chez mes grands-parents, je te signale ! Et maintenant, je conduis un hybride les trois quarts du temps !

Oui, et elle ne l'admettra jamais à haute voix pour ne pas avoir à me donner raison, mais elle adore sa nouvelle voiture !

– Comment vont-ils, d'ailleurs ?

– Ils vont bien, merci. Nos relations sont encore un peu tendues, mais c'est sur la bonne voie. Même si ma grand-mère est catastrophée à l'idée que je veuille continuer à travailler pour Holder, et que mon grand-père, lui, ne comprend pas ma décision de changer d'orientation pour devenir, je le cite : « seulement l'assistante d'un petit vétérinaire excentrique ».

– Sacré Elmund, toujours le mot pour rire !

Son grand-père et moi ne serons jamais amis – c'est impossible. Mais j'avoue que je l'apprécie plutôt en tant qu'homme. Surtout depuis qu'il a rayé de la carte l'ex d'Ornella. Le PDG, en revanche, me sort par les yeux et parvient à me faire péter les plombs presque aussi vite que son adorable petite-fille.

– Oh, tu ne devineras jamais de qui j'ai reçu un message !

Je me redresse sur un coude pour la regarder tandis qu'elle dépose son assiette vide sur sa table de chevet. Puis elle se tourne vers moi, dans son petit pyjama rose que je crève d'envie de lui enlever – encore une fois. C'est mon préféré, celui qu'elle portait lorsque je suis rentré à la maison après avoir passé deux jours en prison et un après-midi entier à me soûler aux côtés de Gary, en essayant de trouver le courage d'aller lui avouer mes sentiments.

– Je ne sais pas... Will Smith ?

Elle fronce les sourcils.

– Pourquoi je recevrais un message de Will Smith ?

– Qui a parlé de Will Smith ? intervient Camille, en pénétrant dans la chambre d'Ornella – qui est aussi devenue la mienne, désormais. Bon, vous êtes décents, je suis soulagé ! J'avais peur de vous retrouver à poil, comme hier soir !

Andrea le suit, un peu à contrecœur. Je sens bien qu'il a toujours du mal à se faire à ma relation avec Ornella, mais il sait que je l'aime, aussi fait-il des efforts pour moi. Parce que c'est mon meilleur ami et qu'il me le prouve encore une fois. Malgré sa déception, Andrea est resté très proche d'Ornella. D'autant plus qu'elle a appris le langage des signes rien que pour lui. Mais il a beau s'être fait à l'idée que ce n'était que de l'amitié, ses sentiments ambigus n'ont pas complètement disparu – et peut-être ne s'effaceront-ils jamais tout à fait...

– C'est pour ça que j'ai collé une pancarte sur ma porte où il est écrit qu'il faut TOUJOURS frapper avant d'entrer, Camille !

Mon meilleur ami se jette sur le lit, entre nous. Andrea, lui, choisit plus modestement la chaise près de ma table d'architecte.

– Oh, ça va ! Ne fais pas ta prude. Je te signale que j'ai écrit une chanson sur vos ébats.

– Oui, je m'en souviens, merci bien. À chaque fois que je l'écoute, j'ai envie de me tirer une balle dans la tête !

– Quelle *drama queen* ! soupire-t-il, en s'étendant de tout son long sur le matelas. Heureusement que Djibril n'est pas Balance !

– Bon, les enfants, grommelé-je, ça suffit ! Et reprenons plus sérieusement : qui t'a envoyé un message, Ohana ?

Trois têtes se tournent vers elle tandis qu'elle dégaine son téléphone portable en annonçant fièrement :

– Je crois que j'ai trouvé notre nouveau colocataire, les gars !

Mes sourcils se dressent à la verticale sur mon front lorsque je découvre le prénom de la personne qui s'est proposée pour venir rejoindre notre joyeuse bande de tarés.

– Hannah ? s'écrie Camille. Mais… elle n'a pas déjà un appartement ?

Ornella hausse une épaule.

– Son propriétaire a besoin de récupérer son logement, alors elle a trois mois pour trouver autre chose avant de finir à la rue. Bien sûr, ce n'est qu'une simple formalité, mais… on est bien d'accord que c'est à elle, et pas à ce Sonny fraîchement sorti de prison et qui empeste le cannabis, que l'on va louer la chambre d'Ocean, n'est-ce pas ?

Camille, Andrea et moi échangeons un regard interrogateur.

– Elle répond à vos trois critères, reprend Ornella. Elle aime les animaux, Bonzaï l'adore, elle n'est pas Balance et elle sait parler le langage des signes !

Je suis le premier à répondre :

– Eh bien, dis-lui que c'est OK.

Camille approuve tandis qu'Andrea reste sur la réserve.

– Oui, plus on est de fous, plus on rit !

Ornella me sourit – *encore*.

Et là, d'un coup, tout est parfait.

Oui, grâce à elle, je me suis bel et bien réconcilié avec mon passé, et dans ses bras, j'envisage l'avenir sans aucune peur, avec un énorme sourire sur les lèvres.

REMERCIEMENTS

Un nouveau livre, une nouvelle maison d'édition, une nouvelle aventure. Merci, encore et toujours, à toutes les lectrices – et tous les lecteurs, aussi ! – qui me suivent sans hésiter dans tous mes projets. Sam, Marie, Lola, Natacha, Anouk, Camille, Manon, Jessica, Sarah, Alexandra, Jade, Sophie, Émilie, et toutes mes superbes nanas – je vous adore ! Votre soutien indéfectible est le plus beau cadeau que m'a offert la vie ! Je ne le répéterai jamais assez, mais c'est grâce à vous que j'en suis là.

Merci à mon éditrice, Sylvie, pour son travail, son écoute et sa disponibilité. Ça a été un réel plaisir de peaufiner ce roman avec toi et j'ai appris pleins de petites choses qui vont m'aider à m'améliorer dans mes futures publications.

Merci aussi aux nouvelles lectrices et nouveaux lecteurs qui se sont laissé(e)s séduire par Ocean et Ornella. J'espère que le voyage jusqu'à Lafayette vous donnera envie d'en découvrir davantage !

Et enfin, merci à mes amies si précieuses, Jenn Guerrieri, une auteure qui déchire, et Doriane, pour leur patience et leurs conseils. Vous êtes les meilleures, les filles, et je ne sais pas comment vous faites pour me supporter pendant mes phases de doute ! Vous êtes mes Camille et Andrea à moi <3

Plein d'amour, les ami(e)s !

Composition et mise en pages
Nord Compo à Villeneuve-d'Ascq